大观园

Da Guan Yuan
1931-1950

飞 天 著

山东城市出版传媒集团·济南出版社

图书在版编目(CIP)数据

大观园 / 飞天著. —济南:济南出版社,2022.4
ISBN 978 - 7 - 5488 - 5015 - 1

Ⅰ.①大…　Ⅱ.①飞…　Ⅲ.①长篇小说—中国—当代
Ⅳ.①I247.5

中国版本图书馆 CIP 数据核字(2022)第 064831 号

出 版 人	崔　刚
图书策划	李　岩　李建议
责任编辑	姚晓亮　雷　蕾　孙彦晗
封面设计	胡大伟
出版发行	济南出版社
地　　址	山东省济南市二环南路 1 号(250002)
编辑热线	0531 - 87906698
印　　刷	济南万方盛景印刷有限公司
版　　次	2022 年 4 月第 1 版
印　　次	2022 年 4 月第 1 次印刷
成品尺寸	165 mm×230 mm　16 开
印　　张	24.75
字　　数	386 千
印　　数	1 - 5000 册
定　　价	78.00 元

(济南版图书,如有印装错误,请与出版社联系调换。联系电话:0531 - 86131736)

目　录

第一章

城春草木深

1938 年 3 月，济南城的倒春寒来得尤其猛烈，刚刚冒了花骨朵的玉兰树，全都冻蔫了，垂挂在树枝上。

陈宝祥躺在床上，看着昏黄的阳光落在窗台上。

今天，他觉得身上懒懒的，就没早早开门。

十年前，老父亲病故，他接下了陈家米饭铺的生意，一家五口艰辛经营，总算磕磕绊绊过来了。如今，大儿子陈大平二十二岁，二儿子陈虎子二十岁，女儿陈果儿十九岁，儿子身体健壮，女儿水灵漂亮，这个家总算有了希望。

"就算日本人来了，也没啥了不起。这么多年了，济南城打打杀杀，兵来将走，老百姓不也得好歹活着吗？"他自言自语了几声，把枕边的妻子林月娥惊醒了。

"哎哟，当家的，我做了个梦，吓死人。我梦见出城回娘家，还没到黄河边，就看到城北边打仗，死了一地人，血淌了一地……"林月娥捂住心口，脸色煞白。

"梦是瓦上霜，太阳出来一扫光。"陈宝祥笑了笑，在妻子手背上轻轻拍了拍。

这是老家的俗语，做了噩梦，对着太阳叫两声，自然就破解了。

"当家的，我怎么老是觉得，这个年过得没年味了呢？"林月娥低声说，一转头，眼角就已经湿了。

靠近中午，陈家米饭铺开门，竟然没一个上门吃饭的。

陈家住在济南城县后街，前面开店，后面居住。

米饭铺的门面不大，东西十五步，南北十步，店里放着六张方桌，靠墙长桌上，摆放着五个两尺口径的白瓷盆，里面是五样小菜。

桌子侧面就是蒸米饭的灶台，三个灶眼，三口大锅，每一口锅上放三层笼屉。

只要开门，大锅就热气腾腾，整个屋子弥散着米饭香气。

陈宝祥坐在柜台后面发呆，自从去年秋天战事吃紧，大街小巷传闻日本人要打过黄河，他就添了发呆的毛病。

他讨厌兵荒马乱的年代。眼看着米饭铺生意一天天好了，孩子们一天天大了，世道一变，再好的生意，也要黄了。

"爹，爹，有好事，有好事……"陈果儿从外面跑进来，崭新的花棉袄在阳光下闪闪发亮，两条麻花辫一条在胸口一条在肩后。

她肩上斜背着花书包，里面的书本沉甸甸的。

陈宝祥回过神来，陈果儿每天要到西更道街的杨先生家学写字，年前日本人进城，街上乱糟糟的，他就没让去。年后杨先生催了好几次，陈果儿也愿意去，他就松了口，放陈果儿出去。

"爹，大观园剧院唱戏，好角儿好戏，北平来的名家，唱的是全本的《四郎探母》《捉放曹》……"

陈果儿的脸红扑扑的，真像是一个又脆又甜的红苹果。

孩子是陈宝祥的希望，他只希望世道安稳一些，让三个孩子成家立业，自己和林月娥就心无牵挂了。

林月娥掀开门帘，从后厨走出来，端着一碗水。

"先喝水，又在路上疯跑了吧？"她把碗放在桌上，又把陈果儿的书包摘下来。

"娘，你和爹爱听戏，杨先生在大观园有朋友，送了十张戏票，给你们留了两张。"陈果儿解开书包带子，从一本颜真卿楷书字帖里拿出两张大红色的戏票。

"前排票呢，不便宜吧？咱不能占了人家杨老师的便宜。"

"娘，杨老师说了，日本人来了，大观园生意冷了场，卖不了座，怕北平来的名角儿不乐意，就送一部分票出来，请济南城里懂戏的过去免费听。周瑜打黄盖，一个愿打一个愿挨，根本不花钱。"

陈宝祥的确爱听戏，京沪来的名角儿票价太贵，他听不起，不过每个月都得听几场其他小角儿的戏。

放在过去，一看是北平女须生的全本大戏，他早就乐开了花。

当下，他只觉得意兴阑珊，什么都提不起精神来。

"大哥和二哥呢，还没回来？"

林月娥把碗递到陈果儿手里："你二哥跟着大哥，都到火车站去了，今天那边新招搬运工，你大哥有私底下消息，每人每天两角大洋，当天现结。"

陈果儿睁大了眼睛："啊？这么好？"

陈大平一直在火车站干扛大包的力工，上头管事的，看他年轻老实，让他当了个小头目，平时有了好差事，别人吃肉，总能让他喝一碗汤。

林月娥走到门口，向西边街上张望。

明知道陈大平和陈虎子两兄弟到晚上才回来，她仍然习惯性地抽空就向西边看几眼。

整整一天，米饭铺都没有客人上门。

门口经过的人，全都低头缩脑，匆匆而行。

没人大声喧哗，就连街头的狗子和骡马，都像塞住了嘴似的，不敢发出一点声响。

从年前日本人进城到现在，每天都能听到打枪的动静，但都隔得很远，隐约是在济南城西北位置。

"日本人进城，大伙儿饭都不吃了吗？"陈宝祥忍不住发牢骚。

米饭铺不开张，一家人没有进项，等于是一天天坐吃山空，这可不是个办法。

傍晚时，陈大平和陈虎子两兄弟回来，脚步拖沓，略显疲惫，但两张年轻的脸上，都带着笑容。

"爹，今天的工钱——"陈大平从口袋里取出钱袋，在炕沿上抖了抖，一块银闪闪的大洋掉出来。

林月娥吓了一跳："一块钱？你们兄弟俩今天挣了一块钱？"

如果是在平日，陈大平每天的工钱是一角大洋，赶上窝工、停工的时候，一个月里七扣八扣，连两块大洋都挣不到。可是今天，两个人只干了一天，就挣了这么多，是平时的十几倍。

"今天货场里特别忙，我们从清晨过去，到刚才下班，就中午吃了两个玉米饼子，歇了一小会儿，一天就没停下过——虎子，累坏了吧？"

陈大平是个好大哥，脾气绵软，孝顺爹娘，又十分照顾弟弟和妹妹。

别看陈虎子已经是个五大三粗的小伙子，但在他眼里，还是个需要手把手牵着走路的小弟弟。

"是累了，今天那些箱子看着不大，可真够沉的。"陈虎子笑起来。

他手都没洗，端起一大碗米饭，往嘴里扒拉。

"箱子上都有标记，那是部队的军械箱，小箱子装的是子弹，大箱子里装的是枪支零件。"

"子弹箱？里面还有枪？要是——咱逮机会偷一箱子出来，不就有枪了？"陈虎子的耳朵立刻支棱起来。

他从小拜按察司街江湖把式于三刀为师，舞刀弄枪，打拳踢腿，翻跟头，耍石锁，最大的理想就是像古代大侠那样闯荡江湖，行侠仗义。现在，他只要想到枪，心里就痒痒。

"可不敢那样，箱子都是有数的，上头天天交代，弄丢了箱子得赔钱，如果丢的是军械箱子，得赔命。虎子，你跟我到车站去，千万别有这种念头，要出大事的！"陈大平的语气十分严肃，绝不像开玩笑。

"我就是说着玩玩，看把你吓得！"陈虎子摇摇头。

从小，两兄弟就一文一武，一软一硬。

中国人讲究长兄为父，陈大平作为家里的老大，知道自己肩上责任重大，代替父母管教弟妹，一刻都不敢放松。

"这样的话，在外面说都不要说，会惹事的。虎子，今天上头说，日本人接管车站以后，钱有的是，大家日子肯定比以前好过，但最关键的，日本人叫干啥就干啥，其他啥都别管，老老实实干活赚钱就行，日本人亏不了咱。"

陈虎子停下筷子，瞪着陈大平："哥，叫干啥就干啥，那咱成啥了？不就成了磨道里的驴？"

陈大平愣住，他是个老实人，从没有把力工和驴联系起来。

"咱是人，不是驴，不能一辈子在火车站扛大包当力工！"陈虎子又说。

"不当力工，你想干啥？"陈大平问。

陈虎子把筷子向前一伸，做了个开枪的动作，嘴里发出"啪啪"两声。

"给我一杆枪，我就上山当大王，自由自在，比皇帝老子还舒坦。济南这么多山，随便圈起一座来，我就是土皇帝。日本人来了又怎么样？此山是我开，此树是我栽，要打此处过，留下买路财……"

林月娥笑起来："这傻孩子，当山大王？那不就是当土匪？"

陈虎子又瞪起眼来，认真地辩解："娘，山大王可不是土匪，土匪是坏蛋，山大王是好人。戏文里说的连环套窦尔敦，就是山大王，水泊梁山一百单八将，也是山大王。我要是当了山大王，打的旗号就是'替天行道'，日本人算什么？这是济南地盘，济南人说了算！"

陈宝祥看着二儿子，不知不觉，又出神了。

陈虎子出生在农历六月三伏天，济南城热死人的季节。

算命的说，陈虎子是火星帝君出世，将来能做大元帅。

借此吉言，陈宝祥便送他去学武。乱世出英雄，如果算命的说得准，陈家祖坟里冒青烟，这个孩子也许真的能出息个大人物。

"好了好了，吃饭，吃饭。"林月娥招呼。

一家五口吃饭，陈果儿说起跟杨先生学写字的事："今天杨先生教我写岳武穆的《满江红》，还告诉我，以后认字多了，得读读历史。中国历史上有那么多大英雄，国难当头之时，挺身而出，为国捐躯。当今天下，就缺一个岳武穆——"

陈虎子又叫起来："咱济南没有岳飞，可也有大英雄。秦叔宝秦二哥胯下黄骠马，掌中熟铜锏，马踏黄河两岸，锏打三州六府，帮助唐王李世民夺取江山。我不学岳飞，窝窝囊囊，死在奸臣手里，我要学秦二哥，广交天下英雄……"

"吃饭，吃饭吃饭。"陈宝祥用筷子指了指陈虎子。

陈虎子笑起来："爹，我师父说，做人就学秦叔宝，大英雄顶天立地，什么奸臣秦桧、张邦昌，根本不用理他们！"

陈宝祥沉下脸来："米饭把子肉还堵不住你的嘴？"

陈虎子嘿嘿笑了两声，这才低头吃饭。

一家五口刚刚吃完饭，门外有客来访。

"陈老板，陈老板？"

陈宝祥听出是杨先生的声音，马上出门迎接。

杨先生一身灰色长衫，脚下蹬着黑色皮鞋，手上拿着湘竹折扇，文质彬彬，做派儒雅。

"陈老板，我来约你一起去大观园听戏，正好做个伴儿。"

陈宝祥赶紧拱手："多谢杨先生，我换件衣服，马上就来。"

杨先生祖籍北平，书香门第，将相后代，文采斐然，远近闻名。

陈宝祥最尊敬读书人，所以，米饭铺开业之后，只要是杨先生过来买东西，一律免费供应。

正因如此，一向清高孤傲、从不收徒的杨先生，单独为陈果儿破例，收她做入门女弟子，严加管教，从不放松。

陈宝祥换了长衫和皮鞋，赶紧带着林月娥出门，与杨先生一道步行向西。

他明显地感到，大街上异常萧条，与过去的济南大不一样。

从前，张、韩两位老总掌管济南的时候，街道十分繁华，夜幕降临之后，两边店铺全都开着门掌着灯，街上的行人，也都步伐舒缓，神情闲适，不会像现在这样，胆战心惊，匆匆而过。

从大观园的戏票都卖不出去可知，日本人入城，一切都变得不一样了。

"陈老板，我听陈果儿说，年后这个月，米饭铺的生意并不兴旺，你有什么打算？"杨先生的话十分委婉。

其实，生意并非"不兴旺"，而是十分萧条。

连续三天，林月娥做的小菜，都没卖出去，只能自己吃。

蒸米饭的大锅停了两口，只留一口。

过去一天能卖十几笼屉米饭，现在连一笼屉都卖不完。

"我没什么办法，只能硬撑着，等到开了春，各家商铺开门，外地打工的过来，或许情况就好了。"这就是陈宝祥的真实想法。

在杨先生面前，他没有什么可隐瞒的。

杨先生一笑："话是这么说，今年跟往年又不一样。日本人从北方过来，席卷山东，东面又拿下青岛、烟台、威海卫，整个胶济铁路，都在掌控之中。他们现在一路向南……我的意思是，咱不是军人，也不是政客，但世道变成这样，以前的生意都不好干了，至少得变个法子，才能生活下去。我朋友说，大观园剧院以前最火爆的时候，座无虚席，人满为患，一张票倒来倒去，连翻十倍。现在，不得不送票，才能坐满半场了。"

陈宝祥是老济南，看着大观园建起来，生意红火，日进斗金。

他的发小之中，有人靠着大观园发了洋财，最后进京出国，名声在外，成了驾驭时代的大人物；也有一些，贪财求色，误入歧途，最终横尸街头，死无葬身之地。

这些活生生的例子，让他变得畏首畏尾，只能抱着上辈留下的米饭铺牌子，老老实实生活。

他只想做个木木讷讷的老实人，不跟权斗，不跟富斗，不跟豪斗，不跟黑斗，不跟兵斗。

"杨先生，我开着米饭铺，不管世道怎么变，民以食为天的古训总不会变吧？日本人也是人，他们占了济南，多多少少，总得让济南人活下去吧？"

杨先生一笑："国破山河在，城春草木深。希望大家都能好好活下去吧，不然，这么大的一座济南城，总不会突然就烟消云散，化为乌有了。可惜的是，泱泱大国，没有一个岳武穆，敢直捣黄龙府，与诸君痛饮……"

到了大观园东边，远远的，陈宝祥看到了花花绿绿的剧院招贴栏。

那位女须生天赋非凡，举国闻名，曾与圈内最著名的大角儿配戏。戏唱得好，人长得漂亮，所到之处，捧她爱她的公子王孙争破了头。

大观园第一剧场能请到她，过去一定是轰动山东的大事。

到现在，竟然靠着送票开场，实在是……

比起这些，陈宝祥觉得，自己的米饭铺就算三五个月开不了张，也算不得大事。

进了剧院，陈宝祥的萧条感觉更明显了。

入座的都是生面孔，过去那些心甘情愿买票入场、力捧名角的济南圈内行家都不见了，剩下的，獐头鼠目，衣衫油腻，一看就不是舍得花钱听戏的主儿。

戏台上，猩红色的大幕低垂。

幕布上方挂着醒目的条幅，上面是对女须生的欢迎词。

"陈老板，你看，任何行当都免不了受影响，你的米饭铺还是早做打算，不要船到桥头再想办法，那就晚了。"杨先生又说。

陈宝祥心里七上八下，杨先生的话，给他很大压力。

如果没了米饭铺，一家的生计怎么办？

他又想到今天陈大平带回来的那块大洋，突然心里一动，冒出一句："日本人连扛大包的力工都那么照顾，给那么足的工钱，总不会让济南城的百姓挨饿吧？"

这当然也是真心话，他甚至盘算，两兄弟一天就能挣一块大洋，一个月下来，差不多三十块大洋，比米饭铺半年的利润都高。

如果他也养养身体，跟着两兄弟到火车站去扛大包，一家里三个男人干活，把米饭铺扔给林月娥和陈果儿看着，生活肯定就有保障了。

这样一想，他对前途又充满了希望。

杨先生转过头，认认真真地看着陈宝祥。

陈宝祥有些不好意思："杨先生，我只是觉得，世道变来变去，在咱济南，老实人总能活下去的。"

杨先生长叹一声，没有回应。

两人坐了一阵，剧场里稀稀拉拉上了一小半人，座席上总算不那么难看了。

剧场老板上台，先说了一些感谢北平名角莅临济南献艺的场面话，然后退下去，戏目正式开始。

陈宝祥感叹，这一次连演戏的规格也降了不少。

过去，剧场老板说完，至少还有济南的官员代表、乡绅代表、票友代表上台，做简短的致辞。尤其是官员代表，那是济南的脸面。

北平名角儿到大观园剧场来，是给济南面子，你敬我一尺，我敬你一丈，这才是中国人做人做事的规矩。

现在，连致辞的都没有，就等于是唱戏的没了锣鼓家伙，面子上很不好看。

女须生的戏很好，《四郎探母》唱到"坐宫"的时候，陈宝祥暂时忘记了日本人进城这件事，也忘记了自家的生意，全神贯注听戏，整个人的心思，都沉浸在四郎杨延辉和北国铁镜公主的悲欢离合里。

戏演完，已经到了晚上十点钟。

陈宝祥两口子和杨先生出了剧场，走到侧门边的馄饨摊前。

过去，每次听完戏，陈宝祥都在这里吃一碗馄饨再走，已经成了惯例。

三个人在摊子前的小桌边坐下，要了三碗鸡汤馄饨。

"今晚的戏真不错！"陈宝祥感叹。

"戏如人生，听过这么多次《四郎探母》，仍然百听不厌。"杨先生轻轻摇着折扇，望着北面黑魆魆的街道。

大观园是济南城最繁华的地方，如果不是日本人进城，今晚应该比过年还热闹。散场时的人流，必定人人都在学着名角儿的唱腔，庆幸有生之年，能够听到这位女须生的大戏。

陈宝祥的情绪好了些，盘踞脑海中近一个月的混乱和低沉，已经被陈大平的那块大洋冲散了。

"陈老板想到了什么好事？现在的情绪，跟入场时相比，好了很多！"杨先生是个聪明人，总能够洞察一切。

陈宝祥不好意思地笑了笑，把刚刚想到的事说了一遍。

杨先生叹气："现在，火车站属于日本人，两个孩子去那边扛大包当力工，是给日本人做事。"

陈宝祥点头："没错，不过跟以前没什么两样，我们干活吃饭，就算给日本人做事，也不丢人。"

杨先生一笑，没再回应。

馄饨上桌之前，杨先生放下了折扇，用两根筷子，在折扇旁边搭了个十字。

那把折扇上，是杨先生自己题写的岳武穆《满江红》全篇，草书洒脱，笔力非凡。

"杨先生，陈果儿在你那里学习，会不会影响你？我们可以支付学费，只要能让她识文断字就行，将来不至于像我们这样。"林月娥小心翼翼地说。

杨先生摇头："陈夫人，没有的事。陈果儿很聪明，你们早就应该送她去女子学堂才对。她告诉我，将来的理想是当一名女教师，把所有女孩都教会写字，最终去北平和上海那样的大城市，见最大的世面。这孩子，眼界很高，以后还得好好培养。"

林月娥赔着笑脸："我们没想那么远，只希望她能找个好婆家。"

一个穿着黑色棉袍的中年人走过来，在侧面桌边坐下，要了一碗馄饨。

杨先生向那边看了看，自言自语："馄饨还没熟吗？我去看看。"

他站起来，绕过旁边的桌子，走向灶台。

林月娥低声说："当家的，今天晚上杨先生说话怪怪的，东一句西一句，是不是有什么话不好意思说出口？果儿跟随他学习那么久，咱应该给人家学费才对。是不是杨先生生活上遇到什么难处，想讨学费又开不了口？"

陈宝祥皱了皱眉，他不是个吝啬的人，假如杨先生找借口讨学费，他马上给就是了。

杨先生回来，热腾腾的馄饨也端上了桌。

林月娥在碗里加了香菜和辣椒油，先端给杨先生。

杨先生没有客气，把折扇收起来，拿起勺子。

"天气慢慢暖和了，事儿肯定要干，不能闲着。这济南城啊，总会盼来个好好的大晴天。"杨先生皱着眉头，慢悠悠地说。

"杨先生，果儿跟你学了这么久，学费的事请放心，我明天就让她捎过去。"陈宝祥说。

他从不欠别人的情，尤其是金钱往来，更是宁愿吃亏，绝不占人便宜。

杨先生抬头，望着西面的剧院招贴栏。

陈宝祥重复了一遍，杨先生才回过神来："学费？什么学费？陈老板，你多心了，果儿是个聪明孩子，我以后指着她光大门楣呢，怎么可能收学费？"

陈宝祥有些不好意思："杨先生，我的确是疏忽了这事，孩子学了本事，不能让你白白受累……"

杨先生拿起折扇，轻轻一拍："陈老板，这话就错了，我教孩子，不是看在你免费提供一日三餐，而是看着这孩子有灵性，值得教。学费的事，别再提了。"

旁边的客人吃完馄饨，站起来离去。

杨先生向东望着，直到那位客人的背影融入黑暗，才低下头来。

"陈老板，你要是真觉得欠我情，就帮我保管一件东西。"杨先生说。

陈宝祥一愣："保管东西？你说，我一定做到。"

杨先生指了指脚下，陈宝祥这才发现，一只棕色的藤箱就在杨先生的两腿之间。

他们三人步行过来，杨先生只带着一把折扇，箱子什么时候出现的，陈宝祥根本没有注意。

"这个箱子至关重要，放在你那里，也许会带来麻烦。如果你怕，就算了，我另想办法——"

陈宝祥挺了挺胸，点了点头："杨先生，啥也别说了，箱子放在我家里，保证安全。"

林月娥低头吃馄饨，一言不发。

陈宝祥垂下手，把藤箱拿过来，放在自己和林月娥中间。

"多谢了。"杨先生表情冷峻，轻轻地拱手。

陈宝祥和林月娥到家，先把这个两尺见方的藤箱用两件旧衣服裹住，然后藏在床下。

"当家的，这是什么东西，要不要打开看看？"

陈宝祥摇头，箱子上挂着云头铜锁，没有钥匙，无法打开，这是其一。其二，他既然答应杨先生，为对方保管箱子，就不能有任何怀疑。

季布一诺，重逾千金。

济南人讲信义，那种两面三刀的事，他可做不得。

"好了，从今天起，杨先生交代的事就烂在肚子里，不要再提了。"

林月娥点点头，收拾被子，两口子准备睡觉。

今晚看到大观园剧场的衰落，陈宝祥十分感慨。

大观园落成开园的时候，他去过，在人堆里挤着，看那些达官豪绅在台上慷慨激昂地发表演讲。

他记得，好几个人提到，大观园建成，将会让济南在全国的地位大大提升，成为北平和上海之间的一座桥梁。以后的济南，将会迅速崛起，成为全国知名的大城市，让每一个济南人都备感光荣。

开园的鞭炮声犹在耳边，大观园却迅速衰落，让陈宝祥心里忽忽悠悠，仿佛坐上了跷跷板，一会儿上去一会儿下来。

"人总是要吃饭的吧？日本人也不是活神仙，他们到济南来，每天总得填饱肚子，才能干活……明天打起精神来，好好干活……一家五口的饭碗，都在这米饭铺上呢！"

他虽然知道，两兄弟都有一副好身板，都能在火车站扛大包当力工赚钱，但他真正希望的，是陈家能够像杨先生那样，成为文化人，满腹经纶，出口成章，处处受人尊重。

"当家的，你说过，你们爷仨去火车站干活的事，我觉得不好。年轻人当力工还行，你这身体……"

陈宝祥笑了，他当时是一时糊涂，才想到了穷途末路时没有办法的办法。

"我就是随口一说，开了春，米饭铺生意好了，哪有工夫去火车站干活？我想好了，咱从明天开始，打起精神来，小菜半价，优惠三天，好好干……"

两口子你一句我一句，一直说到后半夜，完全忘记了藤箱的事。

第二天起来，陈宝祥早早开门，把店铺内外清扫一遍，又拿了一块新抹布，把桌子凳子全都擦拭干净。

陈果儿帮忙，写了一张新的招贴，"小菜半价，优惠三天"这八个字写得尤其醒目。

林月娥用玉米面熬了糨糊，把招贴贴出去。

这个办法果然管用，米饭铺当天的客人就多起来。

生意见好，陈宝祥有了底气，说话也响亮起来。

中午以后，他和林月娥才得空吃饭。

正吃着，门外来人，正是火车站力工的头儿朱有成，也就是陈大平的顶头上司。

"朱经理怎么有空来？坐坐坐，快坐！"陈宝祥赶紧起身让座。

林月娥把碗筷推开，立马去沏茶。

朱有成剃着光头，穿着黑色短衫，脚下是一双牛皮短靴。

无论冬夏，他的短衫袖子一直卷着，露出左右手背上张牙舞爪的飞龙刺青。

"陈老板，今天过来，有好生意关照你。"朱有成坐下，大大咧咧地开口。他出身摔跤世家，祖上出过好几个全国跤王。所以，在济南，提到朱家，黑

13

白两道都要给点面子。

正是有了这种底气，火车站建成后，朱有成很快就成了力工的老大。他一方面向火车站要管理费，另一方面从力工的工钱里抽成，混得风生水起，成了济南城的一号不大不小的江湖人物。

"多谢多谢，朱经理请说。"陈宝祥赔着笑脸。

"是这么个事，我的日本朋友不习惯济南的饮食，尤其是不满意济南这些厨子做的米饭。人家祖祖辈辈吃米饭，嘴刁着呢——他们让我找个中国厨子，专管蒸米饭。济南城的厨子我全都认识，但说到米饭，你陈家米饭铺的招牌搁在这儿，鼎鼎大名，半个济南城都是吃你陈家米饭的。所以呢，你跟我走一趟，去见见我那日本朋友，这事要是谈成了，你这米饭铺生意准得大火，以后就别做中国人的生意了，专门伺候日本人！"

"给日本人做饭？"起初，陈宝祥没听明白，后来，脑子里豁然开朗。

"朱经理，这可是件大好事，我正愁兵荒马乱的，米饭铺没生意呢！"

朱有成起身，向西面指着："别磨蹭了，直接跟我走吧？"

陈宝祥慌忙摘掉了围裙，洗干净双手。

"朱经理，要不要给人家日本人带什么礼物？"

朱有成撇了撇嘴："礼物？人家从北平过来，什么好东西没见过？啥都不用带，我朱有成的朋友带啥礼物？"

陈宝祥跟着朱有成出门，一直往西。

朱有成步子迈得很大，陈宝祥一路小跑，勉强跟上。

"陈老板，以后济南是日本人的天下，能跟人家扯上关系，是咱的荣幸。这生意要成了，你可给我记住一点，老老实实，本本分分，绝对不能出半点差错，米饭里要是有一点沙子，我可丑话说到前头，日本人养着的大狼狗可不是吃素的！"

陈宝祥打了个寒战，连连摇头："不可能，不可能，那不是砸我自家招牌吗？"

朱有成哈哈一笑："我知道陈老板是个懂事的人，哪边轻哪边重，自己掂量掂量就知道了。"

两人出了普利门，直奔大观园方向。

一辆日本军车经过，车顶上的太阳旗迎风飘摆。

车厢里坐着两排士兵，怀中刺刀，闪着刺目的寒光。

陈宝祥不敢看，朱有成毫不在意，向着军车挥手打招呼。

"别怕，日本人对老百姓特别友好，这几天车站大量运货，日本人主动提出工钱加倍，不能亏了老百姓，陈大平都跟你说了吧？"

陈宝祥点头答应着："说了说了。"

朱有成笑起来："你看，我没骗人吧？日本人初来乍到，肯定得给老百姓留个好印象。强龙还不压地头蛇呢！"

陈宝祥跟在后面，心情渐渐放松下来。

那块大洋已经让林月娥收起来，陈大平说了，这几天累就累点，同样出力，比日本人来之前，挣钱多好几倍。

"如果日本人真这么善待百姓，那济南人就能过上好日子了。"他的信心又重新树立起来。

两个人进了大观园，陈宝祥不敢多问，直接去了大剧院相邻的吉祥茶馆。

茶馆里没几个人，最深处的雅座里，两个戴着礼帽、穿着长衫的男人正在低声交谈。

朱有成领着陈宝祥过去，向正面那个戴着金丝边眼镜、捏着一张报纸的中年男人拱手："田先生，你要的人，我带来了。"

那位田先生放下报纸，看看陈宝祥，然后低语了一句。

与他谈话的人起身，微微鞠躬，然后转身离去。

"陈宝祥，陈家米饭铺的老板，上三辈专做米饭生意，都是宫里传出来的秘方，独一味。"朱有成回头，指着陈宝祥介绍。

陈家蒸米饭的方子的确是祖辈传下来的，不过，跟宫里无关。

"陈先生，幸会，幸会！"田先生和颜悦色，向陈宝祥伸出手。

他的右手拇指上戴着一只翠玉扳指，又大又亮，造型饱满，一下子晃了陈宝祥的眼。

"田先生好，田先生好。"陈宝祥受宠若惊。

田先生邀请两人落座，又招呼伙计，重新沏了一壶茉莉茶。

田先生的中国话说得很好，如果不是朱有成介绍，陈宝祥根本认不出对方是日本人。

谈到米饭，田先生说得头头是道，对中国的稻米产地、品质、口味如数家珍。

"你们中国的稻米品质很好，这都是得益于中国优良的地下水。济南号称泉城，有亚洲独一无二的泉水，如果能用泉水灌溉，种出的稻米一定亚洲一流。陈先生，我的公司就在大观园南面，方便的时候，邀请你过去参观参观。我需要你帮忙，蒸出最适合日本人口味的米饭，无论是白米饭还是做寿司，都必须让他们找到家乡的感觉，呵呵呵呵……"

朱有成替陈宝祥应承："绝对没问题，田先生，有陈老板出手，一定让日本朋友宾至如归，吃上放心饭。"

陈宝祥祖传的秘方概括为五个字——泡、热、长、焖、捂。

既然朱有成把大话说了，他也不能让朋友丢人，就把这"五字诀"说给田先生听。

田先生大感兴趣："五个字？五字诀？很好很好，仔细说来听听？"

"泡，指的是第二天蒸米饭，头一天晚上就要先泡米，前前后后要泡六个时辰。从头天的申时泡到第二天的辰时。"

田先生拿出钢笔和本子，把陈宝祥的话记下。

"热，指的是热水上笼，锅里添足了水，水烧得滚开，然后再把笼屉扣上。笼屉里的水没过大米两倍，而且必须是热水。"

田先生笑起来："原来你们陈家米饭是这种做法？怪不得，我吃过两次，觉得分外绵软，很好，很好。"

"长，指的是蒸米饭的时间要足够长，普通人家做饭，蒸半个时辰甚至更少，我家的米饭必须蒸够一个时辰。焖，是指米饭蒸好以后，不要开盖，更不要把笼屉搬下来，继续盖着，焖足一个时辰。捂，是指开始盛饭的时候，盖子随时盖上，不要让锅里的热气散了，变成冷饭。严格遵守这五个字，就能做出一锅可口的米饭。"

"五字诀"是陈家的秘诀，如果不是为了开口就镇住日本人，拿下这笔生意，陈宝祥绝对不会露了自家的底细。

第一章

有朋自远方来

"陈先生，谢谢你的坦诚。我见过很多中国商家，总是对自己的经营之道秘而不宣。像你这样，把我们日本人当作朋友，毫无保留地说出家族秘密，真是让我感动。你这个朋友，我交定了。"田先生微笑着，举杯敬茶。

接下来，田先生提出，首先要有十天的合作试用期。

如果双方满意，就签订长期合同，由陈宝祥向田先生的公司供应米饭，价格是陈家米饭铺目前售价的五倍。

"好厨师是上天赐予人间的幸福使者，理应受到最优厚的待遇。"田先生笑着，从提包里取出五块大洋，放在陈宝祥面前。

"田先生，不用定金，我明天按时把米饭送到你公司就行。"陈宝祥愣了。

"这是见面礼，初次见面，交谈甚欢，我的一点小意思，请收下。"田先生笑眯眯地说。

陈宝祥从未经过这样的场面，把生意送上门，还送五块大洋的厚礼，哪有这样的好事？

他还想推辞，朱有成转过头，狠狠瞪了他一眼。

"拿着拿着，田先生给钱，就是看得起咱们。拿了这些赏钱，好好做事，实实在在地对待朋友，才是正理！"

陈宝祥再三道谢，把五块大洋放进口袋里。

三个人喝了几杯茶，聊了几句闲话。

田先生又问："朱经理说，你的两个儿子都很不错，在货场干活。如果需要我关照的话，尽管说。驻军全面接管胶济铁路，只要是跟火车、货场有关的事，我都可以找朋友通融。"

陈宝祥精神一振，知道搭上田先生的关系，以后在济南办事，就大为方便了。

田先生给了地址，然后端茶送客。

两人走出茶馆，向东走了一段，朱有成站住，看着陈宝祥。

"陈老板，田先生是个好人，跟他合作，肯定吃不了亏。"

陈宝祥连连点头，把五块大洋拿出来，送到朱有成面前："朱经理，这钱……这钱我受之有愧，你为我牵线搭桥，忙了半天，这些钱拿去，买双鞋穿。"

朱有成皱了皱眉头："陈老板，这点钱我能看到眼里吗？我朱有成是个爽快人，北派跤王传人，能贪你这点钱？听着，我把日本人当朋友，帮朋友做事，两肋插刀。你呢，拿着这些钱，好好干事，别让我在朋友那里丢脸，懂不懂？你做的饭，让田老板满意，比给我多少钱都好，知道不？"

陈宝祥有些惭愧，对方跟日本人合作，是整个济南火车站的力工老大，随随便便动动嘴皮子就日进斗金，当然不在意这五块大洋了。

"朱经理，你放心，我保证尽力，让你的日本朋友满意。"

朱有成点头，在陈宝祥肩头猛地拍了一掌："行了，陈老板，就此别过，我去火车站，你赶紧回家，好好准备吧！"

陈宝祥一路往东，到了普利门桥上，停下来喘口气。

兜里的五块大洋沉甸甸的，让他有些兴奋，又有些不安。

城门口那边，换了黄军装的日本军人站岗，比起以前穿着灰军服的兵老总，似乎更让他觉得有新鲜感。

现在，他为日本人田先生做事，跟日本人是朋友，所以，身份马上就与众不同了。

他低头看看桥下，护城河的水奔涌北去，汇入大明湖。

春天真的来了，倒春寒过后，河边垂柳吐绿发芽，倒映在水面上，一派生机勃勃的景象。

"春天到了，我老陈家要交好运了！"在他心底，有个声音激动地叫着。

回到县后街，他把林月娥叫到后院屋里，拿出了五块大洋。

林月娥吓了一跳："这是什么？哪来的？"

"日本人给的。"

林月娥愣住，挨个拿起大洋，放在嘴边一吹，然后转到耳朵边上听声音。

"都是真的，都是真的……日本人凭啥给这么多钱？五块大洋够买多少米饭了？"

陈宝祥笑起来："这是赏钱，不是饭钱。日本人田先生说，只要我们做的米饭合日本人的胃口，以后长期合作，有赚不完的钱。"

这就是陈宝祥未来的希望，济南城里米饭铺至少十几家，朱有成牵线，把这个机会留给他，简直是肥猪拱门，天降财神。

林月娥听明白了陈宝祥的话，脸上也乐开了花。

如果能跟日本人长期合作，米饭铺的生意就能越做越大，成为一个大买卖。

两个人收好了大洋，回到前头饭馆。

过去，他们曾经憧憬过好几次，把左右邻居的铺面买下来，最少要能摆二十张桌子，再添三眼灶台，九层笼屉，最好再招两个伙计，正经八百地做生意。到时候，他们不止卖米饭、把子肉和小菜，还得加上炒菜，请几个鲁菜厨子，弄十几个拿手好菜，打出名堂去。

上次有朋友结婚，在燕喜堂请客。

陈宝祥参加宴会回来，对燕喜堂的拿手菜赞不绝口。如果陈家米饭铺扩大规模，燕喜堂就是他学习的榜样。

"当家的，真像是做梦一样。你说，是不是咱老陈家祖坟冒青烟了？咱的好日子要来了？"林月娥撩起围裙一角，轻轻擦拭着眼睛。

陈宝祥向外面看着，走路的人依然脚步匆匆，但此刻在他看来，整个济南城正在焕发生机，日本人入城带来的危机感，正在散去。

"民以食为天，日本人也是人"这两条，就是他此刻全部的底气。

"没错没错，咱的好日子就要来了。将来，咱把两边店铺都盘下来，开个大饭店，像燕喜堂那样，专做鲁菜，九转大肠、糖醋鲤鱼、爆炒腰花……济南是交通便利、四通八达的宝地，在这里开起总店，到青岛去开分店，让陈家米饭铺的大名，沿着胶济铁路向东扩散——对了，那时候不再叫陈家米饭铺了，应该叫陈家大饭店，哈哈哈哈……"

陈宝祥大笑起来，他觉得，自己很久没有这样开怀大笑了。

自从去年夏秋之交，甚至是更早的时间，他就觉得济南城上空笼罩着一层阴霾，让人喘不过气来。

如今，阴霾散了，天晴了。

晚上，陈大平和陈虎子收工回来，又带回来一块大洋。

"你们两个，别只顾挣钱，自己累坏了！"林月娥嘱咐。

陈大平笑了笑："我没事，干习惯了。虎子今天脸色不太好，是不是昨天累着了？"

陈虎子脸上疲态毕露，没有回应陈大平的话，一个人回屋里去了。

"你们两个别太拼命了，扛大包出大力不是长久之计，我准备扩大米饭铺的生意，将来你们两个也不用到火车站去了，就跟着我做生意，以后出去当少东家，掌管分店。"陈宝祥眯着眼睛，笑着说。

"扩大生意？分店？爸，你没事吧？"

陈宝祥摇头，吩咐林月娥端饭上桌。

陈大平拉着林月娥的手，低声问："我爸怎么了？不发烧怎么说胡话了？"

林月娥在大儿子手背上打了一下："别胡说，你爸今天接了一个大生意，咱陈家很快就能翻身了。"

在餐桌上，陈宝祥说出了今天跟田先生谈话的全部内容。

"有这么好的事？怪不得下午见到朱经理，他对着我笑，说我以后就要交好运了！"陈大平惊喜地说。

陈虎子大口吃饭，一副不以为然的样子。

"朱经理人不错，以后有机会一定报答人家。"陈宝祥十分感慨。

当时，如果朱有成把五块大洋全都拿走，他都觉得并不过分。

对方不要钱，他更觉得欠人家一份人情。

"虎子，虎子——"陈大平盯住了弟弟。

"干啥？"

"下午你干啥了？搬箱子进库房的时候，是不是偷偷拿撬棍弄箱子了？"

陈宝祥吓了一跳，放下筷子，看着二儿子。

"我没。"陈虎子头也不抬。

"虎子，别碰那些箱子，十天前有人出过事了，扛走了两个箱子，最后日本人领着狼狗一路找过去，连人带箱子，全都被找回来。他想把枪卖给土匪，八字还没一撇，人就完了。朱经理说，过几天，让我顶那个人的职。好兄弟，咱扛大包挣辛苦钱，有些钱，有命挣没命花。听我的，别打日本人箱子的主意，不然，就别去车站了。"

陈宝祥看着陈虎子，想开口，却又不知道该说什么。

"一辈子扛大包？哥，那是你，不是我。不让我去车站，那就拉倒，我还不想去了呢!"陈虎子涨红了脸,一下子把饭碗推开。

"怎么跟你哥说话呢?"林月娥急了,在陈虎子背上拍了一巴掌。

"我就这么说话,咱凭什么一生下来就跟在人家屁股后面扛大包?拼死拼活一天,两个人才挣一块大洋,你知道朱有成一个月挣多少?四百大洋——还不包括从货场偷东西卖钱。哥,你自己去扛大包下苦力吧,干一辈子,也就是个力工!"

陈大平没有动怒,端着饭碗继续吃饭。

从小,他就没少听陈虎子抱怨,但每一次,陈虎子在外面闯了祸,都是他出面打点,给弟弟擦屁股。

"撬箱子干什么,偷枪?偷枪干什么,占山当大王?"陈宝祥问。

陈虎子没法回答,他低着头,拼命攥着拳头,手指骨节咔咔直响。

"不去车站,就留在家里,帮我送货。从明天开始,咱给日本人田先生送饭。如果十天的试用期能通过,以后每顿饭都要送十五个人的量。"

这就是田先生的吩咐,陈宝祥相信,自己有能力把这个活干好。

"我不干。"陈虎子摇头。

"那你想干啥?"

陈虎子闷声闷气地回答:"我想当兵,骑马打仗。"

陈宝祥叹气,那其实也是他对二儿子的期盼。

本来,他已经托熟人走门子,想把陈虎子送到韩老总的部队去。可惜,刚刚开始送礼打点,韩老总就撤离济南,没了下文。

"虎子,先在车站上干着,以后有了好去处,哥不拦着。不过,咱别动那些箱子,那是人家部队上的军用品,咱老百姓碰不起。"陈大平把碗端到陈虎子手上,耐着性子,好言相劝。

一家五口总算相安无事地吃完了一顿饭,陈果儿帮着林月娥收拾碗筷。

陈宝祥把陈大平叫到自己卧室,关上门,商量正事。

下午,他算了一笔账,如果日本人说话算数,给的饭钱是现在米饭铺价格的五倍,那他很快就能攒下一笔钱,可以用来扩大店面。

"大平,你说,日本人到底怎么样?"这就是陈宝祥始终拿捏不定的问题。

"爹,我在车站上见到过一些日本军人,纪律严明,训练有素。他们站岗的时候，不论刮风下雨，站得跟铁桩子一样，一动不动，腰杆挺得笔直。晚上下班，货站里一个人都没有，可人家站岗的，还是老老实实守在那里，没有命令，绝不蹲下来偷懒。我觉得，他们比以前韩老总的那些人靠谱。现在，车站发给力工们的钱增加两倍，上头专门有人监督发工钱，避免朱经理的人层层克扣，工友们都很满意。"陈大平向来不说谎话，有一说一。

"这么说，他们是些正经人了？"

陈大平点点头："我觉得是。"

陈宝祥想到十年前发生的"五三惨案"，老济南人记忆犹新，说起这事，恨不得把日本人生吞活剥了。

他没见过惨案现场，可这事实实在在发生了。

"大平啊，你每天去上班，好好观察观察，如果日本人的确够仗义，我就跟田先生长期合作。如果这些人欺负中国人，咱就趁早打住，不跟他们来往。让他们吃饱了欺负济南人，这种吃里爬外的事，咱老陈家可不能干！"

在大儿子面前，陈宝祥终于说了实话。

为了生计，他可以忍气吞声做生意，在任何人面前逆来顺受。但是，当卖国贼，帮着外国人坑中国人，那就是两回事了。

陈大平有些为难："爹，咱是卖饭的，人家是买饭的，咱没做伤天害理的事，跟他们合作，不犯法，不害人，对得起天地祖宗。我觉得，你说田先生彬彬有礼，客客气气，不像坏人，那就先合作再说。咱做生意，有钱赚总是好事吧？"

两人商量了一阵，仍然打不定主意。

陈宝祥起身："算了，你累了一天，早点歇着，我去找杨先生讨教讨教。"

陈宝祥一个人出门，去了西更道街。

日本人刚进城的时候，他告诫一家人谁都不能晚上出门，提防兵荒马乱的，有个闪失。

现在，看看日本人跟济南人相安无事，也就放松了警惕。

进了杨先生家，他看到正面墙上，新添了一幅草书。

杨先生正在喝酒，一瓶老白干，一碟花生米，已经喝得两颊微微露出酡红。

"陈老板，坐下坐下，咱喝两杯，聊聊天。"杨先生热情招呼。

陈宝祥坐下，辨认那幅字，原来是辛弃疾的词，最后两句"廉颇老矣，尚能饭否"写得峥嵘挥洒，笔画狂放，仿佛要脱纸而去。

两个人喝了几杯，陈宝祥提出了自己的问题。

他就想找个明白人问问，日本人究竟怎么样？值不值得交往？

"看看昨天晚上大观园剧场就知道了，日本人一到，中国人人人自危，噤若寒蝉，连北平女须生那样的大角过来，都不敢出门看戏。你想想看，这说明什么？陈老板，这就说明，日本人来者不善哪！"

"杨先生，我就是个卖饭的。过去，张老总走了，韩老总来了。如今，韩老总走了，日本人来了，来来去去，走马换将，大家总得吃饭吧？我记得，韩老总刚来的时候，省府厨房里的大厨，还到我店里品尝过米饭，说我家的米饭，有宫里的味道。我想，日本人来了也是一样，让交税就交税，我就一个卖饭的，能有多大风险？"

思来想去，陈宝祥内心深处，还是希望跟田先生合作，小小地发一笔财，给孩子们留下点家底儿。

"陈老板，你说得有道理，但你想想，张老总、韩老总都是中国人，他们跟咱一样，都是黑眼睛、黑头发、黄皮肤的中国人，再坏能坏到哪里去？他们的祖坟都在中国，如果做得太过分，等他们死了，老百姓刨他们的祖坟，他们受得了吗？所以，他们再坏，都有个尺度。日本人就不一样了，他们的根在东瀛，隔着大海，咱能去刨人家祖坟吗？"

陈宝祥想起田先生的笑脸，立刻想到，对方也是黑头发、黑眼睛、黄皮肤，除了语言不同，其他跟中国人没什么区别。

更何况，田先生的中国话说得很地道，走到街上，没人能认出他是日本人。

"杨先生，我见到的那个日本人田先生，一看就是知书达理的人，待人谦和，笑脸相迎。跟他合作，我觉得挺踏实。"

杨先生看着陈宝祥，一杯酒端到嘴边，又重重地放下。

陈宝祥看得出，杨先生有些不快，但他是来讨教的，不管对方说什么，都得好好听着。

"陈老板，有句话可能不中听，但我不得不说——"

杨先生的脸色越来越凝重，两颊上的酡红变成了淡紫色。

外面，西北、西南方向，隐约又传来枪声。

"中国历史上，从来没有出现过今天这种情况，日本人从东三省开始，越过山海关，一直向南，他们的野心……司马昭之心，路人皆知。他们是想让咱们亡国，让中国人当亡国奴！陈老板，亡国奴你懂不懂？从前，国破山河在，城春草木深……那毕竟打来打去，还是中国人的内斗，北方胡骑呼啸，南下牧马，毕竟都是中国人……日本人不同，他们是外国人，是中国历史上的倭寇，是被戚继光痛击过的侵略者。现在，我心痛啊，中国大好河山，被倭寇占领，我辈有何颜面，面对列祖列宗？"

陈宝祥暂时无法理解杨先生的意思，过去，他也听老辈人说过，大清灭亡剪辫子的时候，也有遗老遗少，呼天抢地，大叫着"大清亡了"。可是，大清亡了，带来的是更美好的日子，济南老百姓并没有因为皇帝倒了，而失去活着的勇气。

在他看来，济南老百姓并不排斥"大清亡了"的日子。

或者，他认为日本人进了济南，并不是什么坏事。

"杨先生，那你说，我跟那位田先生合作的事，是好是坏？"

杨先生猛地一扫，桌上的酒壶落地。

"合作，跟日本人合作，古人不为五斗米折腰，我们还不如古人吗？我们还能没有那种骨气吗？陈老板，你要还觉得自己是个中国人，就别谈这个日本人，羞耻，羞耻，这是中国人的羞耻——"

陈宝祥从未见杨先生如此愤怒过，其实，他也想跟杨先生说的那样，不跟日本人来往，拒绝跟田先生合作。可是，他心里转不过弯来，不想失去这个大客户。更何况，半个月来，陈家米饭铺生意惨淡，蒸好的米饭和小菜浪费了不少，这样的状态，根本入不敷出。

"杨先生——"

"出去，出去，出去！我不想看到一个软骨头的中国人，中国人有骨气，山东人有骨气，济南人有骨气，陈老板，我后悔认识你这样的人，我有眼无珠……"

杨先生气得嘴角喷着白沫，双手拍打桌子，陷入疯狂状态。

"杨先生，杨先生，小声点，小声点……"陈宝祥吓坏了。

半夜三更的，他生怕杨先生的吼叫，招来难缠的人物。

"我，杨仲春，没有你这样的朋友，滚出去，滚出去，滚出去……"杨先生歇斯底里地叫着，抓住陈宝祥的衣领，把他一直推到院子里。

"我……我，杨先生，我这就走，这就走，你别叫了，别叫了！"陈宝祥灰溜溜地出门。

在他身后，两扇木门砰的一声关闭。

杨先生的吼叫声，等陈宝祥出了西更道街，仍然听得清清楚楚。

"杨先生这是怎么啦？真是怪事，怪事……"陈宝祥嘟囔着，缩了缩脖子，小跑着回家。

他不管别人怎么说，明天先把米饭蒸好，送到田先生那儿再说。

转天起来，陈宝祥按照"五字诀"，蒸好了三小盆白米饭，挑了又挑，选了又选，把卖相最好的一盆，盖上锅盖，放在木箱里，四周再围上棉被保温。

然后，他一路小跑，出了普利门，送到田先生说的经六纬六路口。

那里有一座青色两层小楼，门口挂着"远东商贸公司"的牌子，白底黑字的木牌并不起眼。

陈宝祥在铁门上拍了两下，一个穿着黑色制服的仆人开门出来。

"给田先生送饭的。"陈宝祥气喘吁吁，心里忐忑不安。

吃人家的嘴短，拿人家的手短。

昨天接了田先生五块大洋，他从心里觉得，已经亏欠人家太多，恨不得捧出济南人全部的热情，加倍回报。

他已经打定主意，不管田先生提出什么要求，自己都能答应，反复改进，达到对方的标准。同时，价格也不会定得太高，跟米饭铺平时的卖价差不多就行。

仆人带他去了二楼，进了一间装饰优雅的书房。

田先生坐在棕色的办公桌后面，正在查阅地图。

见到陈宝祥，田先生脸上立刻浮起了热情的笑容："陈老板果然诚信，如约前来，多谢。"

陈宝祥把箱子放在桌上，一层层揭开包装，香喷喷的稻米原香立刻飘满了这间屋子。

"好香，好香，真是不错，我好像闻到了东京都郊外的稻花香味，太棒了，太棒了……"

陈宝祥心里一块石头落地，知道自己做的米饭，已经征服了对方。

田先生吩咐仆人上茶，请陈宝祥在书房里坐，然后带着米饭盆去了餐厅。

陈宝祥老老实实坐在书房一角的矮凳上，动也不敢动。

这间屋子的三面都是书架，上面摆着几百本书，其中有一半是地图册。

办公桌后面的墙上，挂着一幅山东地图，一幅济南地图。

陈宝祥远远地看过去，很快就找到了县后街和西更道街。

他是老济南，熟悉城里每一条街道。

"看来，田先生喜欢济南，屋里挂着济南地图，一定是济南人的朋友。"陈宝祥又松了口气。

济南风景秀丽，名胜众多。

陈宝祥过去最爱大明湖的莲蓬和藕瓜，到了摘莲蓬和下藕瓜的季节，他总是推着小车过去，满满地装上几大筐，运回家里，慢慢享用。

他想到，既然田先生也爱济南，肯定是爱这里的风景和土特产。以后，自己看到什么好东西，不论价格贵贱，绝对买了送过来，跟田先生分享。

半小时后，田先生一边用手绢擦嘴，一边笑着走进来。

"陈老板，我敢说，这是我从七年前踏上济南的土地后，吃过的最香的米饭，太棒了，简直太棒了！"田先生挑起大拇指，连声夸赞。

他的嘴角泛着油光，眼里溢出笑意，只有吃饱喝足的人，才会有这种满足的表情。

"谢谢田先生夸奖！"陈宝祥感到非常欣慰。

平时，来陈家米饭铺吃饭的人，吃完饭抹抹嘴就走，很少当面夸赞。

如今，田先生这种有身份有地位的人，当面说好，那就是对陈宝祥最大的肯定。

田先生吩咐仆人，再换了一壶好茶，亲自端起茶壶，给陈宝祥倒茶。

"陈老板，昨天我还有点疑虑，现在，一点怀疑都没有了。咱们从今天起，长期合作，你负责向我公司供应米饭，中午、晚上各一顿，按照十五个人的饭量准备。至于钱呢，我先预支五十块大洋给你，算是一个月的餐费——"

陈宝祥吓了一跳,自从陈家米饭铺开张,他就没想到过,可以一次性收到五十块大洋。

"不,田先生,不能这样,这么多钱,我不能收……一个月的饭钱,十个大洋就足够了……这么多钱,那可使不得!"

田先生笑起来:"哎呀陈老板,咱们都知道,民以食为天。你做了这么好的米饭,要价太便宜,那怎么行?做买卖讲究公平,谁都不能占谁便宜。你放心,公司不是我自己的,这笔钱也是公司出,不是我自掏腰包。你放心把钱拿走,如果遇上阴天下雨,来不及送餐,我也绝不会埋怨你。合作嘛,总得有商有量,双方发财,对不对?"

陈宝祥又推辞了两遍,田先生打开旁边的保险柜,取出两封大洋,每一封二十块。接着,他又从办公桌抽屉里拿了十块大洋,一起交给陈宝祥。

"陈老板,咱们精诚合作,你提供米饭,我支付饭钱,钱货两讫,互不相欠。"田先生笑着,亲自开门,送陈宝祥出来。

在门口,田先生又告诉那个穿着制服的仆人:"好好记住陈老板的样子,这是我朋友,只要他过来,不用多说废话,直接领到我的书房。"

那个仆人最初开门时,还有点不屑一顾的样子,到现在,抢着替陈宝祥开门,恭恭敬敬。

陈宝祥从远东商贸公司回到县后街,一路腾云驾雾一般,双脚好像踩在棉花里。

他把林月娥拖到卧室,把口袋里的五十块大洋掏出来,端端正正摆在床上。

林月娥愣了,看清了那是实实在在的五十块大洋,猛然之间,捂着脸抽泣起来。

"孩他娘,有了这些钱,咱就能扩大铺面,买房子买地……雇厨子,开饭店,跟燕喜堂一样,在济南打出名气去……孩他娘,不出一年,我就让你跟孩子们过上好日子,绫罗绸缎,好吃好喝……"陈宝祥平生第一次感到扬眉吐气起来。

他在路上就偷偷计算过,每个月五十块大洋,一年下来,足足就是六百块大洋。开个大饭店那是足够了，就算赶超燕喜堂，也不是没有可能。

"当家的，咱一定是祖坟冒青烟，行善积德有了回报，我明天就去芙蓉街关帝庙烧香，感谢关老爷保佑……"林月娥泪水未干，脸上已经露出笑容。

傍晚，陈果儿回家，脸色不太好看，把书包扔在柜台上，看都不看陈宝祥一眼，就去了后院。

林月娥赶上，拉着闺女的手："怎么了，果儿？谁气你啦？赶紧跟娘说说。"

陈宝祥坐在柜台后面，禁不住有些心虚。

他知道，一定是杨先生说了一些指责自己的话，让陈果儿受了委屈。

"爱国？骨气？吃饱了饭才能爱国……米饭铺倒了，一家五口吃不上饭，怎么爱国？日本人怎么啦？日本人也是人，以前唐僧取经，不也是跟外国人打交道？八国联军进北京，慈禧太后老佛爷不也得跟外国人拉关系？日本人占了东三省，少帅不也得跟日本人讲情面……"

他心里暗暗嘀咕，总想找出个理由，为自己开脱。

只不过，底气不足，找来找去，自己都绕不开那五十块大洋的诱惑。

林月娥从后面出来，站在柜台边。

"果儿说啥了？"

林月娥叹气："杨先生跟她说，明天不用去上学了。"

陈宝祥愣了愣，两口子同时无奈地叹气。

这件事杨先生做得挺绝，根本不给陈宝祥面子。

"他这……就算我们之间有什么事，也不能让孩子受屈啊？我找他去，我找他去！"陈宝祥站起来。

"当家的，别去，咱别去。见了杨先生，一旦吵起来，以前的交情就都没了。好了，不让闺女去上学，不去就是了。反正女孩子家，最要紧的是将来找婆家，识字不识字，没什么关系。"

"他有气冲着我来，委屈了闺女，就是不给我陈宝祥面子！"陈宝祥认真生起气来。

陈果儿是他的心头肉，杨先生再行得正坐得端，也不能拿他闺女撒气。

"去什么去？杨先生说了，你给日本人做饭，他就跟你割袍断义，划地绝交！"陈果儿从后面出来，双手绞着麻花辫，泪珠在眼圈里打着转儿。

"我给日本人做饭？咱家是卖饭的，只要人家给钱，别说是日本人，就算是一只狗、一头驴拿着钱来吃饭，我能不让人家吃吗？"

陈果儿看着陈宝祥，扑哧一声笑了。

"狗和驴？还拿着钱来吃饭？爹，你说梦话呢？"

看见闺女笑了，陈宝祥松了口气："果儿，日本人也是人，咱就当他们是要饭的，到了咱济南地界上，靠在门口要口饭吃，咱总不能见死不救吧？日本人吃米饭，咱济南人吃馒头，难得咱家做的米饭合人家口味，这才主动找上门来，跟咱合作。你说，爹能怎么办？杨先生说，不能给日本人做饭，可你哥去车站扛大包，也是给日本人干活。你想想，咱不卖日本人饭，不给他们扛大包，一家人喝西北风去啊？"

这就是最朴素的道理，生在乱世，别无选择，但陈宝祥至少可以选择想办法让一家五口活下去，拼命干活，换来暂时的安稳。

林月娥拉着陈果儿的手，心疼地说："赶紧把眼泪擦擦，你这一掉泪珠子，等于是拿着把刀，往我跟你爹心口上扎呢！"

店铺里没人，三个人正说着话，陈大平和陈虎子兄弟俩进门了。

一看见陈果儿在抹眼泪，陈虎子当时就炸了："出了啥事？谁惹果儿哭了？谁欺负她了？谁敢欺负我陈虎子的妹妹，我他妈的灭了他！"

"你这孩子，说的这叫啥话？闭嘴，闭嘴！"林月娥沉下脸来，低声呵斥。

她就怕二儿子天不怕地不怕，出去惹是生非，时时刻刻压着，但还是压不住。

陈虎子几步过来，拉住陈果儿的手。

"没事，没事。"陈果儿赶紧擦擦眼泪，免得两个哥哥误会。

林月娥说清楚杨先生那边的事，陈虎子挠头："不让去上学了？这老杨也真是，小气，真小气！"

陈大平笑起来："杨先生是读书人，最仰慕岳武穆，素有爱国气节，跟咱们不一样。果儿，不去就不去吧，在家里歇几天，或许过一阵他气消了，还得登门来请你。你不是说想当女老师吗？他就认这句话，才肯收你做入门弟子。看着吧，杨先生刀子嘴豆腐心，撑不了几天。"

林月娥关门，一家五口提前吃晚饭。

餐桌上相当丰盛，除了自家的把子肉和小菜，林月娥还提前出去买了一只烧鸡。

"娘，今天谁过生日？"陈虎子看着金黄色的鸡腿，馋得直咽唾沫。

"没谁过生日，不过啊，以后只要你们想吃烧鸡，我就去买，再也不用疼钱了！"林月娥喜上眉梢，手脚都比平时轻快了不少。

陈大平知道家里有喜事，一边笑，一边看着陈宝祥，等他开口。

"今天，我到日本人那里去送米饭——就在大观园南边，经六纬六路口的远东商贸公司。田先生，就是那个日本人，吃了咱家的米饭，特别满意，愿意跟咱长期合作，每个月的饭费是……"

陈宝祥停住，看着两儿一女。

"多少？五块……十块大洋？"陈虎子试探着问。

陈宝祥不说话，伸出一巴掌。

"我猜得准吧？五块大洋，还凑合。"陈虎子笑了，抓起一根鸡腿，猛地咬了一大口。

"不是五块，是五十块。"

"啊？"陈虎子惊得合不拢嘴，鸡腿掉在桌子上。

林月娥捧着一个托盘过来，里面衬着红绸子，五十块大洋整整齐齐地摆在绸子上。

"五十块大洋，一块都不少。大平、虎子、果儿，咱家以后很快就有钱了，想吃啥就吃啥，想穿啥就穿啥！"陈宝祥笑了。

陈大平、陈虎子、陈果儿都愣住了，他们从没见过这么多钱，觉得像是做梦一样。

"爹，你……你不是……这不是做梦吧？"陈虎子站起来，摸了摸托盘，又摸了摸没开封的大洋。

"爹，咱家发财了，发财了！"陈果儿高兴地跳起来。

在这个天大的好消息面前，陈大平略显木讷，喝了两大口玉米粥，才迟疑地开口："爹，一个月的饭钱就给五十块大洋？那位田先生没有其他要求？这个价格，比到饭馆吃酒席还贵，他们又不傻，能让咱占这个大便宜？"

陈宝祥回答："钱就在这里，田先生亲口说的，咱家的米饭味道，跟他们在东京都吃的米饭一模一样。朱有成介绍我跟田先生认识的时候，说咱家的煮饭秘方是从宫里来的，价格自然比普通米饭高一些。田先生是个很好的人，生怕我吃亏，不管我怎么推辞，非得把钱给我。大平，别多心了，日本人看似不难相处，只要咱以礼相待，他们也会和和气气做公平生意的。"

第三章

芝麻开花节节高

五十块大洋，让这个五口之家沉浸在无限的欢乐之中，尤其是陈果儿，听陈宝祥说将来要建一个比燕喜堂更气派的陈家大饭店，顿时来了精神。

"爹，你知道吗？我同学说，燕喜堂的九转大肠这一个菜，就标价一块大洋，其他的，奶汤蒲菜一块大洋，爆炒腰花也是一块，另外还有糖醋鲤鱼、辣炒鳝丝都是一块大洋。如果咱家的陈家大饭店开业，同样是做鲁菜，请的厨子一定得高于燕喜堂才行。"陈果儿叽叽喳喳，对未来充满了希望。

陈宝祥了解过燕喜堂，那些硬菜的价格的确很高。

不过，他很清楚，燕喜堂的大名已经传遍了北平和上海，成了济南餐饮行业的一张脸。人家要价高，也照样有市场。

如果将来陈家大饭店建立，同样是做鲁菜，就得分个高低了。

陈宝祥算不上厨师，但身为济南人，对鲁菜还是有点研究。就他看来，燕喜堂冠绝济南，就是因为"选料实在、精工细作"这八个字。

鲁菜讲究的就是一个"实惠"，他能凭着自己的老实肯干托起陈家米饭铺，就一定能开起陈家大饭店，传承鲁菜韵味，维护山东口碑。

假如开一个口味超过燕喜堂、价格又低于对方的大饭店，一定能够让济南人认可。

一家五口忘记了生活的窘迫，围着饭桌，兴奋地聊着，一直到了下半夜，才意犹未尽地分头去睡。

接触了十天，陈宝祥知道了，田先生在大观园里面有三间店铺，一家是书店，一家是理发馆，一家是照相馆。

他来济南这么多年，行事偏于低调，上面三家店虽然很赚钱，他却从未向其他人提起过。

"陈老板，我们除了合作餐饮，还可以有其他合作，比如在大观园里租一个位置上好的店面，买卖各种书籍。中国有灿烂辉煌的传统文化，必须传承下去，这个传播过程，必须依靠书籍推进。"

陈宝祥只懂经营米饭铺，对其他商业项目一窍不通。

他跟田先生熟了，田先生平易近人，两人的关系越来越近。

"卖书不如开饭店，要是在大观园里租个店面，开一家大饭店，肯定红火，一定赚钱。济南人爱鲁菜，天南海北的客商到了济南，也喜欢这一口。田先生，抽空我请你去燕喜堂吃顿饭，尝尝济南的特色九转大肠、糖醋鲤鱼和爆炒腰花，你就会真正爱上济南了……"

陈宝祥觉得，其他都是假的，就一个"吃"字才是真的。

田先生哈哈大笑："陈老板，你真是三句话不离本行，是个老实人。你这个朋友啊，我交定了！"

两人交往过程中，陈宝祥不断地拿田先生跟杨先生相比，越来越觉得，田先生才真正是个重情义、热心肠的好人。与之相比，杨先生太孤傲，并且有些乖僻，让人一想起来，就望而生畏。

田先生没跟陈宝祥明说，但货站那边，朱有成对陈大平的态度有了明显改观，分配任务的时候，总是高看陈大平一眼，还告诉陈大平，很快就提拔他当二工头，手底下能管着三十个人，也有抽成可拿了。

陈宝祥暗暗地感激田先生，送饭的时候，除了约定的白米饭，也经常白送一盆把子肉或者是一口袋卤鸡蛋。

人心都是肉长的，两好才能凑一好。

陈宝祥把济南人的真诚和盘托出，希望以此回报田先生对自己全家的关照。他管不了到底是日本人还是其他老总的部队占领济南，只知道像一头老牛一样，低头努力，拼命拉犁，让自己的家人过上好日子。

陈果儿在家里闷了十天，每天在卧室里读书写字，嘟嘟囔囔背诵杨先生教给她的那些诗文。

杨先生教的最后一首是岳武穆的《满江红》，她尤其喜欢其中的"驾长车，踏破贺兰山缺"这一句，在纸上反复抄写了几百遍。

"爹，你去看看杨先生，十天了，看他气消了没有？"

终于，陈果儿忍不住，想重拾每天到西更道街读书写字的日子。

陈宝祥两口子也早有此意，他就收拾了一份米饭、一碗把子肉、一碗拌三丝，放在食盒里。

"当家的，人家杨先生是个文化人，不管他说什么，你都老老实实应着，千万别回嘴。人家教果儿这么久，一日为师，终身为父……"林月娥扶着门框嘟囔着，看着陈宝祥走远。

到了西更道街，陈宝祥觉得有点为难，毕竟都是大人了，上次被杨先生赶出来，脸上挂不住。

到了杨先生门口，他轻轻拍打着木门上的熟铜门环。

刚刚过了午饭时间，小街上很安静，清脆的敲门声传得很远。

敲了三回，杨先生才来开门。

十天不见，杨先生头发蓬乱，脸色苍白，已经没有了平日的洒脱之气。

"杨先生，果儿让我送饭，顺便问问，什么时候能过来继续上学？"陈宝祥硬着头皮，拿陈果儿的学业说事。

杨先生挺了挺腰杆，一步迈出来。

陈宝祥觉得杨先生气势汹汹，不自觉地矮下身子来，连连后退。

两个人站在街上，杨先生伸手，指着陈宝祥的鼻子骂："你伺候日本人，给日本人当走狗，滚，滚，滚——我没有你这样的朋友！济南沦陷了，有骨气的中国人都揭竿而起，打鬼子，杀强盗，保卫家园，保卫中国……如果我是你，大米饭拿去喂狗，也绝不给日本人，快给我滚，滚……日本人占了济南，你这种走狗得势了，摇着尾巴叫得欢，甘心情愿做狗……"

陈宝祥有些慌了，没料到对方不让自己进院子，直接在街上开骂。

"杨先生，我只是个卖饭的，讨生活，没办法，一家五口还得吃饭呢！"他想为自己辩解，可是，杨先生比他高半头，嗓门又高，他说的这些话，完全被对方的唾沫星子淹没了。

"滚，滚，再敢到这里来，我一棍子敲断你的狗腿……"杨先生像一头发怒的狮子，每吼一句，就向前踏进一步。

陈宝祥托着食盒，挡在两人中间。

"杨先生，这是米饭，这是米饭……"

杨先生猛地夺过了食盒，高高举起，狠狠地砸在地上。

他的力气如此之大，食盒摔裂，里面的碗碟稀里哗啦碎了一地。

"杨先生，你生气归生气，别浪费粮食行不行？"陈宝祥心疼，蹲下去，想把那碗把子肉捡起来。

"滚，滚——"杨先生抬腿，一脚蹬在陈宝祥肩膀上。

扑通一声，陈宝祥仰面倒地，来了个腔蹲儿，彻底愣住了。

长这么大，除了小时候淘气挨过他爹几巴掌，四十年来，还没被人打过踹过。

今天，他是好心好意送饭上门，没想到冷脸蹭了热屁股，被杨先生当街羞辱。

"杨先生，你不能这样，咱济南人讲究，抬手不打笑脸人。你这样办事，太不讲道理了吧？"陈宝祥爬起来，一股火在胸膛里来回转着。

"滚，滚，我不跟日本人的走狗说话，脏了我的嘴！"杨先生不依不饶，指着陈宝祥的鼻子骂。

陈宝祥蹲下，看看碎瓷片里的把子肉，虽然心疼，但顾全自己的面子，也不能要了。

他站起来，本想撂下几句场面话，看看杨先生喷着怒火的双眼，一下子心虚起来，回头就走。

"滚，姓陈的，你记着点，再敢过来，我一棍子敲断你的狗腿！"背后，杨先生的话如同风刀霜剑，一件件掷过来，扎在陈宝祥背上。

旁边的小巷里，有人探头探脑张望。

陈宝祥羞愧地低着头，逃出了西更道街。

等他回到米饭铺，林月娥和陈果儿正眼巴巴地等着呢。

"爹，杨先生怎么说？"陈果儿不谙世事，也没注意陈宝祥脸色，以为此次陈宝祥送饭上门，一定能跟杨先生和解。

林月娥看势头不对，赶紧搀扶陈宝祥坐下，然后给他倒水。

"爹，先别喝水了，杨先生怎么说？我明天能不能过去上学？"

陈宝祥缓了口气，想挤出个笑脸，但实在挤不出来。

"当家的，别着急，喝口水慢慢说。"

陈宝祥喝了两口水，一开口，眼圈就红了："杨先生……杨先生把咱家食盒给摔在街上，他说，咱给日本人送饭，是日本人的走狗，以后没咱这种朋友。"

陈果儿愣了愣，猛地双手捂着脸，用力跺脚。

"当家的，杨先生怎么能这么说？咱是买卖人，开门卖饭，天经地义，做的是正经生意，接的是八方来客……咱给日本人送饭怎么了？什么走狗不走狗的？要不是咱给杨先生天天送饭，他喝西北风能活到现在？"

陈果儿一扭头，哭着跑去后院。

陈宝祥两口子靠在一起，失魂落魄一般，再也没有了力气。

下午，陈大平和陈虎子回来，小声告诉陈宝祥："爹，刚刚经过西更道街，听见人议论，杨先生被抓走了。"

陈宝祥有气无力地问："谁被抓走了？"

陈大平解释："杨先生被抓走了，听说是日本人抓的。他这几天，天天去大明湖，疯了一样，背诵岳武穆和辛弃疾的诗词，骂日本人是强盗，吆喝济南人聚集起来抗日。日本人早就盯着他，下午来了几个人，把他带走了。"

陈宝祥起身，洗了把脸，混乱的脑子清醒了一些。

他没跟儿子说起下午受辱的事，慢慢理顺思路。

杨先生是个聪明人，划地绝交，割袍断义，不让陈果儿去上学，就是想把两家的关系彻底割开，不连累陈家。

不然的话，县后街、西更道街上的人家，都知道陈宝祥天天去给杨先生送饭，陈果儿天天到杨先生家里上学。日本人觉得他们两家走得这么近，抓了杨先生，势必会抓陈宝祥。

陈宝祥突然松了口气，再次红了眼圈。

从杨先生被抓，他立刻想到去求田先生。

田先生本事大，人脉广，说不定就认识部队的人，托托关系，走走门子，把杨先生放回来。

在陈宝祥看来，杨先生没什么坏心眼，就是读书多了，脾气越来越偏，才会办下这种不着调的事来。抗日抗日，人家日本人眼下又没干什么伤天害理的事。

到了半夜，林月娥突然推醒了陈宝祥，满脸都是紧张："当家的，我眼皮一直乱跳，不会出什么事吧？咱以前跟杨先生关系那么近——还有那个箱子！"

陈宝祥一下子吓醒了，睡意跑得无影无踪。

两个人下床，把箱子拖出来。

陈宝祥也知道，应该把锁砸开，看看里面有什么。

"当家的，我去拿斧头，咱得看看里面是什么。要是……要是惹祸的东西，趁早丢到大明湖里去，你说呢？"

陈宝祥咬了咬牙，摸着那把锁。

很明显，这个箱子是那天晚上吃馄饨的时候，旁边的客人偷偷交给杨先生的。

"里面也许是烟土？"他自言自语。

"砸开锁看看，要是烟土，就……就拿去卖了——"

"不行不行不行！"陈宝祥的头摇得像拨浪鼓。

"当家的，都到这时候了，赶紧想想办法，我去拿斧子，行不行？"

陈宝祥又摇了摇头："孩他娘，受人之托，忠人之事。杨先生把箱子托付给咱们，咱得守信用，不能偷偷打开箱子。"

林月娥急了："当家的，都啥时候了，你还守着这些老规矩。如果里面不是烟土，是其他违禁品呢？被日本人抓住，咱也麻烦了是不是？"

"你别说话，让我想想，让我想想……"陈宝祥坐在床沿上，用力抱着头。

他仔细回想那天晚上的事，渐渐明白，从杨先生把戏票交给陈果儿，一个圈套就慢慢展开了。送票看戏是假，请客吃馄饨也是假，在馄饨摊子上交接藤箱，才是杨先生的真实目的。包括杨先生把藤箱托付给他，也是计划好了的事。

"原来，从头至尾，我都被他利用了。人家是读书人，肚子里道道多，我哪是对手？"陈宝祥苦笑起来。

老实人不愿意被人愚弄，但转来转去，他还是掉在别人的套儿里了。

"孩他娘，咱惹不起人家。"

"惹不起谁，杨先生吗？他不是已经被日本人抓了？还有什么本事？"

陈宝祥摇摇头："咱不能动这个箱子，谁知道杨先生是何方神圣，今天被抓，也许明天就放出来了。这样，咱把箱子包好，放到大米缸里，绝对不能再走错一步了。"

林月娥看不透这件事的来龙去脉，但她向来对陈宝祥百依百顺，只有点头同意。

两个人把箱子重新包好，外面再用一张新床单裹起来，然后悄悄走到厨房，把包放进最大的米缸里。

那口缸直径五尺，能装二十袋白米。

藤箱放在最底下，被大米盖住，万无一失。

做完了这一切，林月娥双手合十，向着大米缸鞠躬："关老爷保佑，这些坏事牵扯不到我家。不管杨先生是什么人，只要别害我陈家，我们就替他保管箱子，绝不食言……"

转过天来，陈宝祥到经六纬六送饭的时候，仆人告知，田先生去了大观园的吉祥茶馆。还留下话，如果陈宝祥有事，可以去那里找他。

陈宝祥把东西留下，直接去了茶馆。

自从日本人进城，大观园萧条了一阵子，现在已经逐步回暖。

陈宝祥看到，剧院外面的招贴栏上，又贴出了唱戏的招贴，是本地的一个剧团，晚上唱全本的《捉放曹》。

他心里一动，不知道这是不是一个好兆头。

现在，他去找田先生商量托人释放杨先生的事，而那出戏文的意思，就是陈宫捉了曹操又仗义释放的事。

把杨先生比作曹操，把田先生比作陈宫，似乎就能解决眼前的麻烦。

进了茶馆，田先生还坐在原来的位置上，不过这次是一个人。

等到陈宝祥坐下，田先生就吩咐伙计，重新上了一壶茉莉，一碟瓜子。

"陈老板，有个好消息，从明天起，你多送十个人的饭。下一步，我想把驻军司令部的送饭生意一起交给你，那边共有二十个人。这样加起来，增加了三十个人的饭量，我再补给你一百块大洋。你做的卤鸡蛋也很好吃，每顿饭，再加五十个卤鸡蛋。"

生意扩大两倍，陈宝祥喜出望外，但田先生根本不在意。

大概在对方眼里，一百块大洋根本是小意思，不值一提。

"谢谢田先生关照，我一定尽心尽力，不让田先生失望。"

田先生向外一指："陈老板，往那里看。"

陈宝祥向外看，田先生指的是大观园北面的一排空房子。

"你不是一直想开大饭店？那里的房子空着，我刚刚问了，租金不算贵，总共七间房子，每月二十块大洋。如果连租三年，可以打七折。"

陈宝祥脑子转得很快，把大饭店开在这里，客流量大，不愁没生意，并且能来这里消费的，非富即贵，一定赚钱。

不过，他也想到，除了租金，盘下铺面之后，还得装修装饰，恐怕是更大的一笔钱。

"陈老板，济南的大观园是个好地方，位置好，风水好，是个上风上水、聚财聚气的商家必争之地。你到这里来开饭店，一定能发财！"

陈宝祥看着外面，天空有七彩祥云飘摇，五光十色，一层一层旋转着，转得他脑子里晕乎乎的。

他觉得，陈家列祖列宗似乎在云层里看着他，用力推着他往前走，他绝不能放过眼前这个好机会。

大观园当然是好地方，开埠之后，繁华一时。

北平和上海的有钱人，到了济南，必定住在商埠区，有吃有喝有乐有玩，呼朋引伴，夜夜笙歌，简直是人间天堂。

以前，济南人都知道，张老总和韩老总在大观园都有别馆，里面的美妙之处，不可言说。

"陈老板，你意下如何？"田先生伸出右手食中二指，在桌子上轻轻叩了叩。

陈宝祥猛地回过神来，云头上那些祖先，消失得无影无踪。

"田先生，你说什么？"

"我出钱，你干活，咱俩合作买卖，在这里建一个大饭店，怎么样？"田先生推了推金丝边眼镜，温和地看着陈宝祥。

"那当然好，那当然好，太好了！"陈宝祥脱口而出。

他已经意识到，这是人生中必须抓住的好机会。

天时、地利、人和——一辈子出现不了几回的好机会。

"那就好，那就好。"田先生笑起来，低头喝茶。

陈宝祥觉得自己的心在扑通扑通狂跳，完全忘记了到这里来的本意，把杨先生的生死抛到了九霄云外。

他喜欢"燕喜堂"黑底金字的大招牌，此刻在心底谋划着，如果开了大饭店，这个"陈家大饭店"的招牌，到底请哪位名家来写？

"陈老板，你喜欢喝酒吗？"田先生问。

陈宝祥连连点头："喜欢喜欢，开饭店的不卖酒哪能行？济南本地的好酒，我都喝过，跟那些造酒的也很熟——"

"不不不。"田先生摇头。

陈宝祥一愣："田先生，你说的是不是北平和上海流行的洋酒？那也好办，咱守着胶济铁路火车站，全国各地——不，全世界的好酒，想买没有买不到的。"

田先生拿起自己的皮包，摸出一个白色的瘦长瓷瓶。

"这种酒最好喝，饭店开起来，就卖这种酒。"

瓷瓶上刻着日本字，旁边是菊花和日本刀的图案。

陈宝祥知道，这是日本的清酒。

他尝过这种酒，寡淡无味，没有任何酒曲的香气，其实根本算不上酒，而是一种莫名其妙的怪东西。

"田先生，济南人根本不认这种酒。"

田先生摇头："这种酒最好，日本贵族对这种酒非常尊崇，这代表了一种至高无上的文化——日本文化，菊花和刀的精神之境。"

陈宝祥心里觉得有点堵得慌，他刚刚说的是实话，真正懂得喝酒的人，根本瞧不上清酒，当然，也瞧不上外国来的烈酒。

中国人只喝中国酒，再说了，济南当地的南山就出好酒，用纯正的山泉酿造，而且有三百年不断的老辈酒曲，酿出来的酒真的是"开瓶十里香"。

在济南开饭店，肯定要卖中国白酒才对。不然，客人非掀桌子不可。

"田先生，这实在不合情理。济南人爱喝白酒，不爱喝清酒。"

酒和菜，是一个饭店的命根子。在这件事上，陈宝祥不能妥协。

"陈老板，你可以尝一尝，上等的清酒味道绵长，里面带着古诗的味道。

喝这杯酒，就能写一首好诗。我们日本人愿意跟济南人结交朋友，不如就从喝酒开始，怎么样？"

田先生把那瓶酒推过来，推到了陈宝祥面前。

"田先生，这酒……好吧，只要客人爱喝，咱双手赞成。如果不爱喝，咱再想别的办法。"最终，陈宝祥还是妥协了。

或许，他本来就是个没什么立场的人，为了达成开饭店的目的，不断地降低自己的底线。

"陈老板果然是聪明人，大观园这地方，就需要陈老板这样的愿意跟我们日本人合作的好朋友。你回去好好想想，想通了，我们就签合约。"田先生笑眯眯地端起了茶杯。

陈宝祥会意，也赶紧端杯，两人以茶代酒，碰了一杯。

这杯茶一饮而尽，陈宝祥感觉，自己喝的不是茶水，而是浓浓的蜂蜜，那种异样的甜美，从嘴唇一直甜到了五脏六腑里。

芝麻开花节节高，认识了田先生，他的人生就沸腾起来了。

茶馆的门帘一挑，又进来几个人。

陈宝祥回头望去，带头的是朱有成。

"田先生，你要的人，我给你找来了。"朱有成走到桌边，向田先生抱拳。

陈宝祥赶紧起身让座，缩手缩脚，站在一边。

朱有成身后跟着三个人，陈宝祥认识，都是济南本地小有名气的人物。

身材魁梧、豹头环眼的是大观园打把式卖艺的头目蔡春雷；腰间系着牛皮围裙、腰带上斜插着短刀的是屠宰行当的头目徐二猛；手里拎着竹板、满脸玩世不恭笑容的是曲艺行当头目秦六子。

田先生站起来，朱有成给大家介绍。

"久仰各位大名，今天冒昧邀请，有生意商量——"田先生向着几人抱拳。

这个人不愧是中国通，抱拳礼节，架子中规中矩，江湖味十足，一看就是走南闯北惯了的。

几人都是在江湖里打熬了二三十年的行家，看田先生抱拳的架势，脸上的表情立刻变了。

"老朱，这就是你的日本朋友？"蔡春雷瓮声瓮气地问。

"没错，这位田先生是中国通，为人仗义，学识渊博，是个值得深交的好朋友！"朱有成满脸笑容，为田先生说好话。

田先生招呼伙计，把两张桌子拼起来，然后上了一壶一等的大红袍，又添了八个干果盘。

几个人落座，蔡春雷上下打量陈宝祥，鼻子里轻轻哼了一声。

陈宝祥有些尴尬，毕竟人家都是济南城的名人，自己一个开米饭铺的，实在没本事跟人家同席。

"这位是陈宝祥陈老板，大家想必认识吧？"田先生笑着，指着陈宝祥。

陈宝祥赶紧站起来，向四个人拱手。

"县后街的老陈嘛，知道，知道！"秦六子懒洋洋地说。

"是，是。"陈宝祥被在场五个人的气势压着，不敢大声说话，像是被掐住了脖子的大鹅。

"今天有个好消息，正式通知各位。本来，我想等陈家大饭店开业，再通知大家，呵呵呵呵，既然今天大家都来了，不妨提前透露——我跟陈老板合作，要在大观园开一家大饭店，以后还要请各位多多捧场，呵呵呵呵……"

田先生的话一出口，另外四个人突然愣住，四双眼睛，齐刷刷地落在了陈宝祥脸上。

陈宝祥心里又开始打鼓，恨不得钻到桌子底下去。

他能感觉到，四个人的眼睛就像八把刀片，在他身上磨来磨去，恨不得把他割了吃了。

"跟他合伙开饭店，还在大观园开，凭啥啊？"徐二猛冷笑。

田先生稳稳地点头："没错，就是跟陈老板。他做的米饭，济南一绝，我们远东商贸公司的员工吃过以后，挑大拇指赞叹，都说是来山东后吃过的最好的米饭。"

徐二猛继续冷笑："米饭？米饭算个屁啊！济南人爱吃馒头、大包子、面条，自古以来都是这样。吃米饭，那是南方人的口味。我告诉你吧田先生，在济南开饭店，光指着卖米饭，活活赔死你。我十岁入行，干屠宰三十年，就没听说开米饭铺的能开大饭店。燕喜堂知道吧？人家那么大的饭店，济南头一号的大饭店，也从没放话说自家米饭蒸得好。算了算了，这家伙算个屁啊，还想在大观园开饭店，知道不要脸这三个字怎么写吗？"

要想在济南开饭店，就不能得罪徐二猛。不然，猪牛羊鸡鸭这几种肉，买都买不到。

徐二猛一声令下，全城卖肉的，就像得了圣旨，无不遵从。

陈宝祥为了以后的大事，不敢得罪对方，任由对方数落，还得赔着笑脸。

"他开饭店，干我们屁事？"蔡春雷也开口了。

"各位老大，先听田先生说，别心急，喝茶，喝茶喝茶……"朱有成赶紧打圆场。

不过，他对陈宝祥也看不上眼，端起茶壶倒茶，其他四个杯子倒了一遍，唯独空过了陈宝祥的杯子。

田先生微笑着，端起茶壶，亲自给陈宝祥倒茶。

陈宝祥受宠若惊，其他四人也吃了一惊。尤其是朱有成，盯着陈宝祥的眼神越来越惊讶，不知道十天之内到底发生了什么，导致田先生对他如此尊重？

"几位老大，我跟陈老板开饭店这件事，离了几位，也办不成。大观园开了这么久，辉煌过，低落过，你们都亲眼看见了。现在，我本着一颗热爱济南、广交朋友的诚心，想让大观园重整旗鼓，恢复以前鼎盛时期的繁荣。如果大家给面子，那就一起干。我田某人视金钱如粪土，最看重的是兄弟友情。"

对田先生的话，三个人无动于衷。

秦六子左手端杯喝茶，右手也不闲着，两块竹板在手指上绕来绕去，仿佛蝴蝶穿花一样。

"我开饭店，还请几位鼎力支持。蔡老板、秦老板，你们能给饭店招徕人气。徐老板，你是济南肉行的头儿，有你帮忙，饭店后厨就不会断炊，是吧？"

徐二猛哈哈两声，扫了陈宝祥一眼。

"支持，支持个鸟！"蔡春雷把茶杯重重地一放，猛地站起来。

田先生拿过皮包，仍然笑眯眯的，慢慢地摸出一封大洋。

蔡春雷一愣，看看田先生，再看看朱有成。

田先生不紧不慢，又摸出两封大洋。

"谈生意交朋友嘛，要看出诚意。三位肯帮忙的话，每个月不管你们干不干活、开不开工，每人一封大洋。饭店需要盘房子、装修、添置物件，怎么也得两个月，等到开业之后，每个月的利润抽一成，分给三位。"

三个人同时倒吸了一口凉气，一封大洋是小钱，开在大观园的饭店，每个月的利润至少是数千大洋，抽一成的话，差不多是三四百大洋。

三个人分，而且每个月都有，那简直是天上掉下来的聚宝盆。

"老朱，你这位日本朋友没病吧？"蔡春雷问。

朱有成也有些惊诧，因为田先生出手太大方，把他都弄晕了。

"老蔡，田先生是我朋友，仗义疏财，一诺千金。刚刚他也说了，视金钱如粪土。你先坐下，大家喝着茶聊聊天，别急，别急……"

田先生等蔡春雷坐下，才继续说下去："不是三个人分一成，而是每个人分一成——"

"啥，啥？你说啥？你是不是疯了？"这一次，徐二猛一下子跳起来。

田先生伸出双手，轻轻地按在桌子上："各位，听好了，跟陈老板合作，每个人都能拿到以后利润的一成。我唯一的要求，就是你们跟陈老板做朋友，大家有财一起发，有水一起喝。"

从田先生给自己倒茶，陈宝祥就觉得头又晕了。

到了现在，田先生宁愿拿出将来饭店利润的三成，也要扶自己上位，跟这些济南的行业头目平起平坐。

他有点想哭，因为从来没有一个人，对他这么好过。

"这生意嘛，似乎值得考虑，你们说呢？"秦六子是老江湖，说书唱曲，博古通今，早就洞悉了人情世事。

蔡春雷看看朱有成："看老朱的面子，信这日本朋友一回。"

徐二猛坐下，点了点头："要是大家都能有好处，我也掺一腿，骑驴看唱本，边走边瞧呗！"

田先生点点头，把三封大洋向前一推。

三个人一起伸手，各拿一份。

田先生端起茶壶，准备倒茶。

陈宝祥诚惶诚恐，赶紧把茶壶接过去，绕着桌子，恭恭敬敬地给每个人倒茶。

拿了大洋，三个人给田先生面子，也不会难为陈宝祥。

等他倒茶的时候，各自用右手在茶杯边缘上扶了扶，算是勉强给他面子。

"各位，我最欣赏中国古代孔丘老先生说的一句话——'有朋自远方来，不亦乐乎？'我们日本人从东北过来，不是为了抢占地盘，而是为了大东亚共荣，赶跑军阀，解救老百姓，让大家都能过上有秩序、有奔头的好日子。"

田先生的话，并没有引起三个人的兴趣。

这几年济南城兵来将去，老百姓司空见惯，只要能吃上饭，多一事不如少一事。

"各位，这一杯，我们一起敬陈老板。他是个实诚人，现在江湖上最缺这种人，呵呵呵呵，跟这种人合作干买卖，保证不会吃亏。"田先生向陈宝祥举杯。

其他四个人给田先生面子，也端起杯子。

陈宝祥慌不迭地站起来，双手捧杯。

"这个，这个，田先生，还有各位老大，我陈宝祥一定好好干，不辜负各位的嘱托。我别的没有，就是有干活的一膀子力气，还有一颗老老实实做人的诚心。感谢田先生知遇之恩，也感谢各位老大看得起，以后，只要用到我的地方，各位尽管开口，两肋插刀，在所不辞……"

陈宝祥喝了这满满一杯大红袍，仿佛赵匡胤陈桥兵变，被手下人硬生生驾上战马，披上红袍，从此以后，人生日子，就大不相同了。

走出吉祥茶馆的时候，四个人嘻嘻哈哈，把陈宝祥簇拥在中间。

他们混惯了江湖，认钱不认人，谁给钱就跟谁干。

现在，田先生、陈宝祥能给他们带来一笔横财，他们当然愿意合伙干事。

"老陈，大平和虎子在货台那边，就交给我了！"

"老陈，以后在屠宰行里遇到事，提我徐二猛的名字，谁不服气我就替你干他！"

"老陈，街面上遇到找麻烦的，找个人给我送信，立马赶到！"蔡春雷也说。

"老陈，整个济南城玩曲艺的，你想找唱戏的、唱曲的、打锣鼓家伙的、攒局办堂会的，尽管吱声……"

在几个人的簇拥下，陈宝祥面对着大观园，胸怀空前膨胀。

"陈家列祖列宗在上，我陈宝祥一定把陈家发扬光大，在济南闯出字号，盖过燕喜堂，让陈家门楣，光大辉煌！"

第四章

晓雪晚来晴

陈宝祥心里并未放下杨先生，但接下来几天，田先生事务繁忙，送饭的时候，两人没有见上。

春风得意马蹄疾，陈宝祥感觉自己天天踩在棉花团上，日子过得飘飘忽忽，每天早晚，非得让林月娥掐自己大腿几下，才敢相信，好日子就要来了。

每天送完饭，他都到大观园去溜达一圈。

其实，他对这个济南最繁华热闹的地方，始终怀着畏惧。

长期以来，大观园都是济南的豪绅富人、白道贵人、商界大亨、黑道高人聚集扎堆的地方，老百姓到了这里，只能是看看景、开开眼而已。

陈宝祥站在下风口，深深地吸吸鼻子。

大观园的空气中充满着大把钞票的铜臭气和女人们的脂粉香，让他觉得精神恍惚。

"陈家大饭店"是田先生最终敲定的名字，因为此前田先生在北平和沪上做生意，经常出入于北平大饭店和上海大饭店。

"陈先生，我要帮你在济南开起一个独一无二、空前绝后的大饭店，全山东的有钱人，都以到这里吃饭为荣，呵呵呵呵……"

田先生的话一直萦绕在陈宝祥的耳边，仿佛一道"鸡鸣五谷断魂香"，始终牵动着他那点光宗耀祖的小心思。

时光如梭，转眼间又到了年底。家家户户似乎都忘记了兵荒马乱的那场战争，囤年货、做新衣、贴对联、包饺子……

张走韩来，韩走日来，老百姓过惯了这种乱哄哄的日子，到了年根，都想好好松口气。

来吃饭的人瞎聊，都说南边的仗打得乒乒乓乓。

日本人武器精良，来势汹汹，一个小队二十几人，一夜之间就占领了三个县。

陈宝祥站在柜台后边，笑眯眯地迎来送往，算账收钱。

他想到田先生的承诺，也想到陈家列祖列宗的期盼，顿时觉得，年后的日子充满了希望。

正月十六晚上，一家人吃完晚饭，林月娥正收拾桌子，一个人推门进来。

陈宝祥抬头，看到那个女孩子眉毛漆黑，目如朗星，五官匀称，棱角分明，仿佛从画中走来的仙女一般。

她右手拎着一只半旧的黑皮箱，左手握着一把棕黄的油纸伞，腰板挺直，身姿纤细，嘴角带着微笑，望着陈宝祥一家人。

陈宝祥的脑袋嗡的一声，因为他从女孩子的那张脸上看到了杨先生的影子。

"是陈叔吗？"

女孩子深深鞠躬，过肩的长发轻轻披拂下来。发丝乌黑，仿佛在那件青色呢大衣的前襟上洒了一大碗墨，而她修长的脖颈上围着的那条鲜红围巾，又如同一束永不熄灭的火焰，刺痛着陈宝祥的眼睛。

陈宝祥忙不迭地答应着，赶紧迎上去："是，是……你是晓雪吧？"

杨先生从前说过，他的爱女在北平大学堂读书，托朋友照料，转过年来就要毕业。

"是我，陈叔。"

杨晓雪稳稳地站住脚，把皮箱和雨伞放到旁边的桌角，然后规规矩矩地向陈宝祥、林月娥再次鞠躬。

她的出现，像一盏雪中庆年的八角宫灯，散发着温暖的红色光芒，照亮了这间屋子，也照亮了陈宝祥一家人的心。

杨先生被抓的消息传到北平，杨晓雪先请同学的父母代为打点斡旋，接着赶往济南。

这件事的内情比陈宝祥想得麻烦，原来，杨先生不是"不能出狱"，而是"不想出狱"。

"怎么会这样？"

听杨晓雪这样说，陈宝祥有点糊涂了。

"我爹是文人，他从狱中带出消息，人生自古谁无死，留取丹心照汗青。当今的华北，战火熊熊，敌寇狰狞，群魔乱舞，清浊不分。他宁愿留在监狱里，也不忍心眼睁睁看着生灵涂炭。"杨晓雪很淡定，双手捧着陈果儿送来的茶杯，脸上没有一丝悲愁。

"晓雪姐姐，那怎么办呢？我还等着杨先生出狱，教我读《古文观止》呢？"

陈果儿一见面就喜欢上了杨晓雪，紧靠在她身边，眼睛里闪闪发光。

杨晓雪轻轻揪揪陈果儿的辫子："好妹妹，不要担心，我爹一定会出狱的，只是还不到时候——"

她抬起头来，目光坚定地望着陈宝祥："陈叔，我托人去监狱看过爹了，他没事，一定能挨过这个冬天。您老也保重，今年冬长春晚，出入小心。"

陈宝祥的心猛地跳了一跳，杨晓雪的目光像两条冰柱，深深地扎在他那颗浮躁的心里。

他突然发现，年过了，他也见到过田先生，但营救杨先生的事，却没有丝毫进展。

"晓雪，你爹的事是个意外，我有个日本朋友，也能打探到消息，等到风头过了，就赶紧把他赎出来。"

话虽这么说，可陈宝祥也没有把握。他问田先生的时候，对方只说是"看看再说"。

外面，薄薄的雪花又乱纷纷地飘起来。

不知谁家的小子又在放鞭炮，咚咚哐哐声就在门外响着。

"陈叔，我今晚就回北平。"

杨晓雪站起来，陈果儿一把拉住她的袖子："晓雪姐姐，住一晚再走吧？杨先生被抓了，我心里可想他了。看到你，就好像看到杨先生一样。"

陈宝祥鼻子微微一酸，他真觉得对不住杨先生。

过去，杨先生免费教陈果儿读书识字，陈宝祥还不了这份人情，人前人后无数次发誓，只要杨先生在济南住一天，自家的大米干饭把子肉就管饱。

当下，他发的誓还热乎着，杨先生却锒铛入狱，再也没口福吃陈家的把子肉了。

杨晓雪再次微笑，把红围巾摘下来，轻轻地围在陈果儿脖子上。

那团火就从她的身上转移到了陈果儿身上，照亮了陈果儿稚嫩的脸庞。

"陈叔，我回北平结束了学业，一定还会回来的。"

杨晓雪回身拎起箱子，陈虎子从暗影里站起来，一言不发，大步过去，从杨晓雪手里接过箱子。

"侄女，天黑路滑，让你两个哥哥送送。"陈宝祥觉得心口隐隐作痛，那是良心在痛，因为他觉得对不起杨家父女。

陈大平也赶紧跟过去，拿起了那把油纸伞。

出了门，杨晓雪轻轻捋了捋额前的乱发，仰头看看天空。

陈宝祥依稀记得，杨先生经常站在那个老院子里，抬头望天，拍着井台上的辘轳，大声唱岳武穆的《满江红》，壮怀激烈，嗓音嘶哑，唱着唱着就泪流满面。

这一刻，在他眼中，杨晓雪虽然身姿纤弱，但身体里仿佛竖立着一根傲骨。济南城的雪夜虽然晦暗，杨晓雪的眼中却带着点燃一切的火光。

"爹，我们哥俩去送晓雪妹妹，下雪路滑，叫不着人力车。"陈大平懂事，看出了陈宝祥的辛酸。

陈宝祥点头，杨晓雪也没有推辞，笑着挥手，大步向西。

等三个年轻人转过了街角，三个人赶紧进屋。

林月娥叹气，避开陈果儿，偷偷在陈宝祥耳边问："孩儿他爹，那箱子——"

陈宝祥几乎已经忘记那箱子了，过去几个月，他始终沉浸在"陈家大饭店"的美梦里，几乎不食人间烟火。

"箱子？还是再等等吧，晓雪也说了，很快就回来。"

想到杨晓雪的眼睛，他又联想到杨先生的眼睛。一老一少，目光如炬，让他浑身都起鸡皮疙瘩。

眼下，箱子藏在米缸里很安全。

更何况，杨先生千叮咛万嘱咐过的东西，肯定事关重大，他不能让杨晓雪一个人带着这么沉重的东西千里迢迢返京。当然，箱子送出去，他就能把杨氏父女跟自己的干系推得一干二净——可那，还算人吗？

两兄弟回来的时候，陈宝祥亲自开门，又详细问了问送人的情况。

陈虎子黑着脸，一个人扭头回房间，话也不答一句。

陈大平赶忙解释："爹，虎子太犟，在路上跟我说，人家从北平来投靠咱，二话不说就送出门去，没点人情味。他还说，杨先生被抓这么长时间了，咱什么忙都帮不上，怎么对得起人家？"

这些话像一排密密麻麻的刺，根根扎进陈宝祥的心里。

"这件事说来话长，不是虎子想的那样。"

陈大平压低了声音，凑到陈宝祥面前："爹，您跟田先生那么熟了，从监狱里把人捞出来不行吗？"

陈宝祥的脸红了，他在饭桌上没少吹自己跟田先生的关系，所以三个孩子加上林月娥，都以为他跟田先生已经亲如兄弟，在济南城里城外上上下下，没有办不成的事。

"我再试试，看看再说。"不知不觉，陈宝祥说话也带上了田先生的口头语。

"爹——"陈大平回屋睡觉，到了门口，回头补了一句，"杨先生的闺女，晓雪妹妹真……真好看。"

临睡前，陈宝祥清点门户。

外面，雪停天晴，十六的月亮明晃晃地挂在中天。

他下意识地开门，一步迈出去，站在清冷干净的月光下。

"月亮真圆啊，真圆啊……"他轻声地感叹着。

八月十五云遮月，正月十五雪打灯。

去年正月十六晚上，他带着一家人去街上看灯，给三个孩子买了孙猴子面具，又给林月娥买了一条新围巾。

恍惚是一场梦似的，一眨眼就到了今年正月十五。而且，韩复榘跑了，日本人来了，城头的旗子都换了。

"月亮都知道变天了，这么白，这么亮？"他靠在门框上，仰头看着月亮，不知不觉，嘴边露出了微笑。

变天，变的是天时天命。

陈宝祥相信古话，要想成就大事，必须得天时、地利、人和。

他觉得，自己的好运马上就要到了。

二月二龙抬头那天一早，陈宝祥去剃了头，又换了身新衣，自己觉得精神抖擞，气势高涨。

天近中午，有两个人一前一后进来，全都穿着褐色长衫，戴着青色礼帽，手里拎着点心匣子。

陈宝祥看见前头那人的脸，吓了一跳："田先生，您怎么来了？也不提前打声招呼，我出去接着您！"

田先生笑笑，向侧面一闪，给陈宝祥介绍："这是我的好朋友杜先生，他在北平开过饭店，有很多开店的诀窍。你们都是我的好朋友，我带他过来，帮你谋划谋划。"

陈宝祥赶紧请田先生和杜先生坐下，然后让林月娥沏茶。

杜先生略显年轻，面庞清瘦，双眼有神。

如田先生一样，这位杜先生也一团和气。

陈宝祥十几次听田先生说，要帮自己开饭店，可过去只是说说而已，他老是半信半疑。如今，杜先生一开口，就立刻给他吃下了定心丸。

"开饭店的第一诀窍，就是选址，不仅仅是选在闹市区，而且要选在富人区。在济南，最大的富人区就是大观园。富人的餐饮习惯十分独特，越是价格昂贵，越能彰显他们的品位和实力。所以，陈家大饭店一出手，菜单上就必须是龙肝凤髓那一级别的珍馐美味。酒呢，首选洋酒和东洋清酒。我承认，中国白酒很好，但价格偏低，销量太少，利润太薄，根本不赚钱……"

杜先生滔滔不绝地说下去，田先生笑眯眯地听着，不时地点头。

陈宝祥有些坐不住了，因为他知道，燕喜堂是济南顶级的菜馆，聘请了鲁菜系顶尖大厨，做出的菜味道一流，而且价格也不算离谱。

"门面要大，气势要足，要让所有来到大观园的有钱人，第一选择就是陈家大饭店。另外，服务员全都换成十八九岁的漂亮女孩子，模仿大上海的高级饭店，要让客人来到这里，处处享受到宾至如归的待遇。爱美之心，人皆有之，有了美食、美酒、美女，你的陈家大饭店就要称霸济南了，哈哈哈哈……"

田先生连连点头："好好，很好，跟我想象的一模一样。不管花多少钱，我都要做到那样，一定要让我的朋友陈先生，成为济南第一豪华大饭店的老板。"

陈宝祥听着听着，觉得自己的双脚已经离地，正在向上飘起。

"陈先生，你觉得怎么样？"田先生转向陈宝祥，满脸都是笑意。

陈宝祥定了定神，赶紧双手捧着茶壶，为两个日本人斟茶。

"我觉得很好，如果田先生能帮我开一个陈家大饭店，让我光宗耀祖，告慰列祖列宗，我陈宝祥以后愿意给田先生牵马坠镫，为田先生赴汤蹈火，两肋插刀。"

这才是陈宝祥的真心话，生逢乱世，活命不易，侥幸开着这家米饭铺度日，几乎是吃了上顿没下顿。

如果他能赚大钱，两个儿子陈大平和陈虎子根本不用去火车站当力工，完全可以像其他人家的少爷那样，吃香的喝辣的，花钱如流水。尤其是女儿这边，他要把陈果儿培养成大家闺秀，聘请正规老师来教，绝对不能中断了这孩子的学业。

他这辈子，只为了老婆孩子而活。

杜先生点头，陈宝祥赶紧起身倒茶。

"陈先生，你是个老实人，也是个聪明人。我听田先生多次提起过你，所以对你感兴趣，愿意无偿帮你。好了，我会画一份建造图纸，等到田先生租好房子，立刻过来帮你筹划收拾。"

田先生笑着补充："上次的朱有成、徐二猛、蔡春雷、秦六子四个人联系你了吗？我言语试探过几次，他们都同意我的想法。所以，从今天起，你就不是米饭铺的陈掌柜了，而是大观园陈家大饭店的老板。出门进门，风风光光，要多气派就有多气派。"

杜先生轻轻拍掌："没错没错，我会帮你在大观园开一个连京沪商界名流都惊叹不已的大饭店。田先生请我过来，就是这个意思。"

田先生哈哈大笑，端起了茶杯："来，为陈老板的大喜事，以茶代酒，干一杯。"

陈宝祥赶紧端起自己的茶杯，恭恭敬敬地压低杯沿，跟田先生、杜先生碰杯。

这一刻，他忘掉了杨先生和杨晓雪，脑子里仿佛只剩下一道金光，金光明晃晃地向前照着，照出一条笔直的大路。大路尽头，就是一座辉煌灿烂的巨大宫殿，陈家的列祖列宗都在大殿的黄金台阶上向他招手。

本来悬在空中的一件难事，在一杯茶的工夫，就完全定下来了。

杜先生先走，田先生又留了一小会儿，绕着陈家前前后后看了一遍，一边看一边频频点头。

陈宝祥跟在后面，赔着笑脸，不知道田先生到底什么心思。

最后，田先生停在米饭铺后院，指着墙角的那棵桂花树："陈先生，这棵树栽得好啊，得有百年历史了吧？"

陈宝祥点头："对，田先生，我老爷爷小时候家里栽的，本来希望能够习武修文，在朝廷博个一官半职，光宗耀祖，泽被后人。没想到，只中了个武举，满汉之间高低不同，仕途上就再也没能升迁。"

那段历史被陈宝祥的爷爷、父亲引为毕生遗憾，而这遗憾一辈一辈传下来，到了陈宝祥这辈儿上，再也没有翻身机会。所以，他才千方百计讨好巴结杨先生，希望对方能给陈家教出一个女秀才。

如今，一切似乎成了断桥残雪颗颗泪，一切又似乎突然间苦尽甘来点点金。

如果不是日本军队进城，改变了这一切，恐怕他百年之后，到了阴曹地府，也没脸去见列祖列宗。

"百年丹桂，贵不可言。好树，好兆头啊，陈老板，你的好运气来了。"田先生笑眯眯地，回头拍了拍陈宝祥肩膀。

田先生的手掌骨头很硬，陈宝祥下意识地弯腰，以躲避那只手上传来的霸道力量。

"多谢田先生，结识田先生这样的贵人，是我陈家三代有幸。"

田先生眯着眼睛打量陈宝祥："我打听过，陈家祖上出过武举，不过当时的大清规矩，汉人勇士打仗时冲锋，封赏时退后，所以失去了大好机会。陈先生，你放心，我们日本人永远善待朋友，不会做过河拆桥的事，饭店建起来，赚钱是你的，风险是我的。好朋友，一辈子，海枯石烂，情谊永存。"

陈宝祥感激涕零，膝盖一软，恨不得给田先生跪下。

经营米饭铺多年，历经济南的张、韩时代，看多了乱局中的军阀混战，他身边没有一个贴心的朋友。富人看不起他，觉得他是个蒸锅卖饭的小贩，穷人他看不起，那些连饭都吃不上的穷家破业，不可能给他带来丝毫帮助，多交也没用。

田先生是唯一一个瞧得起他陈宝祥的上等人，为了这种知音，他得尽心竭力，涌泉相报。

"田先生放心，我敢当着陈家列祖列宗的牌位发誓，一定为田先生鞍前马后，鞠躬尽瘁。饭店建起来，我就是个看柜台干活的，能拿多少月钱，全凭田先生说了算。就算每个月只赏给我一块钱，我也绝无怨言。"

田先生笑着摇头："陈先生，你这话说哪里去了？我们是朋友，建饭店也是为了弘扬你的做饭手艺，让日本人和济南人都有一口好饭吃。有了你的陈家大饭店，相信以后日本人和济南人的友谊将会松柏长青，友谊万年。"

临走前，田先生戴上礼帽，又回望桂树，由衷感叹："我老家北海道的村居屋后，也有一棵百年桂树，跟这棵的样子差不多。看到它，我就想起了家乡。"

陈宝祥脱口而出："田先生，如果您喜欢，等一开春松了土，我就找人把树刨出来，送到您公司那边去。您放心，不用您费一点力气，我负责把树栽好。"

田先生大笑，看着陈宝祥，眼神意味深长："不必不必，陈先生，我们是朋友，树在你这里，就等于是在我的公司里。早晚来走走看看，已经足够了。"

陈宝祥是老实人，只知道受人滴水之恩，当以涌泉相报。

此刻别说是田先生想要桂树，就算看上了这个院子，他也毫不犹豫相赠。

自小，他就听过俞伯牙和钟子期"高山流水遇知音"的典故。如今，他觉得自己跟田先生一见如故，仿佛俞伯牙和钟子期转世相见，米饭就相当于古琴，成了两个人隔世相认的记号。

傍晚，陈大平和陈虎子从车站下工回来，林月娥张罗了一桌好饭，一家人围着饭桌团团而坐。

陈宝祥把今天田先生、杜先生过来探望的事叙述了一遍，又拆开点心盒子，每个人面前放下一块麻油桃酥。

"爹，这可太好了，能在大观园开饭店的都是有钱有势的主儿。我年前听朱有成说过，日本人进了济南后，不喜欢鲁菜，太荤太腻，就想吃鱼虾海鲜清淡菜肴——"

陈大平的话没说完，陈虎子就哼了一声，把刚刚拿起来的筷子拍在桌上，发出啪的一声。

陈宝祥瞪了陈虎子一眼，林月娥赶紧打圆场："吃饭，吃饭吧，一边吃一边说。"

吃着饭，陈宝祥继续转述田先生的话。现在，他的脑子特别好使，田先生说的每一句话，他都能原原本本复述出来，而且改变语气，想当然地把自己和田先生的位置拉平，双方是买卖合作关系，不是一方对另一方的赏赐。

"爹，田先生这么有本事，你怎么不请他托托人，把杨先生捞出来？杨晓雪进检票口的时候，偷偷抹泪。她千里迢迢来投奔咱们，咱们怎样对待她的？"陈虎子的脸又黑下来，嘴里嚼着鸡脯子肉，两腮的肌肉疙瘩全都绷紧了。

"田先生答应了，说一定想办法。"陈宝祥有点心虚，毕竟田先生答应了很多次，这件事却没有实质性的进展。

"答应了答应了，过小年的时候你就这样说，现在都出正月龙抬头了，还这样说，什么时候能把人捞出来？我可答应晓雪了，等她再从北平来济南，一定能见到杨先生。"

陈宝祥皱眉，停住了筷子："谁让你答应人家的？"

陈虎子不吭气，陈大平赶紧解释："爹，当时为了安慰晓雪妹妹，我们哥俩都说了，您一定会想办法，千方百计，不管花多少钱，都要把杨先生捞出来。"

陈虎子闷声闷气地补充："是我说的，哥没说。"

陈宝祥放下筷子，脑海中掠过杨晓雪离开陈家时的瘦削背影。

如果这件事能办，他花再多钱，都得捞人，但是田先生那边没托到得力的关系，他有什么办法？再说，抓走杨先生的是日本人的宪兵军警，不是他——再再说了，如果杨先生不在家里大骂日本人，人家何必费时费力去抓一个教书先生？

归根结底，前有因后有果，事情都出在杨先生身上。

想到杨先生，陈宝祥的心猛地颤了一下，因为他想到了藏在米缸里的箱子。

"爹，先吃饭吧。"陈大平是家里的老大，从小就懂事，知道体贴爹娘。

陈果儿把筷子拿起来，捧在掌心里，双手送到陈宝祥手上。

陈宝祥早就看出来了，三个孩子里，老大、老三都懂事，只有老二不让人省心。

吃完饭，陈虎子一头扎到卧室里，再也没出来。

陈宝祥站在院子里，仰头看着那棵桂树。

桂树在中国人的思想里，代表了"蟾宫折桂，一飞冲天"。

遇到贵人田先生，陈宝祥那颗早就被苦日子践踏成灰的心突然活了起来。

他记得，张长官和韩长官的秘书都曾来过这院子，摘刚刚冒头的桂花花苞，拿回去给长官泡茶。

那些人趾高气扬的样子，至今还留在陈宝祥的脑海里。

当时，他站在凳子上，左臂挎着篮子，右手举着剪刀，在秘书、副官的指挥下，足足一顿饭的工夫，才剪完装好。临走，这些人还得带走一大包把子肉，回去给长官加菜。

忙完这一切，陈宝祥累得腰酸背痛，但却没有一点收入。

按照副官们说的，长官看上陈家的桂花，拿来泡茶，招待京沪贵客，那是陈宝祥祖上积德，才换来的这份荣耀。

"爹，您别生气，我明天好好说说虎子。"陈大平走过来，双手捧着茶杯，递到陈宝祥手上。

"他们拿人不当人啊，日本人拿人当人——谁好谁坏，这不清清楚楚嘛。"陈宝祥自言自语。

陈大平点点头："爹说得对，人家田先生看上了咱家的米饭手艺，愿意帮个钱场，请爹出山开饭店，那是好事。财神送上门来，咱哪有往外推的理儿？爹，我觉得田先生不像是坏人，跟他合作，吃不了亏。"

一阵风过，半空中又飘下零零星星的雪花来。

今年天气甚是奇怪，龙抬头的日子不打雷，反而又下雪了。

老辈人说，龙抬头这天打雷是好事，预示着今年麦子堆成垛，吃都吃不完。可这下雪，又是什么兆头呢？

陈宝祥抬头，雪花飞舞中，天空又是清清朗朗的，半弯月牙斜挂，仿佛画到一半的昭君出塞图。

"爹，今天朱有成说，以后好好提携我，让我挣大钱。年后货场重新规划了，从东向西，按照军用、商用、民用分类，重要性也是由高到低。他明天就把我调到军用品区域，先干力工的小工头，只要表现好，就能再升一级，给他当副手。"

林月娥开门，灯光透出来，照在陈大平脸上。

这个年轻人的眼睛闪闪发亮，充满了崭新的希望。

"好好干，老朱是我朋友，一定会关照你。田先生说了，以后大饭店开起来，老朱、老徐、老蔡、老秦……都是朋友。大平，你从小忠厚，待人接物，没有半点虚套子。人家就是看上你这份诚实，好好干，别给陈家丢脸。"

看着自己的大儿子，陈宝祥心里的一点点不快，迅速淡了。

林月娥走出来，站在丈夫和儿子侧面，眼中含笑，看着他们父子。

"大平，今天南门里的花婶子过来串门，说她有个侄女今年十八了，模样长得俊，人品也好，家境殷实，手脚灵巧，说媒的人天天不断，快把家里的门槛踩断了。我觉着，等哪天合适，请花婶子来坐坐，托她去问句话?"

陈大平害臊，低下了头。

陈宝祥点头："我看行，他娘，花婶子走街串巷说媒拉纤，会说会看，值得托付。大平这个年纪，也该张罗婚事了。"

林月娥连连点头，脸上的笑意越来越深，不自觉地，眼角滚出泪花来。

陈大平是长子，长子有出息，陈家的门楣就真的要闪亮起来——林月娥流下的是喜泪，儿子长大，开枝散叶，她和陈宝祥老两口的后半生就有着落了。

"爹，不急，不急，我还想好好干两年，攒下家底，先让您二老过上好日子再说。"陈大平抬头，眼中的希望之光越来越亮，但其中却有陈宝祥不熟悉的东西。

"大平，花婶子把她侄女夸成了一朵花，要不见一见再说?"

陈大平再次摇头，拒绝了林月娥的建议："娘，我现在就想在车站好好干活，多赚点钱，其他的以后再说。我先回去睡了，明天早走，去跟着朱有成先学学盘货。"

三个孩子都去睡了，陈宝祥一直站在院子里，守着那棵丹桂。

晴天雪落，那弯月也显得越发凄清了。

他伸出手掌，雪片落在掌心，眼看着就化成了水，一滴、五滴、十滴……最后成了一汪闪亮的雪水。

陈宝祥低头，喝了一大口雪水。

立刻，那股来自天上的甘甜直接沁透到心尖上去。

此时，他眼中看到的是雪夜晴后巨大的希望，鼻子里闻到的是雪洗叶芽的清香，耳朵里听到的是桂树新枝借着融雪的力量拔节伸展的嘎巴声。

这个披霜尤清、被雪尤艳的崭新济南城，在他面前变得生动热烈起来，让他已经度过了不惑之年的那颗沧桑之心，也欢呼雀跃、欣欣向荣起来。

他喃喃低语："春头雪，晚来晴，属于老陈家的龙抬头，终于来到了。"

第五章

凭栏处，起高楼

田先生和杜先生是守信的人，尤其是杜先生，每天都到陈宝祥这里来，带着画好的图纸，把陈家大饭店未来的模样向陈宝祥一一描述。

"田先生说了，钱的事不用操心。他看重的是陈先生的忠诚厚道，其他的都好说，这个世界上，老天爷不会坑害老实人。这是田先生的原话，放心吧。"

杜先生的话像一颗定心丸，让陈宝祥乐开了花，几次从梦里笑醒了。

二月底，田先生派人送信，要陈宝祥去西门大街上的平市官钱局门口等他，说是托人打捞杨先生的事有着落了。

陈宝祥跟林月娥说了一声，从柜子里拿了十块大洋，用手帕胡乱一包，塞在袖筒里，一路小跑，到了官钱局门口。

济南城春脖子短，阳光又猛了点，陈宝祥跑得出了汗，脖子下面汗津津的。

旁边，有一老一少也在等人，笼着袖筒，正在低声说闲话。

"都说琵琶山那边埋人的发了，天天挖坑，一次就埋七八个。活儿干不过来，从南山找了十几个力工，管吃管住，顿顿杂和面馒头配咸鱼伺候着……"

"日本人说，那些都是土匪，杀人越货，无恶不作，被日本人抓了，还不肯认罪，也不把抢来的老百姓的东西交出来，硬扛大刑，最后熬不过，死了。"

"这些人里很多都是张长官、韩长官手下的逃兵，仗着手里有枪，拦路抢劫，强抢民女，老百姓都恨透了。现在好了，日本人一到，这些土匪的好日子也到头了。"

陈宝祥默默地听着，捏了捏袖筒里的大洋。

杨先生是个读书人，跟占山为王的土匪不沾边。这一次，田先生又托了人，肯定能放出来。

官钱局的黑漆大门开了条缝，有个两鬓泛白的中年人探头出来，看看三个人，寒着脸问："哪个是田先生的朋友？"

陈宝祥愣了一下，猛地抬起手来："是我，是我，我是陈宝祥，田先生的朋友。"

中年人点点头："进来。"

陈宝祥赶紧向前冲了两步，跟在中年人后面挤进了门。

那一老一少也大步过来，点头哈腰地向中年人问："这位老兄，我们想问问苗七老板的事，能不能送点衣裳和吃的进去？"

中年人要关门，一老一少同时伸手，把门撑住。

"什么苗七老板？"中年人不耐烦了，但门被死死撑住，一时半会关不上。

陈宝祥吓了一跳，因为在济南只有一个苗家，而苗七老板指的是济丰面粉公司下属的第七分公司老板，跟苗大掌柜是五服以里的亲戚。这位苗七老板英俊风流，是济南商圈年轻一代的翘楚，而且是一流票友，经常跟京沪名角在一起票戏。

"我们是济丰面粉公司第七分公司的，麻烦老兄行个方便，给七老板送件衣裳。"

"等着等着，在外面好好等着吧。"中年人的脸耷拉下来。

一老一少向后退了一步，中年人这才关上门，带着陈宝祥向里面走。

七弯八绕，又过了几个小门洞，陈宝祥被领到了南面的低矮平房后面。

中年人指着一个小窗户："站到那边去。"

陈宝祥弯腰答应着，提心吊胆地走过去，站在窗前。

窗户有一尺见方，陈宝祥踮起脚尖，正好能看到屋里的情形。

屋里只有一个人，身材瘦削，身着灰袍，正站在墙边，用右手食指在墙上写字。

他虽然背对着陈宝祥，但陈宝祥一眼就认出来，那是杨先生。

"杨先生，杨先生？"

陈宝祥叫了两声，杨先生回头，两人隔着小窗对视着。

"杨先生，是我啊，陈宝祥，老陈。我来看看你，别担心，田先生托人了，很快就捞你出去。"

看见杨先生安然无恙，陈宝祥松了口气。

按照过去的规矩，只要被官府抓了，进来就是一顿毒打，再精壮的汉子，也得先弄个骨断筋折。

陈宝祥早就预想过杨先生的惨状，可是现在，杨先生好好的，跟在外面的时候没什么两样。

只不过，在外面能看书写字，关在这里，就只能在墙上比画了。

"你？我用得着你捞人？赶紧滚吧，韩长官在的时候，就知道溜须拍马当奴才，日本人来了，你还是当奴才——滚吧，给日本人当条狗，他们就赏你一口饭吃。你这种有奶就是娘的狗奴才，滚，我不想再看到你……"

杨先生冷冷地骂了几句，回过头去，继续在墙上写字。

"杨先生，我就是个蒸锅卖饭的，张长官、韩长官、日本人，不都得吃饭吗？这天底下，只要是活人，不都得吃饭？日本人怎么啦，他们不也得吃喝拉撒？"

渐渐地，陈宝祥也一肚子气，火往头上顶。

他就是不明白，为什么杨先生气性这么大？

日本人进城没什么了不起，以前张长官、韩长官来的时候，济南的乡绅老板都在南门列队欢迎，天也没塌下来呀？

"滚滚滚，跟你这种狗奴才懒得废话——苍天在上，厚土在下，朗朗乾坤之内，只有岳武穆那样的绝世英才，才配得上'英雄'之名。怒发冲冠，凭栏处……怒发冲冠凭栏处，潇潇雨歇，好一曲《满江红》，好一个岳武穆，可惜我身陷囹圄，再也见不到岳武穆，听不到他的教诲声音……怒发冲冠凭栏处，凭栏处，你这个日本人的狗奴才，听得懂我的话吗？赶紧滚，赶紧滚滚滚……"

陈宝祥被骂得有些恼，他给日本人做饭，但这些米饭蒸出来，也卖给街面上的济南人。

他是个做饭的，跟奴才扯不上边。更何况，"狗奴才"三个字，以前是拿来特指太监的，用在他头上，简直太恶毒了。

"杨先生，田先生一定会托人把你捞出来。你放心，我陈宝祥不是忘恩负义的人，不管花多少钱，都得给你一个交代，给晓雪一个交代。"

中年人过来，扯了扯陈宝祥的袖口。

陈宝祥会意，又向杨先生叮嘱了两句，然后跟着中年人向外走。

这次，他留了个心眼，每经过一扇小窗户，都踮着脚尖向里面张望一下。

这排平房里都关着人，一人一间屋，至少有十二个人。

跟他以前预想的不同，这些人衣着整齐，精神良好，一看就没受过严刑拷打。

他终于放下心来，日本人跟从前的长官不同，就算是抓了人，也很讲道理，绝不动粗。

　　到了大门口，他摸索着手帕里的大洋，五根手指捏得大洋都发热了，最终也没舍得拿出一块来酬谢中年人。毕竟，田先生已经托了关系，没必要再花钱。还有，杨先生被关在这里，条件不错，多关几天少关几天没什么关系，省下这一块钱，一家五口半个月的饭钱就有着落了。

　　出了大门，一老一少还在外面等着。

　　看见陈宝祥，两个人立刻迎上来探问里面的情况。

　　陈宝祥摆摆手："别担心，日本人很讲道理，不会害人。我看见了十几个人，都没受过刑，脸上身上干干净净的。"

　　"有没有见到我们苗七老板？"年轻人焦急地问。

　　陈宝祥摇头，刚刚他走得很急，只是踮着脚尖偷瞄几眼，哪一个都没看清楚。

　　"都回去等消息吧，吉人自有天相。"陈宝祥悬着的一颗心已经落下，乐得多说几句，也宽宽别人的心。

　　一老一少接连长叹，退到一边去。

　　陈宝祥往回走，刚刚到了芙蓉街口上，侧面的小茶馆门口，一个人笑嘻嘻地向他招手，竟然是秦六子。

　　"这里，老陈，这里这里。"

　　陈宝祥走过去，秦六子亲自推门，把他让到里面去，又点了一壶西湖龙井。

　　"老陈，前几天田先生找我，说你的陈家大饭店正在筹备，让我关照关照，看有什么能帮忙的。我说，我是打鼓唱曲的，这些出钱出力的事，恐怕是有心无力。后来我想，人家田先生一片好意，愿意拉着大家一起赚钱，我就这么推了，驳了他的面子，不像话。刚刚正好看你过来，就跟你叨叨几句，看我能帮上什么忙？"

　　陈宝祥惊喜，因为他也知道，一个新饭店开业，请堂会唱戏是免不了的。

　　济南的堂会办得漂亮不漂亮，秦六子一个人说了算。

　　他赶紧点头："对，田先生找了一位杜先生帮我筹备，到时候饭店落成开业的时候，少不了请秦爷帮忙找人唱个堂会。"

　　秦六子摸着下巴上的十几根老鼠须，笑着回应："小事一桩，小事一桩，既然都是田先生的朋友，那就别这么客气了。"

陈宝祥捧起茶壶，为秦六子斟茶。

"这个……老陈，刚刚看你急匆匆向西去，干什么去了？"

陈宝祥顿了顿，秦六子立刻笑起来："好说好说，既然是秘密，我就不多问了。今天也是巧了，刚刚想到芙蓉街去买几卷上等宣纸，回去写几首新曲子。"

"秦爷，没什么秘密，是我一个朋友被日本人抓了，田先生帮忙托人，我刚刚去看了看。"

陈宝祥觉得不好意思，人家秦六子是曲艺行里的高人，耳聪目明，消息灵通，自己去看杨先生这事，根本算不上什么秘密。

"被日本人抓了？是不是给扔在官钱局那里了？知道经常一起在大观园票戏的苗七老板吗？也在那里关着呢。"

陈宝祥老老实实地点头："对，就是官钱局，刚刚进去看了看，挺好的，没打没骂，住的是单间。日本人挺仁义的，比以前韩长官的时候，和气多了。"

秦六子也点点头，连声感叹："老陈，你攀上田先生这根高枝，真是鲤鱼跃龙门啊，不知道哪辈子修来的福气？人家给你建饭店不说，官钱局这是日本人的要地啊，你也想进就进，想出就出，厉害啊老陈，以茶代酒，敬你敬你，呵呵呵呵……"

陈宝祥受到恭维，心里甜丝丝的，双手捧着茶杯，一饮而尽。

他想到官钱局门口点头哈腰的一老一少，顿时觉得，背后有田先生撑腰，在济南街面上的任何事，都能摆得平。

又喝了一杯茶，秦六子感叹："这个……苗七老板是正牌的好票友啊，有人品，有文化，可惜不知什么原因被日本人抓了。我刚刚还在想，写新曲子费力劳神，如果有人帮忙就好了……这个我记得西更道街的杨先生能写能唱，文武全才——"

陈宝祥叹气："秦爷，我刚刚去看的就是杨先生，年前他也被抓了。我托田先生捞人，田先生正在想办法。"

此刻，茶馆里没有外人，除了他俩，只有柜台后面的小伙计。

"说说，怎么回事？他一个读书人，犯了什么事？"秦六子来了精神，眼睛一亮，直盯着陈宝祥。

陈宝祥一方面有求于秦六子，另一方面，他刚刚挨了杨先生的骂，胸口一阵阵发闷，必须说出来，不然就要憋出病来了。所以，他把去看杨先生的前因后果，全都原原本本讲出来。

秦六子听得极为入神，当听到杨先生破口大骂时，啧啧叹息："老陈，这跟你有什么关系？你就是个卖饭的，民以食为天，日本人来了，天底下的人也都得吃饭吧？这过分了，太过分了。"

陈宝祥复述杨先生说过的每一句话，包括那句"怒发冲冠凭栏处"。

这时候，他才记起来，杨先生把"凭栏处"这三个字重复了好几遍，不知什么意思。

秦六子拿起茶壶，给陈宝祥倒茶。

"老陈，以前杨先生跟我说过，要把岳武穆伐金的事写成一个话本，送给济南的曲艺行，供大家登台表演。可以是说书，也可以改成曲子演唱。他一被抓，这件事大概就黄了。你好好想想，他有没有跟您说过这事？"

陈宝祥皱起眉想了想，又摇摇头。

秦六子捻着老鼠须，眯缝着眼睛，仍然看着陈宝祥。

"抱歉秦爷，我实在不记得了。不过我闺女果儿跟杨先生学过几天读书识字，可能她记得一点？"

秦六子猛地站起来："那好那好，老陈，现在就去你家，问问闺女，有没有消息？"

两个人向外走，秦六子结账，又特意给陈宝祥带上两包二等茉莉花茶。

陈宝祥平生第一次收礼，再三推托，才放进袖筒里。

到了陈家，陈宝祥叫出陈果儿，问杨先生写岳武穆伐金话本的事。

陈果儿摇摇头："杨先生只是教我读书识字，其他的，我什么都不知道。他平生喜欢吟诵岳武穆的《满江红》，可没写过什么话本。"

秦六子急了："你再好好想想，他要想写话本，一定用到宣纸，而且不止一卷两卷。你想想，他写完东西，都放在哪儿？"

陈果儿再次摇头："我只是白天去学，大部分时候他在看书，没见过他写字。"

林月娥沏好茶端上来，握住了陈果儿的手。

秦六子拍着脑门，连连叹气："不可能啊？杨先生说要给我们曲艺行写话本，肯定写了，肯定写了，并且就藏在某个地方。"

林月娥插嘴："秦爷，闺女没见过世面，说不清你问的事，但自己的闺女自己知道，她从不扯谎，一就是一，二就是二。"

秦六子用力挠头，背过身去想了想，再转回身来，从袖筒里摸出五块大洋，去拉陈果儿的手。

林月娥拉着陈果儿后退，接着挡在闺女前面。

秦六子苦笑起来："这个……误会误会，误会了，老陈，我太心急了，要是能找到杨先生写的话本，济南的曲艺行就露脸了。皇上不遣饿兵，这是一点好处费。如果闺女帮我找到了杨先生留下的话本，还有重谢。"

他把五块大洋放在桌上，然后颓然地垂下了头。

对方这么看得起自己，陈宝祥也不肯太丢脸，把大洋拿起来，放回秦六子手中。

"秦爷，这事我一定帮忙，等闺女想到了什么，一定先跟你说。"

秦六子点头，再次把大洋放在桌上，然后告辞出门。

出了这个插曲，一家三口平白无故得了五块大洋，称得上是意外之喜。

陈宝祥再三询问陈果儿："好好想想，以前杨先生有没有提过话本的事儿？你去西更道街那么多次，难道一次都没见他写字？"

到了最后，陈果儿委屈地哭起来："我说了多少遍了，没见过，没见过，没见过……"

林月娥也急了："他爹，闺女从小不说瞎话，没见过就是没见过。你要真想找，去西更道街看看不就知道了？"

陈宝祥一拍大腿："对啊，杨先生在济南没有其他朋友，写了东西肯定留在家里，又不能自己长腿跑到别的地方去？"

多一个朋友多一条路，多一个仇家多一堵墙。

今天，田先生帮了他，他除了感谢对方，还得把这份善意广播四方。就算没有这五块大洋，他也得给秦六子帮忙。

等到陈大平和陈虎子回来，陈宝祥就带着两兄弟，直奔西更道街。

自从杨先生被抓，那个院子就荒废了。

整条街上，其他人家门上贴着过年时候的大红春联，只有杨先生的院门光秃秃的，落满了灰尘。

两扇木门虚掩着，陈宝祥推门进去，一群麻雀从北屋屋顶的瓦垄上飞起来，在院中老榆树上落了落，又飞到别处去了。

屋门也虚掩着，父子三人进去，点亮了长条木桌上的油灯。

这间屋里只有一桌、四椅、一床，十几本书堆在床头，都是唐宋诗词之类。

桌上有一方粗糙的青石砚台，里面的墨汁早就干涸了，边角翘起来，仿佛一张黑色的饼。

三人找了一圈，没有找到任何写着字的纸，剩下的东西，跟秦六子说的"岳武穆伐金话本"就没有半点关联了。

陈宝祥有些失望，如果早碰见秦六子，说不定进官钱局的时候，就能直接问问杨先生了。

"爹，咱回去吧，不好找。再说，秦六子手底下有人，他们知道杨先生住在西更道街，想找什么东西，早就直接来翻了，根本不用其他人帮手。我猜，他们来过这里，什么都找不到，才花钱请您帮忙。"

陈大平能动脑子，这些话说得很有道理。

爷仨出门，再回头把门带上。

"爹，什么时候能把杨先生捞出来？"陈虎子闷声闷气地问。

陈宝祥摇摇头，有些不以为然："这事不急，怪不得田先生一直说'看看再说'，日本人抓人跟韩长官抓人不一样，我今天见着杨先生，看他好像比以前稍微胖了点。先让他在里面待着吧，反正也不打不骂的，还有吃有喝伺候着，这种好事，哪里找去？"

"人家杨晓雪还等着咱捞人呢，别拖了，赶紧找田先生帮忙吧。"

陈虎子说话硬邦邦的，很是刺耳。

陈宝祥皱了皱眉，想要发作，正好有人经过，他只能硬生生地把到了嘴边的喝骂咽下去。

回到家，林月娥见陈宝祥脸色不对，赶紧张罗吃饭。

饭桌上，陈宝祥又把去官钱局的经过详详细细说了一遍。

他希望一家人都能好好想想，日本人为什么抓杨先生，到底什么时候能放出来？

讨论了半天，他们也得不出什么结果。此前，陈宝祥巴结杨先生，送陈果儿去念书识字，心里一直都没多想，就是觉得杨先生相貌堂堂，正气凛然，是读书人之中少见的不酸腐、不端架子的好人。

他非常尊敬读书人，所以从来没有往歪处想过。

陈果儿又开始抹泪："杨先生和晓雪姐姐都是好人，日本人抓杨先生算怎么回事？这次抓了杨先生，下次如果抓了晓雪姐姐，那该怎么办？"

陈虎子猛地一拍桌子："抓抓抓，那我就跟日本人拼了！"

林月娥吓了一跳，在陈虎子后背上拍了一巴掌："好好吃你的饭，拼什么拼？"

陈果儿的话提醒了陈宝祥，杨先生父女两人的行踪都很奇怪。上次，杨先生托他保管箱子，神神秘秘的，到最后都没说箱子里是什么。这次，杨晓雪来济南找人，根本就是蜻蜓点水一般，没有踏踏实实地住下来打点关系。

普通情况下，家里有人被抓，至少也得像官钱局外面那一老一少一样，苦苦等着，送衣送钱，先把人捞出来再说。

吃完饭，陈果儿端着一盏油灯回自己屋。

杨先生不知道什么时候才能放出来，她不能放松学业，一直拿着杨先生赠送的那卷《杨氏古文集注》手迹本，天天诵读抄写，识字本领正在不断增长。

听着陈果儿的读书声，陈宝祥胸膛里的郁闷就渐渐散了。

两天后，陈宝祥送饭的时候见到了田先生。

看起来，田先生心情不错，亲自起身，给陈宝祥倒茶。

陈宝祥期期艾艾，说出了探看杨先生的事，第一是表示感激之情，第二就是探探田先生的口风，看怎样才能把杨先生捞出来？

"陈先生，捞人不是件简单的事。你准备怎么捞？交担保金、罚金捞人对吧？就在昨天，济丰面粉公司的朋友托我捞苗七老板，已经办好了。你猜猜花了多少钱？两万块大洋，十条小黄鱼——"

陈宝祥惊得张大了嘴，两万块大洋外加十条小黄鱼，简直是天价，放在他身上，他可拿不起。

"我打听过，杨先生不是什么大罪，或许关一段时间就自动放出来了。陈先生，你帮助朋友的这份热忱，我完全理解，但我们是生意人，有些事情一旦牵扯到官方，就比较麻烦，希望你能见谅。当然，我会时刻关注，只要时机合适，马上运作，把人捞出来。"

陈宝祥总算松了口气，他相信，只要田先生应承，这件事就大有希望。

他再三感谢，田先生摇头微笑，又跟他探讨陈家大饭店的事。

田先生是商人，不但精于算计，而且对鲁菜进行过系统的研究。

他告诉陈宝祥，济南的鲁菜起源于《尚书·禹贡》，春秋时期渐渐形成独特菜系。唐宋之后，孔府菜成为鲁菜最重要的组成部分。到了元明清时期，山东向京城运送鲍鱼、海参、鱼翅、乌鱼蛋等常用的菜肴主料，之后鲁菜进京，逐渐成为宫廷菜，随即名扬天下。

"陈先生，我跟杜先生商量过，陈家大饭店以鲁菜为主，一楼大堂面向本地人，二楼包间伺候京沪达官贵人。在二楼北侧，另外辟出一片区域，以日本菜、西洋菜为主，为外国朋友提供服务。现在，我跟杜先生已经选好了位置，就在大戏台北面。一楼八仙桌三十张，二楼总共分隔十六个包厢，八大八小。大包厢内，设置灯光演出舞台，配备演唱及舞蹈人员，给客人助兴。所有装修装饰和服务生衣着，风格一律模仿北平大饭店，务必显出本店贵气。后厨也分中西，中餐区分为红案白案，一切都按鲁菜正统办理。另外，在饭店一楼北侧再开一扇新边门，辟一道新楼梯，供外国贵客出入……"

田先生从抽屉里拿出图纸，一一对照，向陈宝祥说明。

陈宝祥虽然识字不多，但田先生讲解得有条有理，所以他很快就听懂了对方的意思。

陈家大饭店建成后，二楼才是关键，尤其是新门和新楼梯，更是为外国人准备的，跟普通食客截然分开。

按照陈宝祥的估算，从租房到开张，再到日常采买流水，没有五千大洋肯定拿不下来。

果然，图纸最后，附着一张采买清单，最下面合计位置的数字，是八千五百大洋。

"田先生，这么多钱……这么多钱……"

田先生笑了，把清单拿起来，一撕两半，然后拍着陈宝祥的肩膀："陈先生，千金难买有缘人。我和朱先生相识五年了，他从来不会骗我。这一次，他推荐你的时候说，全济南城第一厚道人。你放心，钱我出，掌柜你做，分红六四，你六我四，出了任何事情，我全都担着。另外，遇到江湖朋友寻衅滋事，我也托人出面，全都摆平。这样说，你都明白了吧？"

陈宝祥愣了愣，视线突然模糊，两行热泪簌簌落下。

田先生简直是天上掉下来的贵人，全力以赴帮他，大事小情包办，最后分红还四六开，天下哪有这样的好事啊？

陈宝祥后退三步，深深鞠躬，额头几乎碰到膝盖，再开口时，喉咙已经哽咽："田先生，我陈宝祥肝脑涂地，也报答不了田先生的知遇之恩。您放心，不管朱先生怎么在您面前帮我美言，我陈宝祥就一句话——咱事上见。"

外面有人敲门，一个仆人进来，向田先生低声禀报："广濑先生已经到了，在小会议室等着。"

田先生点点头，仆人低头出去。

陈宝祥知道田先生有事，赶紧起身告辞。

田先生没有挽留，送陈宝祥出来，再三宽慰："陈先生，济南有句老话，好人有好报。你忠厚老实半生，理应得到好报。我相信，饭店开起来，你赚到钱，一定会慈善捐赠，救济穷人，让济南再也没有饿殍冻毙的可怕现象……"

一楼会议室门口，一个穿着灰色棉袍、戴着宽边眼镜的中年男人，手里拎着一只黑色皮包，规规矩矩地站在那里。

见到田先生，男人立刻远远地鞠躬。

"广濑君，请稍等，我送朋友出去。"田先生先打了个招呼，然后把陈宝祥送到大门口。

陈宝祥千恩万谢，感觉自己在田先生面前自动矮了三分。对方有钱、有地位、有人脉，偏偏看好自己，提携自己赚钱，这简直是天大的光荣。

良禽择木而栖，良臣择主而侍。

他遇到田先生，就等于禾苗遇到甘露滋润，小船遇到顺风助推，此刻再不归顺，更待何时？

"陈先生，嗯，还有件事——"田先生忽然站住，按住陈宝祥的肩膀，上下打量。

"怎么了？有什么不妥吗？"陈宝祥的心一下子提到嗓子眼上。

田先生摇头："嗯，你的头发，你这身衣裳，还有这双鞋，都有点问题。"

他的手伸进长衫口袋，掏出十个大洋，交给陈宝祥。

"做身新衣服，买双新鞋、新帽子，另外，你的夫人也要做一身新衣服，新饭店新气象，从头到脚都是新的，大家焕然一新才好。"

陈宝祥赶紧推托："田先生，我有钱，我有钱。"

田先生一笑："这是置装费，不要推了。从现在起，你代表的是陈家大饭店，一举一动，一言一行，都要配得上大老板的身份。好了，去吧，去吧。"

陈宝祥直接去了芙蓉街，先到宏升祥鞋帽店买了黑色礼帽和黑皮鞋，接着到旁边的顺德布庄量体裁衣，订制了一身黑绸春装，顺便在旁边的高升馆，剪头刮须，收拾得干干净净。

田先生给了置装费，让陈宝祥心里热乎乎的。

他不看重这十个大洋，看重的是人家田先生这片拳拳维护之心。人家连衣服鞋子都考虑到了，他陈宝祥何德何能，受到这种礼遇？唯有鞠躬尽瘁，死而后已，才对得起田先生的知遇之恩。

眼下这条芙蓉街地处济南城中心，东临巡抚院，西临布政司，南与院西大街相接，北与府学文庙相通，号称济南的"金街"。即便到了京沪两地，在商贾圈子里提起来，也是赫赫有名。

街道两边汇聚过百家商铺，从鞋帽、服装、布匹、饭庄、客栈、药店，到文房四宝、古今书籍、古玩乐器、陶器钱庄、首饰眼镜、刻字照相等，各种招牌鳞次栉比，各种商品一应俱全。

向前走了几步，左手边就是玉谦旗袍店的牌子。

陈宝祥停步，以前想都不敢想，现在却有了带林月娥和陈果儿来做旗袍的打算。清代同治年间，于家从章丘来到济南，凭着精湛技艺和诚实人品，旗袍生意长盛不衰，在芙蓉街上牢牢站住了脚跟。

林月娥也就罢了，但陈宝祥很希望自己的闺女能像达官贵人的富家小姐那样，穿旗袍，坐包车，活得滋润自在。

他是男人，一定要让家人过上好日子，才不枉度此生。

再向前走，陈宝祥看到了东鲁饭庄的牌子。这里经营的是胶东菜，前后两进院落，再加东西侧院，可同时摆设百桌宴席，是济南城内规模最大的饭庄。当年，韩长官的孩子娶亲，就是在这里举办婚宴。

站在东鲁饭庄门口，陈宝祥想到的是饭庄背后的王府池子。

饭庄开在这里，位置得天独厚，环境无可比拟。客人们一边吃饭，一边欣赏泉池美景，心情自然惬意。尤其是到了夏天，饭庄把西瓜放进竹篮里，拿绳子系上，直接连瓜带篮放在泉水里冰镇着。吃完饭，西瓜也凉了，拿上来切开，红瓤黑籽，带着丝丝凉意，咬一口甜丝丝，透心凉，那感觉，甭提多美了。

陈家大饭店开在大观园，位置也不错，但就是少了东鲁饭庄这种纯正的济南泉味。

陈家的米饭把子肉之所以吸引日本人，就是因为陈宝祥把大米里面的纯正饭香做出来了。

民以食为天，如果饭菜味道不纯，久而久之，口碑坏了，饭店也就该关门了。

陈宝祥一边往家走，一边脑子里来回盘算着。一个饭店要想大火，还得在菜品上动脑子，猛下细功夫。

第六章

桃红初见

晚饭桌上，陈宝祥说起想给林月娥、陈果儿做旗袍的事。

林月娥笑红了脸，连连摆手："他爹，你就别拉着我们娘俩出洋相了。我在济南活了半辈子，天天老老实实干活，从不扬风乍毛的，别让我老了老了，出去给人笑话。"

陈果儿也摇头："爹，我也不喜欢穿旗袍，那是富贵人家小姐穿的。"

陈虎子闷头吃饭，看看陈果儿，突然冒出一句："人家杨晓雪才适合穿旗袍。"

陈果儿拍手点头："对，对，晓雪姐姐腰那么细，腿那么长，穿旗袍肯定好看。"

陈大平也点头，嘴角浮起笑意。

饭桌上的话题又扯到了杨先生身上，这次，陈宝祥信誓旦旦地保证，田先生应承了，只要找到合适的机会，立马就把杨先生捞出来。

他也提到，田先生帮朋友捞苗七老板，花了两万大洋加上十条小黄鱼，这还是田先生面子够大，不然的话，花了钱也办不了事。

陈虎子无话可说了，如果真的需要那么多钱才把人捞出来，把陈家米饭铺再加上一家五口全都卖了，砸锅卖铁也凑不够。

"但愿杨先生吉人天相吧，大家吃饭，吃饭。"林月娥叹了口气，站起来给陈宝祥添饭。

除了田先生极力提携陈宝祥开饭店的事，陈大平那边也有好消息。

朱有成有意照顾，把原先针对每个力工的抽成全都免了，车站给多少工钱，他就发给陈大平多少。而且，其他力工们孝敬的烟酒水果，他都分给陈大平一份。

更重要的，朱有成承诺，到了年底，他会保荐陈大平做三工头，到时候陈大平不仅不用被别人抽成，自己还能抽别人的钱。

"哥那边货位上全是枪，一箱子一箱子的，全是日本人的枪。"一提到枪，陈虎子就来了精神。

陈大平点点头，笑了笑没说话。

从上次田先生在大观园吉祥茶馆召集聚会后，陈宝祥就再没见过朱有成。他清楚，朱有成是给田先生面子，才刻意提携陈大平。

"大平，干活的时候机灵点，一早一晚，找机会请请朱有成。"

　　林月娥也说："大平啊，车站货台上人多嘴杂，好好做事，别贪图小便宜。我上次听虎子说，有些力工在货台上偷东西，撬开箱子偷苹果、偷衣裳什么的，咱可千万别那么干。"

　　陈虎子不好意思地摸着头笑起来，上次他从货台带着两口袋苹果回来，就是从箱子里拿的。不过，是别人撬开箱子，他顺手拿了几个。再说了，就算偷苹果被工头逮住，也没什么大不了，又不是杀人放火。

　　"知道了，娘。"陈大平笑着点头，对于爹娘说的话，他从不反驳，总是老老实实答应着。

　　"娘，二哥刚刚不是说了，大哥那边的货台都是枪、子弹、手榴弹，偷了也没用，又不能吃？"陈果儿笑着补充。

　　上次陈虎子带回苹果，先塞她枕头下三个。

　　两个哥哥争着疼她，就怕她受一点点委屈。

　　陈虎子晃了晃脑袋，指着陈果儿："这你可错了，那些东西不能吃，但是值钱，有大用。南山上的土匪放出话来，一百个大洋收一条长枪，十个大洋收一个子弹梭子。你想想，要是从大哥的货台上扛一箱子长枪回来，能卖多少钱？"

　　陈宝祥吓了一跳，猛地一拍桌子："胡说！"

　　韩长官在的时候，有两个外地小偷从官衙里偷枪，偷了一长一短，外加两个子弹夹。得手之后，两个人找了黑道上的枪贩子，在大观园北边天桥黑市上交易，结果被官府一锅端了。

　　这件事报到韩长官那儿去，连审都没审，直接就地崩了。

　　从那时候起，陈宝祥就知道，官府的枪碰不得。

　　陈虎子涨红了脸，低头不语。

　　陈大平笑了笑："爹，您甭生气，虎子就是嘴快，随便说说，保证不会惹事。在货台上，我好好看着他，二老放心吧。"

　　陈宝祥叹了口气："大平，你是个好孩子，等饭店建好了，你就辞了车站那边，到饭店来，帮我管管事。"

　　陈虎子嘟囔："人家凭什么给咱建饭店？济南城能说会道、能做买卖的人多的是，他能瞧得上咱这个米饭铺？再说了，爹，你又不是燕喜堂的大厨，连那边的顺菜工都比不上，人家田先生找谁不行，偏偏找咱们？"

同样的问题，陈宝祥已经自问了几百遍，但田先生今天正式说了，就是看上他老实厚道。

这四个字说起来容易，做起来难。

陈宝祥别的不敢说，也不敢比，但他自认，论"老实厚道"，自己绝对不比别人差。

他瞥了陈虎子一眼，懒得再解释。

饭后，陈果儿照例回房间去念书写字。

陈宝祥走到女儿房里，坐在床边，想再说说做旗袍的事。

陈果儿聪明，看看陈宝祥的脸色，就知道他要说什么，干脆挑明："爹，我不爱穿旗袍，就爱穿大棉袄。"

陈宝祥有些尴尬，田先生给了十块大洋的置装费，他得全花在一家人行头上，才对得起人家。

他看看陈果儿手里的册子，拿过来，随手翻了翻。

陈果儿解释，杨先生说过，自己在书法上下过大功夫，欧颜柳赵，米黄苏蔡，一家不缺，都临摹了不下千遍，自己写的欧体《化度寺邑禅师舍利塔铭》《虞恭公温彦博碑》《皇甫诞碑》既有古人神韵，又有今人气度。柳体方面，《伏审帖》《十六日帖》《辱向帖》惟妙惟肖。颜体方面，《多宝塔碑》《颜勤礼碑》《麻姑山仙坛记》独具神韵。赵体方面，《玄妙观重修三门记》《洛神赋》也是别具一格。

这本册子，字字珠玑，笔走龙蛇，不仅仅是杨先生诗文阅读的心得总结，而且是书法修炼的极致展示。

本来，陈果儿满心觉得，能一直跟随杨先生学习，让自己也能舞文弄墨，开阔眼界。只可惜啊，日本人进城，一夜之间天就变了。

"这是杨先生亲手写的？"陈宝祥问。

陈果儿点头："过去，杨先生一直带在身边，后来看我实在喜欢，就送给我了。"

那本册子总共八十多页，用粗麻线缝起来，面和底都用蓝棉布加面糨糊仔细地糊起来，更容易保存。封面上，是汉隶体"杨氏古文集注"六个小字，笔法老道，墨迹浸透蓝棉布，从纸张的背部透出去。

陈宝祥坐了一阵，没有话说，就把册子放下。

"爹，晓雪姐姐真可怜，咱一定帮忙，把杨先生捞出来，让他们父女团圆，行吗?"

陈宝祥点点头，杨晓雪只到陈家站了站、坐了坐，前后不到一顿饭的工夫，就已经把陈家五口人的魂勾走了。

"爹，别人家的钱花着不踏实，我和娘都不要新衣服，只要一家人平安就够了。"

陈宝祥感叹，闺女长大了，也懂事了。

三月十八日，陈家大饭店开张，到场祝贺的都是省府、济南的头面人物，足足有六十多位，把楼上的包厢全都占满了。

楼下，朱有成、徐二猛、蔡春雷、秦六子也带了一大群江湖朋友过来捧场，共坐了十八桌。

门外面，道贺的花篮排成了两行，一左一右，从大观园里面一直摆到北门大街上。

开张的大吉大利鞭炮总共一百零八挂，足足响了半炷香的工夫。响过之后，地上的大红鞭炮皮足足铺了半尺厚。

陈家大饭店开张，陈宝祥就成了济南城的新晋红人。

这么多贺客里面，没有一个日本人，全都是济南人。

田先生解释过，部队虽然进了济南，但远来是客，强龙不压地头蛇，尤其是在大观园这种三教九流、龙蛇混杂之地，他们日本商人就更要注意影响。反正大饭店的名字是"陈家"，陈宝祥出头就足够了。

陈宝祥完全听田先生的，人家是幕后出钱的大老板、大掌柜，自己就是站柜台、撑门面的二掌柜，老老实实听话干活就行了。

真正站上了陈家大饭店的柜台，陈宝祥心里那块悬着的大石头终于落了地。

当天晚上，送走了最后一桌客人，他叮嘱守夜的人好好看门，然后一个人上了二楼，进了经理室。

经理室总共两间，外面办公室，里面是卧室，全都装饰一新。

他坐在办公桌后面，向窗外望去，一幅巨大的广告画竖立在大戏院的楼顶，画中人的脸被两侧的霓虹灯照得闪闪发光。

那是一位来自北平的大青衣，京沪两地富人争相抬举的名角儿。人长得漂亮，嗓子和做派都是一流。所以，她来济南演出，着实引起了轰动。

此刻，陈宝祥看着广告画，耳边就响起她的那一把好声音来。

"这一切，不会是梦吧？"陈宝祥摸摸崭新的桌子，再跺跺脚，试探着脚下厚实的紫红地毯。

他的视线收回来，落在对面墙上挂着的四条屏顶端。

四条屏是田先生送的，顶端不是简单的红绒绳，而是四只精心盘绕的大红璎珞，花式各不相同，分别是春天兰草、夏天竹节、秋天菊花、冬天梅蕾。

高三尺六、宽一尺二的紫楸木版面，雕刻的是济南四时风景，笔法细腻，刀法精巧，同样来自城内名家。

陈宝祥在自己大腿上掐了两把，确信这不是梦。

原本，他想等到饭店开业，米饭铺的生意就停了，让林月娥也到这边来帮忙。商量来商量去，林月娥坚决不同意，他也没再勉强。

"从今天起，我陈宝祥……我陈宝祥就——"他站起来，走到窗前，胸口一阵波翻浪涌——仿佛放进了一块火炉里的炭，又热又烫，吱吱作响。

他看着戏院广告画上的那个人、那张脸，想到过去半生每一次在济南城看戏的情景。

从前，他是观众，在台下的后排角落里，永远都是怀着崇敬之情，远远地望着，跟着台上的角色张嘴，无声地哼唱。台上的名角儿看的是坐在包厢和前排的上等人，谢幕时花一样的笑脸，也是给那群人留的，从来跟他无关。

他算什么？他就是一个花钱看戏的，买票的钱是辛劳干活攒下来，每一分钱都是牙缝里省出来的，能买个最便宜的站票，站在那里看半晚上的戏，已经是戏院的恩赐。

他看过这位大青衣的戏，《锁麟囊》《玉堂春》《贵妃醉酒》《霸王别姬》，里面的戏词唱腔，他张口就来。

曲艺行有句话，叫"北平学戏，津门唱红，沪上赚钱"。

济南是京津沪之间的重镇，政经要地。所以，到这里来唱戏，钱不少赚，名不少扬，只要有人出钱，当今最红的名角儿都愿意过来。

行内拜师学艺有四种方式，即科班学艺、手把徒弟、以大带小和票友学艺。

大青衣身边，以大带小唱红的童伶不少，被人捧起来的有八位，分别是用"梅兰竹菊、桃李芬芳"八个字命名。这次，跟着大青衣来济南大观园唱戏的两位，就是八大弟子排行第三的"竹青"、第五的"小桃红"。

这一次，只要陈宝祥想看戏，看多少场都行，而且是坐在前排主座。

"一起都变了，从日本人进城，一切都变了。"今天一天，他在心里把这句话重复了几百遍。

感觉像是在做梦。

陈家大饭店开业第十天的中午，二楼包厢迎来了田先生的第一位朋友。

为了给田先生面子，上那道"糖醋黄河鲤鱼"的时候，陈宝祥亲自端着托盘上菜。

包厢内，桌边总共坐着四位，除了主陪的田先生外，主宾那位，陈宝祥也认识。上次在田先生的公司一楼，他听田先生称呼那人为"广濑君"。

另外，仆人向田先生报告时，曾说过"广濑先生"的称呼。二者相联系，这个日本商人就是田先生的朋友广濑先生。

田先生见陈宝祥亲自上菜，立刻笑着起身招呼，并向其他三人介绍："这位是陈家大饭店的老板陈宝祥先生，济南城有名的老实厚道人，也是我到济南以后，最信任的合作伙伴。"

广濑先生与另外两名日本商人向陈宝祥深深鞠躬，陈宝祥受宠若惊，赶紧抱拳回礼。

四个人诚恳地邀请陈宝祥一起坐下喝两杯，陈宝祥更是感动，连连拱手道谢，然后退出来。

他站在楼梯口，一手拎着托盘，一手扶着栏杆，感到有些头晕，喝醉酒上了头一样。

过去，从未有大人物如此彬彬有礼地对待他，就连朱有成第一次来米饭铺找他，也是大大咧咧的，根本没把他放在眼里。

现在，日本部队常驻济南，田先生跟部队的长官关系密切，地位自然高高在上。如今，人家能在日本朋友面前，公开介绍陈宝祥也是他朋友，这就算是给了陈宝祥莫大的脸面。

"我陈宝祥何德何能，受田先生如此赏识？下半辈子肝脑涂地，也得报答这种知遇之恩。"陈宝祥缓步下楼，在心底暗自发誓。

到了晚间，陈宝祥正在柜台后面翻账本，一行人进来，在伙计引领下，从饭店中央的楼梯上了二楼。

进来的总共七人，走在第一位的是最重要的大人物，其他人众星捧月一样，跟在左右，亦步亦趋。

陈宝祥只看了那人一个背影，就认出那是来唱戏的大青衣。

他吓了一跳，饭店刚开张，就能有这种贵客登门，简直是天上掉下来的好事。

那行人上楼梯右转的时候，走在最后的两个穿着青色长衫、手挽着手的年轻女孩子回头，眉眼一样清丽，身材一样瘦削，头发一样漆黑，嘴唇一样红润，仿佛同一块美玉上抠出来的两个玉人儿。

陈宝祥仰着头看，左侧那个鼻梁英挺、身躯笔直的女孩子笑着，向自己的同伴说了句什么，右侧那个肩上斜背着鼠灰色皮包的女孩子掩着嘴笑起来，露出两颗小白细碎的虎牙。

"世间竟然有这么美的人儿?"

陈宝祥一时间忘记了账本，也忘记了自己是谁，眼中只有那两颗小虎牙，在眼前一闪一闪，亮晶晶的，犹如天上垂落到人间的星星。

等他回过神来，那行人已经进了甲字一号包厢。

他看看桌上的订单，那房间是济丰面粉公司苗七先生预订的。

陈宝祥知道，北边打起来之前，苗家的面粉公司经营得风生水起，苗七先生又爱票戏，所以经常从北平请戏班过来。

戏班从北平起步开始，一切吃喝住行，都由苗七先生一手包办。那些名角儿到了济南，苗七先生就会推掉一切公司经营、商业应酬，从头到尾，陪吃陪喝，陪唱陪玩。

往往到了最后一天，苗七先生就亲自上妆登场，跟名角对一出戏，既是捧名角的场，也是为了展示一下济南票友的真本事。

看到这个名字，陈宝祥就想到官钱局那一排关押犯人的小平房。

苗七先生花了两万大洋加十根小黄鱼，成功赎身，代价虽大，可是对于家大业大的苗家来说，不过是春天早晨的毛毛雨罢了。

陈宝祥刚刚当上陈家大饭店的掌柜，位子都没坐热，自然不能跟苗七先生相比。自己虽然爱听戏爱唱戏，可从来没有展现的机会。

"怎么才能跟名角儿攀攀关系呢？"他使劲挠头，心里又急又慌。

急的是，名角儿到这里吃饭，是送上门来的机会。

慌的是，人家过来用餐，只是一顿饭的工夫，错过了，以后猴年马月，就再也没有第二次机会了。

他在柜台里团团乱转了十几圈，抓耳挠腮，心神不宁。

"掌柜的，麻烦您，师父说，所有菜肴都要减盐减油，减甜减酸，米饭要蒸两次，蒸到入口即化。"一个脆生生的京腔女声在柜台外响起来。

陈宝祥回头，那个鼻梁高挑的女孩子站在柜台外面，双眼带光，不怒自威。

"行，我一会儿安排厨房。"陈宝祥赶紧点头答应。

名角儿爱护嗓子，在外面吃饭，都很注意。

陈宝祥以前就听过这个规矩，没想到现在真碰上了。

"不行，你现在就去厨房，我盯着你，当面看你吩咐他们。"女孩子很硬气，虽然是从外地来的，但盯着陈宝祥的眼睛说话，不容他有丝毫闪避。

陈宝祥从柜台后出来，快步走向后厨。

那女孩子在后面紧跟着，等到进了从大厅到厨房的夹道，突然压低了声音说："你这双贼眼，别老盯着不该看的看。小心，我脾气不好，逮到那些老色鬼，直接把眼睛挖了，以后就什么都看不见了。"

陈宝祥吓了一跳，因为"老色鬼"这三个字，绝对不会落到他头上。

他愣了愣，撩开布帘进了后厨。后厨共有十二人，三个红案师傅，三个白案师傅，每个人各带着一个小徒弟。

红案上六个灶头，白案上四个灶头外加四个大锅灶，热火朝天忙着，锅勺碰撞声响成一片。

陈宝祥告诉红案大厨们："二楼甲字一号的客人是北平来的戏班名角儿，人人口轻，下调料的时候一定注意。"

大厨们正答应着，女孩子已经跟进来，把在柜台前告诉陈宝祥的话又重复了一遍。

这些大厨们大字不识，没听过戏，也没见过戏子，看见女孩子长得俊，顿时一起回头，十二双眼睛死盯着女孩子，上上下下打量。

陈宝祥怕惹事，赶紧低声下气地告诉那女孩子："该吩咐的都吩咐了，该注意的也都注意了，您请回吧，一定照办。"

田先生也交代过，陈家大饭店开在大观园，口碑第一重要，无论多么难缠的客人，都得极力安抚。哪怕是某一单生意上赔了钱都不要紧，先把名声抬起来。

名气有了，钱也就来了。

女孩子哼了一声，扭头向外走。

走到大厅里，另一个斜背着皮包的女孩子从楼梯下来，一把挽住了女孩子的胳膊："竹青，你去哪儿了？师父说了，不要乱跑，济南兵荒马乱的，千万别上了别人的当。"

陈宝祥跟在后面，隔着两个女孩子五步，赔着笑脸，不敢多说话。

"小桃红，我去后厨看看，师父口轻，怕这些山东厨子没见过世面，做菜浓油赤酱的，师父不喜欢。"

陈宝祥立刻明白，两人都是大青衣座下的人，英气逼人的是老三"竹青"，长着虎牙的是"小桃红"。

小桃红笑了："人家苗七先生是济南名票，又不是不懂，用得着你出来吩咐呀？"

竹青回头，放肆地向陈宝祥瞟了一眼："哼，苗七先生是个好人，是咱梨园的好朋友，可有些人，眼神贼溜溜的，不像是什么好东西。你说呢？"

小桃红也看看陈宝祥，陈宝祥无奈地苦笑，一下子就把小桃红笑红了脸。

"好了好了竹青，赶紧上去吧。师父要跟苗七先生对一出《玉堂春》，等着你打锣鼓点呢。"

两个女孩子挽着胳膊踏上楼梯，转头之际，小桃红又故作不经意地回头，轻轻地咬着唇，斜斜地瞟了陈宝祥一眼，然后两人飘然上楼，回甲字第一号包厢去了。

陈宝祥回柜台里坐下，又翻了两页账本，眼前始终晃动着小桃红的两颗白生生、俏灵灵的小虎牙。

济南的漂亮女孩子不少，但陈宝祥看到竹青和小桃红，就想到以前听天桥下说书人讲的《老残济南听曲记》。

　　济南自古就是文化名城，张长官、韩长官在的时候，两次修缮大明湖畔历下亭，亭子立柱上，左右挂着"海右此亭古，历下名士多"的金字牌匾。

　　济南还有"曲山艺海"的盛名，在那段书里，老残到济南来，去大明湖边上听黑妞、白妞王小玉唱戏，第一个出来时，老残已经十分惊艳，等到白妞王小玉出来，一亮相，一开嗓，把老残的魂都给勾没了。

　　刚刚看到竹青和桃红，陈宝祥只有一个想法：竹青就是老残遇见的黑妞，而小桃红就是那个把老残的魂都唱飞了的白妞王小玉。

　　他正胡思乱想，门口迎客的伙计进来禀报，田先生带着朋友进了二楼包厢，是在甲字第三号，请陈宝祥安排清清淡淡的八菜一汤。

　　陈宝祥答应，再次进厨房，亲自拟了菜单，让大厨们先把其他客人的菜往后排，先伺候田先生。

　　就在这时候，秦六子早不来晚不来，手里转着一副磨得发亮的青竹板，笑嘻嘻地进来。

　　陈宝祥赶紧倒茶，请秦六子落座。

　　上次寻找岳武穆伐金话本的事，陈宝祥一直没有着落，又拿了人家的钱，现在见了，很不好意思。

　　"老陈，我打门口路过，进来看看，生意挺好的？"

　　陈宝祥点头，笑着回答："托秦爷的福，也亏田先生主持着，挺好，挺好。"

　　秦六子扯了两句闲话，话题一转，落在了大青衣身上，而且压低了声音："听说了吗？苗七先生跟大青衣之间这个……"

　　他把左右手的食指钩起来，脸上的表情神神秘秘。

　　陈宝祥摇摇头，不想聊这种事。

　　大青衣属于"老天爷赏饭"的那种人，七岁开嗓，十二岁上台，余音绕梁，三日不绝。等到了十八岁，已经出落成娉娉婷婷一朵花，在京津沪打开了一片天地。

　　他爱听大青衣的戏，至于戏台背后大青衣跟什么人来往，那就跟台下观众无关了。

　　"我又听说——嘻嘻，刚刚在门口暗影里看到那两个小美人儿了，一个是竹青，一个是小桃红，对吧？俊，真俊，就算是画上的仙女，也不过如此了。

商纣王的苏妲己、周幽王的褒姒、西楚霸王的虞姬、吴王的西施、出塞的昭君再加上环肥燕瘦，差不多也就这样子。你说呢，老陈？苗七先生今晚这鸿门宴摆上了，是要老少通吃啊？"

陈宝祥胸口有点堵，不愿跟秦六子再说下去。

在他心里，竹青和小桃红是一对冰清玉洁、精雕细刻的小玉人儿，根本不属于红尘俗世。秦六子举的那些例子，全都是宫廷妃子，根本不是一回事。

正好，一个伙计端着托盘出来，上面是四道凉菜。

"是甲字第一号包厢的吗？"陈宝祥大声问。

伙计点头，陈宝祥马上过去，把托盘接过来，亲自上楼送菜。

他这样做，一个是为了避开秦六子，另一个，想去房间里看看大青衣——还有小桃红。

秦六子叫了两声，陈宝祥回头笑了笑，转身上楼。

"你这人，聊得好好的，说走就走了？"

陈宝祥上了二楼，转过楼梯拐角，低头一看，秦六子已经灰溜溜地走出去了。

此前，陈家大饭店没正式开起来的时候，他见到秦六子，打心眼里敬重，毕竟对方算是济南城三教九流里面有一号的人物。

如今，十天过去，每个进来吃饭的，都得客客气气称呼一声"陈先生、陈老板、陈爷"。自然而然地，他的架子就端起来了，跟秦六子走得太近，似乎就跟身份不符了。

再说，刚刚秦六子一脸色眯眯地说那些话，让他觉得太脏了。

进了甲字第一号，他没敢抬眼看，把托盘放在一边，双手端盘，一个一个放在中央的榆木大方桌上。

"我刚刚说的那个意思，还请三思。八大弟子都留在您身边也不现实，小鸟大了，自然要各自单飞。我说一千道一万，就是要把竹青和小桃红留在济南，出钱捧她们，让她们成大角儿。"

"七先生，她们道行还浅，挑不起大梁，成不了大角儿。上半年，梅先生从沪上回来，亲自过去看她们练功，当时就沉着脸说了，且得磨砺几年呢。"

"磨砺？呵呵，这句话说到点子上了。济南府号称是'曲山艺海'，你放心，我出钱，给她们找最好的琴师，所有的配角也挑最好的。咱们交往这么久了，你知道我苗七的为人，为朋友两肋插刀，赴汤蹈火。只要是能把她们培养成角儿，多少钱我都乐意——哎哟我就不该提到钱，钱算什么玩意儿？我半个月前替朋友平事，两万大洋加上十条小黄鱼，一嘟噜扔出去，眼睛都不带眨一下的。哈哈哈哈，风吹鸡蛋壳，财去人安乐。把她俩交给我，你就放心吧……"

陈宝祥把菜放好了，后退两步，这才敢抬头。

主座上坐着的是一个青色面庞、黑眉黄眼的中年人，身上穿着寿字不到头的宝蓝色绸布棉袍，左手腕子上缠着大颗的姜黄蜜蜡手串，右手腕上戴着粗链西洋金表，双手拇指上各扣着一个祖母绿的硕大扳指，其余八根手指上分别戴着黄金、翡翠、镶钻、汉玉的戒指。

主宾位置，坐的是一脸冷傲的大青衣，再向下坐的是竹青和小桃红，另外一边坐的三人，个个五官清瘦，颧骨高耸，看模样应该是戏班的主力琴师。

"好意心领了，恕难从命。"大青衣淡淡地说。

苗七先生突然抬高了声音："哈哈，那我再退一步，如果你还不答应，可别怪我翻脸——老三你带走吧，只留老五，这总成了吧？京津沪的行内人都知道，你座下八大弟子，梅兰竹菊是嫡系亲信，桃李芬芳差着一层，对不对？把小桃红留给我，能捧红就捧红，捧不红我花多少钱自认倒霉，大不了，我就把她收了，做我的九姨太，哈哈哈哈……好了，咱就这么说定了，君子一言，快马一鞭，成交——"

陈宝祥站在那里，眼角余光瞥着两个女孩子，心中五味杂陈。

常年看戏，他知道曲艺行里有很多看不见的吃人规矩。这一次，眼睁睁看着小人参果儿一样的小桃红就要落在苗七先生的盘子里，他有些不甘心。

"不行。"大青衣的表情变得更加冷漠了。

"那可由不得你了，今天晚上，吃完这顿饭，我就带小桃红回去。济南地面上，黑白两道，官衙江湖，任由你到哪儿说理去，我苗七想要的人，呵呵，孙猴子能跳出如来佛的掌心去——喂，看什么看？滚，滚出去！"

陈宝祥站在那里，有些突兀。苗七先生起先没注意到他，现在，眼睛一瞪，双眉一竖，立刻开口大骂。

人家是客人，而且是济南城内有头有脸的大户，陈宝祥得罪不起，赶紧弯了弯腰，默默地退出门去。

他在走廊上站住，牙齿咬得咯吱咯吱响，但也想不出办法。

正好，两个伙计各自端着清蒸大鱼盘、素宝八件上来，这两道菜盘子大，气势足，味道香，是后厨的拿手菜。

陈宝祥来不及细想，接过清蒸大鱼盘，二次进了甲字第一号包厢。

他并没想好自己要干什么，只是觉得，当着外人的面，苗七先生总得顾点有钱人的脸面，不至于强抢民女。

"喂，谁让你进来的？滚滚滚，滚出去，再敢进来，把你全身骨头敲碎了！"

苗七先生跳起来，抄起手边的烟灰缸，嗖的一声，向陈宝祥脸上砸过去。

陈宝祥一闪，烟灰缸砸空，飞出门去，正好砸在对面甲字第三号包厢门上。

"滚出去，知不知道老子是谁？来人，来人，把这老小子扔出去……"

苗七先生疯狗一样大叫着，身后的四个保镖冲过来，夺下盘子，反剪着陈宝祥的胳膊，把他推出去。

陈宝祥咬着牙，一丝都不反抗，任由人家推推搡搡。

甲字第一号包厢的门砰的一声关上，四个保镖叉着手站在门口，看样子谁都别想进去了。

陈宝祥站在那里，感到自己两边的太阳穴突突乱颤，仿佛要炸开一样。不过，他一直在心里默默地告诫自己："不能动，不能动，和气生财，和气生财……"

他从来都不惹事，就算别人踩到头上了，能忍就忍过去，不能忍咬咬牙也得忍过去。

忍字头上一把刀是老话，百忍成金也是老话。他只希望，用这种刻进骨头里的"忍"字，换来一家老小日日平安。

甲字第三号的门开了，一个横眉立目的年轻人跳出来，死死盯住了陈宝祥。

陈宝祥的心思都在小桃红身上，就怕她受了胁迫，一念之间坚守不住，被苗七先生害了。

"喂，谁砸我们的门？是谁？"年轻人恶狠狠地叫起来，一把抓住了陈宝祥的领子。

四个保镖笑起来，他们大概没见过陈宝祥这种窝囊废，在自己饭店里被人揪过来揪过去，连点脾气都没有。

泥菩萨还得有三分土性，这个老小子连泥菩萨都比不上。

年轻人一使劲，把陈宝祥拎起来，甩进了甲字第三号包厢。

陈宝祥踉跄了几步，扶着桌沿站好。

"嗯？陈先生，怎么回事？"

对面的田先生惊诧地起身，跟陈宝祥四目相对。

陈宝祥的脑子已经乱了，昏昏沉沉的，眼前晃动着小桃红的小虎牙和苗七先生那张青森森的脸。

田先生走过来，端着茶杯，凑到陈宝祥嘴边。

陈宝祥魂不守舍地喝了半杯热茶，才缓过神来。

那个年轻人见势不妙，赶紧向陈宝祥鞠躬道歉。

在田先生追问下，陈宝祥说了刚刚发生在甲字第一号包厢的事。

"那个唱戏的是你朋友？就算不是朋友，也不能任由有钱人欺凌百姓。陈先生，我们过去劝劝他们，也许能管点用。"

田先生笑眯眯地，拉着陈宝祥向外走。

四个保镖封住门口，黑着脸不作声，仿佛把守南天门的四大天王一样。

"请行个方便，我们进去看看。北平来的京剧名角儿是我们的朋友，帮帮忙，禀报一声，感激不尽。"

田先生语气很温和，一副商商量量的口气。

其中一个保镖挥手："滚滚滚，别打扰苗七先生吃饭的雅兴。你们最好把眼睛放亮点，在这里吃饭，就是给饭店面子。现在，别再让我重复第三遍了，滚、滚、滚……"

田先生点点头："苗七先生？好，我跟济丰面粉公司的几位老板都很熟悉，包括苗七先生在内。你去禀报一声，就说老朋友田中一求见。"

四个保镖仍然一动不动，也不转身进去通报。

田先生叹了口气，抬起右手，做了个手势。

刚刚揪住陈宝祥的年轻人走过去，四个保镖根本来不及做出反应，就在他的锁喉、掏阴、砸下巴、锤肋条之下，一个接一个倒下。

年轻人推开门，田先生就带着陈宝祥走进去，直面勃然大怒的苗七先生。

包厢一侧，竹青和小桃红离开了椅子，双膝跪地，向着苗七先生。

陈宝祥的心猛地一颤，恨不得马上过去，把小桃红扶起来。

田先生拖了把椅子坐下，又拖了一把，让陈宝祥也坐。

"你是谁呀？哪里钻出来的狗东西？敢不听我苗七的话？"

田先生笑着点点头："苗七先生，请先坐下，冷静冷静，咱慢慢说。上次，为了把你从官钱局捞出来，花了一大笔钱。我脑子不太好，忘记到底是多少了。应该是——陈先生，你还记得吗？"

陈宝祥赶紧接话："对，记得记得，两万大洋加上十条黄鱼。"

苗七先生愣了，不明白这两人什么路数，怎么一下子就把自己被日本人抓的那些事扣得死死的。

"先让她们站起来。"田先生指了指。

大青衣不知道田先生、陈宝祥是什么来路，只是看了看他们，没有发话。

名角儿在行内虽然有些身份，但总是属于跑码头卖艺的，过江龙压不了地头蛇。所以，不到万不得已，她不想得罪苗七先生。再说，这些童伶从入门学艺到长大登台，跪惯了的，多跪一会儿少跪一会儿，没什么大不了。

"陈先生？"田先生笑着，下巴向陈宝祥点了两下。

陈宝祥会意，三步两步跨过去，先扶起小桃红，再扶起竹青。

"你们，你们……反了你们？来人，来人，来人——"苗七先生厉声叫着，青色的脸庞变成了姜黄色，咬牙切齿，面目狰狞。

"吃一堑长一智，看来，苗七先生还是没有反思清楚啊。这样吧，再回去反思几天，怎么样？"

苗七先生愣住了，刚刚打翻保镖的年轻人进来，一把抓住了他。

"怎么回事？你们是什么人？光天化日、众目睽睽之下，敢行凶打人？陈宝祥……陈，陈老板，陈先生，帮帮忙，刚刚是一场误会，你大人不计小人过，看在我哥的面子上……"

年轻人把苗七先生拖出去，很快就没了声响。

田先生起身，笑眯眯地，看看大青衣，再看看陈宝祥："两位放心，大观园是个让大家喝酒看戏、谈天交友的文明场所，陈家大饭店又居于大观园的核心位置，所以不管谁在这里闹事，都会有人出面收拾。陈先生，麻烦你好好安抚几位贵客，再会，再会。"

田先生向外走，陈宝祥跟在旁边，能够感到，在座的戏班众人一齐对他和田先生投来了感激的目光。

第七章

谁主沉浮

回到甲字第三号包厢，年轻人已经把苗七先生踩在脚下。

"陈老板救命，陈老板饶命，您大人不计小人过，都是济南人，帮忙求求情……我什么都没干，就是跟戏班的人吃顿饭，不知道哪里得罪了几位大爷，万望恕罪。看在我哥面子上，求求陈老板，放小弟一马……"

苗七先生脸上多了十几个通红的巴掌印子，现在彻底老实了。

陈宝祥有些后怕，忍不住开口："要不，要不……"

田先生笑着摇头："你不用管了，陈家大饭店刚开业，如果有这种作奸犯科、强抢民女的事传出去，那名声就毁了。你们说呢？"

桌边还坐着四个人，全都面孔严肃，坐姿笔直，一直冷眼旁观，一声不出。

田先生发问，四个人异口同声，点头回答："是。"

陈宝祥看着其中一个有些面善，似乎就是在官钱局院子里碰过面的。

"那，还得麻烦四位，带他回去。另外，这位陈老板是我的中国好朋友，以后只要是他的事，请四位一定多帮忙。"

四个人同时起身，点头答应，然后跟那年轻人一起，带着苗七先生出去。

苗七先生还想挣扎呼救，其中一人从口袋里掏出一副手套，塞进苗七先生嘴里。另外一人，从腰间摘下一副手铐，干净利索地铐在苗七先生手上。

这场小小的混乱，在田先生指挥下，顷刻间风平浪静。

田先生邀请陈宝祥坐下，淡淡地问："刚刚我看到秦六子进来，聊什么呢？"

一提到秦六子，陈宝祥憋不住，鼻子里猛地哼了一声。

秦六子洞察了苗七先生在竹青、小桃红身上打的鬼主意，但却只是隔岸观火，根本不打算出手相救。这就看得出，到了关键时候，此人只求自保，绝对不会帮别人撑腰，所以深交不得。

"他是来看热闹的，苗七先生欺负北平来的戏子，他作为济南曲艺行的头目，简直是白瞎了这个名声。济南号称'曲山艺海'，由这样的人把持着，以后肯定越来越烂，砸了牌子。"

田先生又笑了："他是咱们的人，不要背后说人闲话。嗯，明天你哪儿也不要去，就待在饭店里，很可能济丰面粉公司的苗老大要过来，找你商量捞人的事。你不用慌，就跟他说，苗七先生在饭店闹事，扔烟灰缸砸到了日本军部的朋友。至于赔多少医药费，那就问问他在山东有多少家分店，一年收入多少，按这个数值的一成赔钱。"

陈宝祥吓了一跳，苗家几乎垄断了全省的面粉生意，分店开到了西安、武汉等几个大城市。如果按全年收入一成来算，至少是十万块大洋，得堆半间屋子。

"田先生，得饶人处且饶人，如果济丰的苗大先生真的过来，能不能说句好话，就把人放了？"

田先生大笑，指着陈宝祥，连连摇头。

陈宝祥赔着笑脸，知道对方看穿了自己的心思。

其实他不敢惹济丰的人，苗大先生从一文不名的乡下小子打拼到今天的巨大家业，绝对不是个普通人。他陈宝祥不敢跟这些大商人作对，对方发怒，他肯定吃不了兜着走。

"陈先生，有些话，我必须得向你挑明了。第一，你不要怕，任何人到陈家大饭店闹事，上到官商富豪，下到市井无赖，我全负责。第二，中国老话说，穷不跟富斗，富不跟官斗，现在谁是官？是你整天唠叨的张长官、韩长官吗？不，肯定不是，现在日本驻军全面接管城市，他们就是官，而苗大先生不过是个还算成功的商人而已，他敢挑战驻军长官的权威吗？"

陈宝祥点头，刚刚田先生说到"富不跟官斗"的时候，他立刻想起，苗家跟韩长官交往密切，曾经向韩长官捐赠了三十万大洋，帮政府扩充了一支铁血锄奸团，总共一百人，每个人都配上勃朗宁手枪。

日本人过黄河，韩长官跑了，苗家的靠山就倒了。

据说，韩长官的战时物资纠察队临走前的最后一件事，就是到济丰公司去大肆搜刮一番，除了成箱的大洋，还有两个漂亮的女职员。

看起来，苗家再有钱，在韩长官那里，不也是灰孙子一个？

富不跟官斗，想跟官府掰腕子，离着死就不远了。

"那我明白了，一定记住，一定记住。"陈宝祥弯腰点头。

田先生离开后，陈宝祥巡视饭店，亲自关门闭户，然后回到经理室。

看着外面戏院的招牌，小桃红那对小虎牙又浮现在他脑海里，仿佛两支小小的痒痒挠，在他心上一下又一下软软地挠着。

跟林月娥结婚二十余年，生下两儿一女三个孩子，陈宝祥从来都是踏踏实实安心过日子，如同一头老黄牛一样，心无二事，埋头干活。认识田先生之前，他身边来来去去都是穷人。穷人嘛，家里几张嘴等着吃饭，光这几张嘴都填不满，就不想三想四的了。

如今，跟着田先生做事，他的眼界宽了，手里的钱活泛了，认识的人档次高了，心头那一亩三分自留地似乎也春心萌动，想着生花长草了。

转过天来，清晨大早，陈宝祥下楼，看着几个伙计擦拭桌椅板凳。

昨晚翻来覆去，做的全都是乱糟糟的梦。

最清楚的一段事，好像是他最后一个登场，跟大青衣同台票戏，唱的是《玉堂春》里的"女起解"。

不知怎的，下面跪着的苏三披枷带锁，一抬脸，竟然是小桃红。

诧异之间，陈宝祥忘词了。

台下观众山呼海啸一般喝倒彩，他更慌了，走下公案，一把握住小桃红的手。

"我说苏三啊，怎生落得这般光景？好好的，做什么披枷带锁，所为何事？在济南，一切有我，别怕，别慌，留在我身边，再也没人敢欺负你……"

所有的念白从他嘴里一连串出去，全都不是冷冰冰的戏词，而是热乎乎的心里话。

小桃红初进陈家大饭店，上楼梯后回头那一瞥，已经扰乱了他的心。那两颗俏灵灵的小虎牙，就是鱼线上的钩子，暗地里勾魂，让人逃也逃不脱。

陈宝祥觉得有些头昏，脚步发沉，眼皮发黏。

他坐进柜台，摸摸账本，再摸摸毛笔，心头空落落的，仿佛刚刚喝了一大口上等铁观音，满嘴苦涩过后，舌尖上似乎又藏着一缕回甘微甜。

"老陈，老陈——"

门口一暗，铁塔一样的蔡春雷大踏步进来，在柜台下面猛地踢了一脚，发出咚的一声巨响。

陈宝祥吓了一跳，剩下的一半瞌睡立刻醒了。

"蔡爷，什么事？"

蔡春雷哈哈大笑："怎么大清晨起来就蔫儿不唧的？开个饭店当个老板，

也不至于累成那个熊样吧？我跟你说，有朋友托我捎句话，昨天晚上从这里带走的人，赶紧给我放出来。咱爽快人不说屁话，好处费肯定有，你我对半分。"

陈宝祥抹了把脸，脑子清醒了一点，被小桃红勾走的魂，也拉回来一半。

他走出柜台，招呼伙计上茶。

蔡春雷大大咧咧坐下，跷起二郎腿，两只粗大的手掌握在一起，手指关节相互卡住，顿时发出爆豆一般的嘎巴嘎巴声。

大观园的人都听说，蔡春雷最早出身于江南霹雳堂，开蒙练的是铁砂掌，后期到京津沪拜名师访高人，练成了黑砂掌、毒砂掌，再以后，机缘巧合下，遇到清宫大内的侍卫头领，再次拜师，练成了西南密宗红砂掌。

学成归来，蔡春雷名声大噪，自称与天津卫密宗霍家、河南陈家沟太极陈家、淮南鹰爪王家、杭州岳武穆传人岳家都是好朋友。另外，孙黄袁黎冯段几位民国老大麾下的侍卫长、东北王老帅手下的敢死队队长、少帅面前的大保镖等，都跟他是哥们朋友、师兄师弟。

蔡春雷经常自称，人脉达于天下，朋友遍及四海，绝不在当年号称"马踏黄河两岸、铜打山东六府、雄镇山东半边天、孝母似专诸、交友赛孟尝、神拳太保"的隋唐英雄秦琼秦二哥之下。

故此，他的"雷声武馆"大厅里挂着一幅牌匾，上面写着"一雷震九州"五个大字。

陈宝祥惹不起蔡春雷，但昨天晚上的事跟自己没关系，都是田先生办的。

"蔡爷，昨晚的人是田先生的朋友带走的。"

蔡春雷笑了："废话，你一个开饭店的，全身是铁打几根钉子？你多大点本事我还不知道吗？我来找你，就是让你找田先生，赶紧放人，赶紧赶紧，别叨叨别的。"

陈宝祥挠头，捧着茶壶，给蔡春雷倒茶。

"老陈，你小子是不是心里打什么算盘？抓了苗七先生，是想抠唆点钱对吧？你放心，济丰的苗老大是我朋友，好处费肯定少不了你的。现在就去，告诉田先生，今天给我把人放出来，可别让我老蔡在朋友面前丢了面儿！"

现在，陈宝祥彻底清醒了。

他就算再笨，也知道是济丰苗家托关系捞人。

昨天晚上，他目睹了竹青和小桃红向苗七先生下跪那一幕。当时，他的两只眼睛就盯着桌子上的大鱼盘。连鱼带盘，汤汤水水，加起来得有十多斤。

如果这只盘子扣到苗七先生头上，当场就得让他开瓢。

"蔡爷，这事咱做不了主啊，是田先生办的。我听田先生说，此前苗七先生犯了事，家人花了两万大洋，再加上十条小黄鱼，才从官钱局那边把他捞出来，求的就是田先生。"

蔡春雷猛地张大了嘴："什么？两万大洋，十条小黄鱼？"

陈宝祥苦笑着点点头，一副无可奈何的样子。

其实，他心里早就冒出了另一个想法。苗七先生盯上了小桃红，就算这次被田先生搅和了，没来得及下黑手，但下次就不一定了。所以，要想一了百了，彻底清心，最好一辈子别把苗七先生放出来，那么，小桃红就安全了。

"老陈，这也太离谱了。我朋友才给了两百个大洋的好处费，这不是耍猴玩吗？"

陈宝祥摇摇头，再摊摊手："蔡爷，这事咱管不了啊，就算田先生出马，也得多花钱才行。你说呢？"

蔡春雷眼里兴冲冲的光芒消失了，满脸只剩下懊恼。

看来，他一大早风风火火过来，就是想卖个人情，赚百十个大洋。可是，听陈宝祥透了底之后，他心里那份窝囊劲，就别提了。

两百大洋对比两万大洋，那可足足差了一百倍啊！

外面又有人来，一个西装革履、鬓发略白的中年人领头，后面跟着两个步态矫健的年轻人。

陈宝祥在报纸上见过，那就是济丰面粉公司的创办人苗老大。

蔡春雷看到苗老大，马上起身，抱拳拱手，给苗老大请安。

陈宝祥站在那里，微微有些心慌。

苗老大走过来，蔡春雷哈着腰跟在后面一步远处。

"陈老板吧？我兄弟老七在这里出了事，让日本人抓了，你当时在场？"

苗老大气势很盛，压得陈宝祥不自觉地往下哈了哈腰。

"说吧，给多少钱，就把人放出来？"苗老大坐下，跷起了二郎腿。

"苗先生，这事跟我没关系，是田先生碰上了，就，就把人带走了。我就是开饭店的，虽然在场，却根本没说一句话。"

陈宝祥想撇清关系，毕竟苗老大在济南的名气太大，不是他小老百姓能惹得起的。

苗老大勾了勾手指头，一个年轻人把手里的黑色提包放在桌上。

提包很沉，鼓鼓囊囊。

"这里是五百个大洋，人放了，再给五百个。你送给日本人多少我不管，剩下的，都是你的。"

苗老大摆摆手，年轻人就把提包推到陈宝祥面前。

如果放在过去，按照街面上的规矩，抬手不打笑脸人，人家登门送钱，就表达出了诚意，陈宝祥一定会点头哈腰，把钱收了，然后答应一定尽力。

现在，陈宝祥想到小桃红向苗七先生下跪的那一幕，胸口就窝着一把无名之火，想吐都吐不出来。

"这个，苗先生，我实在帮不上忙，也不敢收这钱。"陈宝祥把提包推回去，苦着脸，看看苗老大，再看看蔡春雷。

"雷子，这是怎么回事？陈老板不上道啊？"苗老大转头，斜着眼睛看看蔡春雷。

蔡春雷额角见汗，一步跨过去："老陈，田先生把人带走了，你说说情，再把人带回来不就行了？几百个大洋一转眼就到手，这么好的生意不做，你等什么呢？"

陈宝祥也想赚这笔钱，但为了小桃红，他更希望苗七先生跟杨先生那样，一直关在官钱局，老老实实待在里头。

"蔡爷，这事我实在办不了啊？"陈宝祥再次摇头。

蔡春雷急了："老陈，你今天什么都别干，赶紧去找田先生，把苗七先生给放了。不然，苗老大跺跺脚，半个济南城都要晃三晃。苗家不卖给你面粉，你还怎么开饭店？"

陈宝祥不吭气，任由蔡春雷在耳边大吼大叫。

门口人影一闪，有人探头向这边看了看，又缩回头去。

陈宝祥看清了，那是昨天跟随大青衣的三个琴师之一。

"雷子，这事我明白了，陈老板是不想帮忙。呵呵呵呵，那就算了，我另外想办法。苗家在济南这么多年，这点小事还难不倒我。不过，陈老板，以你的根基在大观园开饭店，还是早了点——"

苗老大站起来，掸了掸袖子，大步向外走。

蔡春雷跺跺脚，也跟着走出去。

两个年轻人拎起提包，接着出门。

陈宝祥本来有点慌的，但看到那个琴师，一下子想到了小桃红，心里忽的一下子，把苗老大、蔡春雷都抛到九霄云外去了。

他走出门，下了台阶，向戏院那边望着。

那个琴师站在饭店外墙的拐角，看见陈宝祥，赶紧三步两步走过来，向陈宝祥拱拱手。

"陈先生，我家角儿让我传个话，感谢昨天晚上解困之恩。我们今天就收拾东西回北平，角儿跟苗七先生的交情已经掰了，这趟活儿也就黄了。江湖山高路远，恩情容后再报。"

短短几句话，让陈宝祥如同遭遇晴天霹雳一般。

他只顾着"抓了苗七先生，小桃红就平安"，却忘了这次大青衣来济南唱戏，是苗七先生组局请来的。主人都被抓了，这堂会肯定就唱不得了。

"这个，既然已经来了，票也卖出去了，戏总得唱下去呀！不然的话，济南的老戏迷们不都落了空？交情掰了不要紧，票钱分成总少不了吧？"

陈宝祥一急，伸手把琴师的手腕子抓住，攥得紧紧的。

大青衣回北平，陈宝祥再想看看小玉人儿，就没机会了。

琴师吃了一惊，赶紧挣脱："陈老板，青天白日的，咱好好说话，让人家看见，面子上臊得慌。"

陈宝祥后退一步，用力跺了跺脚："嗨，这事儿弄得——"

琴师又拱拱手，准备告辞。

陈宝祥赶紧问："角儿在哪儿呢？我今天中午请饭，务必请她赏脸。"

琴师摇头："多谢陈老板美意，角儿说了，出了苗七先生这档子事，她不敢在济南耽误，午饭前就去火车站。苗老大传话，谁动了他兄弟，就得断手断脚，不得好死。咱们是江湖卖艺的，不想跟各路老大结梁子，先走了，先走了。"

陈宝祥挽留不住，站在那里，挓挲着双手，不知如何是好，只能眼睁睁看着琴师从戏院的边门进去。

近中午的时候，饭店开始上客人了。

陈宝祥坐在柜台里，掉了魂一样，提着毛笔记账，右手哆哆嗦嗦，连菜单上那几个字都忘记怎么写了。

最后，他扔下毛笔，跟伙计交代一声，就一个人出门，大踏步奔向火车站。

他觉得自己满怀里热烘烘的，像是揣着一屉刚出锅的普利街口草包包子，又好像是藏着一头小马驹，拱来拱去，拱得他心烦意乱。

济南火车站在经一路上，陈宝祥越走越快，走得满头大汗。

清朝末年，济南自主开埠，从经一路一直到经十路，都是开埠后规划出来的。

济南人都知道，津浦铁路济南站是亚洲最大的火车站，被称为"远东第一站"，由德国著名建筑师赫尔曼·费舍尔设计建造，是一座典型的德式车站建筑。

远远地，陈宝祥看到火车站那直刺天空的高大钟楼和罗马式的圆顶。圆顶下的墙面上，安置着醒目的圆形大时钟。

他站住脚，歇了口气，整理衣服鞋帽，缓步向前走。

渐渐的，钟楼立面嵌着的螺旋形长窗、售票厅门楣上方的圆拱形窗、屋顶瓦面下檐精心雕琢的三角形和半圆形上下交错的小天窗一一映入眼帘。

他停下，拍了拍胸口，似乎一下子清醒了。

"我要干什么……陈宝祥，你要干什么？"

按照他最初的想法，只要跑到火车站，就一定能见到小桃红。哪怕是远远地看一眼，也能把自己丢了一半的魂找回来。

他在旁边花池的一角坐下，望着火车站的花岗岩外墙。

只要登上那道台阶，推开候车室那两扇厚重玻璃门，想必就能看见大青衣一行人了。

他的目光掠过建筑物前面的苍翠松柏、低矮花圃、深褐色围栏、青色路灯杆子，热辣辣的心情一点点平静下来。

"正是饭点儿，店里忙着呢，我赶什么热乎劲，丢魂落魄地跑到这里来？老了老了，老不正经了……"

他站起来，拍打着长袍上沾染的灰尘，转身向回走。

到了晚间，蔡春雷又来了，喝得醉醺醺的，一张嘴就是呛死人的酒气。

"老陈，老陈，我跟你说，苗老大是个好人，济丰面粉公司年年慈善募捐，年年……冬天在济南四门里舍粥济民，腊八节在芙蓉街舍粥，腊八粥、白面馒头、咸菜管够，知道吗？章丘的、长清的、黄河北的老百姓都来喝粥。在全山东提到苗大善人，谁不挑大拇哥叫一声好？"

陈宝祥点头，这是实情，一点不虚。

"你说说你，老陈啊老陈，苗老大登门托请，是给我面子，也是给你面子。我，蔡春雷，我可是'一雷震九州'的蔡春雷啊……苗老大说了，雷子，这事，我看你面子，不找陈宝祥麻烦，不然的话，那麻烦就大了……"

蔡春雷醉了，陈宝祥不跟醉汉争理，那没意思。

秦六子悄悄溜进来，拖了把椅子，在蔡春雷旁边坐下。

陈宝祥亲自倒茶，然后陪着坐下。

小桃红走了，他心里不再乱糟糟的，当然也就坐得住了。

"老陈，你这人看着老老实实的，做人可不厚道。我托你那事，到底能不能办，给个痛快话儿啊？曲艺行等着岳武穆伐金话本，眼巴巴盼着，早也盼晚也盼，如同焦枯的禾苗盼着甘霖雨露一样。你呀你呀，疙瘩咸菜上大席——不是个玩意儿啊？"

秦六子也是来者不善，话里话外，夹枪带棒。

陈宝祥默默笑着，任由对方数落。

砰的一声，蔡春雷一拍桌子，刚要开口，朱有成、徐二猛肩并肩从外面进来。

陈宝祥赶紧起身让座，人家朱有成对自己儿子有知遇之恩、提携之情，所以陈宝祥在待人接物的态度上，得看得出来。

"朱爷，您这边高坐，柜台里有最好的碧螺春，我这就去沏茶，马上就来。"陈宝祥笑着，亲自给朱有成搬过来一把软垫椅子。

碧螺春沏上，陈宝祥又亲自洗刷了一套景德镇"珠山八友"的花鸟杯，放在朱漆托盘里，小心翼翼地放在桌上。

接着，他又吩咐伙计端上来四盘干果、四盘蜜饯，全都摆在朱有成面前。

秦六子酸溜溜地讪笑着："朱老大一来，陈老板脸上都要笑出花来了。"

朱有成对陈宝祥的恭敬接待并未看在眼里，眉头紧紧皱着，似乎心事重重。

"田先生叫我们过来，有什么好差事吩咐?"徐二猛咂了咂嘴，瞪着陈宝祥。

陈宝祥有些茫然，摇了摇头。

朱有成也开了口："下午快收工的时候，田先生差人送信，让咱几个晚上都到陈家大饭店来，说是有位朋友想逛逛济南，让咱当一回向导。我刚刚寻思着，如果要找向导的话，秦六子，你找两个大明湖画舫上唱曲的女人陪着不就行了? 咱都是大老爷们，当的哪门子向导?"

徐二猛咧嘴笑起来："我可不会当向导，咱就是个宰猪的，白刀子进红刀子出，其他的，啥都不懂。"

秦六子从腰带上抽出竹板，在手里连挽了几个花，龇牙一笑："那是那是，当向导的活儿，非我们曲艺行的人莫属。朱老大说得对，大明湖画舫上的妞儿能说能唱、能文能武，当向导最合适不过了。"

陈果儿小的时候，陈宝祥把这个宝贝闺女爱上了天，含在嘴里怕化了，捧在手里怕摔了。

三岁到七岁之间，陈果儿骑在陈宝祥脖子上，逛遍了济南的城里城外。近的有千佛山、大明湖、趵突泉、黑虎泉、五龙潭，远的有华山、鹊山、灵岩寺、四门塔、百脉泉。总之，要论起当向导，陈宝祥绝对当之无愧。

他觉得，如果在当向导这件事上能给田先生帮忙，最起码自己也算是还了对方一点人情，心里也好受一点。

田先生到饭店的时候，身边还跟着一个人，就是陈宝祥见过两次的广濑先生。

几个人进了二楼包厢，田先生为大家一一介绍。

原来，广濑先生此前在山东博山经营瓷器、茶叶、煤炭，做得有声有色。现在，他想借着田先生的关系，把生意做到济南来。

"几位都是我在济南的好朋友，广濑君到这边考察，我正好忙着其他事走不开。所以，几位如果方便，请替我招呼广濑君，带他到济南各处走走，看看有什么新生意可做?"

田先生说完，广濑先生就站起来，规规矩矩地抱拳拱手，作了个罗圈揖。

几个人都是社会上混的，一看广濑先生的起势做派，就知道是个中国通，江湖规矩门儿清。

朱有成点点头："既然田先生发话，我们哥几个没说的，广濑先生，有什么事尽管吩咐。"

秦六子耍着板，酸不溜丢地回应："有朋自远方来，不亦乐乎？孔夫子都这么说了，我们肯定得学着点。广濑先生是田先生的朋友，就是我们的朋友。没说的，我明天就到大明湖那边找几个画舫姑娘，尽心竭力陪着，绝不让广濑先生感到孤单寂寞。"

徐二猛嘿嘿笑了两声，做了个杀猪掏心的动作："广濑先生吃不吃猪心醒酒汤？想吃了，随时来找我。"

田先生笑起来，因为济南人对于猪下货的嗜好，令其他国家的人避之唯恐不及。

广濑先生又以日本礼节向大家深深鞠躬，然后才微笑着开口："多谢田先生，多谢诸位贤兄。在家靠父母，出门靠朋友。小弟到济南来讨生活，还请各位多关照，多提携。以后赚到钱，无论多少，一定给各位吃分红。"

此人长得文文静静，待人又有礼貌，立刻获得了众人的接纳。

更重要的是，接下来，广濑先生从公事包里拿出几封大洋，每人一份。

徐二猛搓着手，笑着摇头："哎呀，这怎么好意思？初次见面，这礼金太重了吧？"

摇头归摇头，一封大洋直接揣到怀里，毫不手软。

接下来，广濑先生说出了自己想看的地方，包括德王府周边、天桥周边、千佛山一线的南山几个岭子、东门外去章丘的几条大道小道等。

秦六子一口包办："没问题，只要广濑先生有精神，不嫌累，我找上几个人陪着，走多远都奉陪到底。"

田先生先替广濑先生道谢，然后望着陈宝祥："陈先生，德王府周边你最熟悉，这几天请多费心，陪着广濑君走走，给他介绍介绍济南城最精彩之处，怎么样？"

陈宝祥立刻点头，田先生能亲口点将，这是他的荣幸。

再说，自从陈家大饭店开业，他已经十几天没进城回家了，惦记着林月娥一个人撑着米饭铺的生意，会不会累垮了。

谈论完毕，田先生安排了一桌酒菜，请朱有成等人用餐，自己却带着广濑先生从侧梯先走。

陈宝祥出门送客，鼓足勇气，低声请示苗七先生的事。

田先生笑了："我知道苗老大过来找你麻烦了，别担心，他最后还得来求你。这样吧，你让他准备一万大洋，直接交到饭店的账上，事情就妥了。陈先生，咱们是合伙人，以后你我是一体的，谁跟你过不去，就是跟我过不去。"

陈宝祥一下子有了底气，腰板也挺了起来。

田先生两人离去，陈宝祥在门口站住，不自觉地，又转头看着戏院那边。

大青衣的招贴画还没撕下来，但是今年春风太燥，招贴画的下边被掀起来，在夜风里颤抖翻卷着。

"爹。"

两个年轻人的声音同时从暗处响起来，一听就知道是陈大平和陈虎子。

陈宝祥回头，两个人就跨出了黑暗，两张年轻的脸上，映着大观园五彩斑斓的霓虹灯光。

"你们哥俩怎么来了？没吃饭吧？我让后厨炒几个菜，快进来，快进来……"

看见儿子，陈宝祥高兴。

如今他是饭店老板，两个儿子很快就能摆脱力工的身份，成为陈家大饭店的绝对继承者，在济南城出人头地，锦衣玉食。

"爹，我们不进去了，朱爷找我有事，让我在这里等着。虎子怕有什么事，陪我一起过来。"

陈大平安安静静地笑着，不带任何心浮气躁的模样。

陈虎子吭哧了两声，突然问："爹，你今天去火车站了？"

陈宝祥愣了愣，反问了一句："你怎么知道？"

陈虎子抬头，紧紧盯着陈宝祥的脸："今天把头安排我干活，帮北平来的人挑行李。我刚进候车厅，就从窗子里看到你了。你是送人吗？怎么没进候车厅，就转身走了？"

陈宝祥当然不能吐露这事跟大青衣有关，苦笑一声，撒谎避开："我是吃太饱了，撑得难受，就出去走一圈，消化消化食。"

"我听见，我听见……我听见有人说，你跟戏子有关系。"陈虎子又吭哧了几句。

陈宝祥吃了一惊，一下子提高了嗓门："胡说什么？胡说什么？"

陈虎子急了，声音也大起来："我给北平来的戏子挑行李，听到两个女的说话。其中一个女的告诉另外一个女的，说是陈家大饭店老板看上她了，下次来济南，一定要陈老板请吃饭。她还说，陈老板这个年纪，三妻四妾是少不了的，最多当个姨太太，不过那也好，陈老板在济南势力很大，连苗家的人都敢抓，以后总算有靠山了。爹，你说，陈家大饭店、陈老板指的是不是你？"

陈宝祥仔细听着，判断陈虎子是听见了竹青和小桃红的谈话。

两个女孩子把他当成了济南城有头有脸的人物，这让他心头甜丝丝的，仿佛大热天喝了一大碗冰糖梨水似的。而且，竹青调侃小桃红只能给他当姨太太，也让他看到了未来的希望和梦想。

"胡说八道，没正形。"陈宝祥上前一步，在陈虎子后脑勺上拍了一巴掌。

陈宝祥问家里米饭铺的情况，陈太平回答，林月娥一个人也能撑起来，陈果儿大了，随时帮忙干点零碎活，没出什么纰漏。

"果儿也干活？不行不行，我明天就回去看看。你娘不知道哪根筋搭错了，竟让果儿干活？"

他心疼果儿，恨不得让宝贝闺女十指不沾阳春水，将来找个有钱人家嫁了，一辈子绫罗绸缎，锦衣玉食。

爷仨之间的气氛有些尴尬，陈宝祥心里有鬼，怕自己在孩子面前露馅，更怕闲话传到林月娥那里去。

一直等到包厢散席，朱有成下来，招呼陈大平和陈虎子，离开大观园，去车站帮忙干活。

时间已至半夜，喧嚣了一个白天的大观园终于安静下来，所有商户上了门板，关门熄灯，只剩下高高低低的霓虹灯管，兀自散发着斑斓光彩。

"只能做我的姨太太？"想到陈虎子转述的竹青的话，陈宝祥摸着下巴，自言自语着笑起来。

没有遇到田先生之前，他根本没有这样的想法，更没有这种能力和机会。如今呢？他是大观园陈家大饭店的老板，济南城内有头有脸的人物，身边有个三妻四妾，不是很正常？

如此一想，陈宝祥立刻觉得，今夜的春风越发吹得整个济南城燥热起来。

第八章

引刀一快

广濑先生果然是把生意上的好手，趁热打铁，毫不耽搁。

第二天太阳刚过三竿，就来饭店，约请陈宝祥带他去芙蓉街看看。

陈宝祥要还田先生的人情，不敢怠慢，立刻带着广濑先生进城。

到了芙蓉街，陈宝祥才知道，名义上他是广濑先生的向导，但对方是个地地道道的中国通，并且不是第一次来芙蓉街，对街面上所有的商铺和商品了若指掌。

"陈先生，我想找一些我们日本生产而中国没有的商品，从海上运过来，就能赚大钱。"广濑先生兴致勃勃地说。

陈宝祥脱口而出："那绝对不可能……吧？中国地大物博，山东自古以来就是丰饶富庶之地，不管是粮食产出还是工匠技艺，都能在京城叫出名气。你们日本有什么，是山东造不了的？"

就算再给田先生面子，陈宝祥也不能当面说瞎话。

那时候，两人刚好走到一家菜刀店门口。街边的架子上，摆着十几把菜刀和杀猪刀。

广濑先生指着架子，笑着回答："陈先生，请看这里。日本有最古老精湛的铸剑、锻刀技艺，同样是五斤重的一块钢铁，你们中国人把它锻造成菜刀，只用来切菜做饭，而我们日本人，把钢铁铸造成武士刀，征战四方，所向披靡。你说，如果把武士刀带到济南来卖，是不是很有商业前景？"

陈宝祥笑了，在铸造刀剑这门技艺上，日本人给中国人当徒子徒孙都不够格。

《史记》《越绝书》《列子》《吴越春秋》等古籍里都曾出现过十大名剑的记载，即轩辕、湛卢、赤霄、太阿、七星龙渊、干将、镆铘、鱼肠、纯钧、承影。

日本人的武士刀走的是纤巧轻薄的路子，别说是遇到十大名剑了，就算遇到中国最传统的单刀、虎头刀、鬼头刀，都是一碰就折，变成废铜烂铁。

既然广濑先生是田先生的好朋友，看在田先生面子上，陈宝祥也没有多说什么，只是站在一边赔着笑脸。

广濑先生从架子上拿起一把菜刀，在手里掂量了几下，皱着眉摇头："中国菜刀太重了，厨子每天操着这样的刀工作，右重左轻，身体很快就变成畸形的斜肩膀。我们日本厨刀就轻便多了，而且锋利无比。"

陈宝祥点头："这倒是真的，但在我们中国的饭店后厨里，一个厨子没有三年以上的切墩经验，根本上不了大灶，掌不了大勺。"

他这还是少说了好几年，其实切墩之前，年轻厨子单单是在"顺菜"环节，就得历练一到两年。

济南城这么多有名的饭店酒楼，后厨加起来几千口子人，真正能扬名立万、掌勺成角儿的，不超过十位。

广濑先生深深点头，放下菜刀，双手合十，向着架子鞠了一躬，表情严肃地低语："每一个醉心于技艺的匠人都值得尊敬，我大日本帝国的武士尊重一切朋友，更尊重一切敌人。"

陈宝祥皱了皱眉头，觉得对方这句话有些刺耳，但又说不出到底哪里不对。

广濑先生直起腰来，看看那家菜刀店的门楣，忽然问了另一个问题："陈先生，你是老济南人，又住在韩长官的德王府附近，有没有听说过东北军的大库？"

陈宝祥摇摇头："东北军我倒是知道，但大库是什么？听都没听过。"

他感觉，虽然广濑先生是田先生的朋友，但两个人还是很不一样。

田先生的眼神温和宽厚，带着诚恳的暖意，而这位广濑先生虽然脸上一直带笑，可那种笑脸仿佛是夏天里挡苍蝇蚊子的门帘子，随时都能一下子卷起来。

并且，广濑先生不笑的时候，眉骨、颧骨、下颌骨全都露出锋利的棱角，仿佛一只紧攥的拳头，随时都要猛然打出去一样。

他不太喜欢广濑先生的做派，尤其是对方提到菜刀、武士刀的话题，更令他不快。

刀是凶器，老百姓只会拿来切菜，绝对不会用来炫耀武力。

广濑先生嘿嘿干笑了两声，向前探身，逼视着陈宝祥，双眼里如同探出了两把攥子，要在陈宝祥脸上扎个透骨凉。

"大库是什么？大库可是个好玩意儿啊……陈先生大智若愚，大观园又是三教九流精英荟萃之地，在那里开饭店，以后招子放亮点、耳朵机灵点、嘴再勤一点，前途不可限量啊……田先生能找上你，你能靠上田先生，真是我大日本帝国之幸啊……"

　　陈宝祥不知道对方嘟囔什么，心里有点不耐。

　　"广濑先生，天到晌午了，想吃点什么？"他想岔开话题，不愿意扯这些国家啊、打仗啊什么的。

　　再者说，他跟田先生之间纯粹是高山流水遇知音，就是人心换人心的事儿，跟其他杂七杂八无关。

　　"陈先生，我一直在想，你是真聪明呢，还是假糊涂？田先生到底看上你什么了，怎么会一股劲儿帮你？"

　　陈宝祥后退一步，站定了脚跟，挺直了腰板，又清了清嗓子，笑着应答："广濑先生，我原先就是个蒸锅卖饭的，承蒙田先生看得起，愿意提携我，关照我，至于其他的，我什么都不懂。你刚刚说的，我更听不懂。不如这样，咱哪儿说的哪儿扔，今天就只逛芙蓉街，别的都只当是耳边风，行不行？"

　　这时，有个戴着大耳朵毡帽的人从北面过来，到了菜刀行门口停住，看着架子上的刀。

　　广濑先生不依不饶，仍然盯着陈宝祥，嘴角带着笑，但那笑意已经阴冷到骨髓里了："陈先生，好好想想，你就住在韩长官大院后面，米饭铺又开了好几年了，明里暗里跟韩长官府上的人没少来往，就当真没听过大库？我不信，我不信，我真的不信。"

　　陈宝祥有些急了，但却恼不得，不知道说什么好，只能窘迫地干笑。

　　菜刀行的后院有棵大枣树，足有三丈高，半腰里筑着一个老鸹窝，黑乎乎的，足有二盆大。

　　"哎哟，坏了坏了，蛇抱老鸹蛋呢，奇事奇事，快看快看……"
　　戴毡帽的男人突然大声叫起来，左手向枣树指着。

　　陈宝祥不自觉地抬头，定神望向枣树。

　　济南少见毒蛇，常见的只有菜花蛇、红绿环蛇、青肚皮草上飞、灰头水蛇，牙口毒性很低，就算咬人见血，都死不了人。

　　只不过，蛇是老鸹、鹁鸪这类飞鸟的天敌，一旦上树进窝，这一季子鸟蛋就全完了。

　　陈虎子打小就爱爬树掏鸟蛋，有一次直接从鸟窝里掏出来两条菜花蛇，架起柴火来烧烤，美美地吃了一顿。

　　为了这事，林月娥气得青白了脸，抢着笤帚疙瘩，差点把陈虎子的屁股打成八瓣，还罚他三天不许吃饭。

如果不是陈果儿跪着求情，陈虎子这三五顿打是断断少不了的。

想到闺女，陈宝祥情不自禁地微笑起来。

就在这一刻，两只老鸹大概是受了惊吓，从窝里钻出来，呱呱大叫了两声，振翅高飞，一直向南，朝着太阳飞去。

旁边有人叫起来："这傻鸟，啄啊啄啊，平时吃庄稼，牙口那么好使，黑爪子小刀片似的，怎么碰到长虫就变孬种了？"

老鸹窝架在树腰上，太阳光炫目，陈宝祥看不到蛇在哪里。又看了一会儿，脖子有点酸了，就低头歇歇。

猛不丁地，他发现广濑先生脚尖前头，闪着一摊红艳艳的血。

"广濑先生？"

他再抬头，眼前看到的是广濑先生脸上一个古怪的、惊惶的、凄惨的、不甘的表情。

更可怕的是，广濑先生喉结上出现了一道两寸长、半寸宽的裂痕，皮肉割裂，骨头露出，白森森的，如同一只被斩断了头的死老鼠。

"大库……"

广濑先生还没死，咕哝了半句话，嘴里、脖子里突然间鲜血狂喷，整个人就像抽了筋的驴，软塌塌地倒下去。

"杀人啦，杀了啦，杀人啦……"

大晌午的，正是芙蓉街上最热闹的时候，人来人往，差不多得有百十号人，呼啦一声围过来，把站着的陈宝祥、倒下的广濑先生围了个水泄不通。

济南人爱看热闹，早些年官府在济南城内丁字街、永长街、城顶街大法场监斩犯人，不管寒暑五冬六夏，无论多早开刀问斩，总有人大老远跑过去围观，如同剧院看戏一般。

这一次，闹市中当街杀人，血溅五步，真是一出罕见的"好戏"啊。

广濑先生的死，像一把盐撒进了沸腾的油锅里，瞬间暴烈地炸开。

他是日本人，死于当街刺杀，那么多人眼睁睁瞅着，却没看到凶手是谁。

连陈宝祥在内，至少有二十个人被带进了官钱局。

到现在为止，陈宝祥脑袋都是蒙的。

审讯他的是一名刀条脸的中年人，问题一个接着一个，但陈宝祥能够给出的回答只有四句："我在抬头看老鸹，所有人都在看，再低头的时候看到地上有血，广濑先生就死了。"

这就是实情，那时候街上所有人都抬头看着树腰的老鸹窝，谁也想不到，凶手一眨眼的工夫就下手了。

"你距离死者最近，到底看到了什么？"刀条脸咆哮起来。

陈宝祥拼命挠头，他也希望自己能回忆起当时的全部情况，但除了老鸹窝、老鸹、炫目的日光之外，再也说不出什么。

"我的确没看见凶手，总不能瞎编吧？"

他已经被逼急了，可是人在屋檐下，怎敢不低头？除了咬牙攥拳，不敢发一点点火。

"没看见凶手，离死者最近的就是凶手。老实交代，你到底是什么人，竟然敢对大日本帝国的优秀侨民下手？"

陈宝祥低下头，任由对方发火，再也不言语了。

他没杀人，也没看见是谁杀人，到了官钱局里边，只能老老实实说实话。至于人家信不信，那就由不得他了。

"来人，拖出去，重刑伺候——"刀条脸拍着桌子大叫。

审讯室的铁门开了，进来的不是打手，而是拎着公事包的田先生。

"陈先生，陈先生，没伤着你吧？没吓着你吧？"

田先生根本不管刀条脸什么表情，三步两步跨过来，一把握住了陈宝祥的手。

陈宝祥心里一热，惭愧得说不出话来。

田先生把广濑先生交给他，刚刚半天工夫，人就死在芙蓉街，这怎么跟田先生交代呢？

"田先生，我真是该死，没照顾好广濑先生。不过这次我是真的没看见凶手，芙蓉街上那么多人……"

田先生连连摇头："不怪你，不怪你，怎么能怪你呢？好了好了，什么也别说了，我已经办好手续，这就接你出去。"

接下来，田先生让陈宝祥到外面去等着，他要跟刀条脸交涉几句。

陈宝祥走到门外，站在廊檐下。

其他审讯室中，不断传来拍桌子吼叫声，夹杂着惊慌的号哭。

陈宝祥清楚，如果不是田先生来得及时，刀条脸就要给自己上刑了。长这么大，他还没被官府抓过，既没挨过杀威棒，也没受过夹棍、老虎凳、灌辣椒水之类。

南面那排平房，就是关押杨先生的地方。他只去过一次，就永远记住了。站在这里，他忽然有种兔死狐悲的感觉。

杨先生、苗七先生还有更多人，被抓进来以后，最终结局会是如何呢？田先生能救他出去，能救苗七先生出去，但谁能救杨先生和其他人？

从檐口向上望，天空湛蓝，不见一丝云彩。

他能想到，关在这里的人，每天透过小窗户，也能看到天空，只不过目光被窗框限制住了，只能看到方方正正的一小块。

一个人千万老老实实活着，不要犯法犯罪犯事，不然的话，一朝失去自由，一辈子就完了。

田先生出来，沉着脸不语。

陈宝祥赶紧问："怎么样，田先生？我可以走了吗？"

田先生皱了皱眉，摇头叹气："官钱局这些人真是固执，我已经说过你是我的合伙人，也找过上面的官员，好说歹说就是不放。没办法，我最后签了担保书，用自己的公司、个人信誉担保你是好人，这才勉强同意。"

两人向外走，陈宝祥千恩万谢，不住地道歉。

到了街上，田先生领路，再去芙蓉街，一直走到广濑先生遇刺的菜刀店门口。

广濑先生的尸体已经运走，地上撒了黄土，遮盖血迹。

"我们当时站在这里，广濑先生谈到了中国菜刀和日本武士刀的区别。他说，同样是五斤钢铁，中国人只会造菜刀下厨做饭，而日本人却能够锻造出武士刀，征服世界……大概就是这个意思。接着，枣树上蛇吞老鸹蛋，两只老鸹一边叫一边飞走了。好多人都在看着鸟窝，我脖子酸了，一低头，广濑先生就死了。"

这些话已经说了几百遍，陈宝祥确信，自己没看到凶手，也没看到凶手的刀。

田先生绕过地上的血迹和黄土，走到架子前。

他没有动架子上的刀，而是从公事包里拿出一个放大镜，对着杀猪刀的刀柄仔细观察。

架子上共有十二把菜刀和六把杀猪刀，摆得整整齐齐。

街面上风大，吹起浮土，落在杀猪刀上，积下薄薄一层灰尘。

"好厉害，是高手。他用这把杀猪刀割开了广濑君的喉结，又抹掉了刀上的血迹，放回了原位。那么短的一瞬间，拿刀，杀人，擦血，放刀，然后若无其事地离开。高手啊高手……我猜，一定是广濑君在生意上得罪了人，对方雇了高手，跟踪而来，要了他的命。"

陈宝祥没有向前，他实在不想卷到江湖仇杀里去。

不管死的是中国人还是日本人，他都巴不得躲得远远的，免得溅一身血。

田先生从公事包里取出一条手帕，包住了架子上第一把杀猪刀，小心地放进包里。

"没事了，没事了，陈先生，只是个意外。"

田先生后退一步，仰头看着树腰上的老鸹窝。

陈宝祥偷偷松了口气，麻木的脑袋渐渐恢复了知觉。

"你觉得，那老鸹窝里真有蛇吗？"田先生问。

陈宝祥摇摇头，觉得田先生问得奇怪。他们是来调查杀死广濑先生的案子，老鸹窝有没有蛇，跟他们有什么关系呢？

田先生虽然没问，但陈宝祥主动交代了跟广濑先生交谈的全部内容。

"看起来，广濑君做事，真的是太认真了。东北军大库只不过是江湖传言，八字没一撇的事，他却一直紧追不舍，到现在也没找到一条明确线索，却白白送了命。陈先生，你看看，这就是江湖，人为财死，鸟为食亡，如果他听我的，老老实实做生意，不去管东三省的旧闻，就不会出事了。"

陈宝祥忍不住问："田先生，大库到底是什么？"

田先生笑着摇摇头："算了算了，这是个祸根，不知道比知道更好。"

两人离开芙蓉街，在街口左右分开，陈宝祥回家，田先生回公司。

进了家门，林月娥正在擦拭米饭铺的桌子，陈果儿也拿着笤帚，弯着腰扫地。

陈宝祥赶紧夺过笤帚，抓起陈果儿的手。

以前，陈果儿从没摸过笤帚，两只小手细皮嫩肉的。现在她的手指肚上磨起了茧子，掌心里还磨出来两个白花花的水泡。

"孩他娘，你干的这是什么事？米饭铺开不了就别开了，看闺女这手？看看这茧子和水泡？你看看……"

林月娥放下抹布，赶紧走过来，笑着回应："没事没事，晚上烧一根绣花针，把泡挑破了，再抹点灶膛灰就没事了。"

陈宝祥气得嘴唇哆嗦："你，你……你那办法是对付黄河北打短工的……这是我闺女，是我的眼珠子，还炉膛灰，亏你说得出口。我闺女这双手将来是要……上洋学堂翻书写字的，你让她扫地？你让她攥着笤帚扫地？"

林月娥愣住，不知道陈宝祥为什么刚进门就大发雷霆。

陈宝祥越说越气，飞起一脚，把笤帚踢出了门外。

他和林月娥过了半辈子，这还是第一次拉下脸来正正经经发火。

"爹，我没事啊，一点都不疼，在屋里写字累了，帮娘扫扫地，也活动活动手脚。"

陈果儿果然懂事了，知道在老两口之间来回劝和。

陈宝祥握着陈果儿的手，把她送回屋里，然后关门。

"孩他爹，这是怎么啦？刚进门就发脾气，是不是大饭店那边遇到事儿了？"

林月娥看出陈宝祥有点不对劲，忍着气，转身拎起茶壶，给陈宝祥倒水。

陈宝祥看着林月娥的背影，一下子想到小桃红的细腰窄肩，忽然间右眼皮连续跳了几下。

左眼跳财，右眼跳灾。

他坐在那里，浑身哆嗦了一下，背后突然冒出层层冷汗。

日本人来了，陈家大饭店建起来了，小桃红走了，广濑先生死了——济南的天变了，生活也变了，变得让他有些陌生，又有些惶恐，但却无法停下来，只能被这一波看不见的潮流裹挟着向前走。

"我要好好的，大家都要好好的，一定要过上好日子，过上有钱人家的日子……"他喃喃低语，说给林月娥听，也说给自己听。

芙蓉街上发生的杀人事件已经传遍了济南城，陈大平和陈虎子下工回家，见到陈宝祥，都长长地松了口气，一家五口，不约而同地张开双臂，紧紧地拥抱在一起。

生逢乱世，苟活不易。

只有血脉相连的一家人，才真正彼此关心。

陈宝祥说起在官钱局里受审的时候，幸亏田先生帮忙，才得以脱身，同时感叹，贵人相助，方能逢凶化吉。

陈虎子旧话重提："爹，能不能托田先生想想办法，把杨先生捞出来？都关了这么久了，又没犯法没犯罪，早该放出来了，对不对？"

陈宝祥连连点头，这的确是实情，杨先生没犯法的话，再关下去，就不讲理了。

这一次，全家的想法竟非常一致，不管想什么办法，都得托人把杨先生捞出来。

吃完晚饭，林月娥还没来得及收拾桌子，花婶子就一步跨进来。

花婶子号称"南门第一媒婆"，整日里走街串门，能说会道，南门里的街坊都说，死人都能让花婶子说笑了。

济南保媒拉纤这个行当里，花婶子可是有名的人物。

陈宝祥起身让座，花婶子坐下，笑得如一朵花似的："陈老板，恭喜恭喜呀，前些日子大观园陈家大饭店开业，连章丘那边的人都惊动了，大街小巷都说是你们陈家祖坟冒了三股青烟，终于鱼跃龙门，一朝发迹喽。我这次来，长话短说，上回说的那个闺女，什么时候你们两口子方便了就跟人家见一见，儿大不由爷，女大不由娘，赶紧操持操持把婚事办了，明年这时候，胖孙子就抱上了……"

上回陈大平说过，不着急相亲，要攒点家底再说。如今，陈家大饭店开起来，就算是有家底了，这说亲娶妻的事，应当尽快办理。

陈宝祥走到后院，推开屋门。

陈大平和陈虎子坐在桌边，头顶着头，不知在商量什么事。

桌上，铺着几张烟盒纸，上面画得乱糟糟的。

"爹，有事吗？"

陈大平站起来，陈虎子顺手把烟盒纸扫到一边去。

"大平，花婶子来了，爹再问你一遍，她说的那个姑娘……"

陈大平摇头："爹，我不想相亲，就想好好干活攒钱。"

陈宝祥皱眉，陈大平是长子，长子不娶亲，次子肯定不能僭越，那就坏了济南人的规矩。也就是说，陈大平不相亲，耽搁的不仅仅是自己，还有陈虎子。

"大平，不孝有三，无后为大。我和你娘寻思，你也老大不小了，早娶媳妇早生孩子，陈家就有后了。"

陈宝祥不想勉强儿子，可是，他有种预感，自从杨晓雪来过之后，两个儿子都变了。

陈大平变得更勤奋，更上进，陈虎子则变得越来越沉闷，平时在饭桌上都不怎么说话了，像个锯了嘴的葫芦。

"爹，辞了花婶子吧，我不想相亲。"

陈虎子也凑热闹，跳过来，揽着陈大平的肩膀："我也不想相亲。"

陈宝祥无奈，牛不喝水，不能强按头。既然陈大平不想相亲，这时候就算秉承着老祖宗"父母之命，媒妁之言"的古训，把人家闺女八抬大轿请进门来，也未必是个好主意。

"那好吧。"

陈宝祥退出去，随手关门。

"快快，再看看，到底行不行？"门里，陈虎子焦灼而兴奋地嘟囔着。

屋内传来窸窸窣窣伸展纸张的声音，接着，陈大平模模糊糊说了一句："箱子里的东西不固定，长多，短少，从箱子尺寸上就能看得出……"

陈虎子哧哧地笑起来："看你这前怕狼后怕虎的……"

陈宝祥先顾一头，走到前厅，一五一十向花婶子说明情况，先把这头辞了再说。

花婶子有些不快："陈老板，你家里两个儿子呢，老大不娶，老二也排不上呀？济南城里的好闺女不少，但到了年纪的女孩家，一家有女百家求，过了这个村就没那个店。这种事啊，也不能全听孩子的。自古以来，父母之命，媒妁之言……"

两口子赔着笑脸，听花婶子叨叨。

"行不行的，咱别一下子就定下来。二位跟人家女方的父母先见见，你们能看中的，孩子们肯定听话。"

花婶子一边唠叨着，一边告辞。

保媒拉纤是一门生意，花婶子已经来了两次，次次吃闭门羹，连陈大平的面都没见上，白白耽误工夫，有些着恼，也是必然的。

两口子站在门口，看着花婶子一步步去了，忽然同时长叹。

"孩他爹，我怎么觉得自从杨先生家的闺女来了之后，大平和虎子两兄弟有点……有点那什么了呢？"

陈宝祥沉着脸，回想刚刚哥俩的表情。

他看得出，两个人的心思根本不在相亲上。

"孩他娘，我想，过一阵咱就都搬到大观园去，让大平辞工，到饭店来帮我。这孩子诚恳老实，多长长见识，以后这个饭店就交给他。"

林月娥立刻摇头："不行，不行，那饭店不是咱自己的，是田先生的，忙来忙去，赚来的钱也都是田先生的。人家一句话，就得把咱扫地出门。我撑着米饭铺，就是为了给咱家留条后路。"

他们抬起头，看着已经蒙尘的"陈家米饭铺"的榆木招牌。

陈宝祥有些糟心，因为到现在为止，林月娥都不相信田先生。

"饭店是我的，田先生说过，他只出资，最后赚钱平半分。就算你觉得将来有一天，他把我扫地出门，但赚下的大洋是真金白银吧？大不了，咱自己找地方开个饭店——就在这儿，把米饭铺的门脸扩大。老辈人说了，撑死胆大的，饿死胆小的。这个年月，死守着小店，一辈子富不了。"

两人话不投机，说了几句，就再也无话可谈了，各自肚子里气鼓鼓的。

转天起来，林月娥一大早端着瓦罐，到后宰门街去买了豆汁、胡辣汤、油条、油旋儿、糖炸糕，摆了满满一桌子。

过了半辈子，林月娥知道陈宝祥的口味，两个油旋再加一碗胡辣汤，就能吃得饱饱的，比什么山珍海味、鸡鸭鱼肉都强。

毕竟是半辈子夫妻了，床头打架床尾和，昨晚上的些微不快，就像护城河上浮着的水汽，太阳出来一扫光。

吃早饭的时候，陈大平和陈虎子各说了一件事。

陈大平说，有个工友病了，半个货台的人都捐了钱，连日本监工都捐钱，送工友去看病。不过，这不是第一个例子，前面已经有五个工友突然就病了，咳嗽得厉害，像是肺痨。

林月娥吓了一跳，赶紧叮嘱："捐钱就捐钱，平时跟人在一起，别靠得太近，尤其是吃饭喝水，千万别混着碗用。"

陈宝祥也叮嘱，让林月娥天天晚上烧一大锅热水，把米饭铺的碗筷、案板都烫一遍。

老辈人说，大战之后必有瘟疫。

陈宝祥担心，韩长官跑了，日本人来了，黄河北那边几次开战，死了不少当兵的，弄不好就要起瘟疫了。

陈虎子说的那件事，跟南山土匪有关。

老百姓害怕土匪山贼，但陈虎子天生胆子大，谈起土匪抢劫富商，顿时眉飞色舞。

"爹，我听人说，南山有好几股土匪，最大的一股有百十号人，兵强马壮的，人手一杆长枪一把短枪，听说都是张长官、韩长官的人，不肯跟着大部队去南边，带着家伙从部队跑出来当了逃兵。他们像水泊梁山的好汉那样，啸聚山林，自由自在，大块吃肉，大碗喝酒，连日本部队都害怕他们。"

陈宝祥对这种事不感兴趣，无论太平盛世还是兵荒马乱，他都只想做个顺民。

再说，他现在是陈家大饭店的老板，土匪们专抢有钱人，说不定什么时候，就抢到他头上来。

"虎子，在家里这么说不要紧，到了货台上，千万不要乱说话。你们两个好好记住，出门在外，酒要少吃，事要多知，千万别惹事……"林月娥叨叨起来，端起陈宝祥的碗，又添了半勺胡辣汤。

陈宝祥皱眉，不知为何，他觉得林月娥话里有话，似乎在暗指着什么。

"爹，你说，昨天在芙蓉街杀了日本人的，会不会是南山的土匪？你当时跟日本人面对面站着，就没觉察凶手是哪儿来的？怎么杀的人？"

陈虎子对这些打打杀杀的事感兴趣，刨根问底，非得问出点细节来。

在这件事上，陈宝祥对谁都没说谎，说的都是实话。

再说，广濑先生是商人，如果是南山土匪干的，也不至于上来就杀人，最多就是先绑票，把人弄到城外去，然后捎信回来，索要赎金。

很明显，芙蓉街上演的这出戏，它不合江湖规矩啊。

他又把田先生找到杀人凶器的过程讲了一遍，虎子赞叹："好啊好啊，在那么多人眼皮底下，随手抽刀杀人，还来得及把刀好好地摆放回去，不急不慌的，杀个人跟杀个鸡似的，简直就是百万军中取上将人头如探囊取物一样啊！"

外面有人咳嗽一声，大步走进来。

陈宝祥抬头一望，来的竟然是苗老大。

陈大平动作麻利，立刻起身，恭敬地躬身称呼："苗先生，您怎么来了？"

顿时，陈宝祥和苗老大都愣住了。

陈大平解释："爹，我刚刚说的给工友捐款的事，其实里面的大头是苗先生捐的，一把就捐了两千大洋，都存在济南医院里，以后不管哪个工友病了，都有资格动用这笔钱看病。"

捐资捐款，扶困救人，历来都是济南商人当仁不让的责任。

在这方面，苗老大做得无可挑剔。

过去，陈宝祥只是从别人嘴里听说过，如今陈大平亲眼所见，一丝一毫做不得假，是板上钉钉的事，更令陈宝祥钦佩。

"区区两千大洋，不过是小事情，小事情，这个小兄弟就是货台上的三工头吧？昨天捐款的时候，你抱着箱子在会场里来回走了十几趟，够仗义，够仁义，最后把小兄弟都累坏了。你跟陈老板的关系是——"苗先生说着话就走了过来。

陈宝祥赶紧抱拳："这是犬子陈大平，苗先生过奖了。"

因为陈大平的关系，陈宝祥和苗老大之间的关系瞬间拉近。明知道对方是为了托关系捞苗七先生而来，他心里也没那么反感了。

第九章

击鼓骂曹

陈宝祥把苗老大让到里屋，林月娥赶紧沏茶。

苗老大也爽快，开门见山："陈老板，我那个七兄弟不成器，在你饭店闹事，砸坏了东西，影响了生意，该赔多少钱，我都认了，还请陈老板高抬贵手，放他一马。"

陈宝祥刚想解释，苗老大一把按住了他的手腕，一股脑儿说下去："陈老板，老七本来是个好孩子，聪明好学，做事勤奋，是个生意场上的好苗子。不过，四年前，他被北平来的一伙戏子玩了个'仙人跳'，赔了钱，伤了心，才变成今天这种花天酒地、欺男霸女的混账样子。"

原来，苗七先生的"济南名票"身份早就传遍了京津沪，一伙江湖黑道人物盯上了苗家的巨额家产，费心费力，巧妙布局，想干一票狠的。这伙人里面的老大姓陶，外号"老饕"，出身于明清江湖"三高四矮五行八作老九门"里的"念秧派"，那可是跑江湖混码头的骗人祖宗。

老饕命人找了八大胡同里的一个漂亮窑姐儿，名叫金牡丹，先安上个前清格格的身份，又混充是戏班子的票友，在京津沪连演了一百场，把戏做足了，再拉到济南来，找了个达官贵人聚会的场合，介绍给苗七先生。

金牡丹受了老饕的指使，用尽全身解数，把苗七先生拿捏得死死的。

短短三个月，苗七先生就在金牡丹身上花了十万大洋。

老饕要的不是小钱，而是济丰公司的老底。当时，济丰要到西安、重庆去开分公司，苗七先生是苗老大亲自内定的人选，首批投资就是二百万大洋，两个分公司加起来四百万大洋。

苗七先生发疯一样要娶金牡丹，一口答应，四百万大洋当作聘礼，同时，还要把家里的正房、小妾通通休了，只留金牡丹一人。

按照老饕的意思，除了四百万大洋之外，还想挟持苗七先生出海，勒索苗老大，再大大地出一笔血。

幸好苗老大见多识广，托朋友查了前清格格名录，弄清了金牡丹的假身份。

当时，韩长官执政，苗老大每年孝敬上去的大洋不计其数，这次出事，马上求到韩长官那里，把老饕一伙人全都抓捕归案。

让苗老大想不到的是，一夜之间，老饕等人越狱而去，随即不知所踪。

韩长官大怒，责成省府秘书长、特务队长、警察局长组成特别调查组彻查此事，最终却不了了之。

经过这次打击，苗七先生重病一场，险些死在济南医院里。

苗老大亲自去北平，从同仁堂老店、乐仁堂、沛仁堂、济仁堂、达仁堂请来了五位坐馆大师。当世五大中医高手联席，开出了一张"九死一生百鸩方"，集合了明清两代御医们的不传之秘，方子里的一百味药材无一不是微毒、小毒、中毒、大毒，最后几味，连鹤顶红、孔雀胆、断肠草、蝎子卵、蜈蚣卵都用上了。

这张方子开出来，只要是识字懂医的，必定吓得魂飞魄散。因为这根本不是药方，而是毒药大杂烩。

如果不是五大坐馆大师联席，恐怕当今天下，再也没人有胆量如此开方。

苗七先生奄奄一息，瘦得只剩一把干柴一般的枯骨，再不吃药，就要撒手人寰了。

苗老大跟达仁堂的乐先生是肝胆相照的朋友，最终，乐先生出了个主意，才给苗老大吃下定心丸："苗兄，你去找五个亲信，每人拿一把枪，对着五个坐馆的老师胸口。如果苗七弟服下汤药，治不好病或者干脆当场暴毙，就让这五个坐馆老师陪葬，总行了吧？同仁堂医术天下无敌，我乐家这么点信心还没有吗？"

就是这一场豪赌，苗老大才救回了苗七先生的命。

苗七先生呕血三天，起死还魂，终于活过来。

从那天起，他再也不相信女人，来济南演出的戏班子里，只要是稍有姿色的女人，都得过过他的手，而且玩弄手段残忍，坊间谈之色变。

"陈老板，帮我把七弟捞出来，以后你我就是生死与共的拜把子兄弟。别的不多说，你的事就是我的事，我的钱就是你的钱。"

苗老大起身，抱拳拱手，深深一躬，然后豪气干云地走出去。

陈虎子一直在门边躲着听墙根，等苗老大出门走远了，双手挑起大拇哥："真英雄，真好汉，真……真是没治了。"

如果不是为了小桃红，陈宝祥就会把饭店那件事当成醉汉酗酒，抬抬手就过去了。

在他心里，一直觉得，中国人必须帮中国人，济南人也必须帮济南人。可是，小桃红给苗七先生下过跪，这让他如鲠在喉，也让他替小桃红咽不下这口气。

小桃红是戏子，但在他眼中，小桃红是一个冰清玉洁的小玉人儿，跟其他戏子完全不同。

"爹，苗老大都这样求你了，面子多大呀？你托托田先生，先把人捞出来吧？"

陈虎子跟在陈宝祥后面，唠唠叨叨了好几遍。

陈大平带好了两兄弟中午吃的干粮，大声催着，等陈虎子一起去上工。

"爹，杨先生都关了半年了，能不能早点放出来，别等着人家晓雪妹妹再回济南求人，咱面子上多难看啊？"一说到捞人，陈大平就会提到杨晓雪。

陈虎子瞅了陈大平一眼，跟着附和："是啊，爹，杨先生是好人，不是土匪山贼，凭什么抓他？你让田先生问问，到底是什么罪名，半年了还没审清楚？"

林月娥从屋里出来，一边系上围裙，一边催着："行了行了，赶紧去货台上工，晚了又要被扣工钱了。"

一家人这才散了，两个儿子上工，陈果儿回房读书，林月娥开始淘米蒸饭，陈宝祥则出门去大观园。

在路上走着，路过芙蓉街口，陈宝祥下意识地停下了脚步。

苗老大说过，老饕那伙人算计苗七先生的时候，就是在东鲁饭庄的"雅士阁"。

"念秧"是天下第一骗术，能回溯到春秋时期鬼谷子门下。

老饕这伙人也真是肯下功夫，当日金牡丹陪着苗七先生喝酒，忽然来了兴致，要下王府池子，为苗七先生抓一条鲤鱼，做"鱼鳔醒酒汤"。当着苗七先生的面，金牡丹从雕花窗里一跃而下，一个猛子扎到王府池子里，一转眼，双手抱着一尾两尺长金鳞大鲤鱼露出水面。

水中美人，如花滴露。

把苗七先生迷得死心塌地，直叫"心肝宝贝"，一颗心死死拴在了金牡丹身上，再也解不开。

陈宝祥叹了口气，又想到小桃红。

北平和济南虽然相隔不远，但出了苗七先生这档子事，大青衣肯定不会轻易再来济南，座下的"梅兰竹菊，桃李芬芳"八大弟子都听师父的，就算南下沪上，也仅仅是经过济南，不会下车落脚。

陈宝祥懊悔，早知道如今牵肠挂肚的，不如当日去跟小桃红说些什么，彼此也多个真实的念想。

到了饭店，柜台上摆着四份大红的拜帖，每张拜帖下面，还压着两盒糕点。

伙计禀报，一大早开门，有人把拜帖和糕点送过来，只说是陈老板看了就明白。

其实，陈宝祥不打开拜帖，也知道糕点是谁送的，因为麻褐色包装纸上面都有粉色招贴，各自写着名号，分别是汇泉楼、燕喜堂、会仙楼、便宜坊。

之前，秦六子就向他吹过风，只要陈家大饭店建起来，济南城这汇、燕、会、便四大饭店就得下张帖子盘盘道。

自古以来，民以食为天。

济南城衣、食、住、行四大行当里，就属着一个"食"字最为复杂。

四大饭店都有自己一块金字招牌，占据了济南饮食的半边天。

坐镇山东的历任大员对四大馆推崇不已，所有高级应酬，都是请四大馆的厨子到府里现场制作。

既然行政长官都认可这四大馆，其他的达官贵人也纷纷效仿，逢年过节、寿诞生辰、婚丧嫁娶、添丁进口，都会请四大馆的厨子，在家里办几桌酒席，慢慢就变成了济南的风俗习气，四大馆的名声也远播到京津沪一带，渐渐演变为"不吃汇燕会便，就等于没到过济南城"。

按照秦六子的说法，新人入行得拜码头，而济南城的"食"码头，就是汇燕会便四大馆。

陈宝祥心不在焉，把拜帖和点心推到一边去，整理账本和笔墨，准备开门做生意。

芙蓉街杀人的事很快就过去了，毕竟广濑先生是个商人，从博山过来，济南没几个人认识他。

过了半个月，陈宝祥从乱七八糟的事情里面挣脱出来，全心全意经营饭店的生意。

济南从来都不缺好酒好菜好饭馆，缺的是诚信经营、老实厚道的生意人。

陈家大饭店有田先生撑腰，后厨供应充足，灶上厨师卖力，外国客人又多，名声蒸蒸日上。

偶尔，晚上饭店闭户时，陈宝祥会站在窗前，望着戏院顶上的霓虹灯出神。

他不知道小桃红如今身在何处，一个戏子的命运并不总是掌控在自己手中，而是颠沛流离，不辨东西。

每次到了胸中极度苦涩的时候，他就会一个人去甲字第一号包厢，一遍遍回想当时扶起小桃红时的情景。

小桃红身子极轻、极软，仿佛一只刚刚离巢的小鸟，带着毛茸茸的芳香。

他想到戏词里说的，赵飞燕能在金盘子里跳舞，楚国女孩子的细腰能一只手就掐过来。

"小桃红的腰有多细呢？浑身上下，也就半口袋米那么沉，在金盘子里跳舞恐怕也不是什么难事吧？"

他倚着门框站着，摊开双手，用力闻了闻指尖，依稀还能闻到小桃红袖子上的桃花香。

苗七先生一直关在官钱局里，没什么新消息。

到了七月十四那天，田先生到饭店里，给陈宝祥带来一张报纸，报纸头条新闻是"中元节前夕济丰公司出钱收殓黄河浮尸"。

原来，苗老大两天前向黄河打捞队捐了五百大洋，外加五十口棺材，把战争中的浮尸打捞上来，各自归位埋葬。

田先生十分感慨："这么好的一个人，怎么有那么恶劣的弟弟？陈先生，我看了这条新闻，被深深感动了，午后就去官钱局，无论如何把苗老大的弟弟捞出来，送回家去。这个世界上，好人有好报，理当如此。"

自从上次在米饭铺会面，苗老大再没找过陈宝祥。

现在，田先生主动提出帮忙，陈宝祥也感到格外高兴，小心翼翼地顺带提议："田先生，能不能请您帮忙，问问杨先生的事？他是个读书人，是个肩不能担担、手不能提篮的老实人，就算是放出来，也不会惹事。再说了，关了这么久，以后肯定老老实实做人，不给您添麻烦。"

田先生在自己额头上轻轻拍了拍，嘴角露出苦笑："陈先生，实不相瞒，杨先生这种读书人最可怕，他们不但能说，而且能写，一张大告示贴出去，比一支小部队还可怕。如果你能保证，放出来之后，他不乱说、不乱动、不离开济南城，那我就想想办法。"

陈宝祥一看田先生松了口，立马把自己胸脯拍得嘭嘭响："我保证，我绝对保证，专门找人看着他，绝对让他大门不出，二门不迈，做一个地地道道的良民。"

田先生笑了："陈先生，你才是个好人，为朋友两肋插刀，不求回报，一直惦记着这件事。你放心，我会据理力争，不花一个大洋，就把杨先生捞出来。"

田先生说到做到，当天把苗七先生捞出来，只隔了三天，又把杨先生捞出来。

陈宝祥亲自到官钱局门口迎接，带着一壶白酒、一身新衣、一把崭新的笤帚。

杨先生从大门走出来，仍然穿着上次的长衫，脸上手上没带一丝伤，面色也还不错，只不过略显苍白。

陈宝祥先用笤帚在杨先生身上上上下下扫了几遍，然后带着他到大布政司街的浴德池，开了个单间，里里外外洗得干干净净，再换上那身新衣新鞋。

"杨先生，咱到饭店吧，我给你洗尘压惊。"

陈宝祥欢天喜地，脸上笑开了花。

杨先生摇头，执意要回西更道街，陈宝祥只能顺着对方的意思，先回家再说。

两人到了西更道街，进了院子，满地都是落叶鸟屎。

"杨先生，明天我就叫人过来收拾，屋顶有三个地方漏水，得修补修补，后墙底下被树根拱了，得刨了树根，再抹抹平。你不用急，在我家住下，先休养一阵……"

陈宝祥絮絮叨叨的，生怕杨先生看到断壁残垣会心下难过。

杨先生走到屋里，摸了摸砚台，又走出来，在地上捡了块砖头，走到西边院墙前面，以墙作纸，笔走龙蛇，书写了一首岳武穆的《满江红》。

"怒发冲冠，凭栏处……莫等闲、白了少年头，空悲切。靖康耻，犹未雪。臣子恨，何时灭！……壮志饥餐胡虏肉，笑谈渴饮匈奴血。待从头，收拾旧山河，朝天阙。"

写至最后一个字，杨先生长啸一声，双手击掌，竟然把那块砖头拍得粉碎。

陈宝祥吓了一跳，他见过蔡春雷单掌劈砖，但那毕竟是练过铁砂掌的武人，而杨先生文质彬彬的，从未舞刀弄剑，双掌竟然有这种击石为粉的功力，大大出乎他的预料。

"陈先生，这一次，恐怕是风萧萧兮易水寒，壮士一去不复还了。"

陈宝祥听不懂，只是觉得，杨先生的眼神变得无比傲岸，仿佛有两把潜藏在鞘中的宝剑已经徐徐地拔出，时机一到，就要离鞘杀人。

两人到了米饭铺，林月娥早就炒了四个菜，烫了两壶酒。

七月十五鬼节过了，济南的暑气渐消，一早一晚天就凉了。故此，陈宝祥提前吩咐林月娥烫酒，今天两人要喝个一醉方休，为杨先生辟邪压惊。

阔别半年多，杨先生沉默了许多，每次开口说出的话，全都深奥难懂。

陈果儿站在桌边，为两人倒酒，脸上掩饰不住久别重逢的喜悦。

"陈先生，我很快就要离开……离开济南，你们一家都是好人，兵荒马乱的，切记自保，不要成了别人的枪头。"

他们都没提藏在米缸里的箱子，仿佛那东西已经不存在了。

醉意朦胧之际，陈宝祥提到了杨晓雪，向杨先生挑起了大拇哥："晓雪是个好孩子，干练，坚韧，有见地，有礼貌……杨先生，我现在是陈家大饭店的老板，有钱了，拍电报让晓雪到济南来，我到……我到曲水亭街买个大宅子，供你们爷俩在那里读书写字……醉里乾坤大，壶中日月长，喝酒喝酒，杨先生，你满腹经纶，关在……关在官钱局里，屈才了，太屈才了，我求过田先生很多次，他也是爱才，日本人也爱才。田先生看我老实，出钱让我开饭店。杨先生，你跟我不一样，你比我强，我跟田先生说，托人给你谋一份职业……赚钱，赚钱……赚了钱攒着，给晓雪留着，给闺女留着……"

杨先生也喝得半醉了，猛地一拍桌子，桌子上的盘盘碗碗一起跳起来。

"屁话，全都是屁话，日本人爱才？屁话，他们是刽子手，过了鸭绿江，夺了东三省，炸死了老帅，逼少帅让出山海关……山海关你懂不懂？山海关是中原屏障，是中华民族的屏障。有我'山海关'在，杀尽日本鬼子，杀尽卖国贼，扫荡天下不平之事，学习岳武穆，直捣黄龙府，与诸君痛饮。日本鬼子是什么？大唐盛世，八方来朝，他们派出遣唐使到长安取经，吃饭喝酒、文章礼仪都是从中国学去的，现在他们倒过来了，孙子要打爷爷了，我呸，我呸，如果不是为了……我早就跟他们死磕，一支穿云箭，千军万马来相见，我堂堂'山海关'，哈哈哈哈，陈先生，你是个汉奸，你是个狗汉奸懂不懂，你是个狗汉奸……"

陈宝祥也大笑起来，此前的确有人说他是狗汉奸，但都是背地里乱说，不敢当面对质。

他不是汉奸，就是把蒸锅卖饭的陈家米饭铺发展成陈家大饭店，门脸大了，但他陈宝祥的心没变，就是尽心竭力地为老百姓做菜做饭，本本分分地做人做事。

什么是汉奸？帮着日本人欺负中国人的才叫汉奸。

他帮着苗老大捞人，千方百计把杨先生捞出来，平时饭店里的剩饭剩菜都拿去救济要饭的，六月份黄河发大水的时候也捐了两百大洋，像他这样的好人，怎么可能是为虎作伥、认贼作父的汉奸？

林月娥早就关门，大门、屋门、窗子全都关得严严实实，生怕两个醉汉大喊大叫，惹来麻烦。

杨先生举起酒壶，对着嘴，一饮而尽，然后一把抓住了陈果儿的手："记住，妮子，永远不要当汉奸，要像岳武穆一样，贫贱不能移，威武不能屈，富贵不能淫……好好保管我给你的书，读圣贤文章，学忠臣孝子，那本书很重要，很重要。你姐姐晓雪是个好孩子，昆山玉碎凤凰叫，芙蓉泣露香兰笑……路漫漫其修远兮，吾将上下而求索……"

陈果儿吓得满脸通红，说不出话来。

林月娥过来，硬生生地把杨先生的手指掰开，把闺女救下来。

杨先生哈哈大笑，疯疯癫癫，又抓起了旁边桌上的算盘，猛地抖了两下，让全部算盘珠归位。

"我来给你算算……黄金五百箱，每箱一百根金条；白银五百箱，每箱二百个银元宝；玉石七百件，钻石翡翠八百件，镶金嵌玉黄马褂二百件，金缕玉衣一百件……还有还有，山炮二十尊，机枪一百挺，步枪五百条，手枪二百把，子弹两千五百箱，手榴弹一百箱……这些值多少钱？陈先生，你那个饭店值多少钱？"

陈宝祥蒙了，不知道杨先生算的是什么账。

杨先生一边叫着，一边快速拨打算盘，噼里啪啦，响个不停。

陈宝祥过去从未见杨先生摸过算盘，想不到对方竟然也是算账的好手。

"总共价值十二亿五千万大洋，呵呵呵呵，十二亿五千万……能开多少个陈家大饭店？能买下多少个济南城？这么一大笔钱给你，你要不要——"

砰的一声，杨先生把算盘拍在陈宝祥面前，双眼血红，恶狠狠地盯着陈宝祥的脸。

陈宝祥笑了，他知道杨先生喝醉了，说的都是醉话胡话。

"我不要，杨先生，我只想老婆孩子热炕头，平平安安一辈子。君子爱财，取之有道。钱再多，都是别人的，我陈宝祥绝不眼馋。"

这才是他的心里话，现下，连林月娥都觉得，他是为了赚钱才跟田先生搅在一起，只有他自己明白，要的到底是什么。

两个人都喝得酩酊大醉，拉拉扯扯地进了客房，一头倒在床上，呼呼大睡过去。

杨先生回家，这是天大的好事，陈宝祥觉得，济南的天空似乎突然明朗了许多，走路的时候，脚下也自带风声，越走越轻快。

转天，他花了五个大洋，请人打扫杨先生的院子，又修补屋顶，置办家具，里里外外整修一新。

同时，他吩咐林月娥，把一日三餐都送到杨先生家里，不得有丝毫怠慢。

他寻思着，等杨先生的身体恢复恢复，就把对方请到饭店这边来，暂且不管安排个什么职务，先让对方安下心来。

田先生这边，做了好事不留姓名，几天没到饭店来。

苗老大那边，先差人送了一箱大洋过来，又亲自登门，向陈宝祥致谢。

那位苗七先生再未露面，后来听说是直接送到重庆去了，假托是开分公司，实际是避开日本人，免得再惹麻烦。

陈宝祥办完了这些事，一家五口的气都顺过来了，尤其是陈虎子，见到陈宝祥，眼里就开始有光，仿佛从前看着苗老大一样。

花婶子那边传话，说人家姑娘愿意陪送两家店铺、十两黄金、两挂马车、六亩薄田，只要陈宝祥两口子点头，双方爹娘见个面，吃顿饭，这门亲事就能定下。

林月娥拗不过花婶子，跟着到南门里，偷偷看过那家的姑娘。

她回来告诉陈宝祥："那姑娘模样不算太俊，粗手大脚的，过日子应该是把好手。那家的男人在大明湖奎虚书藏干过活，不过不是花婶子说的做管事员，而是园丁，摆弄花草的。女人娘家是章丘开当铺的，如今偶尔还回章丘，在库房帮忙清点记账。"

陈宝祥并不在乎女方能够陪送多少嫁妆，他问过两个儿子，陈大平和陈虎子根本对这事不感兴趣。

无奈之下，林月娥只能买了四包槽子糕和四色蜜饯上门去，辞了花婶子，再三表示歉意。

回头，林月娥蹙着眉头，跟陈宝祥商量："唉，刚刚花婶子老大不愿意，说你攀上了日本人的高枝，看不起济南人了，赶明儿给儿子娶个日本媳妇。我好说歹说，总算把这事了了。哎，孩他爹，你说，老大是不是有中意的姑娘了？"

两口子合计着，现在，陈大平虽然也干着力工的活儿，可大小是个头目，又受到朱有成的器重，出出入入见人多了，眼界自然拔高，怕是瞧不上普通济南人家的闺女了。

陈宝祥把陈大平单独叫来，再三询问，陈大平最后撂了实话："要找媳妇，就得找跟杨先生家的晓雪妹妹差不多的。"

一句话，让陈宝祥倒吸了一口凉气。

他终于明白，为什么陈大平、陈虎子两兄弟总是催着他打捞杨先生了。原来，一切扣子，都卡在这里呢。

林月娥听陈宝祥说了这事，也是吃了一惊："那可不行，杨先生家的闺女是个洋学生，看那身板，吃不得苦，受不得罪，咱家这点家底，可养不起。"

陈宝祥点头，他虽然只见了杨晓雪一面，但清楚地感觉到，那闺女不是池中之物，说话做事，爽利精到，全济南上下，怕是找不出几个能比得上的。

当日，杨先生身陷囹圄，杨晓雪从北平到济南千里探望，根本没有一点走投无路、万念俱灰的颓丧模样，反而一进一退，有板有眼，不失一点章法。

这哪里是一个二十岁的女学生能做出来的？分明是山崩于前而不变色、千军对垒稳坐雕鞍的大将军，古代替父从军的花木兰、领兵北伐的穆桂英大概也就这等模样了。

陈大平温和懦弱，迎娶这样的姑娘，肯定是男弱女强，没有什么好结果。

"要不，孩他爹，你去探探杨先生的口风，看看他的意思？杨晓雪年龄也不小了，一个人在北平也不是办法，如果有那点意思，愿意跟咱家结门亲，咱就吃点亏，不管嫁妆不嫁妆的，把人家闺女迎娶过来……"

两口子半宿没睡，叨叨这事，最后满肚子七上八下，不得结果。

第二天一早，陈宝祥梳洗一番，直奔西更道街。

一路上，他不停地在肚子里掂对，思忖着到底怎么开口，才能把这件事说清楚。

"老陈，老陈——"

他正低头走路，一个人从岔路上跳出来，拦住去路，正是秦六子。

"老陈，哪儿去呢？"

陈宝祥脱口而出："去找杨先生问事。"

秦六子手指尖上耍着板，笑嘻嘻地追问："是不是问岳武穆伐金话本的事？咳咳，我就知道，你老陈是个讲信用的人。刚好，我也有点工夫，咱一起去，我也向杨先生讨教讨教。"

陈宝祥有些犹豫，毕竟儿女亲事本来就不好开口，有秦六子这外人在场，就更别提了。

"我这……我就是去看看，杨先生家里还缺不缺吃的用的，话本的事，我还没来得及跟他说。不如改日我再问，他刚从官钱局里回来，怕是还没休养好呢？"

陈宝祥想推脱，秦六子兴致勃勃，一把挎住了陈宝祥的胳膊，连拉带拽往前走，根本容不得他挣脱。

转入西更道街，还没到杨先生门口，陈宝祥就听到戒尺敲在鼓凳上的声音，一起一落，清楚利落。

秦六子笑起来："哟，杨先生早起吊嗓子唱戏呢？听这鼓点，是大英雄出场的那点意思呢？"

"天宽地阔海无边，成败兴亡梦里眠……"

隔着院墙，杨先生念唱相间的引子声音传来。

秦六子手里的竹板轻轻一荡，也打起了节奏，低声笑着："杨先生刚刚放回来，心气不顺，这是要来一出《击鼓骂曹》啊？"

陈宝祥熟悉那出戏，名士祢衡酒席上毫无惧色，面对名为汉相、实为汉贼的曹孟德，裸衣击鼓，尽情泄愤，当众痛骂，留下千秋万代清白之名。

他禁不住有些惭愧，此时此刻，日本人占了济南，虽然高高在上，掌控生死，但总归是鹊巢鸠占，并非正统。

杨先生根本不该被抓，却在中国地界上，被日本人呼来喝去，心中那份不畅，可想而知。

墙内，杨先生开始念白，那是祢衡登台后的第一段词："口若悬河语似流，舌上风云用计谋。男儿须当擎天手，自幼谈笑觅封侯……"

秦六子一把推开院门，拉着陈宝祥进去，扬声叫着："杨先生，好朋友来访了，能听你唱一段，实在是机会难得。来来来，我给你打着板，好好陪你唱一出《击鼓骂曹》……"

陈宝祥没办法，只能堆起笑脸，跟秦六子一起进屋。

杨先生坐在八仙桌侧边，左手握着紫檀木戒尺，右手捏着一管毛笔，正在纸上疾书。

秦六子有些尴尬，因为他虽然是打板唱曲的行家，但真正动笔写字，就露怯得很了。

更何况，杨先生是真正有学问的读书人，单看那捏笔的姿势，已经是书家正统了。

"这个……这个，杨先生，没打扰你吧？"

自然而然地，秦六子的嗓音低下来，同时向陈宝祥使了个眼色，示意他赶紧开口。

"杨先生，我过来——我们过来看看，你这边还缺不缺吃的用的？"

在杨先生面前，陈宝祥始终觉得底气不足。从前是因为学问、见识，当下是因为他跟了田先生做事，不管杨先生瞧得起瞧不起，他自己先心虚起来了。

秦六子赔着笑脸，没话找话，挑着大拇哥："杨先生刚刚几句念白，有滋有味，火候老到。咱戏园子行当里有句老话，千金话白四两唱，说的比唱的好听。真想不到，杨先生多才多艺，能写能唱……"

杨先生手腕轻轻抖动，戒尺一头在棕黄色的三脚鼓凳上弹跳了几下，嗒嗒嗒嗒连声，脆脆地打着鼓点，继续唱念白。

"卑人姓祢名衡，字正平，乃山西平原郡幼义村人氏。自幼勤习经史，深知策略，虽怀王佐之才，惜乎未遇其主。身在孔大夫府中作幕，昨日将我荐与曹府效用。想那曹操，名为汉相，实为汉贼，焉能敬贤礼士？我此次去至曹府，需要见机而行。正是——未遇真命主，辜负栋梁才。"

秦六子用手里那副竹板掐着鼓点，摇头晃脑配合着。

接下来，杨先生先唱四句西皮慢板："平生志气运未通，似蛟龙困在浅水中。有朝一日春雷动，得会风云上九重。"

秦六子连连点头，一边打板，一边拍手："好好好，够味，够味！"

紧跟着，杨先生下面转了西皮二六板："自幼窗前习孔孟，壮游北海遇孔融。他将我荐与曹府用，要学孙膑下云梦。"

一段《击鼓骂曹》唱完，杨先生先放下毛笔，接着放下戒尺。

那张纸上，写下的是一篇隶书《满江红》，墨迹浓重，笔画遒劲，每一横竖，都如同长枪大戟一般。

杨先生把宣纸揭起来，有些笔画力透纸背，竟然仅仅凭着笔锋内力，就把大好的艺德堂宣纸戳破了几个星星点点的窟窿。

秦六子倒吸凉气，把竹板插在腰间，用力鼓掌。

要知道，单单是打点、唱戏，有板有眼，有腔有调，多年票友都能做到，而杨先生打点、唱戏的同时，左手玩戒尺，右手写书法，属于是一心二用，左右互搏，这就太难做到了。

"杨先生，您这是《礼器碑》啊？明代郭宗昌《金石史》中说，汉隶当以孔庙《礼器碑》为第一。其字画之妙，非笔非手，古雅无前，若得之神功，非由人造，所谓'星流电转，纤逾植发'尚未足形容也。清代王澍《虚舟题跋》中又说，隶法以汉为奇，每碑各出一奇，莫有同者；而此碑尤为奇绝，瘦劲如铁，变化若龙，一字一奇，不可端倪。这首岳武穆的《满江红》在杨先生笔下，每一笔画如同干将莫邪，锋利无比，大小长短，笔无虚设，在古在今，哪得对手？"

秦六子有意卖弄学问，陈宝祥一个字都听不懂，只是觉得宣纸上那些笔画，沉重冷酷，仿佛俯身一握，就能变成杀人武器，冲锋陷阵，建功立业。

"你们，什么事？"杨先生抬眼，看看秦六子。

秦六子虽说是老江湖，但在杨先生如刀锋一样犀利的眼神逼视之下，也有些不自在起来，下意识地舔了舔嘴唇，才怯怯地回答："杨先生，上次您说，写了一本岳武穆伐金话本，可以无偿——不，不，我拿钱买，只要您写完了，不管多少钱，尽管开价，我买，我买……"

陈宝祥站在一边，耳畔仍然回响着杨先生唱的戏词。

祢衡击鼓骂曹，一是宣泄平生极不得志之愤，二是不满奸臣当道毫无希望之怒。

他忽然觉得，杨先生唱这段戏，似乎在提醒着他什么。

当下，日本人控制济南，想抓谁就抓谁，想放谁就放谁，还有王法吗？从前，张长官、韩长官在的时候，至少还有王法，遇到不平之事，到德王府门口喊冤，至少还能有人管有人问。如今，假如他陈宝祥被抓了，应该到哪里去鸣冤？

偌大的济南城里，普通老百姓的活路又在哪里？

一时间，陈宝祥感觉大观园里的种种繁华景象、陈家大饭店里的流水宴席都变成了一种假象，如此不确实，如此不稳定，如此——倚靠不得。

他转头看看外面，晴空红日，光景尚好，还像个家的样子。再想想前一阵过来，满地荒草，乌鹊乱飞，根本没有家的模样。

"老陈，老陈，老陈——"

秦六子气急败坏的叫声，把陈宝祥从胡思乱想里唤回来。

"老陈，刚刚杨先生说，过几天心情好了，就开始写岳武穆伐金的话本。你做个见证，我出二十个大洋，作为订金。等话本写完了，我再付二十个大洋。我寻思着，杨先生是文化大家，大作完成，肯定是洛阳纸贵，等我拿给曲艺行里的三老四少看看，一定另有重谢。"

陈宝祥机械地点头，觉得秦六子为了一个话本上蹿下跳，根本一丝一毫都不值得。

国破山河在，城春草木深。

济南城都变成日本人的天下了，什么京剧啊、话本啊、鲁菜啊，还有什么好前景？

陈宝祥想起，田先生邀来的日本客人喜欢喝的是清酒，根本不是白酒，吃的是生鱼片、海苔寿司，也不是红烧肘子、九转大肠。

济南的天变了，不过不是他从前看到的那样云霞灿烂、蒸腾向上，而是日薄西山，渐趋荒凉。

陈宝祥也感到奇怪，明明杨先生已经放出来，能唱戏能写字，自由之身，坦坦荡荡，可刚刚这段《击鼓骂曹》，一下子把他唱醒了，把陈家大饭店带来的喜悦，砸了个粉碎。

秦六子没有意识到陈宝祥的脸色已经变了，把二十个大洋放在桌角，得了杨先生亲手写下的一纸收据，折起来揣进怀里，欢天喜地地跑了。

"杨先生，你从官钱局回来了，要不要拍个电报，给北平那边的闺女报个喜讯？"

陈宝祥试探着问，抬头看看杨先生的脸色。

杨先生的目光极度萧瑟，仿佛入定的老僧，看破红尘，不起凡心。

"有什么喜讯？覆巢之下，每一个济南人，不过是一枚鸟蛋。日本人把我放出来，随时再抓进去，咱都是大明湖荷叶上的蛤蟆，蹦跶跳跶，觉得好像天下太平了，谁都想不到，秋去冬来，明天早晨醒来是什么样子？"

陈宝祥听不下去，觉得这屋里仿佛一个大冰窖子，寒气从脚底板爬上来，透心凉。

"看看报纸，多看看报纸吧！喜讯，喜讯，天天都是喜讯，不过是日本鬼子的喜讯，他们的军队一路挥师南下，沪上、南京……"

杨先生笔直地坐着，目视前方，起初眼中如有火焰炽烈燃烧，接着便是大颗大颗的泪滴滚落，将那火焰彻底浇灭了。

陈宝祥什么也不敢说，觉得自己喉头被棉花塞住，气都透不过来。

就在前几日，陈宝祥坐在柜台里算账，听南面来的大米贩子透露了南京发生的惨事，虽然只是遮遮掩掩的三言两语，也足以让陈宝祥心惊肉跳。

"唉，血流成河，满目疮痍。楚人一炬，可怜焦土。一个繁华的金陵城，成了屠宰场，死尸堆积如山，被浇上汽油焚烧……"

陈宝祥觉得，他眼前看到的日本人跟米贩子嘴里的日本人根本不是同一种东西。

如果田先生也是那样的人，还会帮他捞苗七先生和杨先生吗？

"杨先生啊，当下乱世呢，咱顾不了那么多，只要能让老婆孩子吃上饭，别冻着饿着，平平安安过一辈子，就对得起列祖列宗了。我正琢磨着，给大平和虎子娶上媳妇，为陈家传宗接代，再给果儿找个好婆家嫁出去，别出什么乱子，平平安安，平平安安……"

陈宝祥突然发现，要想实现自己说的，比登天还难。

连田先生的朋友广濑先生都死在芙蓉街上了，跟个死老鼠、死狗、死驴一样蜷缩着倒在那里，手脚抽搐，喉咙淌血，救都救不得。

那可是正经八百的日本人啊，乱世之中，谁知道什么时候，老天爷就一个天雷砸下来，劈死哪个算哪个？

"陈先生，回去吧，谢谢你救我，谢谢你惦记晓雪，好意心领，容后再谢。"

杨先生站起来，开门送客。

陈宝祥还想说点什么，林月娥那边还眼巴巴盼着消息呢，就算杨先生看不上陈大平，他总得开口试试，看看杨晓雪和陈大平有没有缘分。

"杨先生，我还有一件事——"

"我醉欲眠卿且去，明朝有意抱琴来。陈先生，我累了，回见，回见。"

杨先生拉着陈宝祥的袖子，把他推出门去，随即掩上了房门，哗啦一声下了门闩。

陈宝祥站在院里，有些茫然。

陈家大饭店给他带来的荣耀和满足，被杨先生一段《击鼓骂曹》弄得支离破碎，再无半分光彩。

第十章

暗箭难防

过普利街，出了普利门，陈宝祥一路往商埠区而来。

他的脑海中一直留着力透纸背的那幅《满江红》，杨先生的声音与模样，像一盘石磨，重重地压在他头顶上，让他觉得直不起腰来。

到了饭店，伙计们正在擦桌子扫地，等着开门迎客。

柜台上，又摆着四张拜帖、八盒点心。

不消说，还是汇燕会便四大馆送来的。

陈宝祥坐下，觉得心情越来越沉重。

南方来的消息未必是真的，早年闹革命党，北方南方混乱一团，各种杀人屠城的消息满天飞，但最后也都不了了之。

那些走南闯北的米贩子、茶贩子，就是喜欢茶余饭后瞎聊，故作惊人之语。

快晌午时，田先生来了，刚刚换了一身簇新的灰色长衫，手里拎着公事包。

不知为什么，陈宝祥觉得田先生也是心事重重的，看不到平时的笑模样。

田先生看到拜帖，拿在手上，一张一张细读。

汇燕会便四大馆都是正宗鲁菜，并不合日本人的胃口。故此，田先生对他们并不感兴趣。

"陈先生，你说四大家的人在济南民间有没有号召力？如果请他们家管事的大掌柜出来，担任城里各个部门的大小职务，会不会让老百姓安心？"

陈宝祥摇头，四大馆是开饭店的，不是乡绅名流，也不是贵族后裔，当然不会让老百姓心服口服。

"田先生，韩长官离开济南的时候，留下很多官员。他们才是老百姓最信服的，还有还有——很多饱学之士，也有威信，济南百姓尊重文人，他们担任官员，肯定能把老百姓聚起来。"

陈宝祥一下子想到了杨先生，以对方的学问，担任任何职务，都不是问题。

四年前，济南的私营电灯公司倒闭，政府接管，新电灯公司曾经托人邀请杨先生，出山担任副经理，却因为其他原因耽误了。

田先生一笑，意味深长地看看陈宝祥。

陈宝祥的脑子似乎清醒了一些，吩咐伙计沏茶。

"陈先生，你那位朋友性情耿直，断然不肯出仕当官，还是不要替他考虑了。我今天请了辛先生、马先生喝茶，谈一些维持社会治安的事情，当然，也是承朋友所托。唉，韩长官南迁，留下了很多烂摊子，你知道的，那一场火……烧得一片焦土，真是可惜。"

陈宝祥点了点头，田先生没有夸大，更没有胡编乱造。

韩长官离开前，纵火焚毁了省政府、劝业场、进德会、火车站，曾经鼎鼎大名的官办当铺"裕鲁当"也葬身火海之内。

尤其是省政府那场火，陈宝祥站在米饭铺的院子里，就看到围墙里面火舌乱飞，十几棵五丈高的杨树、核桃树、银杏树都被烧得焦黑一片。

纵火之前，韩长官的秘书坐着小汽车在城里城外来回吆喝了好几圈，说是"焦土抗战"，宁愿烧毁，也不能留给日本人。

陈宝祥想不通，把房子烧了，日本人就会抢占老百姓的房子，很多人被赶出家门，露宿街头。

其实，烧了那些地方没用，官钱局、电报大楼还在，都被日本人征用，人家照样住得好好的。

"陈先生，这些事怎么处理呢？"田先生拍了拍那些拜帖。

"同行是冤家，没办法，等着他们上门就是了。"陈宝祥无奈地回答。

田先生端着茶杯，若有所思："陈先生，济南是京津沪之间的一块风水宝地，有山有泉有湖，商埠区这边的热闹繁华不输大城市。如果陈家大饭店能够更上一层楼，力压四大馆，是不是就能成为餐饮界的龙头？"

外面，有人快步进来，靠近田先生，耳语了几句。

陈宝祥从来不敢有那种奢望，别说是力压四大馆，单单是便宜坊一家，就让他甘拜下风。

"田先生，那根本不可能。四大馆借着韩长官的青睐，早就是济南老百姓心目中不可替代的名家，糖醋鲤鱼、九转大肠、炒合菜、奶汤蒲菜这些鲁菜名品，只有四大馆做出来的，才是济南正宗，老百姓才认。"

田先生一笑，轻轻地摇头，把拜帖拿起来，慢慢地叠在一起，压在手掌底下。

"事在人为啊，陈先生，韩长官在的时候，济南城头挂的是什么旗？"

陈宝祥下意识地点头："当然是青天白日旗。"

"现在呢？你从普利门进出，应该看得清清楚楚吧？"

陈宝祥脱口而出："是膏药旗。"

田先生笑起来，指着陈宝祥："你啊你啊，陈先生，下次不要口误，不是膏药旗，而是大日本帝国的太阳旗。咱是开饭店的，病从口入，祸从口出，这句话可得牢牢记住，一定要记牢喽！"

陈宝祥一下子捂住嘴，心里咯噔一下子。

"膏药旗"是老百姓私底下对日本军旗的通称，幸好这一次陈宝祥是对着自己人田先生说，如果被当兵的听见了，恐怕要惹麻烦。

"陈先生，城头的旗帜换了，天也就变了。如果驻军部队的长官喜欢陈家大饭店，不喜欢四大馆，你猜会怎么样？我在北平的时候，见识过几位大清宫廷御厨的手艺。他们做的红烧狮子头未必真的比济南四大馆厨子做得好吃，但人家是御厨，专供西太后使唤的，就明显高人一等，对不对？"

陈宝祥老老实实听着，总觉得力压四大馆这事，根本不靠谱。

"陈先生，如果陈家大饭店成为驻军长官的御厨，是不是就超过四大馆了？你放心，我投资开这家饭店花了一大笔钱，肯定不会让你赔钱的，不然，年底还怎么分红？呵呵呵呵……"

田先生笑得很爽快，感染了陈宝祥，让他身体里颓废的情绪渐渐散发开去。

"田先生，有个小问题，不知当讲不当讲？"

田先生又笑了，拿起茶壶，给陈宝祥倒茶。

"陈先生，我们就是瞎聊。辛先生、马先生还得过一会儿才到，我来早了，咱正好聊点私事。说吧，什么问题？"

陈宝祥把米贩子说的话简略地转述了一遍，然后试探着问："田先生，南京……南京真的打仗死了很多人？"

田先生摘下眼镜，取出手帕，在眼角轻轻地擦拭，再开口时，声音也变得十分悲伤："陈先生，两国相争，各为其主，这是无法避免的事。从东北到北平，从济南到上海，从上海到南京，再到更远的南方……只要是打仗，就一定会有牺牲。我在北海道、广岛、长崎的同学和朋友们，总共有四十人进入中国领土，十五个死在东北，十二个死在北平，四个死在黄河北，八个死在上海，仅存的一个，已经升任了副联队长，前途一片大好，就死在了南京。

他的未婚妻，一个来自仙台的农家姑娘，眼睛都哭瞎了。"

陈宝祥愣住，田先生整天笑眯眯的，想不到心里也装着这种惨事。

田先生长叹一声："陈先生，中国历史上有一个长平之战，赵国是战败一方，当时的情况是怎样的呢？《史记·秦本纪》中记载，四十七年，秦攻韩上党，上党降赵，秦因攻赵，赵发兵击秦，相距。秦使武安君白起击，大破赵于长平，四十余万尽杀之。"

陈宝祥在天桥听书的时候，知道这段历史。

赵括取代廉颇，只知道纸上谈兵，导致长平之战大败，四十万人被坑杀，震惊天下。

"陈先生，一次大战，四十万人被杀，而且是发生在遥远的春秋战国时期。那时的武器很不发达，只是最简单的长矛、大刀、弓箭等冷兵器。如今呢？南京守军武器精良，城墙坚厚，易守难攻，日本部队死伤多少，谁都能想象出来。不要听那些商贩们颠倒黑白，胡编乱造，真正受到伤害的，是日本部队。如果南京像济南一样，城门大开，不予反抗，会发生大规模战斗吗？会伤亡那么多吗？"

陈宝祥叹了口气，无话可说。

去年底，韩长官曾经在黄河边跟日本人打过几仗，死伤无数，军医不够用，把济南城里医院的医生和护士们都征用过去。

"是啊，打仗就得死人，如果两国友好，不动刀兵，那就最好了。"

陈宝祥被田先生说动了心，情绪慢慢平静下来。

对方把南京和济南对比，似乎有些道理。

"好了陈先生，我到隔壁茶社，去见辛、马二位，部队的朋友既然托付了，无论他们答应不答应，我都得试试，请他们担任维持会的会长。"

田先生起身，掸了掸长衫上的衣褶，向外面去。

陈宝祥也起身："田先生，一会儿要不要安排个包厢？"

田先生回头，苦笑着摇头："不用了，他们未必肯吃咱们的饭。尤其是辛先生，是个骨头很硬的人，就像你的朋友杨先生那样。这一次，我被朋友逼着啃硬骨头，恐怕要弄个灰头土脸了。"

陈宝祥听过辛先生清白自律的大名，此刻能明白田先生的苦衷。

田先生离开，陈宝祥沏了一壶热茶，自斟自饮。

他明知道长平之战和南京之战不是一回事，但田先生有理有据，引用《史记》里的原话，让他辩驳不得。

大半天的时间，陈宝祥把四大馆的名菜全都排列出来，又把后厨的老大叫过来，详细了解了那些名菜里的花头和诀窍。

糖醋鲤鱼是鲁菜里的一道镇桌子大菜，号称"无鱼不成席"。

四大馆的糖醋鲤鱼，选的都是黄河金鳞鲤鱼。渔民在黄河里撒网捕鱼，放在大铁盆里，雇马车送过来，一路小心翼翼，绝不敢纵马快跑。鲤鱼到了四大馆的后厨鱼池里，连个鳞片都不见少的。

鱼池一天三遍换水，换的都是黄河里运来的活水。黄河水夹带泥沙太多，拉回来之后，都得沉淀三天，等到水质彻底澄澈了，再倒进鱼池里。

鲁菜能进御膳房，就是凭着这股精益求精的狠劲儿。

山东的厨子沉默寡言，不爱卖弄，但手底下绝对有老练狠辣的真功夫。单单是一道糖醋鲤鱼，没有十年以上的灶上经验，绝对够不到名师火候。

再说，光勤奋也不顶用，没有名师指点、门派传承，就算是自称天下第一，开饭店也照样门可罗雀，赔得死死的。

两人说完糖醋鲤鱼，又说九转大肠。

厨老大有点纳闷，因为此前陈宝祥从未对菜谱如此上心过。

"掌柜的，您这是想研究新菜还是找我的碴儿？咱饭店里这两道菜，也就是中不溜儿水平，能吃，挑不出毛病，但你想做到四大馆那种水平，给我加三倍工钱，我也干不了。"

厨老大自己认怂，陈宝祥也泄了气。

田先生一句"力压四大馆"说得轻巧，但想做到，千难万难。

不然的话，京津沪的大饭店到济南来，随随便便开个分店，就能抢走四大馆的风头了。

到了晚间，田先生又回来了，满脸疲倦，但眼里总算有了笑意。

原来，如他所料，辛先生义正词严地拒绝，而马先生经过劝说后，开明大义，顾全大局，同意出任维持会会长。

田先生感慨地长叹："济南人骨头太硬了，如果不是马先生给面子，部队的朋友那里，真不知道怎么交代？"

陈宝祥吩咐后厨做了几个小菜，请田先生用餐。

田先生又提到一件事，要在饭店里装一部电话，以后联系起来方便。陈宝祥又想着家里米饭铺那边也安装一部。此外，田先生已经把陈家大饭店推荐给京津沪的商界朋友，力邀那些人落脚济南的时候，到这里来用餐。

陈宝祥没提下午研究鲁菜的事，田先生是投资人，具体到经营的细节，理应由陈宝祥负责，不能什么事都拿出来麻烦田先生。

"陈先生，你那位朋友杨先生还好吧？几位部队的朋友很喜欢中国文化，尤其是书法和碑帖，更是喜爱之极。我在想，既然杨先生没有工作，不如请他到饭店来，倒是不用负责具体事务，在这里看看书写写字，支取一份薪水，你觉得怎样？"

陈宝祥大喜，这也是他一直想说的，还没找到机会。

他赶紧抱拳："那我替杨先生多谢田先生成全。"

田先生叹气："中日文化是一家，我在北平时，跟几位当世闻名的书画家交往密切，曾经重金买下他们的大作，送到东京去为天皇陛下祝寿。陈先生，我最大的心愿，就是让山东的鲁菜馆子开到东京去，让天皇陛下也能品尝糖醋鲤鱼、九转大肠那样的济南美味。不过——"

陈宝祥的心猛地一悬："不过什么，田先生？"

田先生笑了笑，轻轻摇头："不过现在不用了。"

陈宝祥不知道这话的意思，再次追问，田先生笑着摇头，没再回答。

两人正在包厢里聊着，猛然间楼下轰的一声响，紧接着无数人聒噪起来。

陈宝祥站起来，几步出了包厢，按着栏杆向下望着。

大厅中央，一个巨大的火球正在熊熊燃烧，已经引燃了附近的四张桌子，火苗腾空，冒起五尺高。

"走水了，走水了，赶紧把水缸拖过来，快点快点……"

伙计们乱糟糟地叫着，跑进后厨，端水灭火。

门外远处，有几个人在嘶声高叫。

陈宝祥侧耳倾听，隐隐约约地听见，那些人叫的是："狗汉奸、死汉奸、陈宝祥你这狗汉奸不得好死……"

他愣了愣，看着火舌腾跃，一次次跳高，几乎要舔到屋顶悬挂的大红宫灯垂落的穗子。

"汉奸？我是狗汉奸？我陈宝祥是老实人，怎么会是狗汉奸？"那些话，像是一把把攮子，从他心口扎进去。

田先生从包厢出来，看着伙计们救火，嘴角紧紧抿着，眼神变得无比冷厉。

很快，火被扑灭了，大厅里烟熏火燎，一片狼藉。

伙计上楼报告："刚才有几个人进店吃饭，都背着很沉的大包袱，就放在桌子底下。他们拿着菜单点好了菜，我刚刚转身，不知道怎的，大火就烧起来，几个人一起跑出去，转眼就没人影了。"

田先生摆摆手，伙计就鞠了个躬，下楼去打扫清理。

"陈先生，果然像你说的，同行是冤家。我敢打赌，如果把纵火的这几个人抓起来审讯，背后的主谋，一定是四大馆。"

陈宝祥心里没有丝毫的怒气，只有丝丝悲凉。

他不是汉奸，也绝对不会当汉奸。

人往高处走，水往低处流。

从过去的米饭铺到今天的大饭店，是他老实巴交、勤恳努力换来的，根本没做任何伤天害理的事。

他们一家五口待人和善，从不与人口角，熬到今天，总算有一点点出人头地的机会，别人也容他不下吗？

"陈先生，没事了，我们回包厢去继续聊。"

田先生为人大度，并没有因这次意外而骤然间怒火中烧。

只不过，那团火已经从大厅里转移到陈宝祥心里。平白无故，污人清白，让他咽不下这口气。

陈家大饭店的门脸布置是杜先生负责的，转天早晨，杜先生带着一大卷图纸过来，指挥工人，恢复原貌。

杜先生精明干练，亲力亲为，在梯子上爬上爬下，一刻不停。

一整天时间下来，饭店里已经看不出走水的痕迹。

陈宝祥最佩服踏实干事的人，在包厢里摆了一桌，单请杜先生用餐，却被杜先生拒绝了。

杜先生收拾图纸离开，秦六子从门前经过，扒在门框上，向大厅里张望。

陈宝祥也累了一天，嘴倦腿乏，懒得招呼。

秦六子进来，伏在柜台上，神神秘秘地问："据说昨天有人往饭店里扔燃烧弹？差点把饭店烧了？"

陈宝祥气不打一处来，抬头看看秦六子。

秦六子压低了声音："四大馆已经放出话来了，不准你在大观园开店，不准你自称鲁菜馆子，不准你招待日本人，不准你在饭店里上糖醋鲤鱼等几道大菜，不准你给田先生当跟腚狗，不准你残害中国人，不准你勾结官钱局抓人讹人……"

每听到一个"不准"，陈宝祥心里就咯噔一下子。

起初，田先生资助他开饭店，完全一片好意，主要是因为陈家米饭铺的手艺精湛，拿得出门，开了大饭店，就能让更多顾客受惠。

他想赚钱，但一定是赚清清白白的钱，绝不以次充好、坑蒙拐骗，要让每一个走进陈家大饭店用餐的人，得到实惠，得到享受。

鲁菜不是四大馆独创的，凭什么不让他陈宝祥做？官钱局是韩长官、日本人开的，他到那里去，确确实实是为了捞人，凭什么说他抓人讹人？有那本事，他不用开饭店了，直接当警察、当土匪就好了啊！

说他给田先生当跟腚狗，人家田先生知书达理，是个正经商人，带着钱、带着诚意跟他交往，他能怎么着？难道非得狗咬吕洞宾，不识好人心，把田先生骂出去、赶出去？

说一千道一万，他陈宝祥不是汉奸，而是一个地地道道、老老实实的济南人。

四大馆竟然联手针对他，莫不是黑了心、瞎了眼？

"老陈啊，我以前就说过，你备上四份厚礼，到四大馆去拜会一遍，态度谦和一点，多说点装孙子的话，呵呵呵呵，低低头就过去了，是不是？老话说，人在屋檐下，不得不低头。跑江湖的，哪一行不欺生呢？要想在济南开饭店，老陈啊，你还嫩着呢，且得好好交点学费呢！"

陈宝祥不想再听秦六子叨叨，直接起身，端茶送客。

秦六子尴尬地笑起来："老陈，我是为你好，昨天人家扔燃烧弹，明天也许就当街绑票，让你吃个大哑巴亏。我当你是朋友，多说几句，怎么还不愿意了呢?"

陈宝祥走出柜台,陪着秦六子向外走。

到了门外,秦六子觉得没面子,抱了抱拳,头也不回地向南去,钻进了霓虹灯照不到的小巷子里。

陈宝祥站在台阶上,看着南面的戏院。

人在屋檐下,怎敢不低头?

他想起了当日苗七先生欺凌大青衣的那一幕,没想到,同样的一种事竟然落到了自己头上。

此前,他认为有田先生撑腰,四大馆不敢把陈家大饭店怎么样。可是,当他真想倚靠田先生的时候,"狗汉奸、跟腚狗"的风言风语,又让他不敢轻举妄动了。

如果田先生出面摆平麻烦,那就坐实了他是"日本人跟腚狗"的事实。

一时之间,他愣在那里,不知该如何去做。

秋深夜静,风有凉意。

想到虎视眈眈的四大馆,他的后背上忽地起了一层细细密密的鸡皮疙瘩。

早些年,济南也闹过几次绑票、撕票事件,张长官、韩长官年年剿匪,赶的赶,杀的杀,总算把南山上的土匪窝子清扫干净了。

明枪易躲,暗箭难防。

陈宝祥不怕大厅放火,怕的是米饭铺那边遭遇不测。

南面的巷子里有人叫了一声,急促短暂,只是半个"啊"字,紧接着就没了动静。

陈宝祥吃惊,踮着脚尖向那边望着。

霓虹灯闪闪烁烁,弄得他眼花缭乱,巷子里是一片黑,越想看,越看不清。

刚刚那叫声,似乎有点像秦六子,这让他着实心惊胆寒。

就在他迟疑着要不要大着胆子过去看看的当口,一个人踉踉跄跄地从巷子里跑出来,双手捂着喉咙,一直奔向陈家大饭店门口。

距离陈宝祥还有十几步,那人脚下拌蒜,扑通一声扑倒在地。

那真的是秦六子,扑倒之后,又手脚并用,挣扎着向前爬。

秦六子的双手本来捂在喉咙上,此刻用力挣扎,放开了手,喉头突然鲜血狂喷，发出嘶嘶之声。

陈宝祥吓坏了，双手紧紧攥着长衫下摆，浑身哆嗦，如同风中一叶。

"皇子……皇子，我是顺风耳，顺风耳，山海关……顺风耳，一封密信，密信……皇子来了，皇子来了，杀我的是，是……"

秦六子左手撑地，支起身子，然后猛然翻身，仿佛王八晒肚皮一样，仰面向上。

他的右手伸进怀里，捏住了一件什么东西。之后，秦六子就突然间断气，永远地停留在那个恐怖又可笑的姿势上。

"嘶嘶，嘶嘶"，秦六子的喉咙还在不停地冒血，但人已经没气了。

陈宝祥咬了咬牙，双手按着膝盖，向前硬挪了几步，到了秦六子身边。

他没敢看秦六子的喉咙，手探进对方怀里，把对方的右手拉出来。

秦六子的右手五指死死捏住了一张折起来的纸，指尖鲜血，已经把那张纸濡湿。

陈宝祥把纸抽出来，打开一看，却是杨先生给秦六子写的那张订金收条。

他再次愣住，刚刚秦六子临死前说的那些话，每个字他都听清了，但就是无法理解其中的意思。

秦六子就这样死在陈宝祥眼前，比起上一次的芙蓉街杀人事件，秦六子的死，比广濑先生的死更让陈宝祥感到惊怖。

他能想到，如果自己得罪了四大馆或者其他什么人，早晚有一天，也会像秦六子一样，横尸街头，血洒五步。

"我不想死，我想活，我想平平安安地活……"

陈宝祥胸口一酸，两行热泪滚滚落下，滴在秦六子还带着余温的胸口。

秦六子的死，第一个惊动的就是朱有成。

他正好从货台下工，本来约好了找秦六子喝两杯，刚进大观园，就听到陈宝祥大叫救人的声音，马上赶过来。

杀人的是高手，秦六子共中了两刀，一刀在胸口，一刀在咽喉，刀法稳、准、狠，杀人之后，停都没停，直接撤走。

陈宝祥和朱有成把秦六子的尸体弄进饭店里，找了张草席垫着，把尸体放平。

"这到底是怎么回事？老秦平时油嘴滑舌的，从不得罪人，怎么突然间就被人杀了？老陈，刚刚他临死前，有没有留下什么话？"朱有成铁青着脸，死死瞪着陈宝祥，根本顾不得手上沾满了秦六子的鲜血。

陈宝祥摇头，大口喘气，说不出话来。

秦六子离开饭店，只有一转眼的工夫。凶手肯定是蹲在巷子里等着，人一到，就下手。

刚才，朱有成在秦六子身上摸了摸，钱包还在，里面装着三个大洋，由此推断，对方不是图财害命。

"老陈，好好想想，他是从饭店里走的，又死在饭店门口，到底说过什么？到底说过什么？"

朱有成嘶吼着，像一只红了眼的疯狗。

陈宝祥没有说一个字，因为田先生昨天说过，病从口入，祸从口出。

他至少得弄明白秦六子说的那些话的意思，才能决定，应该告诉谁。

"你呀你呀，三脚踹不出个屁来，田先生怎么看上了你这个窝囊废？真是服了，人在你面前死了，你个大活人，怎么一点都没听到、没看到？你这眼、这耳朵是个摆设吗？"

陈宝祥默默听着朱有成的咆哮声，想到秦六子说过"顺风耳"三个字。

按照民间传说，玉皇大帝座下有千里眼、顺风耳两大神仙，能够看清千里之外发生的事，听到千里之外传来的声音。

陈宝祥思忖："秦六子说自己是顺风耳，难道说，济南城里还另有一个千里眼吗？顺风耳、千里眼，这又是什么兆头呢？"

第十一章

四大馆

秦六子的死，让陈宝祥突然变得消沉了很多。

从开埠至今，天桥这边讨生活的人换了一茬又一茬，死一个秦六子，很快就再有王六子、赵六子等填补上来，多一个不多，少一个不少，还有很多人，巴不得把这一行的老头目赶下去，把新头目捧上来。

多见新人笑，少见旧人哭。

似乎这世上哪一行当，都是如此。

陈宝祥把秦六子留下的带血收条藏起来，把对方临死前说的每一个字都记在脑子里。

鸟之将死，其鸣也哀。人之将死，其言也善。

秦六子忍着喉咙被割断的剧痛跑过来，抓着陈宝祥说了最后那些话，一定关联着天大的干系。

陈宝祥不敢不记住，生怕忘了一个字，被秦六子的屈死鬼半夜三更回魂，提着脑袋找他。

四大馆的点心和拜帖总共送了十二回，这是济南城的大礼数，等于是一年十二个月，月月送礼，礼拜到头了。

普通人家每月初一上供烧香拜菩萨，一年不也就十二回嘛。

进了腊月，陈宝祥吩咐后厨砍了四块方肉，每块都厚墩墩的，扎扎实实，不多不少，整十二斤。

另外，他还备了四份重礼，每份二百大洋，用红纸裹好了，放在刺绣着财神送宝的大钱袋里。

这些都是回赠四大馆的，人家的拜帖和点心匣子里暗藏杀机，但陈宝祥装傻充愣，不理会那些夹枪带棒的字面文章，也不管坊间的种种传闻，就是以礼相待，有来有回。

陈宝祥这边刚准备好，四大馆消息灵通，立刻派人过来邀约，七天后，在大明湖湖心岛历下亭前，设"明湖水上宴"，请陈大老板带着饭店里最好的厨子，过去以厨会友。

帖子到了陈家大饭店，后厨一听说是四大馆邀约，全都愣了，竟然没有一个人敢接下陈宝祥手里的帖子。

陈宝祥有些恼火，但却不能发作。

眼下，陈家大饭店虽然做的是鲁菜，口味也不错，但几个厨子都没有师承，亮出名号，济南城内外没人知道。

"掌柜的，要不，您就带着礼物过去，到大明湖岸边给人家放下，也别上船，就是老老实实听人家糟践一顿，啥也别说，回来好好做咱的生意。人家不让咱卖鲁菜，大不了改改菜谱，改改名字，改改做法，只要有客人登门吃饭，只要能卖钱，管他什么鲁菜不鲁菜的，不就是一口饭嘛，叫啥不行？就算叫醋熘狗剩，不照样能吃？"

老厨子这一番话，直接给陈宝祥怀里塞了一个冰疙瘩，冻得他话都说不出来。

"醋熘狗剩？也能吃？"他气得两眼发花，胸口闷痛。

"当然能吃，咱现在不是叫醋熘里脊、糖醋鲤鱼吗？全都改了，后面那些什么大肠、小炒，都改了。只要人家四大馆菜单上有的，咱都改了，不跟他们重样。咱都这么做小伏低了，四大馆高抬贵手，您这边又有田先生罩着，事情不就解决了？"

陈宝祥觉得自己的太阳穴快气炸了，一句"为什么"到了嘴边，却再也说不出来。

他发现，现在济南城内外的人都知道，他陈宝祥是"被田先生罩着"，仿佛老母鸡翅膀下的小鸡，躲在老母鸡身边，风吹不着，雨淋不着，日子过得逍遥自在。

当然，这样做的结果就是，人人都把他当成汉奸，当成日本人的跟腚狗。

"可我陈宝祥不是跟腚狗，我跟田先生是朋友，是好朋友——我陈宝祥开饭店，是为了给济南人带来物美价廉的饭菜，让所有人都记住我陈宝祥的名字，让我老陈家的列祖列宗牌位上有光彩……"

这些话，他一个字都没说，默默地转身，出了后厨。

七天后，四大馆的"明湖水上宴"就要开始，现在找厨子已经来不及了，他只能学那美髯公关云长，单刀赴会，力斗群雄。

这件事沉甸甸地压在他心上，却没法跟林月娥说。

妇道人家，知道太多，别吓出病来。

这一次他没麻烦田先生。一旦田先生托人处理，他头上这顶"狗汉奸"的帽子，就扣得更结实了。

朱有成来过陈家大饭店两次，每次都是从下午六点喝到半夜一点钟，喝得酩酊大醉，不省人事，趴在桌上睡好几回，才东倒西歪地离去。

陈宝祥不敢多言，只是吩咐伙计好好照料，至于酒钱菜钱，全都记在自己账上。

他派人把陈大平叫来，问货台上的事。

"爹，您就放心吧，朱爷把货台上很多事都交给我办理，一早一晚开门锁门，都算我的。有时候，他还让我带着钥匙回家过夜。他说，整个货台上，他就相信我。几个外地来的潍县人想巴结他，送了几次礼，都被他推了。"

陈宝祥悬着的心一下子落了地，其实他生怕朱有成因为秦六子的死怪罪于他，继而连累陈大平在货台上的前途。

他千叮咛万嘱咐："大平，人前人后多长点心眼，多维护朱爷。人家给咱面子，咱也不能失了礼数。"

陈大平连连点头，句句答应着。

陈宝祥叹气，自己这个大儿子老实听话，又肯吃苦，将来一定有大出息。如果能娶了杨先生的女儿，两家互相帮衬着，日子一定能越来越红火。只可惜，杨先生眼界高，恐怕看不上自家呢。

"大平，花婶子来找过我，南城那家的妮子你要是看不上，她还有好几个亲戚朋友，家里的妮子都到出嫁年龄了。你娘说，让你掂量掂量？"

陈大平憨憨地笑着摇头，不多说一个字。

陈宝祥无奈，虽然说儿女婚事是媒妁之言，父母之命，但他对膝下这两儿一女有自己的小心思——绝对不能轻易就娶了嫁了，一定要娶得好，嫁得好。

他和林月娥半辈子奔波操劳，日子毫无起色，只能浑浑噩噩度日。大平他们下一代，绝对不能再重复老路了。

陈宝祥让后厨炒了两个快手菜，又烫了壶酒。

爷俩分上下坐着，陈大平恭恭敬敬地给陈宝祥斟酒，然后陪着吃菜。

"爹，虎子最近懂事多了，除了在货台上干活，一早一晚，都跑到大明湖去练功。他说过好几次，想投军，学岳武穆，做大将军。"

陈宝祥沉下脸来，"嗯"了一声。

陈虎子有一副好身板，是块练武的好材料。

"投军投军，投哪个军？岳武穆在前线东征西杀，脑袋掖在裤腰带上，不要命地干，就想直捣黄龙府，把皇帝接回来。最后怎么样？还不是风波亭上一根绳子勒脖子，死了？告诉虎子，这个时候投军，是跟日本人对着干，没个好下场。"

陈宝祥在天桥书场子里听过太多历史典故，前线投军，为国厮杀，那是大人物的事。

他们陈家出不了大人物，不如早早断了那点念想，好好过日子，才是正事。

"是，爹，我抽空多劝劝他。"

爷俩有一句没一句地聊着，后来不知怎么提到了杨先生。

陈大平问："爹，既然杨先生被放出来了，怎么不到京城去找杨小姐？或者，杨小姐怎么再没回来找他？"

陈宝祥摇头，他跟杨先生始终隔着一层纱，明明看见对方这个人，听见对方说话，就是不明白对方心里在想什么。

他又想到替杨先生偷藏的那个箱子，对方不提，他也不敢再说。还有，秦六子捏着杨先生写的那张收条，含恨而终，更让他心里像揣了十五只小兔子，七上八下。

"等着吧，等着吧，等到过了年，开了春，一切就都见分晓了。"

陈宝祥想不出答案，也找不到对策，只能采用"穷人过年"的办法，一推了之，把一切都交给时间。

济南老百姓都知道"陪送不完的闺女、办不完的年"，时辰到了，事就了了，现在东想西想，都是白瞎。

两人又聊到秦六子的死，陈大平摸摸后脑勺，满脸都是疑惑："爹，秦六子死了以后，朱爷就像掉了魂一样，丢三落四的。货台上的日本人把头生了气，差点拿鞭子抽他。他还专门找我，托我来问问，秦六子死前有没有留下什么话？"

陈宝祥端着酒杯，手在半空停住，迟迟没往嘴边送进去。

秦六子的确留下话来，但那些话究竟是要传给谁，陈宝祥也拿不准。

朱有成那么惦记这件事，该不是这些话里藏着什么见不得光的秘密？

"大平，你不要管，只说不知道就行了。"

最终，陈宝祥选择了多一事不如少一事，只要一问三不知，神仙也拿他没办法。

在这件事上，他挺佩服田先生。

大观园里出了命案，警察来来回回四五次勘查现场，闹得附近十几个商铺店家鸡飞狗跳，田先生肯定知晓，但就是没向陈宝祥问一声。

吃完饭，陈大平准备进城。

陈宝祥让后厨备了两口袋年货，有米有面，有鸡有酒，外带着两大块四川腊肉。

"一袋子让你娘给花婶子，人家为咱操心受累的。一袋子给杨先生，你脸皮薄，别去，让你妹妹给送过去。咱家里啊，他就待见你妹妹。"

陈大平大声答应着："知道了，爹，我听您的。"

当夜，北风极紧，风刀子顺着窗户棂子往屋里钻。

陈宝祥多喝了几杯，又跟儿子聊得透彻，心情不免激动，翻来覆去烙饼，怎么也睡不着。

到了下半夜，他听见东窗外的走廊上有细碎的脚步声。

只一眨眼，屋门上的横闩被人用小刀拨开，两个黑衣人风一样卷进来，一把柳叶子薄片快刀，一把黑布包裹的手枪，一左一右，凉飕飕地顶在他脖子上。

陈宝祥想起身，但对方来得太快，他根本来不及出声咋呼。

再说，这里是商贾云集的大观园，治安极好，以前从未出现过绑票的土匪。

"两位老大，有话好说，钱在柜子里，钥匙在枕头边，想拿什么，尽管拿去，我什么都没看见，什么都不知道，绝不敢报官……"

陈宝祥没见过土匪，但张长官在的时候，天天嚷嚷着剿匪。大街小巷，茶余饭后，济南老百姓最愿意聊的就是土匪绑票的闲话。

过去，陈宝祥是穷人，根本不担心遭人绑票。如今，他穷人乍富，没料到这么快就有绑匪上门了。

"柜子里有多少?"持枪的黑衣人冷笑着问。

"还有百十个大洋。"陈宝祥老老实实地回答。

给四大馆备下的厚礼都收藏在床底下的暗格里，绑匪不仔细搜，根本找不着。

"听着，俺们兄弟二人打东北来，途经济南，奔赴沪上求财。到了济南，手头紧了，才到大观园来找点盘缠。不过，早听说陈老板也是个忠孝双全、知书达理的人，每年腊八，都在济南城里施粥，救济穷苦百姓。我们江湖兄弟敬的就是这样的好人，今天来，一是碰个面，点个头，另一件事，就是向陈老板打听一件事。咱可丑话说到前头，你知道就知道，不知道就不知道，有一说一，告诉我们实话。有一个字是假的，我一扣扳机，你这半边脑袋可就轰碎了，知道不？"

陈宝祥听得明明白白，知道对方不要钱，只问话，心里总算稍微安顿一点。

"行行……行，二位好汉爷请问吧，我一定实话实说。"

"前些日子，曲艺行当里有个人死在你门口了，临死前，他说了一些话，只有你一个人听见。现在，你把他的话重复一遍，多一个字少一个字，都要你命——"

陈宝祥一惊，他也料到，这些话干系重大，或早或晚，总要有人找上门来。

如果是别的时候，他还能装傻抵赖，但现在，刀枪都抵在脖子上，根本容不得他敷衍。

他沉了沉气，把秦六子说的话先在脑子里过了一遍，接着一句一句复述出来。

持刀的人后退一步，坐在桌边，掏出纸笔，一个字一个字记下。

在黑衣人的逼迫下，陈宝祥把那些话连说了三遍，每一遍都一字不差。

这是保命的关键时候，陈宝祥绝不敢大意。

"陈老板，你真够意思。俺们兄弟立马就走，绝不动你饭店里一分一毫。记住，刚刚你就是做了个梦，明早醒来，什么也不记得，懂不懂？"

黑衣人的枪口缓缓挪动，落在陈宝祥的额头正中。

"是，是，二位老大，二位好汉爷，我明白道上规矩。这是做梦，是做梦，明天我就不记得了……"

陈宝祥连连答应，顺着对方的意思去说，丝毫不敢节外生枝。

两名黑衣人收刀收枪，闪身出门。

陈宝祥躺在床上，一动不动，听见北面人家的狗叫了一阵，渐渐平静下来。

他确定两个绑匪走了，才赶紧起身关门，插上门闩，再拖过桌子顶住。

"秦六子留下的话……这些人怎么知道秦六子留了话？他们是秦六子的朋友还是仇家？这些话到底什么意思？"

他在自己脑门上猛拍了一下，恨自己读书少，没文化。如果杨先生在这里，跟人家一请教，就什么都明白了。

直到天明，陈宝祥起床，才发现自己昨晚连冻带吓，从头到脚透透地着了凉，浑身上下骨头疼。

他亲自下厨，熬了两大壶姜汤，一个人回到二楼，一股脑下肚，五脏六腑从里带外出了场大汗，这才感觉好了些。

偏偏这时候，花婶子拎着花包袱，扭扭搭搭地登门。

陈宝祥有些尴尬，他刚跟陈大平聊过，陈大平那边根本没有相亲打算，口都不肯松。所以，他见了花婶子，实在无话可说。

万万没想到，花婶子不是为了陈大平而来。

"陈老板，我得给您道喜啊，有人看上您啦，芙蓉街上文房四宝铺子林家的老姑娘看上您啦。林家说了，陈老板是个乐善好施、慈悲为怀的好人。林家的孩子知书达理，识文解字，从小大门不出，二门不迈，是个正经八百的好姑娘。我已经把二位的八字合过了，天造地设的牛郎星配织女星，天上喜鹊搭鹊桥，地上刘海戏金蟾，千里姻缘一对对，有缘对面鸳鸯配……"

陈宝祥掏出手帕，擦擦脸上的热汗。

他这才明白，花婶子是为了给他纳小来的。

"花婶子，我这个……我没有纳小的打算，饭店刚开张，忙得脚后跟打后脑勺……我这个，谢谢花婶子好意，我不敢耽误人家姑娘。这番好意心领，还是赶紧帮我辞了吧，我绝对绝对没那心思……"

陈宝祥站起来，连连打躬作揖，推辞不迭。

纳不纳小，林月娥那边或许还没啥，恐怕两儿一女这边首先就要炸了窝。

　　再说了，他就没动过纳小的心思啊，天知道这个花婶子整天捣鼓些啥？本来是给陈大平说媳妇，陈大平不要，又想说给陈虎子——两兄弟都不要，这花婶子突发奇想，又惦记上他了。

　　"陈老板，您这就不讲理了啊！"

　　花婶子变了脸色，也嗖地站起来，手指尖尖，指着陈宝祥的鼻子。

　　陈宝祥后退一步，满脸苦笑。

　　"陈老板，我跑前跑后忙了三四个月，为你们家爷仨跑遍了济南城的东西南北中，打听了多少人家多少姑娘，跑坏了七八双鞋，差点把嘴皮子都磨破了，容易吗我？你也不打听打听，整个咱济南城里，大名鼎鼎、排行第一的媒婆是谁？我说成一门亲事能得多少钱？你想一袋子破鸡烂肉就把我打发了？那怎么成？你要是不答应，我天天来，再不行，我就领着林家的老姑娘天天来，堵着你的门口，磨也要磨得你松口……"

　　跑堂伙计上楼送茶，听见花婶子的话，低下头，抿着嘴憋笑。

　　陈宝祥气得吹胡子瞪眼："下去下去，赶紧下去。"

　　当着跑堂的面，花婶子更加嚣张，一把抓住了陈宝祥的袄领子，另一只手的食指，点在陈宝祥的鼻子尖上："陈老板，你托我保媒拉纤，那没问题，乡里乡亲，十里八村，都知道我花婶子天生一副好嗓子，一把热肠子，一张八哥嘴。可你倒好，说一个不行，说一个不行，换来换去，百般刁难。你眼眶子高，眼珠子亮，口味刁，那也没关系。济南城里外，就没有我花婶子说不了的亲事。加钱，加钱，你加钱，我办事，今天你不给钱，我就不走了……"

　　楼梯一响，有人咳嗽一声，大步上来，正是田先生。

　　陈宝祥一急，猛地一挣，把花婶子甩出去。

　　花婶子今天穿的是布棉袍和绣花鞋，身子一扭，脚底不稳，扑通一声坐倒。

　　她就势在地下打了个滚，撕扯头发，解开领子上的三个盘扣，露出一角花蝴蝶戏白牡丹的大红胸兜子，大声号哭起来。

　　田先生笑眯眯地看着，并不声张。

　　陈宝祥指着花婶子，气得浑身发颤，说不出话来。

　　"天杀的，姓陈的，你强抢民女，你假仁假义……我给你找了那么多姑娘，你一个都看不上。我花婶子没有功劳还有苦劳吧？传出去，我还有脸在济南城讨生活吗？我死了算了，我现在就跳楼死了算了……我命苦啊，我命苦啊，不行，我把这事宣扬出去，让天桥的说书先生宣扬出去，让老少爷们都知道，你姓陈的是个什么东西……"

"多少钱？"

田先生向前走了一步，蹲下来，看着花婶子。

花婶子根本就是假哭假号，听见有商量，马上伸出右手食指和中指。

"到底是多少？你给陈老板说媒，连相片都没有一张，还怪陈老板不答应？"

花婶子破涕为笑，从口袋里掏出一个纸袋子，抽出一张方方正正的黑白照片。

照片上，一个穿着老式旗袍的瘦削女孩子拘谨地坐在一张官帽椅上，嘴唇紧抿，看上去浑身紧张。

田先生摇头："这个不好……陈老板不喜欢。你先起来，起来再谈。"

陈宝祥愣在一边，浑身发紧。

刚喝完姜汤时，出的是热汗，现在被花婶子一闹，浑身开始冒冷汗。

田先生拿出二十个大洋，先打发了花婶子。

自始至终，他都笑眯眯的，没有一点生气的意思，反而弄得花婶子扭扭捏捏起来，为自己刚刚的撒泼打滚连连道歉。

"陈老板，对于这些人，给她点钱，早早打发她走，不要影响我们的大生意。现在，我们来谈正事，大约是在三月十五这天……暂定这天吧，我的好朋友，也是大日本天皇麾下最著名的科学家平井四郎先生将会来到济南。他是国际著名生物学家、化学家，发明了很多有趣的研究专利……呵呵，陈老板，我忘了，你对这些不感兴趣。平井君喜欢中国美食，我们要在那一天，为他奉献济南的美食，让他感受到济南人民的热情。为了办好这次盛大的欢迎会，我专门筹集了五千大洋，全都交给你支配。届时，关东军本部、北平、上海都会派代表参加……"

陈宝祥的情绪渐渐平静下来，田先生为他排忧解难，他必须同样真心回报。

"明白了，田先生，一定精心筹备，不负重托。"

田先生起身，笑眯眯地按住了陈宝祥的肩膀："谢谢陈老板支持，我知道，最近你这边啊杂事挺多，四大馆给你下了战书，不过别担心，你是日本人的朋友，在这个泉水流淌的城市里，谁也不可能违背占领军的意志。我说你是最好的，你就是最好的。陈老板，你现在代表的不仅仅是济南人的饮食口味，而是代表我们中日友好的合作成果。"

陈宝祥猛然间有了脚底发飘、发虚的感觉，他明知道自己不可能代表济南，更不可能代表中日友好，但他觉得，现在的自己跟过去完全不同了。

过去，他每一年每一岁、每一天每一步都走得踏踏实实的，就像雨天走在西更道街的青石板街道上，脚下有根，腰里有劲，说什么做什么都有底气。现在，他一天天向前走，看着陈家大饭店的生意一天天好起来，但脚底下那个根却不知哪里去了。

"田先生，四大馆的事，我自己办……我先试试，实在不成了，再劳您大驾，可以吗？"

田先生笑着，再次轻轻拍打陈宝祥肩头。

他的目光透过眼镜片，直射在陈宝祥脸上。

"陈老板，我们是朋友，朋友的事就是我的事。不过，我尊重你的选择，先去跟他们谈，好好谈，务必让他们知道，日本人支持陈家大饭店，是为了中日友好，不是为了在他们口中争一块肉。他们这些人啊，就是目光短浅，也不看看，现在这世界已经发展到什么样子了？还什么四大馆？这名字是中国皇帝御封的，还是日本天皇恩赐的？我觉得，陈家大饭店这名字就很好，简单直白，朗朗上口，好极了，好极了，哈哈哈哈……"

陈宝祥松了口气，他斗胆拒绝田先生帮忙，只要对方不生气，他就谢天谢地了。

"田先生，您那位日本朋友平日的饮食是什么口味？咸淡轻重大概是什么样？咱们山东菜偏咸，口味重，我多准备几份清淡菜谱，到时候您帮忙掌掌眼？"

田先生又笑，摇摇头："这些饮食细节，请陈老板多费心吧，我就不要胡乱干涉了。平井君在东三省工作多年，已经习惯了中国饮食，口味上不必考虑太多。"

两人聊完了正事，陈宝祥吩咐跑堂，重新沏壶上等茉莉送上来。

田先生忽然问："陈老板，刚刚我看到了货台上的朱有成，他喝得醉醺醺的，在街上乱逛。这可不大好，他是你的朋友，在这里喝完酒出去撒野，恐怕会影响陈家大饭店的面子。合适的时候，劝劝他，做一个本分守法的良民，不要惊扰百姓。"

陈宝祥赶紧点头，答应马上去办。

这时候他才明白，很多事情早就落在田先生眼中，只不过对方大人大量，必要时候才会提出意见。

他在心底暗自佩服，田先生不愧是干大事的人，抓大放小，不拘小节。跟着这样的人物做事，未来才有奔头。

"陈老板，刚刚那位花婶子说，要帮你纳小，这可不是什么坏事。平井君有个妹妹，年龄大约二十二岁，是帝国大学医疗系的高才生。如果你有意，我愿意介绍你们认识，怎么样？"

陈宝祥吃了一惊，想不到田老板又提起这桩事。

他连连摇手："不行不行，田先生，我根本没有纳小的打算。咱济南人讲的是'糟糠之妻不下堂，贫贱之交不可忘'，饭店刚刚上道，我就纳小，这太不合规矩了……绝对不行。多谢田先生好意，心领了，心领了，此事万万不可，万万不可。"

"哈哈哈哈，陈老板真是个实在人，那就暂时搁下吧——喝茶，喝茶。"

对于田先生交代下的事，陈宝祥不敢怠慢。

他当天就翻了四本山东菜谱，又把后厨三人叫过来，让他们按着色、香、味、清淡、咸鲜、正宗的顺序，挨个报菜名。

陈家大饭店开了这么多天，他们对日本客人的口味已经有点数。

日本人喜欢吃清拌、凉拌、清蒸的菜肴，最忌讳浓油赤酱，那就掩盖了食材本身的香味。

"我想起来了，老豆腐……对，老豆腐，有几次，来吃饭的日本客人连点了四次老豆腐，他们就爱吃豆腐蘸酱油，要不就是豆腐蘸麻汁。"

一个年轻厨子拍着脑门提出建议，但随即就被陈宝祥给否了。

田先生拿五千大洋出来，招待日本天皇最看重的贵宾，如果只上老豆腐蘸麻汁，这不是糊弄鬼子吗？

"三位，我要上的是山东大菜、精品菜、宫里的名菜，明白吗？"

陈宝祥有些着急，不知不觉，嗓门提上去。

三个厨子面面相觑，默默地低头。

陈宝祥立刻明白，自己是太着急了。他给厨子开多少工钱，人家就看钱出力。他想要宫廷御厨名菜，但三个厨子一年的工钱加起来，也请不来半个御厨。

急归急，但他得讲理。

"嗯，嗯……对不住啊三位，刚才有点着急。三位帮我琢磨琢磨，到底怎么办，才能对得起田先生的重托？缺人，咱马上招人，缺货，咱马上上货。最重要的就是，要让田先生在日本贵宾面前有面子，有大面子——"

陈宝祥说得口干舌燥，一口气噎住，赶紧端杯喝茶。

两个年轻厨子不敢开口，都看着老厨子。

老厨子眯缝着眼睛出主意："陈老板，要办这种高级宴席，那就得请名厨。要想请名厨，又得是鲁菜名厨，非得四大馆里挑人，才能玩得转。"

年轻厨子连连点头，同意老厨子的话。

提到四大馆，陈宝祥的心就像被针扎了一样，浑身一缩，脸上刚刚堆起来的笑容瞬间冻住。

四大馆下了挑战书——其实不是挑战书，而是驱逐书。大明湖一战，很可能陈家大饭店从此就得门可罗雀，静等关张。

现在，因为田先生有托付，他还得在三个月内准备好名厨名菜，帮田先生撑住这个场面。

"这个……三位能不能找找乡亲人脉，私底下请四大馆的高手过来帮衬？你们放心，我给他们开的工钱，肯定比原东家高，不让人家吃亏……"

这些话说着挺没劲，说到一半，陈宝祥自动闭嘴。

私底下挖厨子，这是饮食行业的大忌。

老厨子苦着脸摇头："陈老板，你这是要公开'呛行'，向四大馆叫板啊。漫说是挖不了人来，就算是勉强挖人过来，以后陈家大饭店成了四大馆的敌人，吃饭的客人、后厨的材料、我们这几个人下半辈子的吃饭手艺……不成不成不成，咱老济南干饭店的，都得要皮要脸，拆了旧东家、贴补新东家的事，缺德带冒烟，谁干谁挨骂。咱就算不办这桌宴席，也千万不能走这条踹寡妇门、挖绝户坟的脏道……"

陈宝祥的胸口又被堵住，他当然明白不能坏了老济南的规矩，可现在事情到了节骨眼上，田先生是他朋友，他就算自己千难万难，也不能让朋友丢了面子。

"要去四大馆挑人是吧？你们不敢去，我去。"

既然伸头是一刀，缩头也是一刀，陈宝祥索性豁出去了，不要脸不要命，就一个人到大明湖去会会四大馆的当家坐馆们，看看这些人到底是长了三头还是生了六臂。

啪的一声，他一巴掌拍在八仙桌上，把三个厨子吓得连连倒退。

"他妈的，我陈宝祥还就不信这个邪了。四大馆四大馆，济南老百姓几万张嘴又不是你们家的，你们开饭店，我陈宝祥也开饭店，都是开馆子的，谁也不比谁下三烂。我他妈的倒要看看，你们给厨子开多少工钱，我出十倍、一百倍，不信挖不着好厨子……真他妈的受够了，回礼，回礼，我他妈的不回礼了，四大馆把人逼到绝路上了，我陈宝祥就一条命，有种就当场把我大卸八块，扔到大明湖里喂王八，彻底灭了我陈宝祥，灭了我的陈家大饭店。要不然，我陈家大饭店就是要力压四大馆，做全济南城最牛的鲁菜馆子……"

陈宝祥一边拍一边骂，唾沫星子乱飞，头发胡须全都炸开。

等他骂够了，骂过瘾了，才感觉自己的右掌已经肿了，右臂也震得发麻，一个劲乱颤。

三个厨子吓得脸色煞白，以为陈宝祥是夜叉阴魂附体，不敢出声，也不敢逃走，只能缩成一团，浑身哆嗦，等着陈宝祥发落。

"你们……你们，你们不用怕，都下去歇着吧，我这次得拿出精神来，跟四大馆斗……一斗，咳咳咳，咳咳咳咳……我要跟四大馆好好斗一斗。老虎不发威，他们以为我陈宝祥是只病猫……这次要让他们知道知道，马王爷三只眼，咳咳咳咳……"

三个厨子一溜烟下楼，把陈宝祥一个人撇在那里。

陈宝祥愣愣地站在那里，胸口那股火，浑身那股气一下子泄干净了。

"他妈的，他……妈的，四大馆你们他妈的不能这么……欺负人，我陈宝祥也不是泥捏的，任你们揉搓。这一次，我就不信邪，跟你们拼了——"

他自言自语说完这些，摸摸后脑勺，自嘲地傻笑着，俩膝盖发软，一屁股坐下，再也站不起来了。

第十一章

明湖宴

不再给四大馆回礼，陈宝祥平白省下八百大洋，心里突然踏实下来。

"都是老济南人，凭什么压我一头？卖米饭把子肉，也不比卖炒菜的下贱吧？"

趁着大中午有太阳，他搬了把椅子，坐在饭店门外，嘬着小茶壶想心事。

到底要不要让田先生撑腰这件事上，他一直拿不定主意。

他是老济南，祖坟在这里，打小生活在这里，以后的孩子们娶妻生子，还是要在这一亩三分地上讨生活。

如果真成了日本人的跟腚狗，那陈家的门楣就塌了，乡里乡亲，亲戚老少指着脊梁骂，这张脸往哪儿搁呢？

尤其是，他听到越来越多南方来的人，传发生在南京的那些事，浑身的汗毛都倒竖起来。

田先生也是日本人，但他从未见田先生发过火，无论对中国人还是外国人，都是一个样，笑眯眯的，文文绉绉，四平八稳。

"都是日本人，怎么去南京的那一批凶神恶煞，在济南的这些就没什么脾气呢？"

陈宝祥想着想着，自己就糊涂了，转过头看着"陈家大饭店"的黑底金字招牌，眯起眼来，一笔一画慢慢欣赏。如果没有田先生，大观园哪里容得下他这家饭店？田先生是他陈宝祥的贵人，这是铁定改不了的。

"受人滴水之恩，当以涌泉相报。田先生这份提携之恩，这辈子是报答不尽了，等下辈子重来，一定知恩图报，甘效犬马之劳。"

这是陈宝祥的心声，到任何时候，他都得这么说。

北面，朱有成拎着一只酒坛子，晃晃悠悠地走过来。看来他喝了不少，脚下拌蒜，跌跌撞撞。

陈宝祥起身让座，又招呼伙计搬出来一把椅子。

"老陈……陈老板，你是个好人啊，这大观园里，找你这样的好人，难了，难了——"

陈宝祥赔着笑脸，知道朱有成说的是醉话。

"你知道不知道，有人拿秦六子开刀，得罪了整个曲艺行当，也得罪了我们这些老弟兄们。我得给秦六子报仇，不能就这么不明不白死了。我请人验伤，如果查出是死在日本人手里，那对不起了，我就带着所有兄弟去日本驻军军部……大闹……大闹一场，不赔个三五万大洋，绝对不能善罢甘休……"

陈宝祥吓了一跳，不知道秦六子的死怎么会跟日本人扯上关系。

"朱爷，咱可不敢乱说话。秦……秦的死谁都不知道怎么回事，我看见他从南边小巷子里跑出来，喉咙呼呼冒血，但谁都没看见凶手，到现在也没个说法呢。"

这就是实情，陈宝祥见了任何人，都这样说。

"那一刀割喉……太准了，太准了……稳准狠，不是普通小毛贼能使出来的手段，肯定是受过专门训练的。老陈，你不懂，你是个做饭的，不懂这些江湖门道。那是日本人的杀人手段，也是日本人的刀法，咱中国人锻打出来的小刀，没那么快……我现在就是不明白了，就算是日本人下手，但到底为什么呢？秦六子就是个唱曲的，碍着谁了呢？"

陈宝祥没跟任何人说起那个晚上遭到两个黑衣人挟持的事，事情已经过去，任何人来问，他都是一问三不知。

他看看朱有成醉成猪肝色的一张脸，无奈地摇头，知道对方嘴巴不严，绝对不能谈论任何秘密。

"老陈，我就是想问问你，秦六子死前到底说了什么？"

绕来绕去，朱有成又回到原来的话题上。

陈宝祥摇头苦笑："朱爷，我已经重复了几十遍了，再也没有什么新话题可说了。"

"跟这个有关？"朱有成伸出右手的大拇指和食指，比了个"手枪"的动作。

陈宝祥更加胆怯，不愿在这个问题上继续纠缠，赶紧扶着朱有成进门。

当街议论这些话题，已经是犯了大忌。

"陈……老陈，告诉你吧，有人有枪，随随便便就能拉起一支队伍，我已经想好了，不能再犹豫了，宁为枭雄，不为孬种。货台上有的是枪，长的短的，还有手榴弹和小钢炮，太多太多了，也不知道日本人是怎么造出来的……我们去搞上一笔，上山，拉杆子扯大旗，成立自己的队伍，那时候不就敢……跟别人对着干了？"

陈宝祥不知道怎么说才好，过去，他听陈大平、陈虎子多次说起货台上的枪械，一箱一箱的，都是运往南方。

他多次告诫陈虎子，千万不要偷日本人的军火，那可是杀头之罪。就算再喜欢枪，也不能顺手牵羊。

陈宝祥搀着朱有成，到了楼上办公室。

他不敢得罪朱有成，但实在不想听这些惊世骇俗的话。偷货台上的枪，就是偷日本部队的军火，偷了枪不说，还要占山为王，简直是不想活了。

"陈……陈老板，你是个老实人，啥也不知道，就知道跟在日本人后面，蒸米饭、蒸馒头，把子肉……有个屁用？你开这个饭店，全济南人都在背后骂你，说你是汉奸，丢尽了济南人的脸。日本人在南京，杀了那么多中国人，你在这里炒菜做饭，把他们喂得饱饱的，有力气杀中国人……你不是汉奸谁是汉奸？"

陈宝祥胸膛里一口气直往上撞，他想反驳，说朱有成在货台干活，也是给日本人帮忙，岂不也是汉奸？

想了想，他又闭嘴了。

毕竟陈大平受朱有成的关照，日子渐渐好过。自己又没给朱有成送过礼，被人家数落两句，也没啥。

"秦六子死了，你知道他为什么死了？他在天桥唱曲骂日本人，悼念南京死的那些人，被日本人盯上了……咱老济南有血性的男人还剩下多少？都死哪儿去了？没人给他报仇，没人，呵呵……上个月第一场小雪的时候，日本人到普利门闹事，抢东西杀人，济南人又做了什么？眼睁睁看着自己的乡亲被杀，女人被抢……"

朱有成是真的醉了，这些平时不敢说的话，一大段一大段往外溜。

陈宝祥苦着脸陪在一边，心里真是后悔，不该坐在门口晒太阳，招了这么个瘟神进来。

朱有成说得累了，歪在椅子上，迷迷糊糊睡了过去。

陈宝祥松了口气，赶紧下楼，喝了一大杯热茶，解解心里的闷气。

普利门那件事，日本人和维持会都出来辟谣了，说是宪兵抓逃犯。

逃犯从北平来，是一群上墙爬屋、溜门撬锁的飞贼。这些人到济南后，藏身在普利门的几家小旅馆，伺机作案。

抓了逃犯，济南就太平了，至于惊扰了百姓，那也是没办法的事。

陈宝祥只相信田先生的解释，乱七八糟满天飞的消息，他一向都不听。

"朱有成说的，不会是真的吧？"

陈宝祥担心，陈虎子的"偷枪"想法，也是受了朱有成的影响。可是，朱有成是济南城道上有面子的人物，就算做了违法的事，也有人帮忙打点关系，把人捞出来。如果陈虎子偷枪被抓，那就麻烦大了。

丁零零，柜台上的电话响起来。

自从田先生让人安装了这部电话，陈家大饭店每天都铃声不断。

陈宝祥接起电话，里面传来电话局女接线员柔美的声音："北平来的长途电话，找陈宝祥先生。"

"找我？我就是陈宝祥。"陈宝祥愣了。

电话接通，那头传来一个清脆优雅的女孩子的声音："是陈老板吗？我是小桃红。"

陈宝祥的心跳突然加快，一下子攥紧了电话听筒。

"我是我是我是，我是……你怎么会打电话来？你怎么知道饭店电话？你们现在好不好？"

他过于激动，竟然口不择言，连续问了三个蠢问题。

小桃红就像一缸二锅头，开封十里香，以陈宝祥的酒量，只喝一口，就醉得昏天黑地。

"我很好，我、师父、竹青都很好。戏院里刚刚装了电话，我想不起打给谁，就让接线员查，一查就查到陈家大饭店了。师父说，开年春暖，我们还去济南。据说，黄河开凌，冷水里养了半年的黄河鲤鱼最好吃，是真的吗？"

陈宝祥双手攥着电话，耳朵紧贴着听筒，嘴唇捂在话筒上。仿佛只有这样，他跟小桃红之间的距离，才能更近一点。

"没错没错，开春的黄河鲤鱼虽然有些瘦了，但瘦而不柴，皮紧肉硬，吃起来别有滋味。只要你喜欢吃，到了咱济南，我请客，管够，管够——"

小桃红笑起来："好呀好呀，陈老板，君子一言，驷马难追。过了年去济南，别忘了你说的话哟！"

陈宝祥连连点头，等对方挂断了电话，才依依不舍地把听筒放回原处。

小桃红这个偶然打过来的电话，让他心里那把暗火迎风一长，瞬间炽烈地飞腾起来。

他不得不承认，小桃红已经在他心里死死地扎下了根。

花婶子劝他纳小的时候，他根本没当回事。自从遇上小桃红，济南城内外那么多女人，再也没有一个能入他的眼、进他的心。可是，就算小桃红再来济南，他又能怎样呢？

"难道真的像花婶子说的，学那些达官贵族、乡绅阔佬们，家里弄上三妻四妾？"

陈宝祥的心像春桃里钻进了条小虫子，一小口一小口地咬啊咬啊，不疼，但痒痒的，一阵阵传来，让他魂不守舍。

从门口望出去，夕阳西下，大观园灯红酒绿的黄昏又来临了。

终于到了单刀赴会之日，陈宝祥按照拜帖上约定的时辰，到了大明湖北岸的北极庙外码头。

一艘三丈长朱漆龙头大船停在岸边，船头搭着老榆木跳板，四个昂首挺胸、矫健有力的年轻人左右分列，正等着陈宝祥。

本来，陈宝祥单刀赴会，是硬撑着一口气，不想让四大馆一脚把陈家大饭店踩到底。可是，有了小桃红那个电话，他心里猛然涌起了巨大的希望。

小桃红要吃黄河鲤鱼，他必须保证陈家大饭店至少再开一年，让小桃红吃遍济南美食。

有了希望，也就有了底气。

有了底气，他的腰杆子就硬起来了。

"来了？"

一个留着短须的中年人在船头迎候，双目炯炯有神，威严地盯着陈宝祥。

那是四大馆的代表，汇泉楼后厨总管刘振远。当日到大观园下战书的，就是他。

陈宝祥下意识地缩了缩脖子，但随即停下脚步，站直了腰，向刘振远抱拳拱手。

上了船，刘振远挥手，艄公吹了声口哨，两侧水手同时划桨，大船直奔湖心岛。

陈宝祥站在船尾，双手抄在棉袍袖子里。

这一刻，他脑子里热烘烘的，想的全都是小桃红那双秋波激滟的眼。

电话是个好东西，能听见千里之外的那个人的声音。还有火车，从北平到济南，只要想见了，买张票上车，轰隆轰隆轰隆，一晚上就到。

"见了小桃红，说什么呢？"他下意识地在袖筒子里紧紧绞住了双手十指，眼睛望着空茫茫的湖面，心里也变得空落落的。

水上无路，他心里也无路。

活了这四十多年，陈宝祥的日子苦多甜少——不，光是苦，没有甜。小桃红的出现，就是苦海中的一颗糖，让他暂时忘记了"苦海无边，回头是岸"。

船到湖心岛，陈宝祥下船，踩着一丈宽的崭新红毯，到了历下亭前。

这里已经摆下了大阵仗，北侧是十二把红木交椅，南侧是六只风火灶，每只灶都有五眼梅花灶口，灶口上搁着从大到小五口铁锅。灶旁三步，分别是六张案板，上面摆着斩骨刀、切片刀、雕花刀，然后就是瓢、勺、筷、夹、笊篱等后厨用具。

再往旁边，摆着三十筐木炭、三十筐劈柴、三十筐煤饼，再加三十筐乌亮亮的山西好煤。

陈宝祥一到，十二位评委登场落座，都是济南各行各业叫得上名号的人物，除了五位济南公认的美食家，还有四位是张长官、韩长官的门客，另外三位是走南闯北的老商号买卖人。

四大馆这边，都是大掌柜亲自出面，但在评委们面前，他们自降身份，不设座席，站在西面，与东面站着的陈宝祥相对。四个人身后，站的是四大馆最当红的大厨，哪一个拎出来，都是入行二十年以上的鲁菜行家。

陈宝祥心里突然轻松起来："幸好没带厨师来，不然他们看到这么大的阵势，早都吓死了，更别说跟四大馆的厨师们同台竞技了。"

既然没有胜负之心，他就抱定了看客的立场，任凭四大馆摆布。

担任首席评委兼主持人的，是那位在张、韩两位长官家里担任过西席的陆夫子。济南文人圈子里，陆夫子的诗词算是一绝，歌赋、楹联、弹唱、食评样样精通。所以，今天的济南城鲁菜馆大会由他主持，再合适不过。

陆夫子起身，向左右两侧的评委们抱拳拱手："各位，今天兄弟受四大馆所托，担任评委主持，邀请各位莅临大明湖湖心岛历下亭，参加此次鲁菜四大馆和陈家大饭店的以厨会友盛会。杜子美《陪李北海宴历下亭》诗曰，'海右此亭古，济南名士多'。如今大家看到的这块'历下亭'的匾额，也是前清乾隆皇帝御笔亲书。能在这样一块风雅宝地，与诸位同仁同好共同品尝鲁菜四大馆的名菜，实在是人生一大快事，也是一大幸事……"

陈宝祥一边听一边看，觉得对面四大馆的掌柜和厨师们磨刀霍霍，把他当成了待宰的猪羊。

他又想到了田先生的托付，要用鲁菜盛宴，招待天皇派来的贵宾。今天四大馆展示的一定是鲁菜的精髓，色、香、味俱全，一端上桌肯定就是个满堂彩。

要想办一桌盛宴，就得有名厨坐镇。

远远的，他开始研究四大馆后面的十几个厨子，琢磨着哪几个面相和善，能挖到陈家大饭店来掌勺。

他又看看这些评委，忽然觉得好笑。

包括陆夫子在内，这些评委都太老了，牙口不好，舌尖太刁，能让他们说好的菜，都已经远离了老百姓的口味。真正应该坐在评委席上的，应该是——

他想起了小桃红，湖上美景，座中美人，席上美味，人间美时，那才是真正的享受。

抬头看看头顶"历下亭"的匾额，他想到三宫六院七十二嫔妃的乾隆皇帝。皇帝当年驾临此地，身边带的又是哪一位独享恩宠的丽人呢？

恍惚之间，他想起小桃红说要吃黄河鲤鱼。四大馆的菜谱上，都有活鱼三吃、糖醋鲤鱼这两道菜。

"不知道小桃红爱吃甜的还是酸的？糖醋鲤鱼虽好，吃多了，总是对胃不好。如果配上滚滚烫的绍兴花雕或者是济南的乡下浑酒，吃完饭，再喝一碗甜沫，吃一口老面馒头，胃里暖了饱了，也就不会暖气了……"

想到细微动情之处，陈宝祥禁不住又笑了，似乎小桃红就在眼前，他只为这一个玉琢般的小人儿用尽心思，铺排盛宴，不惜搭上一辈子的光阴，把其他七荤八素的人间俗事都抛到九霄云外去。

"陈老板，陈老板……"

陆夫子在叫，陈宝祥猛地回过神来，赶紧举手示意，自己正在认真听着。

"陈老板，接下来，四大馆要展示各自的绝艺。你没带厨子过来，是不是要亲自下场掌勺？"

陈宝祥向前跨出一步，评委们都笑起来，对面四大馆的人同时发出一片嘘声。

他是个卖米饭把子肉的，就算掌勺，也只是个大饭勺，上不了台面。

"陆夫子，四大馆是鲁菜名家，陈家大饭店不敢献丑。厨子们接到明湖宴的请柬，就已经吓破胆了。今天来，我是向四大馆学习，不敢说以厨会友，只能是学习求教。"

事到临头，陈宝祥实话实说。

在场的都是老济南，知根知底，连对方爹一辈、爷一辈是什么来路，都知道得清清楚楚。

他没必要冒充名家，米饭把子肉也不是上大席的材料，胡吹乱侃，就没意思了。

"你他妈的不懂鲁菜，也敢在大观园开饭店，还他妈的叫'大饭店'？"

对面阵营里，有人"小声"嘀咕，但声音够大，顺着西风，直接呛到了陈宝祥耳朵里。

"你他妈个狗汉奸，给日本人当跟腚狗。整天觍着脸伺候日本人，济南人的脸都让你丢完了。赶紧他妈的摘牌子，关门拔腔，回家卖你的米饭把子肉去……"

"张长官、韩长官才是济南正宗官员，他们在的时候，认识你陈宝祥的是谁啊？日本人来了，你就狗掀门帘子——全凭一张嘴？癞蛤蟆打敬礼——露一手？丈二纸画一个鼻子——你他妈好大一张脸……"

陈宝祥听着，权当是耳旁风，心里没有一丝波澜。

他是谁，他想干啥，心里清清楚楚。他就是在大观园开了个饭店，又没帮日本人欺负中国人，怎么就成汉奸了？饭店饭店，做的就是南来北往四海三江的生意，开门迎客，和气生财，管他是中国人、日本人还是洋人，人家来吃饭，还能往外撵啊？

再说了，四大馆再有能耐，也没代表鲁菜进过皇宫，让光绪爷、西太后吃了说个好字吧？

再再说了，张长官、韩长官管事的时候，就比日本人好吗？恃强凌弱、欺男霸女的事就少吗？一言不合、当街杀人的兵痞没有过吗？

陈宝祥不作声，但也在心里问候张口开骂的这些人的祖宗十八代了。

"好了各位，既然陈家大饭店没有厨子下场，第五只灶就暂时空着。前面四口灶，分归四大馆使用。最后一口灶，留给评委们。如果你们觉得四大馆的哪道菜不正宗，可以亲自下场示范。既然是以厨会友，今天就不谈国事，只谈厨事。下面有请四大馆代表，汇泉楼的刘振远刘掌柜说话，大家鼓掌欢迎！"

刘振远越众而出，站在会场中央，向评委抱拳拱手。

汇泉楼的厨子们用力鼓掌，大声叫好。

陈宝祥吃过刘振远做的糖醋鲤鱼，并不十分喜欢，油腻过重，甜酸汁出手太狠，把活鲤鱼那种微微的土腥气全都包住，吃到最后，鱼肚子肉的里层土腥气一下子爆出来，让人前半截的好感瞬间散尽，毫无余味可言。

他下意识地摇头，知道小桃红也不会喜欢。所以，将来小桃红到了济南，他绝对不会领着她去吃汇泉楼。

"陈掌柜，我他妈还没开口说话，你摇什么头？装什么腊八蒜？"

刘振远正好转头，看着陈宝祥这边。陈宝祥一个下意识的动作，突然惹恼了他。

陈宝祥愣了，过去，那些带枪的老总到陈家米饭铺里连吃带拿，当面骂他，他不敢有丝毫怨言，但现在，同行之间、同辈之间对他开口就骂，好像他是一头跑到圈外的蠢猪，人人路过，都要踹一脚、啐一口、骂一声。

"我——"

陈宝祥气往上撞，猛地向下沉了沉身子，使劲"嗯"了一声，才把这一口恶气硬生生地忍下去，缓缓地低下了头。

汇泉楼的人立刻叫好，其他人也纷纷鼓掌。

"各位前辈名家，我刘振远今天代表四大馆，上溯宗流，正本清源，展示一下鲁菜正宗技法，将那些冒名李鬼全都清除出去。各位前辈都知道，鲁菜之所以能够进京、入宫、上御膳，就是源自它的山东特色、齐鲁真味，在全国独树一帜，无法替代。别的不敢说，汇泉楼一道活鱼三吃、一道糖醋鲤鱼，料正味足，品相一流，江家池这边鲤鱼上桌，东城的狗都能闻见香味儿……"

厨子们又发出一阵哄笑，因为陈家米饭铺的位置就在东边，现在陈宝祥又站在会场东面，"东城的狗"这句话不言而喻，指的就是陈宝祥。

"天下鲁菜，除了我四大馆，再也没有正宗了。今天以厨会友，上演的是文戏。就以今天为界，从明天开始，如果陈家大饭店再宣称自己做的是鲁菜，那我刘振远就要代表四大馆，带着厨子们，拎着家伙上门，把他砍个稀巴烂。姓陈的，你以后别提'鲁菜'这两个字，白白糟践了咱济南人的名声，我刘振远耻于跟你同行，丢不起那个人……"

刘振远说完了，陆夫子右手食指指向陈宝祥。

他的这个动作，也代表了评委们的集体倾向。

"既然来了，你也说两句？"

陈宝祥咬了咬牙，先盘算了一下五千大洋能挖几个厨子，才缓缓地开口："各位名家，我就是个开饭店的，以前开在县前街，现在开在大观园。以前卖米饭把子肉，现在卖炒菜。我肯定不能代表鲁菜，但我开门做生意，总得有个菜谱吧？我不写鲁菜，不写菜名，那我写什么？总不能人家店里写的是'糖醋鲤鱼'，我就不能写这四个字了？济南城内外这么多大小饭店馆子，哪一家都有糖醋鲤鱼这道菜，四大馆是不是也下个帖子，让他们换菜谱？"

评委们冷冷地盯着陈宝祥，如同盯着菜市场笼子里的一只鸡。

鸡，总是要做成菜端上桌的，任它如何扑棱、乱叫、冲撞，横竖都是一个死。

"姓陈的，你他妈的敢提糖醋鲤鱼是吧？今天我们四大馆就让你开开眼，见识见识什么才是真正的鲁菜第一品——黄河鲤鱼，来呀，上鱼！"

随着刘振远的一声吼，四大馆的小伙计们抬着一只直径五尺的大木盆上来，放在场子中央。

木盆里有水，水中有鱼，四条两尺长的黑背金鳞黄河鲤鱼游来游去，不时地打挺向上，弄得水花四溅。

正午阳光照在鱼身上，鳞片点点生光，煞是好看。

刘振远再挥手，四大馆的后厨好手登场，各自抄起一条鲤鱼，捧到评委席前，请评委们过目。

陆夫子捋着花白的山羊胡子，频频点头："不错不错，正宗的黄河鲤，这鳞片够黄够亮，鱼眼睛也黑珍珠似的，一看就让人有食欲。好了，开始吧。"

四位厨子后退五步，离开评委席，然后转过身来，站成一排，面向陈宝祥，猛地齐齐大喝一声，双手抓着鱼头鱼尾，用力掼在陈宝祥面前。

十几片鱼鳞飞溅到陈宝祥脸上，割得脸颊生生作痛。

他闭了闭眼，咬着牙不退。

"掼鱼"是吃活鱼前的头道事，一掼下来，大活鱼就晕了，立刻刮鳞、开膛、上浆、下油，直到鱼身子炸熟了、炸透了。

"开案，点火，起油锅……"

刘振远沉声吩咐，四个厨子马上动手，开始烹制这道"糖醋黄河鲤鱼"。

陈宝祥没有擦脸，任由鱼鳞贴在脸上，慢慢风干。

他的嘴角始终带着笑，外人以为那是他瞧不起四大馆而带出来的嘲笑，但谁都不知道，在他心里，已经把四大馆的这道糖醋鲤鱼判了死刑——"如此残忍，小桃红必定不喜欢。"

自从接到四大馆的拜帖，陈家大饭店的命运就被搁在了刀锋浪尖之上。

陈宝祥也怕，也累，但小桃红从北平打来的那个电话，让他一下子看淡了输赢成败。

过去，他心心念念就是"开大饭店光宗耀祖"，那是他陈宝祥一生的辉煌顶点。不过，他现在心里射进来一束光，那束光就是小桃红。跟这束光相比，光宗耀祖算个屁啊？四大馆算个屁啊？刘振远算个屁啊？

活鱼一下油锅，疼得厉害，头尾上翘，自然而然就形成了"鲤鱼打挺跃龙门"之势。

这是本道菜的第二个窍门，定型定得好，上盘就漂亮，端上桌就是满堂彩。

四大馆的厨子铆足了劲，就为当着济南十二名家的面，展示绝技，一鸣惊人。

所以，今天这四道"糖醋黄河鲤鱼"已经发挥了他们各自十二成的功力，连命都豁出去了。

油锅噼里啪啦响着，刚刚炸出来的鱼立刻飘出浓郁的焦香，让评委们禁不住频频点头。等到甜酸汁的浓烈味道散发出来，成菜还没上桌，就已经让评委们坐不住了。

鲁菜追求"色、香、味"三要诀的极致，而糖醋鲤鱼又是三要诀的终极体现。

色，鱼身本来就是金黄色，炸过之后，金黄加上焦黄，甜酸汁里面的糖色，又将两种不同黄色融为一体，变成了一种金灿灿、亮堂堂的王者之色，如同赵孟頫的《鹊华秋色图》一般，多一分色就泛滥成灾，少一分色就光泽顿失，要的就是鱼盘上桌的一刹那，腾腾热气，闪烁光华，汤汁流动，鱼姿若飞。

四只三尺长大鱼盘端上来，十二位评委同时起身，其中两位，竟然被这四道菜的"色"字诀惊得瞠目结舌，手中筷子落地。

"美，美，美……太美了，太美了……"

陆夫子喃喃低语，筷子伸出去，停在半空，竟然不好意思动箸，以免破坏了鱼型。

原来，四大馆做的是同一道菜，鱼相同，料相同，刀工手法也极其接近，但是在盛菜的鱼盘上，却是各花了巨大的心思。

汇泉楼的"糖醋黄河鲤鱼"，用的盘子是三尺长的仿宣统、斗彩暗八仙纹椭圆形大鱼盘，内壁有描金双弦纹、暗八仙纹、飞天飘带纹，外壁有一圈折枝花卉纹，一圈轮、螺、伞、盖、花、罐、鱼、结的八宝吉祥纹。

这盘子本来就是件宝贝，平时供在汇泉楼大厅的博古架上。据说前几年陕西来的一位老客，愿意出六千大洋收了，刘振远都没舍得放手。

今天，为了镇唬陈宝祥，刘振远把汇泉楼的老家底都抖搂出来了。

"妙啊，妙啊，《随园食单·器具须知》中说过，美食不如美器，果然如此，果然如此啊！"陆夫子沉吟再三，放下筷子。

他在张长官、韩长官府上混迹多年，也算是吃过见过的场面人了，但在汇泉楼献上的这道"糖醋黄河鲤鱼"面前，竟然露了怯。

鱼好，盘好，汤美，鲜香，尤其是撒在鱼身上那一大把碧翠欲滴的芫荽秆细薄片，道尽了中华美食里勾人食欲的真谛，在浓油赤酱的尽头里，突然来一抹清香脆爽的菜香，解腻去乏，韵味十足，顿时让人心旷神怡，舒泰安逸到极点。

"妙啊，妙啊……"陆夫子饱读诗书，此刻面对汇泉楼的这道菜，却找不到一句话来妥帖形容，只剩下这两个字了。

陈宝祥站在下风口，闻到鱼香，肚子里没皮没脸地咕噜了两声。

同样是一道糖醋鲤鱼，陈家大饭店的厨子做的，就是下里巴人。人家汇泉楼厨子抖擞精神拿出来的，那就是阳春白雪，极品中的极品。

不怕不识货，就怕货比货。

看到这道菜和这只鱼盘，陈宝祥咬咬后槽牙，默默地在心里念了个"服"字。

济南鲁菜四大馆名声远播，靠的不是红口白牙一张嘴说去，靠的是案上灶上的真功夫。这道"糖醋黄河鲤鱼"漫说是在济南了，就算到了京城沪上，那也得是脍炙人口、技惊四座。

"陈老板，如果你也能做出这道'糖醋黄河鲤鱼'，爱挂什么牌子尽管挂去，我汇泉楼没有一点脾气。不过，若是你顶着一个鲁菜馆子的名头，后厨阿猫阿狗也敢做糖醋鲤鱼，行那些挂羊头卖狗肉的腌臜勾当，我刘振远第一个容不下你——"

刘振远指着陈宝祥，满脸正气，一身傲骨，仿佛化身芙蓉街关帝庙里的关老爷，当街审判陈宝祥，一句话说不对，就要青龙偃月刀一挥，要他的狗命。

陆夫子看看陈宝祥，再看看刘振远。

其他裁判受不了鱼香诱惑，绕过桌子，围上来品尝这道菜。

"这个……陈老板，你今天没带厨子过来，不知道有没有道行，评判一下汇泉楼的这道菜？"

陈宝祥苦笑着，望着陆夫子摆手："服了，汇泉楼手艺厉害，服了。"

刘振远本来准备好迎接陈宝祥的拼死反驳，但陈宝祥老实，一个"服了"，让刘振远始料未及，也愣住了。

陆夫子感叹："这道'糖醋黄河鲤鱼'运用到鲁菜里的刀工、腌制、定型、摆盘、汤汁等手法，每一道工序，都是一道决定成败的考题。要想达到'色、香'两个字容易，但真正做到一个'味'字，那就难了。"

实际上，正在品尝的其他评委脸上的表情已经说明一切，汇泉楼这道鲁菜中的"王者之菜"，已经达到了"色、香、味"的极致，尽善尽美，毫无瑕疵。

"陈……老陈，既然你服了，我汇泉楼也不欺负你，这边还有三家同行，做同一道菜。如果你有把握跟他们同一水平，那我刘振远今天就斗胆放话，济南的鲁菜馆子行当里，也添上你陈家大饭店这一家。"

刘振远不是不讲理的人，江家池街汇泉楼是济南鲁菜老字号锦盛楼饭庄、德胜楼饭庄合并而成，能够兼收并蓄，广招贤才，成为四大馆之首，可以看出刘振远的胸怀。

这一次，假如不是因为陈宝祥紧跟着日本人田先生做事，刘振远也不会主动挑起事端。

"我这个……刘老板，我先观望学习，真的不敢跟四大馆相比，只是混碗饭吃。"陈宝祥效仿关云长单刀赴会而来，本想的是不畏强暴压迫，为无名百姓争一口气。刘振远以技服人，又给他台阶下，他心里那口恶气已经消了，再也不好意思耍赖。

"上——菜。"刘振远双手叉腰，提气大喝。

燕喜堂的鱼放在三尺长景德镇细瓷白玉盘里，四周点缀云头纹样的青椒丝，左右各有一朵萝卜雕花，上首是日，下首是月。

陆夫子捻着胡须赞叹："鱼跃龙门，日月同鉴。好啊，好啊……"

陈宝祥望着那只鱼盘，心里明镜一样，陈家大饭店跟四大馆的差距不仅是厨子和手艺，还在于老板的眼光。

所以，食客到陈家大饭店，只能是"吃饭、用餐"，而四大馆这边，才是真正用美食、美器撑起了鲁菜的大场子。

会仙楼的鱼放在三尺长枣木鱼盘里，汤汁的糖色加深，头尾炸得极嫩，鲤鱼眼睛依然晶亮，仿佛正从一汪深水里向上飞跃一般，把"鱼跃龙门"的菜肴本意，表现得淋漓尽致。

便宜坊的鱼放在三尺长铁木传盘里，鱼身子下面竟然铺着整张的大明湖荷叶。

此时是寒冬腊月，没有新鲜荷叶，而便宜坊的厨子别出心裁，将秋天的荷叶采摘后薄薄地撒一层盐，缓慢阴干，保持原色，又在柳木板下压得平平整整，收藏备用。

当下，鲤鱼装盘之前，用铜壶开水在干荷叶上快速浇过，荷叶立刻伸展，青碧明艳，脉络宛然。

鱼盘端上来，满眼碧色，令人耳目一新，立刻平添三分食欲。

评委们没有下箸之前，先情不自禁地鼓掌，为便宜坊厨子别具匠心的安排，大声叫好。

陆夫子离开评委桌，走到陈宝祥面前。

他是此次明湖宴的总裁判，无论结果如何，都得一碗水端平，让各方都有台阶可下。

"陈老板，四大馆的鱼都上来了，你有什么话说？汇泉楼刘老板说了，今天的菜共有八道，四凉菜四热菜，这是济南人最简单的大席规矩。你如果接不下这一招，那就在评委和四大馆面前认个错，回去把陈家大饭店的牌子摘了。再说了，别家挂的都是'饭庄'，你一下子弄一个'大饭店'出来，还开在商埠区最繁华的大观园，不是成心给四大馆添堵吗？"

论起手艺，陈宝祥甘拜下风，一道"糖醋黄河鲤鱼"已经让他见识到济南鲁菜四大馆的高明之处。不过，开店起名，各有所好，他起"陈家大饭店"这个名字，也是田先生同意的，怎么就触犯了其他人的忌讳？

"是，陆先生，我回去就跟田先生商量，看看怎么变动，一定不会跌了鲁菜的份儿，不给济南人抹黑。"

陆夫子摇头："不，陈老板，你没听明白我的意思。那我再重复一遍，汇泉楼刘老板代表四大馆正式通知你，没有三两三，不要上梁山，你连个正式的鲁菜厨子都没有，开的什么大饭店？你赶紧摘了牌子，老老实实改个某某饭庄之类。咱济南人都说嘛，赖名好养活，你一上来就愣是起个'陈家大饭店'的名号，不怕风大闪了舌头？"

陈宝祥向对面看了一眼，四大馆的厨子们围在刘振远身边，个个摇头晃脑，得意扬扬，不时地向这边指着，发出阵阵哄笑。

"陆先生，我这饭店是田先生出资开的，有什么变动，我得跟他商量。请转告刘老板，我绝对没有跟四大馆对着干的意思，只想平平安安混碗饭吃——"

陆夫子沉下脸来："陈老板，你这个人怎么榆木脑袋不开窍？白白浪费我这么多唾沫？咱是中国人，你天天跟在日本人腚后头，不嫌丢脸啊？下面的话，是我送给你的，中国人不能当日本人的跟腚狗，不能当汉奸。你好好想想，张长官、韩长官镇守济南的时候，怎么对待日本人？"

陈宝祥听得有些刺耳，他从来没想过自己竟然跟"汉奸、跟腚狗"联系在一起。如果陈家列祖列宗听见，这个"不肖子孙"的骂名，他可背不起。

"陆先生，我不是汉奸，我跟田先生是朋友，我们之间始终以礼相待。再说，日本人也是人，也得吃饭，也是俩眼一张嘴——"

陆夫子猛地一挥袖子，瘦脸沉得像一块石碑："老陈，你听我说完，前几年，张长官、韩长官镇守济南，日本来的生意人喝醉了酒闹事，在八卦楼嫖妓不给钱，还弄着把破东洋刀砍这个砍那个。我亲眼所见，韩长官身边的大副官飞马赶到，直接把日本人干翻在地，扒光衣裳捆起来，扔到护城河里，一会儿就灌饱了水，翻了白肚皮。这他妈的才是济南爷们该干的事，你呢？老陈，你干的啥？一口一个田先生，他田先生是你老爹还是你亲娘？我去他妈的田先生，他是日本人，你知道不知道？"

陈宝祥无话可说，因为韩长官的大副官是"南北大侠"杜心五门下嫡传弟子，又是韩长官贴身保镖，干个日本人还不是小菜一碟？可是，那是几年前的事了，现在韩长官弃城而逃，日本人占领了济南，外面的天早就变了。

他想给自己辩解几句，但陆夫子见多识广，是济南城有名的文化人。

跟这样的人讲道理，那一定是瞎子点灯——白费蜡。

刘振远大步走过来，抱着胳膊，盯着陈宝祥。

陈宝祥叹了口气，感觉自己就像案板上的肘子肉，任由对方拿捏，想清蒸就清蒸，想红烧就红烧。

"老陈，你饭店里连个正式的鲁菜厨子都没有，挂着'陈家大饭店'的牌子，不是糊弄鬼吗？你今天回去就摘牌子，还是卖你的米饭把子肉，还挂'陈家米饭铺'的牌子，听明白了吗？在济南开馆子卖鲁菜，你得有传承，有根，有个师门，这是行规……刚刚我听陆先生也说了，你跟着日本人干事，和跟腚狗一样，丢的是全体济南人的脸。从现在起，你最好赶紧跟日本人断开关系，不然的话，我们四大馆就将联名发布告示，你他妈的是个汉奸，到你饭店吃饭，脑门上长疮，五脏流脓，三个月准死无疑……"

陈宝祥紧咬着牙，逼着自己忍住，不跟对方抬杠。

他没做什么伤天害理的事，只是混碗饭吃。

四大馆的手艺是很高明，但济南不可能只有四家饭庄吧？他陈宝祥开米饭铺可以，开饭店就不行吗？这么多济南人，难道没有一个人跟日本人交朋友？

"刘老板，我……请高抬贵手，给条路走吧？我回去就聘请厨子，绝不敢丢了鲁菜的面子。"

这已经是陈宝祥的底线，他不敢得罪四大馆，也不愿被济南人指着后脊梁骂。但是，既然已经从"陈家米饭铺"爬到"陈家大饭店"的位置，他就不甘心再落回去。

刘振远急了："老陈，你他妈的没耳朵还是没脑子？请厨子有个屁用？我现在跟陆先生说的是一回事，咱济南人不能当汉奸，你不能再给日本人当跟腚狗了。日本人在南京杀了那么多中国人，你不知道吗？"

陈宝祥后退一步，忽然觉得，上天正在捉弄自己。

其他的鲁菜馆子想买卖就买卖，想合并就合并，名字也随心所欲改来改去，一切都没人说三道四。怎么到了自己这里，就变得鼻子不是鼻子脸不是脸了呢？

"刘……刘老板，这事可不能乱传，南京出了什么事，都是道听途说，顺风瞎传。我觉得咱济南现在挺好的，跟韩长官镇守的时候，没什么区别。日本人吃饭买东西，都规规矩矩给钱，也没说是满街抢东西。八卦楼姑娘们的生意也挺好的，没说是活不下去了。田先生是个体面人，他的人品什么样，我最熟悉，是个很好的好人……"

第十三章 少年狂

话不投机，刘振远皱着眉，死盯着陈宝祥的脸。

"我说的都是实话。"陈宝祥知道对方不爱听，但他不能红口白牙编排田先生不好。

人都要讲良心，田先生待他不薄，皇天在上，厚土在下，他陈宝祥有一个字是假的，天打五雷轰。

刘振远和陆夫子还没说话，后面四大馆的厨子猛地起了一个大哄，一起吵吵起来。

"打死这个狗汉奸……"

"陈宝祥你这个跟腚狗，狗汉奸，日本人给你吃了什么蜜，口口声声说他们好？"

"陈宝祥，今天就把你宰了喂王八，大明湖就是给你这只狗王八准备的，济南人的脸都让你丢完了……"

"刘老板，宰了他，咱今天这么多人，宰了他就跟宰条狗似的……"

"宰了他，宰了他，给济南人丢脸……"

陈宝祥吓了一跳，他真不知道自己犯了什么弥天大罪，竟然招来这么多乡亲痛恨咒骂？

他看着那些脸，其中有几个，过去没少到陈家米饭铺吃饭，自己看在同行面上，总是多给半勺汤，多送个小咸菜。现在，这一张张脸，咬牙切齿地，都像是跟他有杀父之仇、夺妻之恨，不共戴天，不杀他不能平胸中愤恨。

"我陈宝祥问心无愧——"

他大叫一声，但他一个人的声音被遮住，湖心岛上，只剩下一片"宰了他"的呐喊声。

陈宝祥的心，像三九天赤着脚踩在护城河的冰上，冷得透透的。

案板上有菜刀，炉子边有柴刀，几个人吆喝着，操刀在手，跃跃欲试。

陆夫子带着评委们后退，脸上表情，一副漠然。

陈宝祥这才明白，今天他单刀赴会，赴的不是明湖宴，而是鸿门宴，真的来错了地方。

啪啪，啪——

湖岸上传来三声枪响，四艘小船箭一般飞驰过来，划开四条水线。

"岛上的人听着，不准结伙打架，不准聚众滋事，马上放下武器，赶紧坐船离开。岛上的人听着，不准……"

小船上有人立在船头，大声吆喝，一遍又一遍，喝声在深冬的大明湖水面上回荡着。

很快，小船到了湖心岛码头，十几名精干如刀的便衣跳上岸，亮出手枪，对准了厨子们。

陈宝祥惊魂稍定，向后连退了几步。

便衣的枪口对准了刘振远，直接戴上手铐，推推搡搡，弄到小船上。

"你们谁还参与了聚众滋事？四大馆的头呢，还有谁？"便衣头目挥舞着短枪，指向厨子们。

四大馆的人刚刚还耀武扬威、群情激奋，当下顿时没了脾气，一起向后退，把手里的刀悄悄藏起来。

陆夫子仗着自己是城中名流，向前凑了几步，抱拳拱手："在下是张、韩二位长官的西席，今天在这里设明湖宴，为四大馆和陈家大饭店调和矛盾，并没有聚众闹事。刘老板是济南鲁菜传人，仁和敦厚，以诚待人……"

"去去去，走开走开，我只找厨子，不找你。听着，你们这一伙人里头，还有没有四大馆管事的？还有没有跟着刘振远闹事的？现在是日本人的天下，你们一个一个吃饱了撑的，不老老实实在馆子里做生意，还他妈的开什么明湖宴，是不是疯了？今天得亏来的是我，乡里乡亲，熟头熟脸，给你们点面子。要是日本人来了，一枪一个，全都崩了喂鱼！"

陆夫子面子上过不去，一张老脸，涨得发紫，一手指向陈宝祥："长官，事情都是他弄出来的。陈家大饭店破坏行规，千百年来的济南鲁菜名声，都败坏在他身上了。你们要抓，先抓他吧——"

陈宝祥没想到陆夫子如此偏袒，自己明明什么都没做，在对方眼里，却已经成了破坏济南百姓团结的罪魁祸首。

那个小头目看看陈宝祥，横眉竖目的一张脸上，立刻有了笑容："陈老板，没吓着吧？上头说了，你是个大大的良民，大观园的陈家大饭店买卖仁义，价格公道，是济南餐饮行业的标杆。以后大家逢年过节，红白喜事，都要定在你的大饭店进行。到时候，请多关照，多关照。"

会场上突然鸦雀无声，所有人都盯着陈宝祥。

他们每一个人都觉得陈宝祥软弱可欺，但现在，突然发现，陈宝祥背后有一座高不可攀的靠山，连这些拎枪办案的便衣，都得给他三分面子。

"一定一定。"陈宝祥不知道发生了什么，但人家给了面子，他就得接下来，有问有答，有来有往。

"兄弟们走了，先把这姓刘的抓回去，给他录录口供。这小子太可恶了，日本人忙着建设新济南，这家伙天天吆喝着抗日救国，简直是大逆不道，可恶至极。今天，就让他尝尝咱们便衣队的老虎凳跟辣椒水，走了走了……"

便衣们上船，小船返回，只留下半湖涟漪，四散开去。

陈宝祥回到大观园，倒了一大碗白酒，划了根火柴点燃烧热，然后一口气灌下去，才觉得寒透了的心稍微有了点热乎气。

济南乡民的那些话，让他见识了人情冷暖，一颗心彻底凉透了。

"我陈宝祥是个好人啊，怎么给济南人丢脸了？我价格公道，不欺不瞒，体恤穷人，扶危济困……日本人都没把我怎么样，同行和乡民却容不下我，是我错了吗？"

门口的棉布帘子一挑，朱有成钻进来。

陈宝祥僵硬地坐着，没像平时那样起身让座。

他想不通，自己到底哪一点做错了，得罪了四大馆的厨子，当场就要动手，把他宰了喂王八。

"老陈，听说今天四大馆做东，请你吃了一顿明湖宴？"

朱有成语带调侃，但陈宝祥却笑不出来。

两个人面对面坐着，朱有成有些尴尬，也倒了碗酒。

"今天没事吧？有好多人听见北极庙那边枪响，我刚刚过来，听人说汇泉楼刘老板被便衣抓了，据说直接送到西门大街官钱局去了呢。"

陈宝祥想起刘振远骂自己的话，咬牙切齿，怒不可遏，就好像是自己掘了刘家的祖坟一样。

"老陈，你厉害啊？这些便衣的总头目都归日本人管。他们出头平事，很明显是日本人罩着你啊？"

陈宝祥突然觉得朱有成的话句句刺耳，他由日本人罩着，岂不就是坐实了"狗汉奸、跟腚狗"的身份？

他站起来上楼，想一个人静静，直接把朱有成晾在那里。

陈宝祥进了卧室，没脱衣服鞋子，囫囵躺下，拉了条被子，胡乱盖在胸口上。

他不想当汉奸，也不想当狗，可当时那种情形，四大馆的厨子已经抄刀在手，不是闹着玩的。便衣们晚来一会儿的话，大明湖的王八就得吃一顿好的了。

"我到底得罪了哪路瘟神，怎么麻烦事这么多啊……"他长叹一声，把被子向上拉，蒙住了头，仿佛只有如此，才能把外面那些破事挡住，找个清静。

不知过了多久，他听到外面办公室的电话响。

"会不会是小桃红？"他脑子里突然一亮，猛地掀掉了被子。

电话铃响着，他似乎觉得，这振铃的声音与众不同，仿佛带着戏腔。

他下了床，三步两步过去，抄起了电话。

"喂，是——"

听筒里传来了低低的笑声，还有嗑瓜子的声音。

陈宝祥脸一热，知道自己料得没差，打来电话的正是小桃红。

"正月里没戏，师父说，今年光景淡，没有大户人家订堂会，初一到十五不开箱唱戏，过了二月二龙抬头再说——我刚刚跟竹青说呢，大过年的，北平还是老一套，吃糖葫芦逛庙会，要不就是上香磕头那些繁文缛节……以前过年呀，大户人家的堂会一家连着一家，忙得蝴蝶飞一样，钱是赚到手了，哪里都捞不着去玩。好歹今年闲下来了，却不知道玩什么……师父爱打麻将，已经约了行当里的几位叔伯婆姨，从大年三十早晨打到正月十五元宵节晚上，都定好了……"

小桃红有一搭没一搭地说着，瓜子磕得脆生生地响。

陈宝祥仿佛已经看到了小桃红白生生的两排细牙、俏生生的一只小手、水灵灵的五根手指，这一刻，他恨不得变成小桃红齿间的那颗瓜子、舌尖上的一片瓜子仁，和她飘着香气的唇膏，一起落进她肚子里去。

在明湖宴上受的那些气，在小桃红的声音里，渐渐消散了。

"嗯，咳咳……"陈宝祥想开口说话，嗓子一痒，先咳嗽起来了。

"陈老板，大过年的，你玩什么呢？"小桃红笑着，声音软软的，像一只蒸透了的糯米丸子。

"我就是……我们济南就是逛庙会，好多小吃玩意儿，再就是爬千佛山烧香祈福，踩高跷，舞龙灯，划旱船……"

小桃红又笑了，略带失望，轻轻叹了口气："哦，是这样啊，跟北平也差不了多少的呀？"

陈宝祥猛拍了一下额头，他似乎抓住了小桃红话里的某种意思，但又不敢确定，也不敢挑明。

"不，不一样，这里还有骑毛驴的，假的毛驴，驴头扣在演员肚子上，驴尾巴扣在演员后腰上，跑一步颠三颠，连跳带扭，谁看见谁笑……我们济南还有，还有，还有……"

北平是大地方，天下杂耍玩意儿汇聚之地，陈宝祥想找出一个济南比北平好玩的由头，但急切间脑子卡住了，什么都想不出来。

"还有什么？"嗑瓜子声停了。

"还有——明湖宴。"

陈宝祥一急，把刚刚经历的那一场折磨也说出来。

"明湖宴？是大明湖……在大明湖上吃酒席吗？"小桃红连着追问了两次，看来对这件事很感兴趣。

陈宝祥咬了咬牙，硬着头皮编造："是，是，你真聪明，说得一点不差——乘着大船到大明湖的湖面上去，船头摆开油锅案板、锅碗瓢勺，菜谱搁在桌上，你想吃什么就点什么……糖醋黄河鲤鱼、九转大肠、爆炒腰花、葱爆海参、老济南酥肉、炸里脊……"

小桃红又笑了："这些吃的呀，北平的馆子也能吃到，不稀奇的呀。不过，乘船游湖，边行边吃，好像也蛮不错的呀——"

陈宝祥听见小桃红话里有些松动的味道，顿时心头一亮，抢过话头："还有还有，咱大明湖里也有鲤鱼、草鱼、黑鱼、鲢鱼、螃蟹、河虾什么的，船到湖心，下锚停住，打开窗子，直接把钓鱼竿伸出去，下竿就有鱼，甭管钓上来什么鱼，当场就刮鳞挖肚，下锅炖上。咱大明湖的水是泉水汇聚而成，湖水湖鱼，原汁原味，汤白肉嫩，天下独一份儿，在北平可享受不到啊。再说了，大明湖里面还有一样东西，北平肯定没有，你信不信？"

在小桃红面前，陈宝祥突然变得年轻了二十岁，口齿伶俐，脑筋活络，编造瞎话，眼睛都不带眨一下。

"北平都没有？是什么？快说快说……"

陈宝祥顿了顿，欲扬先抑，卖个关子："这东西呀，稀罕之极，活在大明湖水底下，哪儿黑去哪儿待着，有时候直接钻进淤泥里，一年到头都不挪窝。据老人说啊，这东西道行深，灵性大，少说也活了一千年往上。如果能弄上来一只，当场宰了炖了吃了，能让人延年益寿、返老还童。"

"啊？这么神奇呀！到底是什么，快说快说，急死人家了……"小桃红动了心，一迭连声地求陈宝祥说出答案。

陈宝祥听见小桃红软糯糯、娇滴滴的声音，一颗魂儿都飞在千佛山顶上，再飞一飞，直接冲上九霄云外了。

什么明湖宴，什么米饭铺，什么林月娥，什么田先生，什么狗汉奸之类，都去他妈的，全都没了。

他的脑子里、心里全都明镜似的，清洗一空，打扫干净，只留一个小桃红。

"是王八，大明湖的王八，千年王八万年龟，吃了能活八千岁。"

小桃红怔了怔，猛地大笑起来："你这人好坏，绕来绕去，说人家是王八。"

陈宝祥叹气，等小桃红笑够了，才小心翼翼地试探："大过年的，从北平到济南的火车上，人少得很，过来也很方便。不如……不如我请你——不，是请你师父、竹青和你来济南一游？上次，你们走得太急了，我也没能尽地主之谊。这次一定补上，明湖宴，炖王八，能否赏我这个脸？"

小桃红那边没了动静，陈宝祥着急，屏住呼吸，把听筒硬硬地卡在耳朵上，生怕漏过了一个字。

"咳咳，咳咳……"小桃红那边终于有了动静，但却是一连串的轻轻咳嗽声。

陈宝祥松了口气，知道对方并没有因为自己的唐突邀约而挂电话。

"刚刚……吃瓜子呛住了。"小桃红笑着说。

陈宝祥赶紧回应:"那就喝口淡茶,喝淡茶润润嗓子就好了。刚才我说的,能不能——"

小桃红笑嘻嘻地回了句:"刚才?刚才我嗓子呛住了,什么都没听见。好了,师父和竹青叫我呢,陈老板再会。"

电话挂断了,陈宝祥攥着听筒,浑身的血呼的一声涌上天灵盖,又哗的一声落下,悄无声息地散入四肢百脉。

先是血热心动了,接着是空落落的,一场欢喜,白白忙活。

陈宝祥乱了心,从下午睡到半夜,脑子里一阵一阵过影子。

先是明湖宴上刘振远和陆夫子咄咄逼人,厨子们磨刀霍霍,接着是所有人用冷冰冰的眼神逼视着他,几千张嘴都在吼"宰了狗汉奸喂王八",最后,是小桃红纯洁而无辜的声音——"什么都没听见"。

外面有狗叫声,楼下食客们的喧哗渐渐没了,陈家大饭店里里外外都消停下来。

他的耳朵突然变得无比机警,竟然听到了三大马路纬七纬八之间八卦楼那边传来的各种各样的女人笑声。

陈宝祥翻了个身,又想起花婶子上次来的时候说的那些话。

有钱人都得纳小,现在他陈宝祥有日本人罩着,也算是济南地界上有钱、有身份的人,就算纳小,也不是什么大不了的事。

林月娥老了,脸上的皱纹一层层一道道,数都数不清,腰身也不再纤细,常年弯腰干活,已经开始驼背。

陈宝祥忽然觉得,虽然他和林月娥已经有了三个孩子,但他从来没有认真地看过她。而小桃红啊,就像是枝头仙桃,红艳艳的,细细的小茸毛上顶着露水珠——不,那不是露水珠,而是上天赐予的玉露琼浆,喝一滴,就能返老还童。

他胸膛里有一团火熊熊地烧着,走到外间,拿起听筒。

要浇灭这团火,必须得小桃红才行。他浑身颤抖着,如同打摆子的病人一样。不过,看看墙上的挂钟,时针指着凌晨三点,他突然一下子泄了气。

"我……我一定是在梦里，这一定是在梦里……"

他放下听筒，退入卧室，仰面朝天倒在床上，就那样一动不动地睡了过去。

陈宝祥睡到第二日下午，才迷迷瞪瞪地起身。

伙计上来报告，刘家的人来过三次，送了点心和拜帖，诚心求见。

"刘家？哪个刘家？"

陈宝祥睡意未消，脑子里木呆呆的。

"是汇泉楼刘家，刘老板的太太说，多少钱能把刘振远从官钱局捞出来，请您说个数，她马上差人送过来。"

陈宝祥脑子转了个弯，才想起昨天便衣抓了刘振远的事。

"这事跟我没关系啊，是他聚众滋事，便衣才抓人。他想捞人，去官钱局问问就明白了，找我有什么用啊？"

伙计赔着笑脸，压低了声音："掌柜的，现在大观园这边的买卖商铺都传遍了，日本人面前，只有您能说上话。再说了，四大馆都说，刘振远是因为得罪了掌柜的您，才被抓了。他们就是再笨，脑子再像榆木疙瘩，也明白中间是怎么回事。您说呢？"

陈宝祥下楼，坐在柜台后面。

他现在已经理清了思路，刘振远带着四大馆难为他，田先生动用了人脉，让便衣出面搅局，顺便把刘振远抓了，打击四大馆的气焰，确保陈家大饭店能在大观园里扎根下去。

现在，如果田先生不发话，刘振远就不可能放出来。

他垂着头，抄着手，下意识地苦笑起来。

这世道真是怪了，如果没有田先生罩着，四大馆很有可能马上登门，一阵打砸抢，把陈家大饭店弄个稀巴烂。

这些人骂他是汉奸，是日本人的跟腚狗，又厚着脸皮来求他找日本人捞人。里里外外，他先挨了骂，还得做好人，找田先生帮忙捞人，最后肯定还得挨骂。因为出了这样的事，一旦捞人成功，就更坐实了"汉奸"骂名。

"我这是何苦呢？猪八戒照镜子——里外不是人？"他自嘲地笑了一阵，

然后沏茶喝茶，暂时把这件事撂下。

黄昏，陈家大饭店里刚刚开始上客人，林月娥挎着小包袱来了。

包袱里是换洗的衣裳，还有一包咸菜疙瘩。

陈宝祥看着林月娥，恍惚间觉得，这不过是个乡下老妈子，怎么配得上"陈家大饭店陈老板太太"的称呼？

"他爹，汇泉楼派人到家里来，放下了十个大洋当茶钱，请你高抬贵手，放了刘老板。我没收钱，都是乡里乡亲的，低头不见抬头见，如果你能帮忙，就说句好话，让官钱局把人放了。人要脸树要皮，咱别把济南的乡亲都得罪遍了，咱大平、虎子、果儿还得做人呢……"

过去，林月娥也唠叨，但陈宝祥能忍下。米饭铺就两个人张罗，缺了谁都不行。

眼下就不同了，他是陈家大饭店的老板，手下伙计厨子一大帮，全都听他的。林月娥再唠叨，教他做事，那就是个笑话。

"他爹，汇泉楼见我不收钱，就又派人送来满满的两个食盒，里面是过年的炸货，也值不少钱呢。"

陈宝祥忍着怒气，淡淡地说："楼下后厨有的是炸货，别说是两个食盒，十个八个，随你扛回去。"

林月娥替陈宝祥收拾床铺，握着笤帚，弯着腰扫炕。

陈宝祥看着她的背影，腰身粗笨，头发半白，已经没有一点值得怜惜之处。

他想到小桃红的细腰，如同三月柳条一般纤弱柔软，而林月娥的腰，则像是护城河边的柳树桩子，老硬皮实，没有一点女人味儿了。

"他爹，你去跟官钱局说句好话，把人放了吧？"

陈宝祥不耐烦了，林月娥什么都不懂，就算是捞人，也是求田先生，毕竟自己跟官钱局一句话都说不上。

再说了，刘振远指着自己鼻子尖骂"狗汉奸"的时候，那份屈辱，有谁知道？

当日，如果不是便衣上了湖心岛，今天林月娥就得披麻戴孝，做个寡妇。

这女人，笨，笨——真笨。

"他爹，我说着话呢，你听没听见？咋的，聋了还是哑了？"林月娥回头，笑着开玩笑。

陈宝祥生了气，站起来挥手："滚滚滚，娘娘们们的，你懂个屁啊？"

林月娥猜不透陈宝祥的心事，以为两口子还像从前那样，偶尔拌嘴，也不往心里去。

"他爹，你这人，娘娘们们咋的，没有我，哪来两个儿子一个闺女？是不是当上老板，过得好了，眼眶子就高，看不起我这秦香莲了？我可跟你说——"

她拿着笤帚，指向陈宝祥。

陈宝祥胸口烦气上涌，猛然间伸手，一把夺过笤帚，推开窗户，嗖的一声，扔到街心里去。

林月娥愣了，那笤帚是崭新的，特意从家里带来，给陈宝祥扫炕用。

"我的事，你少管。娘娘们们的，啥都不懂，整天就知道唠唠叨叨。乡里乡亲，乡里乡亲个屁——汇泉楼的刘振远认识你是谁啊？四大馆的厨子还想宰了我喂大明湖的王八呢，我可怜他们，谁可怜我？姓刘的整天牛气哄哄，先让他在官钱局待着吧，有本事自己捞人，没本事死在里面，也不关我事。"

起初，陈宝祥也想以德报怨，跟田先生说一声，把刘振远放了就算完了。

现在，他生这么大的气，是因为林月娥，也是因为小桃红。

林月娥低下头，把陈宝祥换下来的长衫和长裤包起来，挎在胳膊弯里。

两人僵持了一会儿，陈宝祥勉强堆起笑脸："回去吧，回去吧，天晚了，路上不好走。"

林月娥下楼，还没出门，陈大平、陈虎子两兄弟就来了。

一家四口在靠近门口的桌边坐下，陈宝祥吩咐伙计上茶，又点了几个菜，上了两大盘馒头，一家人吃晚饭。

两兄弟也提到了汇泉楼的话题，中午开饭的时候，汇泉楼派人送去了食盒，里面是四菜一汤，外加葱油饼、盘丝饼、油旋和草包包子。

陈大平看着陈宝祥脸色不对，说话十分小心："爹，汇泉楼的事怎么办？送食盒的伙计说，明天还来。我已经告诉虎子，拿人家手短，吃人家嘴软。

要是爹这边有什么吩咐，我们就把食盒推了，让伙计带回去。"

陈宝祥摇头："不用，他们甘心情愿送来，你们两兄弟吃饱喝足就行，至于其他的，什么都别管。"

陈大平答应一声，埋头吃饭。

陈虎子说起货台上的事，不顾陈宝祥的情绪，一脸的眉飞色舞："我昨天带人扛了一批货，从箱子的编号内容看，是二十把手枪。总共六十个木箱，共一千多把手枪，这要是都偷出来，能卖多少钱？我听说，有很多土匪拦路抢劫，装备最好的，也不过是三把手枪，其他人只能攥着大刀长矛下山。一千把手枪，能拉起多少个土匪队伍啊？"

陈宝祥气得一拍筷子："你小子怎么说话呢？我把你拉扯这么大，就是为了让你当土匪啊？以后再敢说'土匪'两个字，小心我抽了你的筋，扒了你的皮！"

第十四章

枪出如龙

陈虎子愣了愣，梗着脖子，还想辩解，被陈大平在脚上狠狠踩了一下，回过神来，赶紧低头吃饭。

"好好看着他们。"陈宝祥告诉林月娥。

林月娥默默地低头吃饭，并无回应。

陈大平赶紧应承："爹您放心，我看着弟弟，不让他惹事。"

陈宝祥点点头，叹了口气，夹了一筷子辣椒小炒肉，放在林月娥碗里。

刚才在楼上，他的动作太粗鲁，心里有些不安。

林月娥在家里守着米饭铺，看着陈果儿，还得照料着一家人的洗洗补补，的确很不容易。嘟囔两句，并不过分。如果当时陈宝祥没有想到小桃红，或许就不会突然发火了。

吃完饭，林月娥带着陈大平、陈虎子回去。

陈宝祥送出来，站在饭店门口的台阶上，看着娘仨并排着向北面去。

大观园的霓虹灯闪烁着，在天上、地下抖落出无数变幻莫测的七彩影子。响着摇铃的黄包车不时地跑过，车上衣冠楚楚、裙裾飘飞的时髦男女发出欢快的笑声……这些不属于林月娥，或许属于小桃红。

同人不同命，是人就得认命。

直到娘仨走得看不见人影了，陈宝祥才回头进店。

到了晚上十点钟，陈宝祥正在办公室里看账本，伙计上来禀报："货台上的朱爷喝醉了，赖在大堂里不走，吵吵嚷嚷的，要给秦六子报仇。大家没办法，请掌柜的下去看看？"

陈宝祥下楼，朱有成趴在大堂中央的一张桌子上，撕心裂肺地哭着，旁边站着两个厨子、两个伙计，全都抄着手，不知如何是好。

"秦六子……六子，你死得惨啊，哥哥没本事，给你报不了仇……你在天之灵等着，哥哥找朋友帮忙，一定给你报仇，让你死得瞑目啊……六子啊六子，我的好兄弟，黄泉路上慢走，哥哥给你报仇……"

陈宝祥走过去，搀扶朱有成，让对方坐好，然后吩咐厨子去做一碗鸡血醒酒汤来。

"朱爷，别伤心了。人死不能复生，这世道艰难，大家都得好好活着。天晚了，你先回去睡，报仇的事，咱从长计议，慢慢来，慢慢来……”

陈宝祥硬着头皮，把自己心里的不痛快先压下去，放低了声音，好言好语劝慰。

秦六子的死，并没让大观园有多震惊，消息飘了三两天就散了。

这年月，别说死一个天桥卖艺的，就算济南城内数一数二的大富户死了，最多也就轰动一时，十天半月就没什么新闻了。

朱有成抬起胳膊，擦了擦脸上的泪水，红着眼圈瞪着陈宝祥。

伙计把醒酒汤端过来，陈宝祥双手捧到朱有成嘴边，喂对方喝了大半碗，然后把人搀起来向外走。

饭店明天还得开门，他不能把厨子和伙计都累趴下。

当下，只要把朱有成送回家，就算万事大吉了。

两个人出了饭店，左转向南，预备从小巷子里穿出去。

腊月天寒，两人一边走，一边嘴里喷出白雾。进了背街的小巷子，天色晦暗，脚底下的青石板挂了薄霜，一步一打滑。

“朱爷，回去好好睡一觉，这马上就过年了，防火防盗，行路小心——”

陈宝祥正说着话，猛然觉得暗影里飘起了一道淡淡的刀光。

话没说完，他的左侧颧骨一痛，一抹鲜血飙出，疼得他大叫了一声，跟跟跄跄后退，一屁股坐倒在墙角下。

他抬头看，朱有成大步后撤，暗影里杀出来的那个人犹如鬼魅，双掌上下翻飞，每次掠过朱有成面门，都荡漾起一抹瘆人的刀光。

陈宝祥吓坏了，嗓子也被塞住，叫都叫不出声。

“枪——来！”

猛然间，朱有成身子一矮，贴地翻滚，接着腰间响起链子枪一节节抽拉的咔咔声。随着那一声喝吼，朱有成双腿一旋，使了个“乌龙绞柱”，翻身跳起，双手擎着五尺长镶铁链子枪，前把低，后把高，枪尖虚指着暗影敌人的脚面子。

“何方妖孽，敢来俺大山东济南城撒野？在下长清黄巢寨铁枪朱氏十五代传人朱有成敬请赐教——”

这一刻，朱有成没有半分醉意，枪出如龙，威风凛凛。

暗影里的人一言不发，双手垂落在腰间，刀光已经不见了。

陈宝祥回过神来，当日秦六子被杀，就是从这条小巷子里跑出去的。

看来，就是眼前这人半夜劫杀，要了秦六子的命。

"是你杀了秦六子？"

朱有成能在货台上称霸一方，而且不管哪一派掌管济南，他都混得风生水起，就证明这不是个莽撞人。

装醉夜行，大呼小叫，为的就是把杀人者引出来。

"东北军大库在哪里？"影子终于开口。

"呵呵，果然是为大库而来，敢问阁下，是哪条道上的朋友？"朱有成枪尖一抖，飒飒有声。

"大库，东北军大库……寻找大库的地形图在'山海关'手里，你和秦六子都是东北军谍报组织'山海关'的人。他是顺风耳，你是千里眼。要想活命，老老实实交出情报就是了。别以为'皇子'能救你们，呵呵，据我所知，'皇子'在南京一战中已经死无葬身之地，而你们的军师'算盘'，也早就不中用了，是个不折不扣的废物。唉，当今天下，能够与'黑龙会'匹敌的寥寥无几，原本'山海关'算一个，现在，你们也完了……"

陈宝祥想起秦六子临死前说的那些怪话，原来，有顺风耳，就真的有千里眼。不过，他不明白"黑龙会"和"山海关"是什么，只觉得平时看似黑白通吃的朱有成，此刻一枪在手，正气凛然，跟平日所见，迥乎两人。

"我们'山海关'的老大皇子当然活着，大军师算盘也当然活得好好的。不过，杀鸡何用宰牛刀？对付你，我'千里眼'铁枪朱有成一个人足矣——"

嗖的一声，影子双臂一振，指尖里的刀光再次闪现。

那是两把三寸长的短刀，比中国武术里的峨眉刺更短。

一寸长，一寸强；一寸短，一寸险。

影子使用这么短的兵器杀人，一旦被他贴身缠住，恐怕就有割喉之虞。

"千里眼，你不知道大库地形图在哪里，对不对？"

朱有成再次振枪，枪尖寒芒吞吐不定："要知道大库在哪里，枪尖上定了生死再说！"

影子阴森森地笑起来："定生死？你也配？"

突然，他上身向前一倾，脚下踩了风火圈一般，倏地切入了朱有成的中央门户，双掌一抹，刀光就到了朱有成的咽喉。

朱有成倒踩七星步，链子枪左右格挡，护住咽喉。

"叮叮，叮叮叮，叮叮叮叮，叮叮叮叮叮"——

短刀刀刃与镔铁链子枪碰撞声爆豆一般响着，火花四溅，照亮了朱有成凝重的一张脸。

他先采取守势，转眼间变守为攻，链子枪如龙如蛇，枪尖缥缈不定，招招不离影子的胸口要害。

陈宝祥躲在墙角，屏住一口气，紧盯着枪尖，恨不得朱有成一枪就戳透了影子的胸膛。

两人这一轮交手，如同电光石火，兔起鹘落。

一进一退，战局中止。

朱有成的枪尖高高挑起，已经被鲜血染红。

陈宝祥一喜，知道朱有成得手了。

"千里眼，最后问你一次，大库在哪里？黑龙会一向宽宏大量，愿意吸收所有江湖异士加入。你，供出线索，我就饶你一命，不然，顺风耳秦六子就是你的前车之鉴。"

影子的声音很冷，陈宝祥突然明白过来，他就是那位给陈家大饭店设计装修的杜先生。

前几次接触，杜先生光干活，不说话。所以，陈宝祥对他的声音不熟悉，直到现在，才对得上号。

"哈哈哈哈，胜负不分，还可一战——"朱有成大笑。

"千里眼，刚刚我有三次机会能割断你的喉咙，却始终没有下死手。你不投降，下一刀，就取你性命，绝不留情。"杜先生的声音冷冷的，仿佛嘴里含着一口寒冰。

"自从你杀了我的好兄弟秦六子，我就横下一条心，拼了命，也得替他报仇。我东北军'山海关'的好兄弟，不能同年同月同日生，但愿同年同月同日死。今晚，不是你死，就是我活，咱们枪尖上见生死吧！"

朱有成话音刚落，突然后撤一步，喷出一大口鲜血。

陈宝祥的心猛地沉下去，他现在明白了，朱有成的枪法虽然刚猛，却不是杜先生的对手。

两个回合之间，杜先生手中短刀游刃有余，已经控制了局面。

陈宝祥紧攥双拳，恨不得能与朱有成共进退，可是，杜先生是田先生的朋友，而秦六子、朱有成过去也跟田先生有交往。他分不清到底应该帮谁，毕竟双方都是朋友的朋友。

杜先生向前跨出一步，朱有成大喝一声，抢着进攻，链子枪越舞越急，带起一阵阵风声，直卷到陈宝祥脸上。

这一次，杜先生只是绕着枪尖躲闪，始终没有出刀。

朱有成连进了十五步，将杜先生逼迫到小巷尽头。

两人身形交错之时，朱有成大叫一声，右手松开，枪尖落地。

随即，他的喉头、右腕同时鲜血喷溅，淋漓不止。

陈宝祥的心彻底凉了，知道朱有成难逃劫难，即将与秦六子一般下场。

这时候，良心告诉他，必须挺身而出，救下朱有成。可是，跟杜先生作对，就等于是跟田先生作对，那就对不起朋友了。

"大库？"杜先生又问。

朱有成摇头，喉咙嘶哑，声音已经断断续续："杀了我……和秦六子，杀了千里眼和顺风耳，皇子……皇子不会放过你，他一定帮我们报仇，东北军大库……大库也一定交到少帅手上，我'山海关'的兄弟，贫贱不能移，富贵不能淫，威武不能屈，个个都是大丈夫……"

杜先生抬起右掌，食指、中指之间夹着的小刀正在滴血。

"先挖你眼睛，再割你耳朵，剜你舌头……黑龙会和山海关之争，已经延续了二十年，总得有个了断。我告诉你，皇子已经死了，你偏偏不信。你们的少帅此刻躲在赵四小姐的安乐窝里，根本顾不上山海关的死活。真是……你们这些中国人，就只懂得愚忠，真是可笑，从东北到南京，从军队到平民，一群一群，没有脑子的猪猡——"

朱有成突然大吼一声，双手握枪，冲向杜先生。

这一回合，极短极烈，杜先生手里的小刀，瞬间划过了朱有成的咽喉。

"我们……中国人不是……我们是雄狮，是沉睡的雄狮，小日本，小日本……我他妈的操你们祖宗，操你们祖宗十八代——"

杜先生左手钩住朱有成的脖子，右手小刀，压在了朱有成的人中上。

朱有成嘴中、咽喉、手腕同时流血，但骂声不绝，毫无惧色。

"呵，嘴硬？我先剜了你舌头，看看你还怎么骂人？"

陈宝祥只觉得浑身僵硬，他绝不能亲眼看着杜先生挖眼剜舌，这太残忍了。

陈宝祥哆哆嗦嗦地站起来，双脚已经麻木，钻心地疼。

"杜——"

陈宝祥刚刚说了一个字，有条黑影突然从右侧高墙上落下，右手举着无声手枪，连续扣动扳机，弹无虚发，颗颗中的，射在杜先生脸上。

杜先生果真顽固，左臂仍然紧紧箍住朱有成的脖子，但右手的小刀却再也无力插下去。

黑影边开枪边前行，一直到了杜先生面前，一伸手，轻描淡写地摘下了杜先生右掌中的小刀。

"你说错了，中国人不是猪猡，你们日本人才是猪猡。从东北到南京，一路杀得血流成河，但中国人是杀不完的。野火烧不尽，春风吹又生。一支穿云箭，千军万马来相见，我山海关的兄弟，头可断，血可流，但这颗炎黄之心，这缕华夏之魂永不灭绝。至于你，我兄弟说了，操你们小日本十八代祖宗——"

黑影手起刀落，第一刀，狠狠地割断了杜先生的喉咙，第二刀，深深扎进了杜先生的眉心。

其实，刚刚那一轮射击，已经把杜先生的脸打成了筛子，这一刀下去，只不过是以彼之道，还施彼身，让杜先生下了阴间地府，也得记住，中国人不是好惹的。

"皇……皇子，盟主……大佬你来了，我朱有成给山海关丢人了……我朱有成学艺不精，差一点就死在……"

陈宝祥这才明白，从天而降的黑影，就是秦六子说过的"皇子"。

皇子把朱有成抱到墙角，低声叮嘱："别说话，刀伤不在要害，老实静养，一定能好。记住，山海关的兄弟拼的就是血性和勇气，好好活着，只要还有一口气在，就能东山再起。我回来了，不管是黑龙会还是关东军，都得血债血偿。"

朱有成声嘶力竭地笑起来："好，好……有大佬这句话，我朱有成就心里有底了，好好活着，等着弄死小鬼子，解放济南城……"

皇子站起来，缓步走到陈宝祥面前，从口袋里掏出两根金条，放在陈宝祥手上。

他的脸上蒙着黑巾，只露出精光四射的一双豹眼。

"拜托，好好照顾他，我山海关兄弟不会忘了陈老板大恩——他有事死了，你也得死，死全家。"

他只说了这冰冰凉凉的几句话，就转过身，大踏步走出了小巷。

陈宝祥把朱有成送进了日本人开的医院，亲自在外面守着，直到包扎完毕，才松了口气。

皇子出手如电，杀人如麻。

如果朱有成死了，恐怕陈家老小就真的有麻烦了。

他把朱有成送进病房，雇了两个人轮流看着，自己才算是卸下了肩头大石，回饭店歇息。

接下来几天，陈宝祥没有见到田先生。

这样也好，不然的话，他亲眼看见杜先生被杀，见到田先生，一定心里发虚。

这种尴尬不安的情绪没有维持太久，北平那边就传来一个特大好消息——小桃红说，要在正月初六那天，从北平乘火车到济南。

"住三两天吧，看情况再说。有朋友接待呢，就多住几天，没有朋友愿意破费呢，我和竹青就逛一圈赶紧回，免得师父惦记。"

电话里，小桃红的声音十分俏皮，陈宝祥的消极情绪受到感染，立刻昂扬起来："有朋自远方来，不亦乐乎？你们大老远来济南，请都请不到，当然有朋友接待，别说破费不破费，那就见外了。我自然是要尽地主之谊，吃喝玩乐一条龙，我全包了。除了你和竹青小姐，还有谁一同来？令师呢，要不要邀请她一起过来?"

小桃红回答:"师父呀,她可不去,已经早早地约好了牌友,定下了三餐,不让我和竹青打扰。这次同去的,还有家师的一位好朋友倪先生。"

陈宝祥满心欢喜,只要小桃红能来,他就谢天谢地了,不管同来的是谁,肯定盛情款待。

两人在电话里定好了日子,火车到站时间是正月初六下午七点。

"死约会,不见不散。"陈宝祥在电话里叮嘱了十七八遍。

"当然呀,等着吃你说的明湖宴呢。竹青喜欢吃鱼,说好请我们吃糖醋黄河鲤鱼的,千万不能爽约呀!"

陈宝祥笑了,发自内心地郑重应承:"你放心,只要你来,就算是要天上的月牙星星,我也绑梯子摘去——我等着你……们,死约会,不见不散。"

定下了这件大事,陈宝祥心里乐开了花,上楼下楼,一步三个台阶,简直时不时地像要飞起来一样。

他想见小桃红,就像小时候数着指头盼过年一样。

"这一次,我必须得……"

皇子给的那两根金条,是为了给朱有成疗伤,但当晚杜先生出刀留情,都是皮肉伤,没有一刀伤及咽喉深处和五脏六腑。所以,半根金条都用不了。

陈宝祥打算,用这些钱来接待小桃红,一定办一个体体面面、风风光光的明湖宴,让北平来的两位小美人,好好地开开眼。

四大馆那边,轮流到大观园来,向陈宝祥求情。

起初,汇泉楼刘家的气势很足,以为拿几个钱,再说几句软话,陈宝祥这样的老实人,肯定就松了口,不再追究刘振远的欺凌之罪。弄好了这第一步,官钱局那边再花点钱打点,人就放出来了。

正是基于这种打算,刘太太没有出面,只派了汇泉楼的账房先生带着礼物,各去了米饭铺、大观园一趟,面见林月娥和陈宝祥。

另外三家,受刘太太所托,也备了礼物,拜访陈宝祥,请他高抬贵手。

这事本来就跟陈宝祥无关,但他收了四大馆的礼物,又逢北平来的好消息，所以情愿高抬贵手，为刘振远说好话。

等他向田先生说情的时候，田先生笑眯眯地摇头，不说一个字。

"田先生，刘振远没犯什么大罪，他代表四大馆邀请我赴明湖宴，也是餐饮行当里的私事，不至于扰乱济南治安。能不能请您跟官钱局那边说说，抬抬手，把人放了，让刘振远回家过年？"

那时候，田先生正在品尝陈家大饭店的后厨新菜——水晶拔丝地瓜和蒜蓉爆炒八带鱼。

明湖宴之后，陈宝祥又花钱请了两位厨子，下了血本，更新菜谱，争取与四大馆一争长短。

"陈老板，我也想帮忙托人把刘振远放回去，可是，他聚众滋事，四大馆的厨子当时都动刀了对吧？如果不是便衣抓人，你很有可能像他们说的，被'宰了喂王八'。我怀疑，过去不知道有多少人坐船游湖的时候，被别人杀了，大卸八块，扔进大明湖里喂王八。正因如此，湖里的王八才又肥又大，千年不死，呵呵呵呵……"

陈宝祥知道田先生是在开玩笑，大着胆子，二次求情："田先生，刘太太说，他们已经知错了，不该欺行霸市，压制同行。等刘振远放出来，他们一定痛改前非、老实做人。再说，已经关了好几天，刘振远得了教训，这事不如就算了吧？"

田先生望着陈宝祥，放下筷子，轻声叹气："陈老板啊，你这个人最大的好处就是最大的坏处，耳根太软，听不得别人三句好话。如果不抓刘振远，其他三家受他的鼓动，对陈家大饭店百般刁难，咱们怎么办？关门歇业，遣散伙计，费时费力，一赔到底？那可不行，那可不行，平井君的欢迎宴还得指着咱陈家大饭店呢！"

"乡里乡亲，我不想做绝了。田先生，这事您看我的面子，别难为汇泉楼了，行不行？"

陈宝祥没想那么复杂，在他看来，人要脸树要皮。

明湖宴上，刘振远众目睽睽之下被便衣抓走，吃上了官司，以后一定会老老实实，不再张扬。

济南鲁菜四大馆以汇泉楼为首，刘振远不出头，陈家大饭店就安宁了。

田先生没办法，笑着答应："好吧，既然你对同乡之谊看得这么重，我也没办法，必须厚着脸皮去求人。唉，抓人呢，是我托人抓的，替你解围。放人呢，也得我去求人帮忙，替你做慈善。陈老板，这都是我上辈子欠你的，这辈子好好还，还清了为止。"

陈宝祥总算放了心，迄今为止，只要是田先生答应的事，没有一件放空。

幸运的是，田先生从未提起过杜先生，似乎小巷子里发生的那场战斗，已经完全平息了。

直到年三十，刘振远都没被放出来。

四大馆一天两趟，到陈家大饭店来，哀求陈宝祥捞人。

刘太太不敢再吝啬，出手就是八百大洋，用四角嵌铜的柳藤箱子装着，送到陈宝祥的办公室来。

陈宝祥也实在没了主意，因为他已经跟田先生说了四次，田先生也答应了四次。

至今人都没捞出来，只能证明田先生的朋友也在拖延搪塞。

年三十上午，刘太太带着两个孩子过来。

就在陈家大饭店的大堂里，三个人齐整整地给陈宝祥下跪。

刘太太代替刘振远，在自己脸上扇了十个耳光，骂自己有眼不识泰山，开罪了陈宝祥，罪该万死，猪狗不如。

"陈老板，陈爷，请看在我两个孩子年幼可怜，四位高堂白发苍苍，我一个女流之辈硬撑着汇泉楼的馆子……可怜可怜我们一家老小，给我们一条活路吧？等振远放出来，一定再次登门，负荆请罪……"

刘太太过来，四大馆跟过来三十几人，都挤在陈家大饭店门口，在大观园里闹出了很大的动静。

几家小报的记者闻风而动，在人丛里钻来钻去，采访新闻。

陈宝祥手足无措，把三个人搀起来，吩咐跑堂的上茶。

他打电话到田先生的公司去，再三哀求，请田先生想想办法。不然的话，陈家大饭店在济南的名声就彻底完蛋了。

当然，陈宝祥明白，刘太太带人这么一闹，就算他帮忙把刘振远捞出来，自己这"汉奸"的大帽子就算是扣上，再也不好摘了。

"陈老板，不要管他们。人善被人欺，马善被人骑。想想刘振远是怎么对你的？如果我不帮忙，陈家大饭店的牌子都没了。"

陈宝祥满脸都是苦笑，自己受了刘家一家三口的跪拜，必须得替他们出头捞人。不然，全济南市的老老少少都会说他陈宝祥无情无义，压榨乡邻，给日本人干事，没有中国人味。

过去，他从未处理过这种事情，如今，他觉得自己似乎跟刘振远站在了同一边，再不捞人，心理上也过不去了。

"田先生，不管以后他们怎么待我，我都认了。麻烦您跟官钱局的朋友说说，把刘振远放了，要罚多少钱，我全听着就是了。"

陈宝祥狠下一条心来，一定要让刘振远回家过年，吃饺子，放炮仗。

"我去说情，你别管了。其实你知道吗？自从明湖宴上刘振远被抓，我公司这边，官钱局那边，驻军司令部那边……都有人说情托付，希望官钱局早早把刘振远放出来。这说明什么？说明他们绕了一大圈，最终明白过来了，要想捞人，就得来求你。你不松口，他刘振远就得老老实实在官钱局蹲着。一来二去，你在济南的地位就拔高了，将来别说是鲁菜四大馆了，北平和沪上的名家，也不敢小看你，懂了吧？"

电话中，田先生循循善诱，又给陈宝祥上了活生生的一课。

陈宝祥感恩戴德，连说了几十个"谢谢"。

实际上，不解决这件事，陈宝祥迎接小桃红的时候，心里就不踏实，总是疑神疑鬼的。

打完电话，陈宝祥告诉刘太太回家等消息。

这一大帮人刚走，就有七八个在天桥唱莲花落的人，围在大饭店门口，一口一个"汉奸"地连唱带骂。

接着，又有人趁着伙计们不注意，在饭店门上贴了三个大字——"狗汉奸"。

混乱中，有人向饭店里扔了一大包香灰，在大堂中间的桌子上炸开，屋里像下了一场灰色的雪，沸沸扬扬，好半天才消停下来。

米饭铺那边，也是同样遭遇，逼得林月娥只能关门闭户，暂停了生意。

陈宝祥挠头，他越澄清自己不是汉奸，世人就越给他扣"汉奸"的帽子。

他想捞刘振远，成功了，证明整个济南城只有他能从日本人手里捞人，更印证了"跟腚狗"名副其实。不捞刘振远，他又过不去心里这道坎。

站在办公室窗前，他俯瞰窗外这方锦绣宝地，心里越来越感叹："田先生是老江湖，看得准，看得远，捞不捞刘振远，结局都一样。这混乱世道啊……我陈宝祥想做个好人，怎么那么难呢？"

接下来，陈大平来饭店送信，说有人晚上往米饭铺屋顶上扔鞭炮，幸好这几天有雪，屋顶的麦秸潮湿，不然的话，鞭炮一炸，屋子都得一把火烧了。

陈宝祥赶紧回家，进门之前，街坊邻居指指点点，"汉奸、狗汉奸"之类的骂声此起彼伏。

见到林月娥，陈宝祥匆匆安抚了几句，就吩咐找几样拿得出手的礼物，准备去杨先生那里讨教个主意。

"杨先生那脾气，肯见你？"林月娥沉着脸问。

陈宝祥在屋里来回转了几圈，指指陈果儿："让妮子陪我去，杨先生最中意她，看在她的分上，肯定不会让我下不来台。"

父女俩拎着两个点心匣子，出门去西更道街。

"爹，娘昨天哭了半宿。"陈果儿说着，眼圈红了。

陈宝祥无奈地摇头，遇到这些事，连他都头大，更不要说是林月娥这妇道人家了："等汇泉楼的刘老板放出来，这事就过去了。济南的乡里乡亲也会明白你爹是什么人，闹事的自然就散了。"

陈果儿也摇头："爹，娘不怕这些来家里捣乱的，她不是为了这些事，而是……而是花婶子。"

陈宝祥愣了愣，上次花婶子在陈家大饭店撒泼打滚，被田先生打发了，应该不敢再来骚扰了才对。

"怎么呢？"

陈果儿小心翼翼地说下去："爹啊，我人小见识少，说错了您莫怪。花婶子这几天到县前街串门，话里话外，说是您有意纳小，还说已经物色了几户人家的姑娘，有大家闺秀，也有小家碧玉，连订金都收了您的，就等着您挑选回话呢。"

陈宝祥挠挠头，点心匣子换了个手拎着。

"爹啊，您跟我娘好好的，怎么想起纳小来了呢？再说，我娘勤勤恳恳熬了一辈子，对您百依百顺，从没犯过错，您到底为什么纳小，想娶哪一家的姑娘呢？"

陈宝祥这才知道，花婶子牙尖嘴利，真的得罪不起。

他摸着陈果儿的辫子，叹了口气："我从没提过纳小的事，花婶子给你大哥提亲，你大哥不搭理，她又想把姑娘说给你二哥，又被虎子拒绝了。两门亲事都没着落，她赚不着说媒钱，就跑到大观园去，非得把姑娘说给我，让我纳小，还在我办公室里撒泼打滚，幸好田先生过来，才把这件事平息下来。"

陈果儿跳起来："爹啊，您不纳小，都是花婶子挑拨离间，对不？"

陈宝祥点头："傻孩子，饭店刚开业，又没赚到多少钱，我纳的哪门子小啊？再说了，你都这么大了，我纳小进门，你不觉得别扭？好了好了，好孩子，都是花婶子在中间胡说八道。我明天就找她，堵住她的嘴！"

陈果儿毕竟还是个孩子，陈宝祥几句话说透了这件事，她脸上立刻放了大晴天，蹦蹦跳跳的，一路跑在前面，两根小辫子荡啊荡的，像两只不安分的小麻雀。

到了杨先生家，果然如陈宝祥所料，杨先生看在陈果儿面子上，开门让座，沏茶待客。

陈宝祥不开口，但陈果儿早就得了陈宝祥的教诲，替他向杨先生求教。

"杨先生，我家现在被济南人骂为汉奸，走到哪里，都像是过街老鼠一样。您老给出个主意，我们到底怎么办，才能摆脱这种麻烦？"

大半个月没见，杨先生又瘦了许多，脖颈上青筋凸出，喉结越发显得突兀，浑身骨头支支棱棱，似乎要穿透那件薄棉袍，全都生长出来。

"汉奸？"杨先生瞥了一眼陈宝祥。

陈宝祥感觉出来，那一道眼光里，西北风刮蒺藜——连讽带刺。

他赔着笑低头，在陈果儿面前，脸上有点挂不住。

"杨先生，我爹不是汉奸，他是个好人。汇泉楼的人到家里来过，我爹我娘也答应一定托关系把刘老板捞出来。我们家从没欺负过济南的乡里乡亲，从我记事起，他就是老老实实的本分人。"

陈果儿说的都是实话，平时，女孩子害羞，不好意思在大人面前长篇大论，但现在，为了自己爹娘，也豁出去了。

杨先生站在屋子中央，阳光从正门口照进来，影子落在他脚下。

陈宝祥觉得，像杨先生那样活着的人，光明磊落，堂堂正正，一定不会被人家非议，也不会遭人家白眼吧？

"果儿，你的功课怎样了？"杨先生忽然换了话题。

陈果儿愣了愣，赶紧回答："一直在读书写字，昨天刚刚写到张养浩的《山坡羊·潼关怀古》一篇。"

杨先生微笑着点头："峰峦如聚，波涛如怒，山河表里潼关路。望西都，意踌躇。伤心秦汉经行处，宫阙万间都做了土。兴，百姓苦；亡，百姓苦。张养浩生于济南历城，正直磊落，耿耿丹心，为民请命，胸怀天下，这样的人才称得上'盖世英雄'四个字。济南啊，出了那么多大英雄，秦叔宝、李易安、辛稼轩……哪一个不是站着撑破天、躺下砸塌地的人中豪杰？"

陈宝祥听到那些名字，心里顿时一阵迷茫。

日本人进城之前，他在天桥听书，对这些名震天下的大人物无比景仰羡慕，也曾梦想着从军跨马，为国效命，马革裹尸，名垂千古。只是，不知怎的，再回头看看，自己竟然沦为了汉奸和跟腚狗，成了济南人唾骂的靶子。这到底是怎么一回事呢？

"果儿啊，回去好好读书写字，把做人的道理看明白、想明白。书是好东西，书中自有黄金屋，书中自有千钟粟……把我给你的那本书拿稳了，也看准了。书啊书啊，辛稼轩在《鹧鸪天·有客慨然谈功名因追念少年时事戏作》慨叹：'壮岁旌旗拥万夫，锦襜突骑渡江初。燕兵夜娖银胡䩮，汉箭朝飞金仆姑。追往事，叹今吾，春风不染白髭须。却将万字平戎策，换得东家种树书。'妮啊，那本书好好留着吧，金不换，银不换，是咱师生一场，我给你最后的念想……"

就这样，杨先生把陈家父女送出门来。

"杨先生，给支个招吧，咱交往这么些年，我陈宝祥的为人——我再不济，也不会当汉奸啊？"

陈宝祥这一趟过来，一无所获，心里更不踏实了。

"你不是汉奸，是什么？"杨先生一下子提高了嗓音。

"杨先生，咱说话得讲良心，我就是个开店卖饭的，人家田先生不是坏人，愿意资助我开饭店，我能怎么样呢？到手的好事能推出去？再说，大观园就是不开陈家大饭店，也会开冯家大饭店、褚家大饭店、卫家大饭店，我这……我这，他妈的冤枉啊！"

杨先生冷笑一声："接受日本人资助开饭店，你还有理了？不分友人寇仇，瞎了狗眼，猪油蒙了心，你陈宝祥不是汉奸是什么？"

嗖的一声，杨先生挥手，两个点心匣子跌在街中央。

哐当，木门关上，吓得陈果儿后退三大步，险些跌倒。

陈宝祥愣愣地站了一阵，南北几家门口，有人探头探脑偷看。

"爹啊，咱回吧。"陈果儿捡起点心匣子，擦了擦上面的土。

陈宝祥红了脸，一言不发，转身带着陈果儿回米饭铺。

吃了年三十的团圆饭，再吃了初一、初五的饺子，陈宝祥心心念念盼着的大日子就到了。

初六一大早，他就换了崭新的长袍和皮鞋，对着镜子左看右照，把浑身上下收拾得板板正正。

给小桃红住的地方，他也定下了，就在大观园背后的平泉旅馆。至于吃的玩的，他单独列了个单子，规规矩矩叠好了，放在贴身口袋里。

火车下午七点才到，中午时候，陈宝祥就吩咐后厨，准备了一桌十六个菜的宴席——四凉菜、十二热菜、一道汤、猪肉白菜饺子，外加每人一碗银丝玉带面。起脚饺子落脚面，这是济南规矩。有饺子有面，意味着交情深厚，长长久久。饭后甜点果盘也早预备下了，烟台苹果莱阳梨，还有潍坊的小青萝卜……

陈宝祥只恨济南物产贫瘠，不能倾尽所有，把小桃红西太后一般高高地供起来，让她享受人间至尊美味。

安排好了一切，陈宝祥握着一把鸡毛掸子，把办公室上下扫得一尘不染。

栽下梧桐树，引得凤凰来。

这一次，他得让小桃红觉得，济南就是她栖身的梧桐树，随时能来，来了就不愿意走。

天刚擦黑，陈宝祥就到了火车站，叫好了四辆黄包车，等在出站口西侧。

盼星星盼月亮，小桃红终于在出站口现身。

隔着几十人，陈宝祥一眼就看见了那个穿着花青色貂皮领大衣的小人儿，一头青丝长发编成两个麻花长辫，双双垂在胸前。她的右手挽住了竹青，左手插在口袋里，满脸都是流光溢彩的笑意。

陈宝祥挥手，小桃红看见，向这边指了指，放开竹青，快步跑过来。

两个人见面，陈宝祥看着面前天仙一般的小人儿，倒吸一口凉气，胸口、喉头都被塞住，竟然一个字都说不出来。

闯荡江湖半生，他自以为已经心如草灰，却不料一夜之间，春来花发，换了人间。

"陈老板，坐了大半天火车，我和竹青都饿了，等着吃你的济南名菜呢！"

小桃红笑起来，绯红的脸颊上，一边一个铜钱大的小酒窝闪现出来，一双会说话的大眼睛比今晚的早星更亮。

风从小桃红背后来，把她身上的香吹到陈宝祥鼻孔里。

陈宝祥醉了，云里雾里的，不知今夕何夕。

竹青走过来，向陈宝祥拱手："陈老板，别来无恙，一向可好？"

她虽然是女孩子，但举止做派，豪气毕现，犹如江湖侠女一般。

竹青向陈宝祥介绍后面跟着的一个穿西装、戴礼帽、宽肩膀、细身材的中年男人："这位是家师的好友倪先生，陪我们过来。"

一直回到陈家大饭店包厢，陈宝祥才回过神来。一路腾云驾雾，怀里像揣了一窝小兔子，挨挨挤挤，七长八短，弄得他的心飘飘悠悠，定不下来。

进了包厢，小桃红脱去大衣，露出里面石榴红色的紧身旗袍，胸口绣着碗口大的五色牡丹，从领口到腋下，每一颗扣襻儿上都缠着金丝银线，线头上坠着嵌银水钻，在灯光下熠熠生辉。

年轻女孩子天生丽质，薄粉丹唇，根本不用刻意描画，就已经让整个陈家大饭店蓬荜生辉，连上菜的伙计都看直了眼。

凉菜热菜一道道上来，白酒、洋酒也摆上了桌。

陈宝祥坐在主陪位置，右手边主宾是那位倪先生，左手边主宾是小桃红，小桃红的旁边是竹青。

他端起酒杯致辞的时候，手指还在发颤。

"今天是新春佳节正月初六，喜鹊登枝，贵客临门，陈家大饭店略备薄酒，欢迎北平来的倪先生、小桃红小姐、竹青小姐。新春已至，大地回暖，燕鸟北归，生机葱茏，嘉宾莅临，荣幸之至，祝福三位的济南之行平安顺意，开怀喜悦。大家干一杯——"

这段话，陈宝祥已经背诵了几十遍。

他知道自己的斤两，在小桃红面前，一定要做到彬彬有礼、温文尔雅，不能让人家一下子看扁了。

倪先生双手捧杯，谦逊有礼地说了几句场面话，赞美陈家大饭店有气势，够场面，也代表大青衣、小桃红、竹青，向陈宝祥的盛情款待表示感谢。

吃饭时，陈宝祥不敢表现得太露骨，每道热菜上桌，他先给倪先生布菜，然后才是小桃红、竹青。

饭后，竹青提出，自己坐了大半天车累了，先跟倪先生去旅馆歇息，让小桃红先留下，跟陈宝祥聊几句。

第十五章　镜中颜

这样安排，正中陈宝祥下怀。

他把小桃红请到自己办公室，亲自烧水沏茶。

"陈老板，明天就请我们去吃明湖宴好不好？"小桃红捧着茶杯，热茶的雾气飘上来，扑在她脸上，越发显得眉眼水灵，像窗台上新开的水仙花。

"已经安排好了，明天咱们从北极庙登船，边游湖边开宴，从正午玩到黄昏，一定请桃红小姐品尝到济南美食，欣赏到济南美景。"

小桃红轻轻摇头，嘴角一抿："把小姐去了吧。"

陈宝祥怔了怔，清了清嗓子，郑重其事地叫了一声："小桃红。"

小桃红轻快地答应了一声："唉。"

忽然间，两人没了话，四只眼睛对视着，仿佛戏台上的演员忘了词。

"我们……我们后天去千佛山烧香，去芙蓉街逛逛，去趵突泉万竹园看梅花，去五龙潭喂鱼，去黑虎泉品茶……"

春风得意马蹄疾，一日看尽长安花。

这一刻，陈宝祥一花障目，不见百芳。

他只想守着小桃红这一枝花、一朵花——一朵北平来的小桃花，一个千娇百媚的小人儿。

乱红繁复动客心，花不迷人人自迷。

"去那么多地方呀，我可走不了那么长的路。还是分开来看吧，一天看一个风景，这一次有陈老板陪着，非得把济南城看得仔仔细细不可呢。"

小桃红娇滴滴笑着，刚刚吃饭，唇红碎了，有几处地方，露出淡粉的女儿家唇色来。

陈宝祥的心里在打鼓，一边看着小桃红的脸，一边摸索茶杯，一不小心，茶杯翻了，茶水洒了满桌。

小桃红呀的一声叫起来，陈宝祥忙不迭地拿起抹布，擦拭桌子。

"你呀你呀——"小桃红抬起粉白的右手，食指尖尖向上翘着，指甲上的艳红蔻丹在灯下红得逼人双目。

"你呀你呀，真真是个……是个——"小桃红停住口，轻轻歪了歪头，似乎在想用什么词来形容陈宝祥。

她的那副惹人遐思的模样，让陈宝祥浑身的血又聚到头顶上来。

他忽然想到夏夜的闪电，仿佛巨人银笔，在天空中划了一个巨大的"之"

字，一闪就落到了米饭铺的窗前。那一幕，在他心里打下了最深的烙印，也就在那一夜，林月娥有了陈大平。

"你呀，真是个——老、实、人。"小桃红扑哧一声笑出来。

陈宝祥愣住，不知道"老实人"三个字是褒是贬，也猜不透小桃红的用意。

"喵呜"，屋顶上，有猫咪跑过，瓦垄响了几声，又重归寂然。

"济南的春天，真的有些暖意，比起北平的严寒，好了许多。这屋里又烧着炉子，刚刚都出汗了呢。"小桃红整了整旗袍的衣襟，抽出大红缎子手帕，擦拭着额头。

"是啊是啊，我也出汗了。"

陈宝祥说的是实话，跟小桃红在一起，他心里的燥热、躁动一波一波涌上来，仿佛大明湖暗夜里的泉涌春潮。

"今晚我们……我们就聊到这里吧，别让竹青和倪先生等着急了，我得回旅馆那边了。"

小桃红轻轻打了个哈欠，扶着桌沿站起来，又笑着，缓缓转动了一下脖颈："哎呀，今晚不该喝这么多酒，头里晕晕的，走路都一脚高一脚低的。唉，不该贪杯的，要让师父知道了，肯定要挨戒尺了。"

她离开桌子，脚下踉跄了一下，陈宝祥赶紧搀扶。

从办公室出来，一直走到外面，陈宝祥都小心翼翼地双手搀扶着小桃红的右手。

小人儿的右手柔若无骨一样，滑腻腻的，像刚刚在温水里泡过的外国香皂。

从饭店到旅馆，不过是一百步距离，右转再右转，眨眼就到。

两人没有叫车，一步步走过去。

"这时节要是在北平呀，地上全铺着一层冰，白花花，明晃晃的，一不小心就摔个四脚朝天。师父管得严，不让我们晚上出门，戏园子散场，立马就得回家。这一次，师父不在眼前，我和竹青早就约好了，一定要疯玩一回，大吃几顿，哪怕是把腰撑得水桶粗，也不在乎，哈哈，哈哈哈……"

陈宝祥叹气，大着胆子说："你的腰细得都不够我一掐长，吃再多，也变不成水桶。"

小桃红摇头："怎么可能？有时候晚饭多吃几粒米，就要挨师父的戒尺呢。戏比天大，几位行里的前辈，尤其是唱花旦的，半辈子没吃过荤腥，身上瘦的呀，几根肋骨几块脊骨都看得清清楚楚。可我呢，是暗里肥，再怎么节食，也看不出瘦来，因为骨头都被肉包住了呀。"

陈宝祥握着小桃红的手，闻着她发上、衣上、身上的香，一时间情愫迷离，脱口而出："我不信。"

小桃红停步，歪着脑袋，注视着陈宝祥。

"你的腰太细了，刚才吃饭，我恨不得把梅菜扣肉全都夹到你碗里去，自古至今，只有肥美人儿，哪有瘦美人？"

小桃红笑起来："我不瘦的，不信你摸摸看，吃完到济南的第一顿饭，我的腰得肥了半尺多。"

她握着陈宝祥的手，伸到自己大衣里面，按在旗袍的腰间最凹陷处。

旗袍丝薄，滑不溜丢。

陈宝祥的手指轻轻颤抖着，在小桃红腰间摸了两下，仿佛已经透过那薄薄的内外两层缎料，摸到了小桃红的细嫩肌肤，顿时浑身都觉得燥热起来。

"我……我想……"他口干舌燥，有个念头猛地跃到脑子里。

"好了，前面就到旅馆了吧？"小桃红又跟跄了一下，继续向前走。

陈宝祥在额头上猛拍了一掌，恨自己有贼心没贼胆，竟然白白错过了春宵一刻值千金的大好机会。

一夜春梦不止，让陈宝祥翻来覆去，烙饼一样，直到天亮才迷迷糊糊入睡。

第二日，一觉醒来，天色已近晌午。

陈宝祥洗漱完毕，又换了一身新衣，然后去了旅馆，叫上三人，直奔大明湖北极庙码头。

他早就定好了湖上最大的船，船舱桌上，摆着四干果、四蜜饯、四点心、四糖块，另外备好了一壶绿茶，一壶红茶，还有一大瓶洋人喜欢喝的可口可乐糖水。

船头上已经摆好了锅灶、案板，四个厨子、四个伙计垂手待命，只等着做这桌明湖宴。

四个人上船，在船舱里分宾主落座，然后大船起锚，开向湖心。

今天的主菜是"活鱼三吃、葱爆海参、糖醋鲤鱼、酥炸里脊、爆炒腰花、四喜丸子"，都是济南城款待上宾的一等硬菜。

那位倪先生十分低调，面带微笑，极少开口。

从他穿的大衣、西装的品质看，一定价格不菲。

昨天席间，竹青介绍倪先生是做古玩生意的，生在辽北，长在江南，目前旅居北平，与大青衣是多年挚友。

陈宝祥双手递上菜单，倪先生笑着摆手："请两位美女审阅吧，我南北往来很多，也多次尝过山东鲁菜，昨晚那一桌大快朵颐，非常感谢陈老板盛情，今日就不敢再僭越了。"

竹青笑着，在小桃红胳膊肘上推了一把，小桃红就红着脸把菜单接过来。

"我们都爱吃鱼，这些菜很好的呀，是不是呀竹青？"

竹青咬着唇不作声，眼中满含着揶揄笑意。

陈宝祥望着小桃红，只要她口中说一个"好"字，自己这一番心思就没白忙活。

"竹青小姐，有没有忌口？"陈宝祥又问。

竹青摇头："没有忌口，全听陈老板安排。"

陈宝祥吩咐一声，厨子们就在船头拿鱼做菜，操练起来。

明湖水色，风光依旧，并不因哪一派势力占了济南城而有丝毫的增损。

"佛山倒影"是济南八大景之一，如今船在湖上，虽然看不见水中倒影，但向正南望去，千佛山顶便映入眼帘。

"陈老板，你不是说，可以在船上钓鱼吗？不会是骗人的吧？"小桃红望着陈宝祥，一双大眼睛似笑非笑，含着七分春色。

陈宝祥拍了拍巴掌，两个伙计过来，把右边的木窗推开，又从船舱顶上解下来四根鼠尾竹竿，竿子尖上早就拴好了鱼线，挂上了浮漂、铅坠、鱼饵，只等着他们四人甩竿垂钓。

倪先生再次摇头："我就免了，不喜欢钓鱼。陈老板，你哄着两位小姐玩吧，我在一边看着，顺便欣赏大明湖的美景。"

陈宝祥亲手帮着小桃红下了鱼竿，坐在她身边，一手把着竿子，一手抓着窗框。

大明湖里水草丰富，鱼群很多。竿子刚刚下水，浮漂就上下跳跃起来。

陈宝祥抖手提竿，一条鞋底长的草鱼已经挂在鱼钩上，摇头摆尾，水花四溅。

小桃红惊喜地叫起来："真神，真神，我刚刚下竿，还没倒过手来呢，鱼就上钩了。竹青，竹青，你快来，我教你钓鱼玩儿……"

今天，大明湖的鱼也的确给陈宝祥面子，不大会儿，木盆里就多了两条草鱼，四条白鲢，六条黑鱼，另外还有一个青色头尾、两巴掌大的王八。

就在此时，厨子的活鱼三吃、葱爆海参也上了桌。

鲁菜的活鱼三吃选的是一尺半长的青鱼，头尾红烧炖汤，鱼皮五香凉拌，鱼身豆豉清蒸。不过，正式下锅之前，先是剥皮、切段，然后重新码在盘子里，肉段堆在鱼骨上，鱼皮覆盖在鱼肉上，外表看整整齐齐，还是那条活生生的青鱼。上桌之后，鱼眼还一睁一闭，鱼嘴一开一合，鱼尾一起一落，就当是一条活鱼直接上桌。

鱼盘旁边，放着五色味碟，分别是香醋、糖浆、芥末、辣油、酱油，酸甜苦辣咸，五味俱全，供客人蘸食。

这种做法，与日本鱼生吃法相似，但起源却是春秋战国，比日本人的传统早了千年不止。

陈宝祥拿起筷子，按住鱼头，请三位客人动箸。

小桃红伸出筷子尖，挑开鱼皮，夹住了一小片鱼肉。

没想到，今天的厨子为了显摆自己的本事，并没有直接把鱼肉和鱼骨片开，而是鱼身上打了横竖两层花刀，鱼肉全都变成了半寸见方的棋子块，但根还在鱼身上连着呢。

小桃红筷子一收，那条鱼吃不住疼，猛地翘起尾巴，啪嗒一声，砸在桌子上。顿时，桌上味碟翻飞，酱油洒了半桌。

"啊——"小桃红尖叫一声，撒手扔了筷子，一头拱到了陈宝祥怀里。

陈宝祥赶紧扔下筷子，双手环住小桃红的肩膀，连声安慰。

"鱼还活着，怎么吃……太可怕了，太可怕了，赶紧端下去，吓死我了，吓死我了……"

小桃红用力搂住陈宝祥的腰，全身都在发抖。

陈宝祥赶紧吩咐伙计把鱼盘端下去，炖熟了再上桌。

小桃红已经吓得花容失色，靠在陈宝祥身上，再也不肯离开。

这个意外插曲，让陈宝祥费了偌大心思的明湖宴顿时失了颜色。

接下来的几道菜，虽然色香味都达到了顶级水准，但小桃红被活鱼吓坏了，始终双手发抖，握不住筷子。

陈宝祥只好把每道菜都夹一点，布到小桃红面前的汤匙里。

两人你来我往，含情脉脉，完全忘记了竹青和倪先生的存在。

船到湖心岛，陈宝祥带着三人上岛游玩，拜谒那些前朝碑刻。

倪先生博学多才，面对每一块碑刻，都能讲清其来龙去脉，轻易就把陈宝祥比了下去。

陈宝祥觉得，这位倪先生在某些方面，跟杨先生是同一路人，都是能上能下、能屈能伸、能做大事的士大夫。

从湖心岛再度上船，"糖醋黄河鲤鱼"上桌。

这次，不是伙计上菜，而是两个白帽子、白围裙的厨子亲自把两尺八长的鱼盘抬上来。

陈宝祥刚刚拿起筷子，准备向小桃红卖弄菜肴上的知识，没料到两个厨子同时伸出右手，从鱼身子下面，各掏出一把半尺长的短刀，汤水淋漓，热气腾腾，直刺他的面门。

"你们干什么——"陈宝祥丢下筷子，张开臂膀，翻身遮住了小桃红。

他是男人，扎个一刀两刀死不了，可小桃红就不一样了。

这娇滴滴的小身子，刚刚已经吓得魂飞魄散，再挨一刀，小命可就保不住了。

"宰了你这个狗汉奸！"两个厨子叫着，恶狠狠地扑上来。

陈宝祥心里一凉，此刻船在湖心，求救求饶都来不及，他又全心全意护着小桃红，后背空门大开，没有丝毫防范之力。

"想不到，今天就要为她死了……"他的下巴抵住了小桃红的头顶，双臂把这个软软的小身子紧紧抱住，忽然间神游天外，竟然觉得，今日就这样为她死了，落下个"牡丹花下死，做鬼也风流"的名声，也未尝不可。

他已经闭上眼睛，但两把刀却始终没有落下来。

"好了，快起来吧！"倪先生的声音响起来。

陈宝祥翻身爬起来，两把刀平放在桌上，两个厨子倒在舱门侧面的角落里，双腿抽搐，再也起不了身。

"倪先生好身手。"竹青笑着，轻轻鼓掌。

陈宝祥把小桃红搀扶起来，两人惊魂未定，重新落座。

"狗汉奸，狗汉奸……人人得而诛之，不放了刘老板，我们做鬼……也不放过你……"两个厨子各自捂着肚子，疼得五官扭曲，只能动嘴招呼了。

倪先生笑笑，把小刀推到陈宝祥这边来："陈老板，他们冲你来的，由你发落吧。"

陈宝祥这才明白，倪先生身手不凡，陪着两个女孩子过来，实际是充当了保镖角色。幸好自己对小桃红和竹青始终以礼相待，没有任何唐突之处，不然，也要倒在倪先生脚下了。

他按了按腰带，整理衣襟，看着两个厨子。

为了避免耽搁陈家大饭店的生意，明湖宴的厨子和伙计都是船家雇来的。没想到这一点点疏忽，就差点要了陈宝祥的命。

"你们都错了，我陈宝祥不是汉奸，到官钱局捞人的事，我已经三番五次托人，出了正月十五，刘老板一定能放出来。咱们乡里乡亲的，低头不见抬头见，何必舞刀弄枪的，伤了谁都不好，对不对？你们拿刀对着我不要紧，但别吓着我北平来的朋友。贵客受了惊扰，你们赔得起吗？"

小桃红面色苍白，脸上一点笑模样都没了。

陈宝祥看在眼里，疼在心里，但又毫无办法。当着竹青和倪先生的面，他想说句怜惜的话，都抹不开面子。

"说一千道一万，刘老板还在官钱局里关押着，他天天在里面受罪，你们喝酒吃肉，划船逛窑子，整天乐呵呵，臭不要脸的狗汉奸，臭不要脸的窑姐儿……"

陈宝祥气往上撞，双手按着腰带，恨不得找一贴狗皮膏药来，直接糊到那个厨子嘴上。

"陈老板，这一片水有多深？"倪先生淡定地问。

陈宝祥看看窗外，大概估摸了一下："差不多丈二吧。"

"把他们四马攒蹄绑上，扔到水里去，能不能活着爬上岸？"

两个厨子立刻变了脸色，死死地盯着陈宝祥。

平时，陈宝祥绝对不肯干那样的事，但刚刚两个厨子骂人太狠了，竟然把小桃红和竹青骂作是窑姐儿，让陈宝祥忍不住怒从心头起，恶向胆边生。

"好啊，试试吧，他们要是命大，或许能活着回去。"陈宝祥被人骂了太多次，耳朵已经麻木，但他们敢骂小桃红，就是拔了他胸膛上的逆鳞。

龙有逆鳞，触之必死。

这一次，两个厨子活到头了。

"嗯，等等吧，等我们吃完这条鱼，就送他们下去见大明湖龙王。"倪先生淡定地拿起筷子，开始吃鱼。

两个厨子对望了一眼，猛地挣扎起来，向前跪倒："陈……陈老板，我们刚刚不是有意冒犯，我们都是普通干活的，刘太太说，谁拿了陈先生的人头，回去就能领大洋两千。我们有眼无珠，陈老板饶命吧，求求你，高抬贵手，放了我们吧？"

陈宝祥叹气，便衣抓了刘振远的事，八竿子都打不着他陈宝祥。

可是，刘太太算是王八看绿豆——对上眼了，就扯着他不撒手，非逼着他捞人，这捞晚了还不行。

刚才，如果没有倪先生出手，他此刻早就被大卸八块，丢在湖里喂王八了。

"我不是汉奸，你们信不信？"

两个厨子吓傻了，竟然同时摇头，惹得竹青捂着嘴笑起来。

"我不是汉奸，我他妈的真不是汉奸，我陈宝祥从生到死都是济南人、中国人，不是日本人的汉奸狗腿子，你们知道不知道？刘太太出两千大洋，你们就来拿我人头，如果我出三千，你们是不是就回去砍她的人头？红口白牙的，上牙碰下牙，舌头一抖，你们说什么就是什么？这是我北平来的朋友，不是八卦楼的窑姐儿，好好擦亮招子，给我看清楚喽——"

"算了，算了。"小桃红低声劝阻，然后拉着陈宝祥的胳膊，轻轻摇了摇。

"陈老板饶命吧，我们只不过就是两个厨子，就想赚点钱，让老婆孩子过上好日子。你是不是汉奸，跟刘太太说去，跟我们也说不着啊？"

陈宝祥气得语塞，既然他不是大汉奸，刘太太在明湖宴上安排行刺，还有什么意义？

"我不是汉奸，你们也得行刺？"

两个厨子再次摇头："我们是汇泉楼的厨子，刘老板、刘太太是我们东家，不管他们怎么安排，我们都得照办。"

陈宝祥无语，随即吩咐船家，靠岸停船，明湖宴到此为止。

回到陈家大饭店，天色已近黄昏。

陈宝祥连声道歉，说自己的安排不够妥当，坏了大家游湖的心情，暂时回去休息，明天带大家去爬千佛山。

等到倪先生陪着小桃红和竹青走了，陈宝祥火速联系田先生。

他现在不管别人在背后怎么说，就一门心思，要把刘振远捞出来。那样一来，刘家至少也能念他个好，不再派人上门纠缠。

田先生在电话里答应，晚上九点钟过来。

陈宝祥沏了一壶热茶，坐在办公室里，一个人喝闷茶。

人心竟然险恶如斯——汇泉楼的厨子敢把小桃红看成窑姐儿，还有什么龌龊想法不能出炉呢？

捞出刘振远来，他跟四大馆的梁子缓解，解决了这事，他们一家五口，就又能挺着胸膛走路了。

等田先生的空当里，陈大平来了一趟，想请陈宝祥带着，买点礼物，去看看朱有成。

"嗯，大平，你这想法不错，毕竟朱爷在货台上力排众议，一直都在栽培你。现在，朱爷还在医院躺着，礼物我来准备，你明天上午直接过来就行了。"

"虎子也想同去，他现在才知道，朱爷不仅仅是货台上的大把头，而且是个扶危济困、胆色过人的好汉子。他最敬重这样的人物，非得跟着去看看。能行吗爹？"

陈宝祥点头，两个儿子一起过去开开眼界，也是好的。

朱有成外表油滑贪财，可是货台上的人都知道，他每个月都从自己工钱里拿一部分，分给打工受伤、长期卧床的工友们。

这样的善人，济南还有很多，两兄弟如果能以朱有成为榜样，将来前途不可限量。

他答应下来，陈大平又问："爹，杨先生出来这么久了，娘老是让我给他送饭，这什么时候才是个头啊？他自己也有闺女，直接去北平投亲靠友不就行了？再不济，晓雪妹妹到济南来生活，爷俩相互照顾，不好吗？"

陈宝祥看看陈大平，灯光里，陈大平下巴上的参差细须，在皮肤上投出淡淡的暗影。

知子莫若父，陈宝祥听陈大平的尾音，就知道儿子心里怎么想。

"大平啊，咱不要管杨先生家的事，家家有本难念的经，杨先生怎么安排闺女，跟咱无关。我跟你娘商量好几次了，到年底给你置一处宅子，再寻一门好亲事。这结亲娶妻，讲的都是缘分。龙生龙，凤生凤，老鼠的儿子会打洞。咱家是什么来路，你是老大，不用说都知道。杨先生是读书人，跟咱不一样……"

杨晓雪在陈家米饭铺露了那一面，勾住了陈大平和陈虎子的魂。这都是孩子们的命，老天爷安排的，陈宝祥也没法子。

现在唯一能做的就是，陈宝祥希望劝得动陈大平，死了这条心，癞蛤蟆吃不上天鹅肉，别瞎琢磨了。

陈大平笑笑，替陈宝祥倒茶。

"爹，我是老大，知道替您二老分忧，不会添乱。弟弟毛躁，我会替二老管着他，您放心吧。货台上最近老是有人指着我和虎子的脊梁造谣，我都不在乎。做人嘛，脚正不怕鞋歪，咱家不是汉奸，他们造谣造得再多，一吹气就散了。"

陈宝祥喝茶，指指陈大平面前的茶杯，示意儿子也喝茶。

"虎子最近没嘀咕枪的事吧？"

陈大平摇头："没，他最近迷摔跤呢，发誓要练出一身上等好把式，到时候找机会跟日本人比画比画。爹，您大概听说了吧，日本军部那边最近来了一批当官的，个个都是功夫高手，每隔几天，就请济南的武术名家过去切磋。有老人说，日本人心眼坏，憋着偷学中国功夫呢。"

陈宝祥想起来了，田先生以前也说过这些事。

以前济南人有句老话，学得文武艺，卖与帝王家。

有功夫，懂兵法的，全都投军，在张长官、韩长官部队上谋个一官半职，最终光宗耀祖、成名成家。

韩长官部队一撤，有真本事的人跟着部队走了，剩下的都是些三脚猫花架子，当不得真。所以，被田先生介绍到军部去的，三下两下，就被日本军官打趴下，丢自己的脸不说，也丢了济南人的脸。

"跟虎子说，乱世别张狂，济南是南北高手交汇之地，这个大侠那个大侠的，好好看看'侠'字怎么写吧？左边一个人，右边一个夹，代表什么意思？就是'夹着尾巴做人'。连大侠都知道夹着尾巴做人，咱普通老百姓怎么办？那不得加个'更'字？"

陈大平连"嗯"了几声，好好记下。

爷俩约好了明天上午去医院的事，陈大平就告辞回家了。

田先生从不失约，晚上八点半，到了陈宝祥的办公室。

陈宝祥说清楚自己的意思，田先生大笑起来："你啊你啊，陈老板，就这么点事，心头就放不下、肩头就搁不住了？"

他刚刚喝过一点酒，两腮略带着酡红，眼睛依旧笑眯眯的，仿佛天塌下来，也动不了他的心。

"田先生，刘老板的确没犯什么事，一直关在官钱局，有点过了吧？"

田先生摇摇头："陈老板啊，你猜猜看，刘老板只不过是厨子出身，汇泉楼也不是北平、沪上的顶尖大饭店，他为什么这么横，敢摆什么明湖宴？他这么做，还把日本军部放在眼里吗？"

陈宝祥愣了愣，他倒是没想这么多。

四大馆代表了山东鲁菜，是行业里的老大，似乎应该这么横。他记得，以前韩长官在的时候，没少去江家池吃鱼，那时候锦盛楼的身份地位堪比御厨，自然就高出其他饭馆一筹。

"陈老板，汇泉楼刘振远兄弟三人，老大振升，老二振鸣都在韩长官队伍里，所以他才这么横，动不动就要办这个、干那个。现在，日本军部接管济南，他还想作威作福，谁给他那么大的胆子？有件事，你大概不知道，我筹划设宴款待平井君的初期，找汇泉楼商量过，被刘振远一口回绝，说是鲁菜口味太重，不适合日本人。他太傲气，在官钱局多待几天，懂得低头做人，对他有好处。"

陈宝祥挠挠头，没想到还有这么一出。

田先生打开公事包，取出一份名单，一行一行，指给陈宝祥看。

原来，用来招待日本天皇贵宾的五千大洋不是田先生自己掏，而是济南城内各行各业有头有脸的人物自愿捐赠的。

"陈老板，日本天皇贵宾来到济南，是多大的盛事？这么多人都捐了，汇泉楼一块钱都不捐，凭什么？鲁菜泰斗怎么样？一品糖醋黄河鲤鱼怎么样？现在的济南城，谁敢违抗占领军的意志？陈老板，我在华北做生意多年，每年到了秋天，成熟的高粱全都主动低下头来，那些不懂事的、没见过世面的，全都昂着头，像刘振远一样。唉，我也想帮你捞人啊，军部那边的朋友说了，五千大洋交上，再补上五百大洋疏通费，立马就放人。"

听到这里，陈宝祥终于听见一句真章——五千五百个大洋，换刘老板自由。

"田先生，那我就通知汇泉楼，抓紧凑钱捞人。"这个钱数虽然棘手，但只要有价码，就好谈了。

田先生感慨："陈老板，现在整个济南城里，也就是你有这份善心，愿意帮人办事。好好干吧，维持会那边有几个官位空着呢，我跟朋友说说，看能不能帮你补一个缺？"

陈宝祥感激田先生对自己的关照，但他现在什么都不多想，就是要诚心诚意帮汇泉楼捞人。

他送田先生出去，赶紧叫了辆黄包车，去江家池汇泉楼。

见到刘太太和账房先生，陈宝祥毫无隐瞒，把田先生说的数目直言相告。

为了捞人，他一路上来得急，根本没多想半个字。

"五千五百？怎么还有整有零？"怀里捧着算盘的账房先生酸溜溜地问。

"五千是捞人费，五百是疏通费，田先生讲得明明白白。"陈宝祥着急上火，说起话来，小胡同赶猪——直来直去。

"我先生犯了什么法，得交这么多赎金？"刘太太点上一支香烟，缓缓地喷出一口蓝雾。这回，她的态度跟带着孩子去大观园跪拜的时候，判若两人。

丫鬟上茶，福寿团花盖碗里泡的是人参枸杞八宝茶，香气滚滚，扑鼻而来，但只放在刘太太手边一盏，却没有陈宝祥的份儿。

"其中的道道刚才我已经说得清清楚楚，刘老板的两个哥哥都在韩长官部队上，他不肯接款待日本天皇贵宾的生意，又不老老实实捐款，所以日本军部有意刁难。不过田先生说了，五千五百个大洋交上，人就能回来。"

"呵呵，呵呵。"刘太太又喷出一口蓝雾，不咸不淡地冷笑了两声。

"刘太太，话我已经送到，您这边赶紧准备大洋，我请田先生在军部那边多说几句好话，这事尽快了结，怎么样？"

陈宝祥再蠢笨，也看得出，刘太太并不待见自己。

对方能使出安排厨子行刺的下三烂手段，还有什么不敢干的呢？

"陈老板啊，你这么卖力地帮日本人办事，能拿他们多少好处？"账房先生又酸溜溜地问。

"我拿什么好处？我是帮你们捞人，没有一丁点好处。"陈宝祥强压着火气，尽量好好讲话。

账房先生装模作样地在算盘上拨拉了两下，算盘珠噼里啪啦一响："呵，我说陈老板啊，我们汇泉楼一把交出五千五百大洋，你拿一成好处费，就是五百五十。拿两成，就是一千一百。拿三成就是……陈老板，你不会是老济南骡马市里的二道贩子规矩，见见面，劈一半吧？那就是两千七百五……哎哟娘嘞，这个钱，赚得可轻快到家了。太太，我算看透了，如今这济南城世风日下，人心不古，有些人顶着老实人的牌位，专干坑蒙拐骗、祸害乡邻的买卖。对于这种人，别说是五千五百大洋了，就算五角五分，也别给他，不如打发要饭的，还能换一声谢谢呢……"

第十六章 眼儿媚

"你——"

陈宝祥愣了，在脑门子上猛拍了一掌，一路风风火火跑过来的一身汗突然化成了冰凉的水。

"陈老板，好意心领了，我家在北平政府还有几个得力的亲戚，他们打一个电话，写一张条子，振远保管就能放出来。你呀，还是回去好好想想，等振远出来，能不能继续在济南这地方混下去吧？"

刘太太傲慢，食指、中指夹着香烟，向账房先生点了点。

账房先生就向外面伸手："陈老板，请吧，今天的账目还没清，我忙着呢……走吧走吧，走走走走，快走吧——"

陈宝祥被轰出来，在江家池东面的街口站了一阵，忍不住苦笑起来。

"我这是——瞎着急什么啊？皇帝不急太监急，替人家操什么心呢？"

他记得这地方，以前韩长官过来吃饭，大轿车总停在街口，前面红毯铺路，一直到汇泉楼二门里。

"瘦死的骆驼比马大呢，嗨，我这……我这白在田先生那儿叨叨了。汇泉楼刘家是什么人？是济南的大户人家啊，办法多的是。我这不是瞎忙活吗？"

陈宝祥回大观园，一路上，情绪不再低落，肩头沉甸甸的包袱也没了。

第二日，鸡叫头遍，陈宝祥迷迷糊糊听见，楼下有人叩门。

伙计开了门，称呼了一声"陈大少"。

陈宝祥翻了个身，以为自己睡得迷瞪了，不睁眼，继续睡去。

日上三竿，他起床下楼，看到陈大平在大堂里默默地坐着。

"爹。"陈大平起身，规规矩矩地招呼。

陈宝祥有些意外："来得恁早呢？大平，医院那边也就刚开门，不急，不急，吃了早点再去。"

两人吃了早点，陈虎子也来了，爷仨带上两个点心匣子出门。

到了医院，朱有成刚刚打过针。

陈家兄弟恭恭敬敬地鞠躬问候，朱有成顿时红了眼圈。

在货台上多年，朱有成咋咋呼呼，吆五喝六，没埋下多少人脉。陈大平刚去的时候，也没少挨朱有成的骂。

现在，虎落平阳，陈大平能来探望，那就是给朱有成很大面子了。

病房里只有两个凳子，陈宝祥、陈大平坐下，陈虎子就一个人溜出去，到外面站着。

这几天来，陈宝祥每次过来，只字不提当夜小巷子里发生的战斗，只是安抚朱有成的情绪，说好了全部医药费自己管着，让朱有成安心养伤。

"大平，货台上怎么样啊？"

陈大平认认真真地回答："朱爷，干活的力工们都挺规矩的，您不在，他们也是惦记着。日本人把头说了，这一阵运往南方的物资增多，让大家晚上加班，干一天活，发一天半工钱。不过，力工们上下班又多了一条规矩，进出都要点卯，到点进到点出，一个不能多，一个不能少。"

朱有成皱了皱眉："是这样啊……你有没有按我说的，把货台上的堆放分类记清楚？"

陈大平点头："清楚清楚，还是老规矩，枪南衣北，食东弹西，物品都严格按着地上的标线堆放，整齐牢固，绝不马虎。"

朱有成笑起来，告诉陈宝祥："大平是个仔细人，管账管物都是好手，干力工真是瞎了孩子。我跟日本人把头说了好几次，想推荐他去上日本人的会计班。学成以后，直接就是三把头，穿铁路制服，工钱翻番，三节四季还发给补贴。陈老板，你生了个好儿子啊……"

陈宝祥赔着笑脸道谢，自己的儿子自己知道，大平从小就有老大的模样，不用天天管教，也坏不了规矩。

陈虎子出现在病房门口，双手抄在棉袄兜子里，晃着膀子，吹了声口哨。

"你干什么？好好地在屋子里吹什么口哨？什么不好学，单学这贼人哨？"陈宝祥不乐意了。

济南人有老规矩，在家不能吹口哨。

一个是招贼，这是贼人哨，那些抢匪或者小偷得手后，一定是吹哨报信，马上撤退。

另一个，春夏秋三季，在家里吹哨容易引得蛇来。尤其是收麦子时候，田间地头的乌梢蛇、草上飞，听见哨声就来，来了就咬人，咬人就不轻快。

陈虎子嘿嘿笑了两声，陈大平就赶紧起身，向朱有成、陈宝祥告退，准备去货台上班。

两兄弟走了，朱有成立即压低了声音："老陈，这几天大观园里风声怎么样？有没有人追究小巷子死人的事？"

陈宝祥老实，但不愚蠢。

这几天，他除了自己竖起耳朵听着食客们的议论，也派伙计出去打听那件案子的余音。

幸好，兵荒马乱，死个把人，不是什么大事。

杜先生既然是田先生的朋友，那在本地就没什么亲戚朋友，光棍一个人闯江湖，一个人吃饱全家不饿，死在外面，自然也没什么人来找。

"已经没事了朱爷，黑不提白不提，就这么过去算了。等你脖子上的伤好了，回货台上班，日子照样过。"

朱有成松了口气："陈老板，都是老济南人，祖上说过，饭要多吃，事要少知，对不对？"

陈宝祥笑了笑，没再回应。

小巷子里发生的事跟他无关，秦六子的死、杜先生的死、朱有成受伤、神秘人天神一般飞降杀人……都跟他没有半毛钱的关系。有人来问，他也不会说。

他心里，只有小桃红。

晌午，陈宝祥从旅馆接上小桃红，去逛千佛山。

竹青和倪先生另外约了朋友谈事，谢绝了陈宝祥的邀约。

千佛山是江北名山，据说乾隆爷、西太后都曾登顶，沾沾"千佛"灵气。财神殿、灵官殿年年香火鼎盛，有些济南人为了抢着烧初一开年头一炷香，年三十晚上吃了团圆饭就上山，等着僧人敲完了新年钟，争着抢着点香上供。半山腰的秦琼拴马槐，更是南来北往的英雄好汉们必定登临拜谒的风水宝地。

两辆黄包车并排着从大观园东来，先去西关吃饭，然后穿南门上山。

一路上，陈宝祥给小桃红说济南的大大小小典故，逗得小桃红捂着嘴乐个不停。

今天，小桃红加了一条丈二长的火红围巾，在大衣貂皮领上松松地绕了三圈，两头齐平，垂到脚踝。

济南人哪见过这么艳的衣饰、这么靓的女孩子啊，黄包车过处，男女老少纷纷驻足观望。

　　车到西门，陈宝祥指着远处太平寺街方向，说起济南草包的来历："大掌柜张文汉从小在泺口继镇园饭庄跟着名厨李安学艺，性子憨厚，光知道干活，不爱说话，师兄弟们和吃饭的客人都叫他'草包'。后来，张文汉进城开店卖包子，门脸就开在太平寺街南头路西，也没多少本钱，名中医张书斋先生资助面粉五袋，又赐名'草包包子铺'……"

　　小桃红笑起来："在北平吃过好多次狗不理包子，还没吃过济南包子呢。前几次在大观园看到狗不理的招牌，也没得空去尝。你这一说草包，我觉得肚子都开始叫了。"

　　陈宝祥赶紧招呼车夫停车，自己一溜小跑着过街，到草包包子铺，买了两个包子回来。

　　白胖胖的包子裹在干荷叶里，散发着热腾腾的香气，让小桃红赞叹出声："看这卖相，好，真好——"

　　陈宝祥上车，两辆车向右拐，稍微绕弯，进了西关。

　　明湖宴出了些意外，陈宝祥心里过意不去，已经打定主意，这几天陪着小桃红逛遍济南，吃遍济南。

　　今天是他精心挑选的第一站，济南西关清真馆子撒家牛肉。

　　炖牛肉的大锅灶盘在屋檐下头，大块的牛肉、牛筋在锅里炖着，深赤色的老汤咕嘟咕嘟翻滚，驱散了严冬寒气。

　　车还没停下，陈宝祥就闻见了那股飘遍半个济南城的牛肉香气。

　　撒姓为"回族十三姓""纳、马、撒、哈、沙、赛、速、忽、闪、保、木、苏、郝"之一，也是回族中的大姓。

　　撒家牛肉的开派创始人来自益都县东关，据说是上过满汉全席的老厨子。

　　饭馆眼下用的这口锅，是响当当的百年章丘铁锅，锅里的汤是百年老汤，灶台下这把火也不是火柴点的，而是第一代撒大爷一生都没离身的火镰、火绒点起来的，自带一股老天爷赏饭的神仙气。

　　当年，西关五大行招待全国来的大小老板，如果不上一盆撒家牛肉，那宴席就不够诚意，不够档次。

　　车还没停稳，陈宝祥就一个箭步跳下车，双手搀扶小桃红下车。

　　长街尽头，灰瓦青墙的清真南大寺、北大寺修缮整齐，清扫一新，让陈宝祥的心气更加顺了一些。

他提前让人订了雅座，两人穿过早就坐满了的大堂，一直去了饭馆最里面。

除了一大盆连汤带水的红烧牛肉，陈宝祥还点了羊肉火锅、清炖羊蝎子、馕坑烤肉、芝麻羊肉、炝牛蹄筋，另外，他揣摩小桃红的口味，又点了徽子拌三丝、琉璃山药、石磨老豆腐、煎饼卷大葱，摆了满满一桌。

小桃红笑起来："只有两个人，点这么多菜？我在车上已经把两个包子全吃了呢——"

陈宝祥笑着叹息："只怕你不爱吃呢，看着是一桌子菜，拿来招待北平来的贵客，还是寒酸了些。"

看着满桌的菜，小桃红感叹："入门学戏以来，就没吃过一天饱饭，咸的甜的，辣的酸的，都不敢吃到极致，怕把嗓子给废了。至于烟酒，那就更不敢沾。师父说，只有演戏的天分用尽了，不得不退出梨园那一天，才能尽情吃喝，不管不顾。"

陈宝祥没有多劝，只是任由小桃红举着筷子，每道菜上浅浅地夹了一点品尝。

吃饱出门时，小桃红有些脸红："这么多菜呢，都浪费了。"

陈宝祥笑着回应："不妨事的，我是开饭店的，到同行家用餐，既是果腹，又是学艺，两不耽误。只是麻烦你陪着我来回跑，又不付你工钱，实在惭愧。"

过去，陈宝祥从未如此油嘴滑舌过，但见了小桃红，这些甜腻的话自动从舌头下面蹦出来，憋都憋不住。

两人上了千佛山，在财神殿、灵官殿烧了香，然后一直向上，到了秦琼拴马的唐槐亭。

山风徐来，并不刺骨，反而带来回春的暖意。

小桃红感叹："去年来到济南之前，曾在报纸上读到一位老舍先生写的文章，名为《济南的冬天》。起初并不相信，寒冬腊月，江北还有这种和煦如春之地？如今亲自体会，果真丝毫不差。济南的冬天的确是暖冬，我穿得这么厚重，又戴了这么长的围巾，是否过于臃肿了？"

陈宝祥站在下面两层台阶，抬头仰视小桃红。

那条鲜红的围巾，仿佛一道赤霞，让他的视线渐渐迷醉，心里的感情也一丝一丝火热起来。

"怎么会呢？大观园虽说是全济南城名媛汇集之地，但你这两天出入旅馆，路过的人见到你，都惊如天人，双眼放光——"

小桃红笑弯了腰："又不是小贼见了珍珠宝玉，怎么会两眼放光？"

陈宝祥痴痴地望定了小桃红："是啊，我也奇怪呢，又不是珍珠宝玉，怎么偏偏叫人双眼放光，盯在你身上，摘也摘不下来？"

小桃红脸红了，伸手摘下槐树枝上的一片黄叶，在指尖上轻轻地捻碎了。

"我哪有那么好呢，陈老板说笑了。"她转过脸去，两颊上的羞涩一直蔓延到耳根上来。

黄昏时，陈宝祥送小桃红回旅馆，在门口见到竹青和倪先生。

陈宝祥提前邀约："二位，我已经跟小桃红小姐约好，明日去芙蓉街看看，方便不方便一起？"

竹青笑着摇头拒绝，眼睛斜瞟着小桃红："我们就不去了，白白地碍人家的事。"

小桃红轻轻地笑起来，扬起两只粉白的小拳头，在竹青肩头轻轻捶打了几下。

倪先生拱了拱手："陈老板，我有一事请教。今日与北平那边通电话，有个生意上的伙伴，目前在政府供职，他提到有位刘振远先生，此前可能跟陈老板有些误会，被羁押起来。如果方便的话，能否请陈老板高抬贵手，托托关系，把人捞出来？"

陈宝祥先让小桃红、竹青回房间休息，然后请倪先生到旅馆东面的清心茶馆详谈。

倪先生是小桃红师父大青衣的朋友，那么，他在大青衣、小桃红面前说一句好话，分量就重得很了。所以，陈宝祥才加倍客气，不敢怠慢。

两人落座，陈宝祥就把这件事的始末说了个清清楚楚。

"哦，竟然这样？五千五百大洋是小意思，怎么刘太太如此不给面子？"

倪先生果然是见过大世面的人，那么一大笔钱，对人家来说，不过是轻描淡写的事儿。

陈宝祥举杯，请倪先生用茶。

倪先生沉吟片刻，跟陈宝祥商量："我现在就写个条子，差人去请刘太太。当着我的面，二位把这件事说清楚，该捞人捞人，千万不要因为身外之物，害了一条性命。"

陈宝祥点头，倪先生从西装内袋里掏出钢笔和本子，写了张条子，交给茶馆的伙计，命他们去请汇泉楼刘太太。

"陈老板是个爽快人，大青衣、小桃红、竹青都是明眼人，看得通通透透。上次，苗家的人仗势欺人，是陈老板出手相救，我朋友大青衣感激不尽。"

谈到上次的事，陈宝祥有些惭愧。毕竟最后救了大青衣一班人的，是田先生。

"惭愧，惭愧，上次……包括昨天的明湖宴，都是我安排不周，让贵宾们受惊了。"

倪先生清了清嗓子，郑重其事地再次开口："大青衣收徒极其严苛，小桃红这一茬总共收了十五个徒弟，第一年撵走七个，第二年撵走三个，第三年撵走三个，最后只剩下小桃红和竹青两人。日本人进北京的时候，大青衣想帮两个孩子找个好人家，左挑右选，始终不得如愿。这次，我到济南来，其实是受大青衣所托，想看看陈老板是否——"

陈宝祥竖着耳朵听着，刚刚听到关键处，有人敲门，原来是刘太太到了。

刘太太穿一身宝蓝色闪亮缎子旗袍，头发刚刚烫过，左翻右卷，如同招贴画里的沪上女明星。

跟在她身边的，仍然是那个酸溜溜的账房先生，左手拎着刘太太的小包，右手提着算盘。

倪先生自我介绍，说了几个北平衙门名称，又说了几个人名。

刘太太进门时十分傲气，但倪先生说到老帅、少帅、虎城将军等名字时，刘太太气焰顿失，站起来重新见礼，深深鞠躬。

倪先生笑着，看看陈宝祥，再看看刘太太："二位，我今天做个中人，你们赶紧定下来，怎么捞刘先生？过去发生的所有事情，不管谁对谁错，咱都翻篇，都放下。二位各说一句话，怎么捞人？"

陈宝祥给倪先生面子，老老实实地把五千五百大洋的事解释了一遍。

刘太太哼了一声，扭头向着门外。

那个账房先生得了她的暗示，笑嘻嘻地开口："太太打电话给北平的政府朋友，他们向济南打几个电话，官钱局立马就放人，一分钱都不用花。"

陈宝祥无奈地苦笑，他管不着刘太太给谁打电话，但现在事实就是，刘振远还在官钱局关着，到底什么时候能放出来，还没个准信。

"打电话就能放人？结果呢？"倪先生皱了皱眉。

账房先生振振有词："电话已经打了，我们还在等消息。陈老板跟刘老板有过节，黄鼠狼子给鸡拜年，哪有那么多好心——"

倪先生起身，突然飞起一脚，踹在账房先生肚子上。

扑通一声，账房先生倒退了五大步，在门槛上一绊，摔了个四仰八叉。

"主子说话，有他插嘴的地儿吗？刘太太，汇泉楼的规矩，得好好理一理了。"倪先生冷笑一声，走过去关门。

陈宝祥松了口气，账房先生狗仗人势，趾高气扬，早就该收拾了。

当下，倪先生郑重地告诉刘太太，济南打电话到北平，北平政府的朋友打电话到日本军部、官钱局、省政府，全都无法解决问题。

"再打一百个电话，人也出不来。官钱局那边说了，冤有头债有主，必须等到陈老板不告了，才考虑释放刘振远。刘太太，我就奇怪了，汇泉楼日进斗金，五千五百大洋还不是小意思？以前韩长官到汇泉楼吃饭，一年到头，光饭钱就十几万大洋，不是吗？现在陈老板肯帮忙，你抓紧拿点钱，了了这件事，不好吗？"

刘太太捏着手绢，哭哭啼啼，最后才说了实话。

原来，自从刘振远被抓，济南城内外十几家馆子的老板都来出主意，坚决不能向狗汉奸陈宝祥低头。只要刘老板硬气到底，这些馆子凑钱赎人都不是事儿，但是，假如刘老板像陈宝祥那样，给日本人下跪当狗，以后就再也不认汇泉楼这块牌子，大家割袍断义，永不来往。

刘太太是妇道人家，听这些人说得有道理，觉得腰杆子又硬起来，根本不把陈宝祥放在眼里。

倪先生看着陈宝祥："陈老板，五千五百大洋没问题，我出六千大洋，多出来的五百，是陈老板的茶水钱。你给我个准信，明天交钱，什么时候见人？"

陈宝祥拍着胸脯保证："当天交钱，当天见人。"

田先生也是这样向他保证的，所以他才有这样的底气。

倪先生快人快语，事情就这样定下来，明日上午十点，六千大洋送到陈家大饭店，然后汇泉楼到官钱局门口去接人。

捞人的事，异乎寻常顺利。

第二日上午十点，在田先生安排下，陈宝祥把六千大洋送到田先生公司。然后，田先生当着陈宝祥的面，打了个电话，刘振远就放出来，被自家人接着，返回汇泉楼。

"陈老板，你是个好人，爱做善事，但好人未必有好报。我来中国这么多年了，了解中国人，有些人啊，狗咬吕洞宾，不识好人心。"田先生深深感慨。

陈宝祥也十分无奈，如果没有倪先生从中撮合，刘振远这事再有十天半月也完不了。

两人聊到接待天皇贵宾的事，陈宝祥才知道，那位平井四郎先生是半个中国通，尤其喜欢中国的京戏，已经收藏了四十多张京戏唱片，每次见到田先生，都拉着他一起听戏。

陈宝祥大喜："田先生，这就太好了，鲁菜宴席代表着我们济南人的诚意，另外我们从北平请个戏班子过来，在大观园戏院里连演七天，请天皇贵宾与民同乐，怎么样？"

在这里，他其实有自己的私心。

既然是请戏班子，那他就自作主张，请大青衣一班人过来，到时候，就又能名正言顺地见到小桃红了。还有就是，田先生出手大方，大青衣过来连演七天，能多赚一笔，今年就不用那么辛苦了。

田先生击掌："不错不错，这主意好，我怎么就没想到呢？陈老板，你去安排吧，我静候佳音。"

陈宝祥一路喜滋滋地，去旅馆接上小桃红，坐车进城，奔芙蓉街。

今天，他已经打定主意，要陪小桃红玩好、吃好、买好，只要小桃红高兴，花多少大洋他都乐意。

两人从芙蓉街南头进去，先逛了绸缎庄、大成永鞋帽庄和三山眼镜店。

小桃红给大青衣挑了两块布料、一双鞋子、一副水晶眼镜，陈宝祥赶紧付钱，拎着东西，跟在小桃红旁边。

"我们在北平那边，唱戏的日子，进出都是长衫和戏装，冬天就是棉袄棉裤，那些太太小姐们都穿旗袍和洋装……我里面这身旗袍，还是前年给市长老爷家唱堂会，太太打赏了两块布料，我跟竹青各做了一件。北平的好裁缝太贵，做一件旗袍啊，攒半年零花钱还不够呢——"

小桃红噘着小嘴抱怨，脸上表情，似嗔似喜。

"那么贵啊？济南这边的裁缝工钱便宜，不如趁这机会多做几件？"

小桃红摇头："没几天就走了呀，做了又没工夫来取？"

陈宝祥笑着点头应承："那有什么呢？你只管量了做了，我负责取了，寄到北平去。"

既然说到了旗袍，陈宝祥带着小桃红向前去，一直到了芙蓉泉边的玉谦旗袍店。

于家"玉谦旗袍"的老店在章丘，后来搬迁到芙蓉街来，曾经是张长官、韩长官的姨太太们最青睐的裁缝店。虽然于家人不出济南，但名声却直达北平和沪上。

小桃红拍手："我知道这家的牌子，手艺精，做工细，好多太太小姐过年穿的就是玉谦旗袍。"

两人进门，大正月里，做新衣的人少，冷清清的。

屋里总共有四个人，于家的二掌柜、伙计、裁缝都在靠着柜台嗑瓜子。

小桃红一抬脸，四个人全都愣了，上下打量着美人，竟然忘记了出声招呼客人。

陈宝祥脸上有光，招呼二掌柜："掌柜的，把最好的布料、最好的图样都拿出来，今天多做几件衣裳，带到北平去穿。"

店里的人回过神来，赶紧把柜台上的三十几匹缎子扯开，又搬来了两大本图样，请小桃红过目。

一个伙计手脚麻利，赶紧沏茶。

陈宝祥坐下，一边喝茶，一边望着小桃红。

小桃红挑了几个图样，又拈起布料，对着门外射进来的光看花色。

二掌柜凑过来，低声询问陈宝祥："是大观园的陈老板吧?"

陈宝祥点点头，他来过这里，如今在大观园开了陈家大饭店，算是个不大不小的济南名人。

"这位小姐……这位小姐……准备做几件衣服?刚过了年，一件两件也差不多了吧?"二掌柜小心试探，生怕陈宝祥两人雷声大，雨点小，伺候来伺候去，做不了什么大生意。

陈宝祥一笑，他上次来的时候，就记住了墙上的价目表。

一件上等旗袍，连工带料不过八个大洋。

如果用的是苏杭的贡缎，再翻一倍，十五个大洋撑破天了。

他刚刚送到田先生那里六千大洋，田先生守信用，只留了五千五百，剩下的五百，是他应得的。

"二掌柜，一般小姐太太过来，做几件旗袍?"

二掌柜想了想，伸出两个指头："春装秋装各一件。"

陈宝祥想了想，又问："韩长官的姨太太过来做衣服，一般是几件?我记得他最宠爱小九姨太，一般做几件啊?"

二掌柜赔着笑脸回答："几个姨太太多的时候做四件，春夏秋冬，四季各一。至于小九姨太，那就厉害了，韩长官吩咐过，一季度两换新，一年四季，八件。"

陈宝祥豪气地挥手："行吧，挑最好的苏杭贡缎，先做十二件。"

二掌柜倒吸一口凉气，回头看看小桃红。

"做那么多，怎么穿得了呀?"小桃红掩着嘴笑起来。

所有人都笑，以为陈宝祥在开玩笑。

他们都认识陈宝祥，知道陈宝祥攀上日本人之前，在县前街开米饭铺，就是个勉强混饱饭的小商小贩。十二件旗袍要价一百八十大洋，这可不是个小数目，普通人家，哪里拿得起?

"慢慢穿呗，出入戏院，北平济南来回跑，总得有几件漂亮衣服，不然的话，连我们都脸上无光了。"

小桃红轻轻咬着嘴唇，左手里捏着一团红花碧叶银枝的黑底缎子，右肩上披着一匹金色缠枝牡丹、喜鹊比翼双飞的大红缎子，眼睛里带着醉死人的笑意，似喜似怨，似娇嗔似顽皮，远远望着陈宝祥。

陈宝祥心里腾的一声，像炭炉子里扔进一大把焦干的麦浪，又泼了半瓢热油，火上加火，旺上加旺，烧得他心肝发颤。

如果没有这么多人在场，他一定把心里话一股脑儿倒出来，说给小桃红听。

现在，他陈宝祥已经是有钱人，赚这么多钱，给谁花？玉谦旗袍店的手艺再好，如果只是缝给林月娥那样的粗笨人物，岂不是暴殄天物？

只有小桃红，只有水灵灵、俏生生、细溜溜、眼儿媚的小桃红啊，才配得起这一年四季十二个月的十二件新衣裳。只要小桃红点一点头，他陈宝祥就是把这个头、这颗心、这条命都双手奉上——死了也愿意。

二掌柜带着裁缝，细细地为小桃红量衣。

正月里财神上门，他们巴不得陈宝祥这样的有钱人越多越好。尺寸量好，二掌柜排了排工期，最快也要一个月时间，才能全部完成。

陈宝祥付了订金，暗暗地合计，迎接日本天皇贵宾的时候，这些新衣裳正好完工。到那时，在大青衣面前，自己也有面子。

出了玉谦旗袍店，小桃红望见左手边还有一家洋装店铺，兴致勃勃地走进去。

店里最醒目的位置，挂着十几张一尺见方的洋女人相片，全都穿着新潮洋装，戴着硕大的墨镜，或站在豪华轿车前，或坐在咖啡馆里，笑容洋溢。

陈宝祥坐下，伙计立刻送上咖啡。

小桃红进了试衣间，很快就换了一身洋装出来，白衬衣、白裤子、白色高跟鞋，肩上披一件绿色西装，头上戴一顶白色宽边礼帽，帽檐上垂着一层轻柔的白纱。

当她走到穿衣镜前，陈宝祥感叹："真是……比相片里的人更好看。"

洋女人身材高大，五官犀利，好看是好看，却不耐看。

同样衣服套在小桃红身上，将她的玲珑腰身恰到好处地展现出来。白纱下那一张粉嫩桃花一般的脸，让陈宝祥一直爱到心眼里，再也找不到一个合适的词语来形容此刻的心情。

　　他想起倪先生没说完的那一席话，如果大青衣真的想让两个徒弟找个好人家安顿下来，不知道选来选去，凭的都是什么标准？

　　在这家店里，小桃红选了两身洋装，一套给自己，一套送竹青。

　　陈宝祥提议："要不要给倪先生也选一套呢？"

　　小桃红笑着摇头："哎哟，陈老板，这是女装店啊，怎么可能找到男人穿的衣服？再说，倪先生是大人物呢，不肯随便要别人礼物的，你的好意啊，我代他心领了。"

　　陈宝祥吩咐伙计，把衣服包好，送到旅馆去。

　　路过兰亭照相馆时，两人停步，看着门外悬挂的相片。

　　相片里的女子虽然衣着相貌各异，但都是照相馆老板的得意之作，千挑万选，挂出来当门面。不过在陈宝祥看来，十几位佳丽的容颜可取之处加起来，都比不上小桃红春葱般的一根小拇指。即便是刚刚挂在洋装店铺里的外国美人相片，在小桃红面前，也是黯然失色。

　　两人站在街上，有卖缠蜜的经过，小桃红笑着指了指，陈宝祥就赶紧掏钱，买下一份，亲手递给小桃红。

　　"北平庙会上也有，不过，北平太冷了呀，赶庙会的时候，冻得伸不出手，蜜糖也冻得僵硬了，缠都缠不动，缠着缠着就变成了拔丝糖棍。还是济南好呀，冬天暖和，风也轻柔……"

　　玩着缠蜜，小桃红看见关帝庙，叫着要拜关老爷。

　　陈宝祥陪着进去，先拜了神，又抽了签，是一支"千里姻缘一线牵"的上上签。

　　两人转过栏杆，去北厢房里，找庙里的算命先生解签。

　　留着山羊胡子的算命先生捏着卦签，上下打量两人："二位，是求姻缘哪？"

　　陈宝祥觉得脸红，低低地"嗯"了一声。

　　小桃红问："除了求姻缘，还能求什么？"

　　算命先生愣了愣，看看小桃红："若是求姻缘，这铁定是一支上上好签啊。至于求其他的呢——甲之蜜糖，乙之砒霜，那就很难说了。按今春的流年运势，做生意向南，求官位向北，不要留在济南。"

小桃红追问："留在济南会怎么样？"

算命先生从口袋里取出一本发黄的旧书，翻了几页，随口念出来："灰马走了黄马来，天上星君落尘埃。妄动心头千里火，霸王卸甲失裙钗。老朽愚钝，只知道这么多，不敢妄议天机了。"

陈宝祥付了卦钱，两人出来，小桃红的脸色有些不悦。

"算卦嘛，有一搭无一搭的，别多想了。"陈宝祥轻声劝慰。

"我就是觉得，这算卦先生真是蠢笨。明明是上上签，怎么解成了'霸王卸甲'？我从小就背《霸王别姬》的戏词，虞姬自刎，霸王卸甲覆盖，免遭敌军践踏。殊不知，这一卸甲，霸王的死期就到了。霸王别姬，先死的是虞姬，后死的是霸王。呵呵，黄泉路上，两两做伴，未必不是一件千古传诵的美事。陈老板，你说呢？"

陈宝祥对于《霸王别姬》的戏文也很熟悉，只不过，他更看重的是签面的寓意。

"千里姻缘一线牵"说的是男女姻缘，济南和北平相隔千里，他和小桃红本来没有遇见的机会，但就是因为得益于田先生垂青，他在大观园开了陈家大饭店，才遇见了一生所爱。

那么，这支签对他来说，可真就是上上签了，预示着他和小桃红之间，必有一段不解之缘。

第十七章

兄弟同心

逛完芙蓉街回来，陈宝祥把小桃红送到旅馆房间门口，依旧心里不舍。

"明天咱们去趵突泉万竹园看花，再去五龙潭看鱼，你想吃什么，尽管说。"

他站在房间门口，绞着双手，脚底下像踩了胶水，怎么也挪不动。

"好吧，我跟倪先生说一声。来的时候他说过，正月十五元宵节之前，好多生意就要启动。如果他需要回北平，我和竹青就得跟着。"

陈宝祥的心头一紧，心里那份不舍顿时膨胀十倍，把胸口都塞住了，喘不过气来。

"那个……就算倪先生要走，你和竹青也可以再留几天，看花看鱼，吃好吃的。你也说了，一回北平，师父管得严，连顿饱饭都吃不上，多可怜啊！"

隔壁房门打开，竹青笑着迈步出来，双手各指着陈宝祥和小桃红："你们呀，屋里有椅有茶，偏偏要站在门口说话。跑了一天了，就不知道坐下歇歇吗？小桃红，你也真是，人家陈先生接走送来，忙前忙后，茶也不管一杯吗？"

小桃红笑着摇头："哎呀，就你多嘴，我们今天吃得饱饱的，也喝得饱饱的，不用喝茶，腰围就已经增长三圈了。"

倪先生从另外一间房出来，陈宝祥想到邀请大青衣到济南唱戏的计划，立刻有了主意。

生意上的这件事，他跟倪先生谈，而不是跟小桃红和竹青说。

陈宝祥主动要求，进了倪先生的房间。

两人坐下，倪先生赶紧倒茶。

陈宝祥长话短说，把田先生"隆重接待日本天皇贵宾"的始末告诉倪先生："现在，我手里有这个芝麻绿豆的小小权力，想邀请大青衣攒个班子过来演出，七天七场，一天不落，包吃包住，再包路费。酬劳好说，保证是京、津、沪的最高价码。"

倪先生爽快，当即表示，这种两相情愿、合作赚钱的方式，符合江湖规矩，日本人的钱不赚白不赚。

他回去就告诉大青衣，安排档期，不负所托。

陪小桃红逛了一整天，陈宝祥真的累了。

回到办公室，他没有开灯，一个人默默地坐在黄昏暮色之中。

"答应了果儿，决不纳小的，可现在遇到小桃红了，怎么才能把她留住……关帝庙的卦签上都说了，千里姻缘一线牵。这一定是件大好事，不管多麻烦，必须努力去办……"

有伙计上来敲门，说是医院那边有人求见。

陈宝祥吓了一跳，以为是朱有成死了，立刻开门。

门外除了伙计，还站着两个腮边垂泪的中年女人。

陈宝祥询问后才知道，朱有成没事，两个人过来，是因为药房里丢了东西。有人看见，昨天陈虎子进过药房，所以她们就来问问。

药房总共丢了针管、纱布、酒精、盘尼西林等四样东西，价值二十大洋。如果找不到，这两个看管药房的女人就得自己掏钱补上。

"陈老板，我们都找遍了抽屉和药箱，的确是丢了东西。巧的是，昨天只有您和两位少爷去过医院，其他时间，药房上锁，严禁无关人等出入。如果二少爷是因为贪玩或者欠债，偷东西换钱，我们愿意拿点钱，把药买回来……"

陈宝祥有些纳闷，陈虎子虽然性格鲁莽，但绝对不会下三烂到偷药卖钱的地步。

他想了想，先取了二十个大洋，安抚两个女人，让她们暂时回去，不要声张，自己一定给医院个说法。

到了晚间，陈宝祥正在生闷气，又有伙计上来请示："陈大少安排炖了四只鸽子，说是给病人吃。厨子们问，鸽子汤里要不要搁盐？病人有没有葱蒜忌口？"

陈宝祥又是一愣，陈大平不是分不清里外的人，绝对不会来饭店里找便宜。

清炖鸽子汤是疗伤滋补的好东西，受了外伤的人，天天喝鸽子汤的话，伤口愈合快，并且不发痒，也不留疤痕。

陈宝祥没有说破，淡定地回应，让厨师在鸽子汤里搁盐，细心调味。

他在楼梯口上偷瞄着，等到陈大平来了，把一锅清炖鸽子汤端上离开的时候，就悄悄跟了上去。

陈大平离开陈家大饭店，没有往东回城，而是转身向西，穿过几条街巷，接近八卦楼。

陈宝祥愣了，如果陈大平为了某个八卦楼的姑娘，假传陈宝祥的命令，让后厨炖鸽子送人，这可就该打了。

陈宝祥躲在墙角，看着陈大平进了一个黑着灯的小院。很快，屋内亮起火光，清炖鸽子汤的香气又飘出来。

"哥，你说管用不管用？"竟然是陈虎子的声音。

"肯定管用，她受伤虽重，可有了这些西洋药，肯定很快就好。以前听朱爷说过，枪伤不可怕，能挺过开头三天，后面就好办了。不过虎子，我得说你几句，不该一口气偷这么多药，被医院发现就麻烦了。"

陈宝祥气得哼了一声，两个儿子背着他弄这么一手，一个偷药，一个弄菜，不知到底是为了谁？

"唉，还不是看到晓雪妹妹受伤，急得我火上房一样，恨不得把医院都搬过来。哥，没事，我偷药的时候没人看见，就算医院来找，咱就装聋作哑，一问三不知好了。"

陈大平叹气："你呀，办事毛毛躁躁，一会儿叮嘱不到，就……晓雪妹妹受伤的事，绝对绝对不能让咱娘和果儿知道，别吓着她们。"

"哥，要不要知会杨先生一声？他也许能给出个主意？"

"这个……不用，不用，晓雪妹妹来了济南，出事不找杨先生，只找咱们，也许是因为……杨先生不方便。"

陈宝祥皱眉，虽然没弄清这件事的来龙去脉，但听到这里，他已经明白，受伤的是杨晓雪，受的还是枪伤。至于为什么受伤，伤在哪里，那就不知道了。

这里距离医院也就一里多地，两人没把杨晓雪送到医院去就对了。带着枪伤进医院，一转眼就被人告官，直接抓住带走。

"哥，我今天看见爹了，就在芙蓉街上。他跟一个女的在一起，正在买衣服。上次花婶子说的那件事，是不是真的？那个女的是不是咱爹偷偷纳的小老婆？"

陈宝祥吃了一惊，他陪着小桃红逛街，只顾情浓，疏于防范，弄不好要出事。

现在偷听兄弟俩说话，至少让他警醒，要想人不知，除非己莫为，不要觉得神不知鬼不觉的，济南城就这么大地方，低头不见抬头见，不一定什么时候，就要露馅。

"别胡说，别胡说，爹不是那样的人……"

陈宝祥没有继续听下去，悄悄离开。

既然炖鸽子汤是给杨晓雪准备的，陈宝祥非但不会追究陈大平，反而会暗中协助，务必要让杨晓雪赶紧康复，不留后患。

他先去了趟医院，找到那两个女人，每人给了五个大洋，只说是家门不幸，逆子陈虎子偷药变卖还了赌债，这事丢人，不要声张，先把对方好好地安抚下来。

转天起来，陈宝祥觉得头有点晕，自己闷闷地喝了两壶茶，才去旅馆接小桃红。

到了旅馆门口，他先左右张望了几眼，免不了有些心虚。

两人先去了趵突泉，看了咕嘟咕嘟向上冒的清泉三股水，又向南去，进万竹园，沿着石榴院、杏花院、海棠院、木瓜院走了一遭。

济南万竹园又名张家花园，曾是山东督军张怀芝的私家花园。

眼下节气，园中花木并不枯干，枝条柔软，暗存绿意。

这正是济南的特色，即便是三九寒天，各种花木也不会冻死，春风一来，立刻返青冒芽。

走到后院恒明楼处，墙角一棵红梅、一棵白梅开得热烈。

小桃红停步欣赏，陈宝祥看看左右无人，就悄悄折了两枝，一红一白，如霞似雪，交到小桃红手上。

人面桃花，交相辉映，美得如同一幅宋人工笔。

出了万竹园，走到白雪楼，楼东侧那棵三丈高的白玉兰树已经枝条返青，花苞凸显。这座楼的北面是无忧泉，南面是湛露泉、石湾泉，前后都是清澈水脉，风光动人。

小桃红站在台阶上，伸手够到一根枝条，细看着上面的嫩白花苞，嗅一嗅玉兰暗香，禁不住低声赞叹："济南春天，来得真真太早了……"

今日，她衣裳外面罩了一条雪青色披风，脖颈上搭着条海棠红色的围巾，脚下又踩着一双金牡丹鸦青色底绣花鞋，色彩浓淡相宜，风情不彰自显。

此刻，她轻轻踮着脚尖，斜斜侧着身子，下巴稍稍挑起，鼻翼缓缓翕动，双眼似睁似闭。

陈宝祥从侧面仰视，只见小桃红那长而浓密的漆黑睫毛弯弯翘起，如同停在花尖尖上的蝴蝶翅膀一般，微微颤动，似乎眨一眨眼，就要振翅飞去。红唇一点，灿若桃花，尽陈宝祥半生，竟然再也没有见过如此美妙的粉妆玉琢般的小人儿了。

他屏住呼吸，爱煞了小桃红这一刻的绝世容颜，不禁默默感叹，即便是那四大美人再世，也不过如此吧？

西施的纱，昭君的琵琶，貂蝉的月，贵妃的酒——所谓沉鱼落雁、闭月羞花之姿，与小桃红的拈花一笑比起来，恐怕也要黯然失了颜色。

两人一路向北，又去五龙潭。

陈宝祥一路介绍："五龙潭与隋唐名将秦叔宝有关，相传秦宅原先建在此处，一夜暴雨之后，宅院下陷，变成深潭。据说这里直通东海龙宫，每朝每代，只要遇上大旱，百姓在此祈雨，必定灵验。元朝时候，潭边有庙，里面还供着五方龙神呢。"

小桃红点头回应："我在戏文里读到过，元代大家张养浩在《复龙祥观施田记》中记载，闻故老言，此唐胡国公秦琼第遗址，一夕雷雨，溃而为渊。"

陈宝祥愣了一下，这些书中学问，他虽然也听过，但却无法如小桃红这样，信手拈来，如数家珍。顿时之间，他觉得在小桃红面前，自己又矮了一截。

济南有七十二名泉，这附近得天独厚，散布着五龙潭、江家池、七十三泉、潭西泉、古温泉、悬清泉、净池、醴泉、洗心泉、回马泉、静水泉、濂泉、西蜜脂泉、东蜜脂泉、月牙泉、青泉、官家池、赤泉、玉泉、井泉、泺溪泉、虬溪泉、金泉、裕宏泉、东流泉、北洗钵泉、显明池、睛明泉、聪耳泉，大小共计有二十九处，处处泉声，遍地泉影，让小桃红渐渐沉醉。

"济南真好啊，名泉名城，无出其右，可惜就是——"

陈宝祥追问："可惜什么？"

小桃红向远处城头上的大旗指了指，陈宝祥就明白了。

"以前这古城和名泉属于远在京城的大清皇上，前清倒了，属于民国大总统，日本人来了，又属于日本人。风云变幻，不知何年何月才是尽头?"小桃红感叹，搓着双手，唏嘘不已。

陈宝祥无话可说，说书人讲三国，开篇就说，天下大势，分久必合，合久必分。既然是大势，就不是升斗小民能够左右的，只能跟着有权的、有枪的、有钱的人走吧。

路边有人扛着草把子卖糖葫芦，小桃红看见，眼睛眨了两下，又笑起来。

陈宝祥赶紧过去，买了两支，递给小桃红。

两人站在五龙潭边，潭水极清，澄澈见底。

几十条鲤鱼闲闲地游来，有的白腹金鳞，有的黑腹银鳞，都有一尺多长，中间又夹杂一条两尺半长的乌青大鱼，摇头摆尾，气势不凡。

小桃红笑着一指:"好大的鱼呀——"

她手中竹签子上，一颗山楂球滑落，跌进水中。

鲤鱼无知，争相跳跃，追逐水面上的大红山楂，搅得水花四射，镜子般的平静湖面顿时碎成了百十片。

五龙潭观鱼，过去是济南人最享受的妙事之一，但刚刚两人说到了天下大势的话题，陈宝祥觉得，胸口有些堵得慌，看鱼的兴致也就突然间淡了。

"商女不知，亡国遗恨，隔江犹唱，后庭花曲。"小桃红吃完了一支糖葫芦，低头看着水中两人倒影，充满感慨地自言自语。

陈宝祥不知如何应答，虽然现在两人单独相处，但这几天准备好的那些话，竟然说不出口。

"倪先生说，明天就回北平。日子过得真快，一晃明天就初十了。昨天看了芙蓉街，我还想看看济南的王府池子和曲水亭街，这些济南的曲水老巷，跟北平那边迥然不同，虽说没到江南水乡，风情景致，也差不多少了。"

陈宝祥心里有些怅然，但仍然笑着回应:"我们去东鲁鱼庄吃了饭，我叫两辆黄包车，几条巷子里都走走看看。"

他舍不得小桃红离开，但天下没有不散的筵席，不散哪有再聚?

前面不远处就是江家池汇泉楼，本来应该请小桃红到鲁菜四大馆吃饭，但出了刘振远那档子事，他肯定不能去了。

昨天在芙蓉街，他也没请小桃红去金菊巷的燕喜堂吃饭，都是同一道理。

饭后，他陪着小桃红坐车，去了西更道街、王府池子、曲水亭街。

小桃红来了兴致，下车步行，把起凤桥街等青石板铺就的小巷都走了一遍。

"腾蛟起凤，孟学士之词宗；紫电青霜，王将军之武库。古人胸襟，何等伟岸，如今却潜藏在这小街巷里，默默无闻——"站在起凤桥头，小桃红抚摸着简陋的石栏，怅然低吟。

陈宝祥陪在一边，心里微微酸涩，不知道小桃红心里到底在想什么，是否也为了明日的别离而难过？

第二日，倪先生做事稳妥，早托朋友订好去北平的火车票，提前两个小时，带小桃红和竹青到了火车站，先进贵宾室候车。

陈宝祥陪着，身后两个伙计拎着大包小包，都是买给大青衣的年礼。

倪先生已经向陈宝祥保证过，必定促成大青衣到济南演出的事宜。他先跟竹青进贵宾室，独留小桃红在门口，再跟陈宝祥说会儿话。

今天，倪先生换了一件黑色大衣，转身之时，风卷衣襟，飘飞不止，竟让陈宝祥突然有了似曾相识之感。

"这几天叨扰了，多谢陈老板送给家师的这些礼物。期待再来济南，多待一些日子，畅游美景，畅叙友情……"说着，小桃红眼圈就微红起来。

陈宝祥有好多话想说，可几次话到嘴边，又怕唐突，吓着了小人儿。

"那我就认真等着，三月四月，济南美不胜收，那时候一个月两个月任凭住下来，我陪着你，天天千佛山上踏青，大明湖上泛舟，爱吃什么就吃什么……"

小桃红扑哧一笑："别说吃了，这几日天天大鱼大肉，今晨起来照镜子，两腮上泛着油光，抹都抹不去。回去上台，妆都挂不住呢……哎呀，不说了不说了，师父的好一顿戒尺又免不了，想想都怕……"

她伸出两只小手，翘着细细的十指，轻轻搓了两下。

这一刻，陈宝祥只想握住那两只手，紧紧攥着，再不分开。

"再过一个多月，就又见了，到时候，我一定跟令师请求，济南是个风水宝地，希望她一辈子留在这里，再不离开。"话里话外，陈宝祥说的是大青衣，但那点心思，却全在小桃红身上。

小桃红离了济南，陈宝祥的魂又乱飞了一阵，总算安顿下来。

他亲自跟踪打探，知道杨晓雪的身体已经没有大碍。几天来饭店里炖的鸽子，都是他派人到南山那边专程收来的野鸽子和山鸡，体态矫健，精气十足，滋补效果当然一流。

过了正月十五元宵节，十六晚上，他又跟踪陈大平，去了那个院子，毫不客气，推门而入。

屋里，陈家兄弟一边一个，正看着杨晓雪喝鸽子汤。

久日不见，杨晓雪瘦了些，黑了些，但眉目之间，更见犀利之色。

陈宝祥一踏进去，杨晓雪反手一摸，从桌子底下掏出一把手枪，黑沉沉的，倏地对准了陈宝祥胸口。

"哎哎，别别，妹妹，是我爹，是我爹啊……"陈虎子腾地跳起来，按住杨晓雪的手。

陈宝祥把左手里拎着的食盒放在桌上，里头是四样小菜，一盆小米粥，一盆元宵，还有十个馒头。

"身体虚弱，肠胃疲惫，光喝鸽子汤怎么行？粥也得喝，菜也得吃……你们两个傻小子啊，不懂得照顾人，也不知道找爹娘问问？晓雪不是外人，跟我说了，我还能吃了你们？"

两兄弟起初害怕，见陈宝祥并不责骂，脸上的恐慌表情顿时去了大半。

杨晓雪收枪，起身向着陈宝祥鞠躬："陈叔，给您添麻烦了。"

她穿的棉袄上血迹斑斑，右肋下破了一块，伤口应该就在那里。

"快坐快坐，闺女，你受苦了。"陈宝祥赶紧按住杨晓雪的肩头。

四个人围着桌子坐下，陈宝祥亲自盛了一碗粥，放在杨晓雪面前。

自始至终，他心里尊重杨先生，虽然对方不待见自己，但这份心意是不会变的。爱屋及乌，他对杨晓雪也分外关照。只不过，看到陈大平、陈虎子对杨晓雪小心怜惜的态度，他心里不免咯噔一下子。

杨晓雪长得俊，又有主见，颇有古代侠女之风。

两兄弟谁跟她好，都是件天大的喜事，但如果两兄弟同时喜欢她，那就变成天大祸事了。

杨晓雪一边吃饭，一边把受伤的经过说给陈宝祥听。

两兄弟在旁边你一句我一句补充，陈宝祥才弄清了整件事的脉络。

原来，杨晓雪腊月头上就到了济南，一直在想办法，把杨先生带走。外行人看不出来，杨先生虽然被官钱局放出来，可身边有好多细作监视着，任何陌生人接近西更道街，都会遭到盯梢。

杨晓雪从北平请了几个帮手回来，总共动手四次，帮手全死光了，只剩下她，肋下中枪，子弹穿身，如果不是陈虎子从医院偷药，她已经扛不住枪伤，这条命就没了。

"到底是怎么了？田先生托人把杨先生捞出来，已经没有任何官司缠身，怎么会这样？"

陈宝祥惊讶地挠头，紧紧盯着杨晓雪。

杨晓雪黯然，放下勺子，紧皱着眉头："陈叔，这是个秘密，我没法跟您解释。我爹骨头硬，不管什么江湖人物上门来逼，他都不会说，连我这亲闺女都信不过。我没办法，带人来救他，江湖兄弟们却都折在西更道街上了。"

"杨先生他是……什么大人物？算了算了，你不好说，我也不问。我明天就去找田先生，请他想想办法，找条路把杨先生送出济南，从此以后，天高海阔，鹰飞鱼跃，离开济南就好了……"

杨晓雪叹了口气，继续低头喝粥。

陈虎子跺了跺脚，低声反驳："爹，你还找田先生？他是日本人，能真心帮咱们吗？在西更道街看着杨先生的，就是日本人。晓雪妹妹挨的这一枪，就是他们打的。一口一个田先生，我就不明白了，他田先生大老远从日本来，就为了帮咱开饭店？他傻啊？脑子被门挤了啊？"

外面，又响起稀稀拉拉的鞭炮声。

十五的月亮十六圆，月华如水，从门缝里挤进来。

陈宝祥从没遇见这种麻烦事，一时间有些心慌。

杨晓雪抬头，一双丹凤眼中，充满了凛凛的决绝："陈叔，救我爹的事，不用麻烦别人了。江湖上还有几个朋友，路途遥远，不能朝夕即至。现在，我的伤也好得差不多了，买的枪也快送到。过几天，我再试一次，大不了——吾辈做儿女的，眼睁睁看着父母苟活于世间，遭人欺凌压迫而丝毫不敢反抗，与无能无知的牛羊猪狗何异？杨家只有我一个女儿，必当效仿女中豪杰花木兰，愿为市鞍马，从此替爷征……朔气传金柝，寒光照铁衣，将军百战死，壮士十年归……"

陈虎子在桌上猛拍一掌："说得好，妹妹，你什么时候动手，我也跟着你，不把杨先生救出来，誓不罢休。"

陈大平立刻嘘了一声，竖起眉毛，瞪着陈虎子："小声，小声，你吵吵啥？爹在这儿呢，先听爹说话。"

陈宝祥不知说什么好，这么大的事，又不能向田先生求助，他心里真的没底。

"闺女，杨先生究竟犯了什么事？怎么得罪了日本人？日本人又怎么得罪了他？"

陈宝祥想先把这些恩恩怨怨捋清楚了，再决定帮谁不帮谁。

杨晓雪笑了："陈叔，那已经不重要了。我爹托你保管的东西，好好守着，不到最后，谁也别给。"

两兄弟愣住，一起望着陈宝祥。

陈宝祥点头，那个箱子转移了好几个地方，最后藏到了米缸下的暗洞里。就算杨晓雪不说，他也不会交给任何人，只等着杨先生来拿。

"闺女，我还能帮你什么？你说，只要叔能做的，赴汤蹈火，两肋插刀都得去做。"陈宝祥备感惭愧，几乎要当着三个孩子的面哭起来。

他尊重杨先生，但除了做饭送饭，其他的一概无能为力。

杨晓雪笑了笑，向着陈家父子三人挨个抱拳拱手："陈叔，大平哥，虎子哥，你们都是好人，帮了我爹太多太多。我杨晓雪今生不能替爹报答，来世做牛做马，也得还三位的恩情。我的伤好了，下半夜就走，咱们有缘再见。"

陈虎子急了："妹妹，你这就是看不起人了。你在这里住着，我和大哥天天送饭，稳妥得很。你要枪，何必去买？货台上长枪、短枪、子弹什么都有，我去给你偷，要多少有多少……你不能走，要走我陪你一起走，把杨先生救出来，护送着他，不管天涯海角，水里火里，虎子哥一步不落地护着你——"

杨晓雪又笑了笑，没接话茬。

陈大平轻轻咳嗽一声，谨慎地开口："妹妹，只要你有稳妥的地方藏身，我们就随你的意思，不多过问。大观园人多眼杂，米饭铺那边隔着杨先生住的西更道街太近，也不安全。前些日子，货台上朱爷给我几串钥匙，都是他在济南城里置办的私产——啊，对了，咱眼下住的这儿，也是朱爷的房子。你放心，这些房子都没人知道，朱爷表面上粗豪，实际心思细密。我把钥匙拆两把给你，南门里一家，天桥北一家，你随时落脚，行不行？"

陈宝祥暗自点头称赞，陈大平在货台上跟着朱有成没白混，已经历练得不急不躁，做事扎实，很有把头风范了。

杨晓雪点头，陈大平就从腰间解下一串黄铜钥匙，拆出两把，又掏出一根铁丝穿起来，交给杨晓雪。

"陈叔，别太相信日本人。非我族类，其心必异。他们到中国来，不是为了好心帮咱重建河山。咱中国三千里江山，壮美如画，不知有多少无耻之徒、贪婪之辈觊觎着。鸦片战争，八国联军，东北沦陷，南京血案，岂不都是血淋淋的例子？"

陈宝祥低下头，看着食盒上"陈家大饭店"的标记。

那五个字是毛笔汉隶，由田先生亲笔书写，又让工匠们用烙铁烫上去。五个字后面，还有一个小小的菊花长刀图案，也是由田先生找人画的，代表着中日友谊，如秋菊般孤绝，无上高洁，如刀锋般凛然，不可侵犯。

"田先生只是个商人，不是个坏人。在大观园开饭店，摆开八仙桌，招待四方客，咱不是单单伺候日本人，而是为了一方百姓……闺女，你的话我记住了，全记住了。"

爷仨一起离开小院，在月光下穿过几条小巷，回了饭店。

"这事，到这里就了了。虎子，再不要提偷枪偷药的话头，大平，只要是晓雪住过的地方，亲手去打扫干净，不能留一个血珠子，知道不？"

陈宝祥心乱如麻，但是，他是一家之主，首先得保证一家五口平平安安。

陈虎子还想叽歪两句，被陈大平一把推到身后去。

"爹，我们都记住了。"

陈虎子忍不住，在陈大平肩膀后面梗着脖子低声叫："日本人太坏了，明面上，把杨先生放出来，暗地里派人看着守着，这是干啥呀？拿鱼钩子钓蛤蟆呀？拿玉米粒子扣麻雀呀？拿兔子引老虎呀？要我说，就是从货台上偷枪，拉起队伍，干这些日本人。他娘的，晓雪妹妹中的那一枪，幸好是穿身过去，不然，再向里面偏半寸，子弹卡在肚子里，那可怎么办？爹，老大，你们说说，那可怎么办？咱又不是医生，子弹卡在肚子里拿不出来，大活人不就完了？"

陈大平皱了皱眉："虎子，别胡说，晓雪妹妹吉人天相，不会有事。"

陈虎子急了，一下子把陈大平扒拉开，冲着陈宝祥嚷嚷："爹，你从小就教导我们，为朋友两肋插刀。你是杨先生的朋友，现在朋友落难了，被困在西更道街，你该怎么办？为朋友两肋插刀，你这刀插哪儿啦？朋友有难，袖手旁观，这叫济南人干的事？这不是纯粹的孬种吗——"

陈宝祥急了，挥手一巴掌，扇在陈虎子脸上，啪的一声，又狠又沉。

"反了反了，反了你了死孩子，跪下，给我跪下！"陈宝祥跺脚，气得浑身颤抖。

陈虎子捂着脸，瞪着眼，像一头被激怒了的山豹子，死死盯着陈宝祥。

"跪下跪下，兄弟，快跪下……"陈大平赶紧拖着陈虎子的左臂，硬拉着兄弟，双双跪下。

陈宝祥只觉得口干舌燥，无话可说。

过去，他的确如此教诲两个儿子，但此一时彼一时，有多大粽叶就包多大粽子，总不能连自身都落脚不得，反而拼命去帮别人？

他当然想帮杨先生，可杨先生到底犯了什么法，做了什么事，谁知道底细？

再说，杨晓雪请了江湖朋友帮忙，这就变成了道上的事，陈家人再卷进去，就不合适了。

"你们……好心帮助晓雪，做得很好，不过，千万不要豁出身家性命去帮别人，别人输得起，咱输不起。你娘，你妹妹都在家里提心吊胆等着你们回去，回去吧。"

陈宝祥不想再看陈虎子血贯瞳仁的那双眼，这孩子气性太大，恐怕一时半会不能回心转意，回家睡一觉，也许就好了。

陈虎子单手撑地，一下子蹦起来，顺手把陈大平也拉起来，一个字都不说，回头就走。

陈大平跟陈宝祥打了个招呼，赶紧追出去。

又过了三天，倪先生从北平打电话来，代替大青衣，正式应下了带戏班来济南演出的事，只等陈宝祥这边确定了具体日子，就整顿行头箱笼，准备成行。

陈宝祥听着倪先生在电话里的声音，脑子里走马灯一样地放相片，把杜先生被杀的那一幕，反反复复想了几十遍。

他觉得，倪先生的声音极其耳熟，与救了朱有成的人十分相似。

"倪先生，冒昧问一声，您在济南有其他相熟的朋友吗？我朋友朱有成曾经引见过另外一个朋友，走路背影跟您有七分像，声音就更像了。"

倪先生爽朗地笑起来："是吗？有这样的事？为何在济南的时候陈老板没提起？看起来，咱们还是有缘啊。"

陈宝祥不得要领，听不出对方话里的蕴意。

杀杜先生救朱有成的皇子，出手如风，行事洒脱，绝对是江湖大佬。再看倪先生，跟随在小桃红、竹青身边，悉心照料，温文尔雅，似乎不带一丝江湖气息。

陈宝祥也糊涂了，懊悔自己多嘴，赶紧道歉。

既然定下了这头，陈宝祥就能向田先生有所交代了。

他去向田先生汇报时，田先生笑眯眯地，从公事包里取出一份文件，放在他面前。

"陈先生，又有一个我们可以合作的小生意了——经六纬六路这里有一个院子，刚刚被我朋友包下来，清理修缮后，做一个医学研究所。现在全世界到处都在打仗，美国、英国、德国、苏联……天哪，草菅人命，屠城屠村，简直可怕之极。大战过后，必有大疫，我朋友从小致力于救死扶伤，医行天下，年轻时就发下宏愿，誓将毕生之力投入慈善医疗中去。在他眼中，无论是中国人还是外国人，生命同样宝贵无价。这份奉献精神，真是令我钦佩啊……"

陈宝祥赶紧点头，表示赞同。

"陈老板，这个院子马上就要动工，监工和工人的饮食全都交给你负责，好不好？"

陈宝祥有些奇怪，过去，田先生安排他送饭，只负责日本人的饮食，那些干活的力工都是自己从家里带饭。

"都负责，监工先生们跟力工同样待遇？"

田先生点头："对，陈老板，我们做生意的人，要有一颗众生平等之心。

监工是人，力工也是人，不能区分对待。就像你的儿子在货台上，起初只是普通力工，但我们发现了他的才能，就重点培养，让他去上会计学校，将来为大东亚共荣圈贡献更大力量。你啊，以后也得扩大心胸，多给年轻人晋升的机会，呵呵呵呵……"

陈宝祥连连点头，对田先生更加钦佩。

从他记事起，济南的力工们始终低人一等。力工力工，就是下苦力、下大力的，靠着牛马一样做工做活，辛辛苦苦赚个饭钱。

如果能像田先生说的，让力工跟监工一样，辛苦干活，体面做人，该是多好的事啊！到时候，自己两个儿子也都成了体面人，就不愁找不到称心如意的好媳妇了。

第十八章

百忍成金恨难消

陈宝祥说到做到，答应了田先生送饭的事，就当正经事办理。

第一天送饭，他亲自带着两个伙计，挑着四个五层食盒去了经六纬六路那个院子。

济南这地方春脖子短，时至正午，阳光晃眼，走得急了，陈宝祥后背开始冒汗。

监工是个笑眯眯的中年人，个子不高，瘦长脸，身手轻便利落。

跟着他干活的共有八个工人，其中三个是瓦工师傅，剩下五个是搬砖和泥的小工。

"陈老板，我姓桥，天桥的桥，您叫我小桥就行。"监工很客气，主动迎上来，帮助伙计卸下食盒，招呼工人洗手吃饭。

陈宝祥四周看了看，工人们在打地基，平地下挖了三人深，夯实根基，然后一层一层垒砖砌墙。

"地基这么深，上面是要盖多高啊?"陈宝祥问。

小桥拿来了图纸，恭恭敬敬地双手递给陈宝祥。

陈宝祥虽然看不懂细节，但从上面的标注上，知道要新盖一栋两层小楼，再加两层地下室。

他注意到，地下室的东侧，将会安装一套大型锅炉，旁边有专门储存木柴和煤块的仓库。仓库的顶上，直接开了一个三尺见方的天窗，煤车到了，直接从这里卸货，倒进仓库里。

"陈老板，田先生吩咐，您是朋友，我们对您没有任何秘密。这里将来要建一个医药研究所，专门救助那些没钱看病的穷人。所有的医疗设备，都从东北运过来。现在，像田先生这样心地仁慈的商人，越来越少了。为了这个项目，他日夜奔走，从北平到沪上，多次呼吁募捐，最终才筹集到了这笔款项……"

说到田先生，小桥满脸都是崇敬之色。

陈宝祥感叹，如果真的有一所医院，无偿为穷人治病就好了。

从小，他就看到无数乡邻因为无钱看病抓药，年纪轻轻就迈进了鬼门关。

张长官、韩长官在济南的时候，也曾经宣称，要为穷人筹建医院，从看病到吃药，不用花一分钱。可是，有钱的老爷们为富不仁，老百姓盼望的免费医院，最终也没能建起来。

"如果日本人能为济南老百姓办成这件好事，那就——"

陈宝祥想到了杨晓雪说的那些话，心里七上八下，不知道应该相信谁、不相信谁。

临走，他看看脚下崭新的地基，再看看小桥脸上真诚的笑容，心上这杆秤，似乎又向田先生倾斜过去了。

小桥干活扎实，只过了半个月，地基完成，小楼的一层主墙也竖起来。

这天午后，陈宝祥带着伙计们送饭归来，刚进了饭店，蔡春雷就派了两个徒弟过来，邀约喝茶。

蔡春雷的春雷武馆开在发祥巷，北边就是铁道，还没到地头，就听到了火车开过时的汽笛声。

武馆门口，蹲着一对前清时期留下的两人高青石狮子，口含镶银宝珠，甚是威风。

过去，蔡家是开镖局的，专门押运从济南到山西的红镖。绿林道上一提"山东济南府蔡家镖局"，好汉们都给三分薄面。

见到蔡春雷，陈宝祥就是一怔。

此前，蔡春雷膀大腰圆，声如洪钟，头发如刺猬钢针，络腮胡足有半尺长，一出门就横着走，身后跟着七八个徒弟吆吆喝喝，是半个济南城都吃得开的人物。

当下，蔡春雷却面黄肌瘦，左臂缠着纱布，用一根布带，吊在脖子上。

"蔡爷，这是怎么了？"陈宝祥赶紧拱手问候。

蔡春雷尴尬地叹气："我这……前几天以武会友，有些大意，关节扭了。没事没事，坐下喝茶，慢慢聊。"

武馆的仆人沏了上好的碧螺春茶，放在陈宝祥手边。

陈宝祥忽然有了不祥之兆，他想到了秦六子的死、朱有成的伤，再看看蔡春雷的胳膊，觉得似乎有什么脏东西缠上了济南城内外这些有头有脸的人物，一个接一个，触了霉头，倒了霉运。

原来，年前年后，日本军部那边的几位教官迷上了中国功夫，邀请济南城这些练家子到军部去，切磋技艺，以武会友。

论中国功夫，济南可是个行家窝子，自古至今的百十种长拳短打、十八般兵器外加暗青子、轻功、下九门妙手空空绝艺……济南全有，而且都是有师承、有来历的正宗传人。

日本人很客气，只要是到场的，无论输赢，都奉送十个大洋，作为车马费。

蔡春雷不屑于赚这十个大洋，起初没当回事。可是，半个月的光景，济南的练家子被日本人打伤了六十多位，打残了九位。最可恨的是，燕青翻子拳门的惠师傅上午进了军部，下午送出来的时候，一口气都没了，竟然被日本人用柔道里的关节技活活拧断了脖子。

陈宝祥吓了一跳，年后的几天里，他醉心于伺候小桃红，已经跳出三界外、不在五行中，对济南城发生的大事小情，一概视若无睹，没想到竟然发生了这么大的事。

"蔡爷，你的胳膊——"

蔡春雷红着脸，狠狠地在桌上拍了一掌："我一辈子习武，未学功夫先修武德，父亲教过我，远来是客，起手之前，先让人三招。再说了，咱济南是个大地方，南来北往的好汉，都懂得'强龙不压地头蛇'的规矩。没想到，他娘的日本人不讲武德，一个名叫什么龟的军曹，上来就下死手。他练的是柔道绞杀技，扣住了我的咽喉要害，我本来能沉腰坐马、连环炮锤打胸膛、双峰贯耳反打太阳穴、猴子偷桃虎尾绝户脚……那样，这日本小子就废了。我一时心慈手软，让了对方一招，没想到这日本柔道也真是霸道，刚解了他的锁喉，他就扣住了我的胳膊，使用反关节技，然后我左腕、左肘就全都断了……"

陈宝祥听得惊心动魄，过去，济南练家子经常以武会友，过境的绿林行家也有"踢馆、砸场子"的行径，但济南的武学家太多了，外地人根本讨不了好去。

"蔡爷，日本人的功夫这么厉害？只知道他们打枪很准，没想到拳脚也有一套？"陈宝祥搓了搓手，后背直冒凉气。

蔡春雷点头："是啊，我也想不到。今天约你来，是想让田先生做个和事佬，进行调停，请军部那边再也不要找济南人过去陪练了。兵荒马乱的，大家打把式卖艺，就是为了混口饭吃，中日功夫谁高谁低，根本不用比。翻翻历史，日本人的功夫是从中国大唐偷学过去的，我们是日本人的老祖宗，比来比去，有意思吗？我们赢了，没什么荣耀，我们输了，弄得大家面子上都不好看……"

两人正在聊着，外面有人叩门。

很快，有徒弟来报："师父，军部那边来人了。上一次的龟先生不服气，今天上门挑战。"

蔡春雷的脸立刻涨成了一头紫皮蒜，右掌一拍桌子，噌的一声跳起来。

"他娘的，这小日本，欺人太甚，简直欺人太甚——骑在人头上就够了，还想在济南人头上拉屎？徒弟们，摆香案，拉兵器架子，接客——"

陈宝祥也跟着站起来，走也不是，留也不是，满脑子懊悔，自己早不来晚不来，偏偏这时候到春雷武馆，碰上这么一档子烂事。

他当然可以求田先生，化解中日武林这场矛盾，但是，中国功夫打不过日本柔道，他真不愿信这个邪。

徒弟们吆喝起来，在蔡家祖宗牌位前拉开八尺长的香案，然后在海碗大的赤铜香炉里，燃起了三炷一尺半的高香。

另外几个人，把武馆的两只兵器架子拖出来，分别摆在香案左右，上面陈列着十八般兵器，刀剑森森，杀气惊人。

蔡春雷甩手，左臂从布带里抽出来，接着摘下布带，狠狠地掼在地上。

"他娘的小日本，今天上门踢馆，我就让你见识见识济南人的锅是铁打的——"

他向外走，刚刚出门，两个日本人就到了台阶下。

陈宝祥看清了站在右侧的那个干瘦日本人的脸，脱口而出："小桥？"

与此同时，小桥也看见了陈宝祥，赶紧低头上了台阶，绕过黑塔一样的蔡春雷，到了陈宝祥面前，向他抱拳行礼。

"陈老板，您也在这里？想不到，您也是中国功夫的练家子，失敬，失敬。"

陈宝祥看见熟人，怦怦乱跳的一颗心稍稍安定下来："小桥，见笑了，我不懂功夫，只是凑巧过来，跟蔡爷聊一些事。既然是熟人，那就好办了，你能不能跟这位日本先生说一声，大家以武会友，点到为止，不要伤了和气，行不行？"

陈宝祥从小怯懦，不愿惹是生非。更何况，济南老一辈武术名家早就教导过，练武是为了强身健体，不是为了恃强凌弱。

日本人不懂事，但济南人应当大人不记小人过，宽宏大量，不计前嫌。这件事到此为止，大家哈哈一笑，也就翻过一页了。

"是，陈老板说得对。不过，龟次郎先生号称关西第一刀客，少年起就发誓要遨游天下，以武会友，成为天下武学第一人……"

蔡春雷扑哧一声笑起来："武学第一？真他娘的，济南城这么多练家子……北平沪上这么多武学大师，没有一个敢称'第一'。这个什么龟，就想当天下第一？是不是吃饱了撑的？摔跟头把脑子摔傻了？不小心脑袋被门缝挤坏了？"

陈宝祥赶紧打圆场："蔡爷，少说几句，都是朋友，熟头熟脸的……这位桥先生是田先生的朋友，不要让朋友难办，行不行？"

小桥笑眯眯地，向蔡春雷拱手："蔡爷，我不懂功夫，但上次你跟龟次郎先生动手，蔡家拳打不过日本柔道，当时你夸下海口，说蔡家鬼头刀是山东一绝。龟次郎很想见识你的刀法，但不想在军部动手，免得中国报纸记者说以多打少。今天，就在你的春雷武馆，龟次郎以关西二刀流挑战你的蔡家鬼头刀——生死局，胜者生，败者死，各安天命，两不追究，怎么样？"

陈宝祥的一颗心顿时沉在冰窟窿里，赶紧向台阶下的那个日本人拱手："这位先生，以武会友，点到即止，哪能以死相搏？二位没有杀父之仇、夺妻之恨，远日无怨，近日无仇，干什么要摆生死局？天哪，这到底是犯了哪门子邪啊？"

那个日本人长着一张青瓜脸，又粗又浓的两道一字眉，眼睛如同青杏，死气沉沉的，没有一丝善意。

他穿着一身青色的日本和服，黑色腰带系得很紧，右侧插着一长一短两把日本刀。

两把刀的刀鞘上，各自镶嵌着一块核桃大的血色玉石，长刀上镶的是红日，短刀上镶的是血月。

"八嘎牙路，滚开，你算什么东西？"那个日本人一开口，一股暴烈的戾气扑面而来。

小桥立刻下了台阶，在这位龟太郎耳边低声说了几句。

龟太郎后退一步，寒着脸，向陈宝祥鞠了一躬。

小桥向陈宝祥解释："陈老板，今日的确是以武会友，跟咱们无关。我跟龟太郎是乡邻，不懂功夫，正在经六纬六忙着干活呢，就被他抓差来了。咱都不是练武的，实在插不上手，暂时退到一边观战，好不好？"

龟太郎抬起头来，望着台阶上的蔡春雷。

他的表情极其冷傲，紧抿着薄薄的嘴唇，伸出右手中指，向蔡春雷指了指，然后在刀柄上拍了拍，随即后退，到了院中武场的中央。

"哈哈哈哈，哈哈哈哈……"蔡春雷猛地大笑起来，一瞬间，病态全无。

"小日本，今天就叫你见识见识我蔡家鬼头刀——生死局？你娘的，谁怕谁呀，蔡家鬼头刀下，不死无名之鬼——徒儿们，刀来——"

蔡春雷大步下了台阶，一名徒弟飞奔着去了北屋，接着双手捧着一把三尺鬼头刀出来。

那把刀被红绸子层层裹住，刀柄上也系着两尺红绸子，但绸缎的红色与鲜血的褐色早就融为一体，一眼望去，鬼气森森，令人不寒而栗。

蔡春雷扯掉红绸子，一把将磨得雪亮的二十斤重鬼头刀抄在右手中，反手挽了个刀花，刷的一声，刀背横架在左臂肘弯处。

"小日本听着，我不管你他娘的是什么龟，还是什么鬼，我蔡家祖先立过规矩，鬼头刀亮相，就得当场见血。你今天上门，就是自找不痛快，管你是关西第一刀客还是西关第一刀客，都得老老实实，鬼头刀下受死——生死局，正合我意，他娘的小日本拿命来吧！"

天热，日过正午，开始西晒，陈宝祥又觉得头大了。

济南练家子有刀法口诀——单刀看手，双刀看走。

蔡春雷左臂受伤，根本无法发挥鬼头刀的威力。更何况，鬼头刀比普通单刀沉了两倍，很多招式都需要双手握刀，大劈大砍。他单手出刀，还没开战，就已经输了。

"蔡爷，蔡爷，好汉不吃眼前亏，忍一忍风平浪静……你手臂带伤，跟人家较劲，这不是犯傻吗？蔡爷，今天看我面子，无论如何忍一忍，忍一忍，百忍成金，能忍心头一口气，才行万年平安船啊……"

陈宝祥知道事情不妙，赶紧向前跨出两步，拖住蔡春雷的胳膊。

都是济南人，他不能看着蔡春雷吃大亏。

"老陈，都欺负到咱济南人头上来了，都骑着咱脖子拉屎了，还怎么忍？再忍，我春雷武馆这招牌就碎了，蔡家列祖列宗的牌位就炸了——要忍你忍，要当缩头乌龟你当，反正我蔡春雷今天豁出命去，也得教训教训这小鬼子，别欺负我大济南无人！"

蔡春雷一甩身子，把陈宝祥拨拉到一边。

陈宝祥跟上两步，再次扯住了蔡春雷的右臂肘弯。

"蔡爷，明摆着吃亏，送上人头去给人家砍，何苦呢？何苦呢？武馆上上下下一大家子人，等你照顾，今天出了事，这些人托付给谁？"

外面吵嚷，后院里的女眷、徒弟、仆人全都拥出来，站在走廊下观看，满满当当，足有二十几号人。

蔡春雷站住，回头看着那些人。

陈宝祥松了口气，以为对方能够看在家人的分上，暂时息了心头之怒，忍下这口闲气，好好地跟龟次郎解释解释，然后就化干戈为玉帛。

"你们都听着，今天，我跟小鬼子玩生死局，谁都不许插手，谁都不许认怂。为什么我这么干？日本人在济南干的那些坏事，杀我友朋，抢我姐妹，横行霸道，欺压良善，忍——我蔡春雷当然能忍，我十八岁离开济南，到处拜师访友，学习武艺，受够了人家的欺负，看多了人家的白眼。二十八岁，我孑然一身回到济南，上无片瓦遮头，下无立锥之地，是济南的老街坊们，给我一口饭吃，容我半亩土地，重建春雷武馆，重振蔡家雄风。我忍，也能吃上饭，穿上衣，但这口饭里掺着沙子，这衣服里藏着刀片……我忍不了，今天不管死活，你们都记着，济南人跟小鬼子这仇，是国仇家恨，不是咱绿林道上的打打杀杀。你们一个个都记着，没有本事学本事，学好本事干他娘的日本人——"

"好，好……"

走廊下的人叫起来，大门口也拥进来十几个看热闹的，把练武场围了个水泄不通。

龟次郎十分嚣张，双手都按在刀柄上。

陈宝祥劝不住，只能松手，黯然叹气。

小桥站在一边，只是笑眯眯地，隔岸观火。

陈宝祥知道，小桥是带工人干建筑的，无论军方还是绿林，都跟他无关。

"这是何苦呢？忍一时风平浪静啊，忍字头上一把刀，现在变成日本人的两把刀，蔡春雷这下子真完了啊……"

陈宝祥皱着眉，紧攥着双拳，有劲使不上。

他看过普通的踢馆，拳脚上分高低，极少动用兵器，而生死局就不一样了，几个回合甚至一个回合，一方就要饮血倒地，找大夫都来不及。所以，但凡是生死局，家人朋友就得备好金疮药，在一边提心吊胆候着。

刀枪无眼，各安天命。

陈宝祥看得真切，蔡春雷的拳脚功夫打不过龟次郎，鬼头刀更不可能是二刀流的对手。这一次，蔡春雷死定了。

"爹，爹……"陈虎子竟然也出现在看热闹的人群里，向陈宝祥招手。

陈宝祥赶紧走过去，低声训斥："不在货台上干活，跑这里干什么？赶紧走，赶紧回去！"

陈虎子踮着脚尖，看着练武场中心，嘴里应付："我们押车，送箱子……日本把头没跟着，我们偷偷懒没事。蔡爷是济南有名的练家子，有人吆喝小鬼子上门踢馆，我们得来看看，看看蔡爷怎样教训小鬼子……"

陈宝祥急了："你这傻小子，教训，教训个屁呀，赶紧走，赶紧跟我走——"

他去扯陈虎子的胳膊，陈虎子一扭身子躲过，指着前面："快看，快看，打起来了，蔡爷这一刀厉害，差点就砍到小鬼子的胳膊……"

陈宝祥叹了口气，站在陈虎子旁边，观看战局。

外行看热闹，内行看门道。

蔡春雷左臂伤了，功夫直接打折。

龟次郎的二刀流等于是中国功夫里的"双刀"，一长一短，更加诡异莫测。

从传统功夫套路来看，单刀破双刀，要诀是一个"快"字，讲究身法灵便，闪转腾挪，如同蝴蝶穿花、蜻蜓点水，刀锋根本不跟对方的兵器接触，每一招都朝着对方的身体要害招呼。

蔡春雷的鬼头刀根本不具备这种特点，走的是沉、稳、狠、拙的路子，跟开山斧、狼牙棒、八棱锤相似，以力取胜，刚猛十足。

鬼头刀克不了双刀，这样一来，蔡春雷在兵器上先吃了大亏。

龟次郎穿的是和服，身材细瘦，衣服宽大，跳跃之时，仿佛披着魔术师玩障眼法时常用的黑袍子。

蔡春雷每一刀劈下去，龟次郎只需要稍稍移动脚步，就能避开。

陈宝祥知道蔡春雷必输，但却没有想到，日本人太狠了——

这一战，蔡春雷连续劈砍了十几刀，龟次郎只是躲闪，并不拔刀。

四周的看客鼓噪起来，连连叫喊："小鬼子怂了，不敢拔刀……蔡爷，砍死他，砍死他……蔡爷，砍死他——"

刹那间，龟次郎拔刀了，左手拔长刀，长刀斜掠，刀身贴住了鬼头刀的刀身，向外一领，蔡春雷的胸腹之间，立刻空门大开。

龟次郎二次拔刀，右手反握，拔出短刀，横向一抹，切入了蔡春雷的腰间。

如果蔡春雷左臂没有受伤，就能近距离擒拿短打，甚至使用空手入白刃的功夫，夺下对方的短刀。可是，他的左臂两处关节重伤，动弹不得。

哧的一声，蔡春雷腰间中刀，鲜血如同打翻了杀猪盆，瞬间洒了满地。

龟次郎得手，右腕灵巧变化，反手再一划，刀刃就轻飘飘地掠过了蔡春雷的喉咙。

只一刀，蔡春雷踉跄后退，鬼头刀垂下，刀尖撑在地上。

所有人闭嘴，院子里一片死寂，只有刚刚看客们的叫嚣余音，还在春雷武馆上空袅袅飘荡着。

"小日本，小日本……你他娘的……"蔡春雷咬牙切齿，只说了半句话，就扑通一声向左栽倒，把那口纵横绿林几十年的蔡家祖传鬼头刀抛在一边。

龟次郎先收了长刀，然后掏出一块雪白的手帕，抹干净了短刀上的血痕。

他向前走了两步，低头看着蔡春雷。

"中国功夫，差得远……济南，没有真正的功夫，只有我东瀛，才是功夫的发源地——"

龟次郎抬起头来，一双死气沉沉的青杏三角眼掠过所有人的脸，轻蔑地撇着嘴角："你们，谁不服，来军部找我，羽田龟次郎，就是我，关西第一刀客，就是我……"

在他的凶狠逼视之下，所有看客后退，不敢正视。

"小鬼子，欺人太甚！"陈虎子一挺胸膛，双臂一振，就要扒拉前面的人。

"干什么傻小子，别动，别动——"陈宝祥一把圈住陈虎子的腰，硬生生把他揽住。

"日本人杀人，我们得替蔡爷报仇……爹，我也是练武的，济南练武的这么多人呢，不能就这么被小日本欺负了……"

陈宝祥气得捂住陈虎子的嘴，不敢再让儿子胡说八道下去。

龟次郎抬手，松开手指，带血的白手帕如花飘零，落在蔡春雷脸上。

小桥分开人群，陪着龟次郎向外走。

在场这么多济南人，竟然没有一个人再敢出声，眼睁睁看着二人扬长而去。

陈宝祥跑过去，抱住蔡春雷。

武馆的徒弟拿来了金疮药，撒在蔡春雷咽喉的伤口上。

那一刀太深，也太狠，一大把金疮药撒下去，马上就被汩汩冒出的鲜血冲掉。

"蔡爷，你撑住，你撑住，大夫马上就来，撑住，没事……"

陈宝祥明知道大夫来了也没用，可还是希望上天开眼，能让蔡春雷躲过这一劫。

"皇子……皇子，去找皇子，我没给山海关丢脸，告诉算盘，我没丢脸，大库交给皇子，交给少帅，杀光小鬼子，为东北军死难兄弟报仇……"蔡春雷的右手捞住了陈宝祥的胳膊，死死攥着，他急促喘息着，脸色蜡黄，双眼已经失去了光彩。

陈宝祥愣了愣，这些话，跟秦六子说的那些大有关联。

"蔡爷，还有什么？还有什么？"他也有些慌了，不知道这些话是福是祸。

上次，秦六子跟他说了那段话，引来了黑衣人半夜入室。

这一次，他万万没想到，蔡春雷也跟秦六子是"一伙"的。

"大军师是定海神针……皇子是常山赵子龙再世，我山海关的……兄弟，有幸跟对了两位好大哥，这辈子……这辈子名垂青史，光宗耀祖，我蔡家……忠义双全，保卫中华，保卫——"

猛地，蔡春雷的右手一紧，接着一松，一条命就此扔下。

女眷和徒弟们围过来，号啕大哭，哭声如同一把把钢针，扎进陈宝祥耳朵里。

他好好记住了那段话，生怕漏下一个字，给自己带来说不清的麻烦。

"虎子，虎子？"他突然想起了儿子。

看热闹的人已经出门，陈虎子也不见了。

陈宝祥飞奔出门，顾不得两只袖子都染上了蔡春雷的滚烫鲜血。

他估计，两个日本人一定是从发祥巷向南，走到经二路向东，回军部那边。

出了春雷武馆，陈宝祥疯了一样，撒脚向南，跑到经二路上。

他知道陈虎子的性子，一旦上了犟脾气，三头牛都拉不回来。刚刚在武馆院子里，陈虎子就想出头，但这可不是耍嘴皮子的事，龟次郎的二刀流厉害，凭着陈虎子那点三脚猫的功夫，纯粹是肉包子打狗。

"虎子，虎子，虎子……"陈宝祥贴着墙根走，又不敢放声叫，只能左右看着，压低声音叫着。

从小到大，虎子天天惹事，没少挨了陈宝祥的巴掌和棍子。可是，这是他的亲生儿子，他一旦察觉到危险，护犊子的心轰的一声就爆发开来。

"如果虎子……如果龟次郎敢动虎子一根汗毛……"骤然间，陈宝祥觉得自己胸口像塞了一大把黑火药二雷子，只差一个火星迸过去，就要狂暴地炸开。

秦六子死、朱有成伤、蔡春雷又死……死了那么多人，但没动到他的家人，他能忍，也能劝别人忍。可是，动了大平、虎子、果儿，他就只能红着眼拼命——拼老命。

"虎子，虎子，你他娘的在哪儿？虎子，虎子，你可千万别出事啊，爹这条命，现在就攥在你手心里……"走着走着，陈宝祥突然发现，自己双眼视线模糊，拿袖子一抹，两行热泪湿漉漉地，涂满了半张脸。

事不关己，高高挂起。

事若关己，掏心裂肺。

陈宝祥垂下双手，紧了紧裤腰带，加快脚步，一溜小跑向东。

追过了两个街口，好不容易，他从人丛中看到了龟次郎的和服，然后就看到了旁边点头哈腰陪着的小桥。

"谢天谢地，谢天谢地……"陈宝祥终于松了口气，腿脚都软下来。

"老天保佑，日本人没事，老天保佑……"他拍着心口，先让悬着的那颗心归位。

日本人没事，虎子就没事。

虎子没事，日本人也没事。

那么，就算今天济南的天塌下来，他陈宝祥也可以当作没事，什么皇子算盘、东北军大库、少帅山海关，通通当作没事。就算有人笑话他陈宝祥是缩头乌龟，他也可以眼一闭、耳一捂，关起门来，过自己的小日子。

忍字头上一把刀，他陈宝祥咬咬牙，就能接下这把刀，咽下这口气。

活着嘛，不就是百忍成金！这么多年，山贼流寇、土匪官兵、张长官、韩长官……一拨拨都忍了，怎么日本人来了，就忍不了呢？

嗖的一声，一个人从他身边超过去，气冲冲地，满身都是火气。

"虎子——"陈宝祥眼疾手快，一把捞住了那人的肩膀。

这么多年了，他熟悉自己儿子身上的气味，不用看脸，就认得一清二楚。

"放开，放开我，爹，我去给蔡爷报仇——"虎子挣扎，右手埋在怀里，半边身子都是僵的，肯定攥着刀子。

"报仇报仇，报仇……"陈宝祥把陈虎子拖到墙角，劈头盖脸十几个巴掌扇下去。

他得打醒儿子，让这傻小子明白，少惹事，别说话，好好活着，才是唯一的办法。

陈虎子被打急了，向后一挣，嗖的一声，把怀里的杀猪刀亮出来。

那把刀只有半尺长，刀刃惨灰色，不带一丝光芒。

济南人都知道，咬人的狗从来不叫，杀人的刀，磨得越快，越没有亮光。

"虎子，你干什么，你敢对老子动刀？"陈宝祥吓了一跳。

寸铁不比人，一拔了刀，哪怕是亲父子之间，也没了情谊。

"爹，今天你别管，我就得宰了那个小鬼子，欺人太甚，上门杀人，济南还有天理王法吗？"

陈虎子咬着牙，两眼血红，如同上了劲的疯牛。

陈宝祥还想夺刀，但陈虎子连退了几步，用力挥刀，逼得陈宝祥后退。

那把刀太快了，刀刃上的杀气冷森森的，仿佛一根冰锥子。

陈宝祥不敢靠近，生怕陈虎子手上没数，爷俩伤了谁都不好。

陈虎子逼退了陈宝祥，转身就跑，顺着纬二路向东，头也不回地追了出去。

"他娘啊，他娘的……这傻儿子，我怎么生了这么个混世魔王傻儿子……"陈宝祥没办法，只能继续跟着。

陈虎子年轻，腿脚利索，跑得飞快。

陈宝祥拼命跑，还是落下了二十多步，眼瞅着陈虎子反手握着杀猪刀，刀刃藏在棉袄袖子里，拨拉开挡在前面的人，冲向龟次郎和小桥。

"杀人啦，不好啦杀人啦，杀人啦……"惊惶叫声冲天而起。

前面的人立刻变成了扇面形，然后围成了一个圈。

陈宝祥脚软，一个踉跄，扑倒在地。

他知道，这下真坏事了。

"虎子杀了日本人，不知道田先生能不能……不管花多少钱，都得把这事平了——不不不，他娘的平不了，还是赶紧让虎子逃出去……先逃出济南城再说，虎子、大平、果儿都得逃，逃得越远越好，再也别回来……"

他脑子里急速地盘算着，这一刻，他只想到三个嫡亲骨肉的生死，根本没想自己和林月娥。

他们两口子活着，是为了三个孩子而活，这才是他陈宝祥心尖子上的肉。

陈宝祥攒了攒力气，硬撑着爬起来，向前跑了十几步。

远处，日本兵吹着警笛跑过来，人群呼啦一声散开。

陈宝祥看到了蜷缩在地上的龟次郎，双手捂着脖子，鲜血从指缝里咕嘟咕嘟冒出来。

"虎子，走，走——"他抓住了陈虎子的手，拖进旁边的小巷子里。

"刀呢？赶紧……赶紧，赶紧扔了，赶紧扔了……"陈宝祥急得结巴起来。

"刀，刀不见了，刚才，刚才……"

"你杀人了，赶紧逃，去找你哥，我回去找果儿，你们兄妹三个，赶紧逃，进南山躲起来……"陈宝祥觉得，自己的胸口像要炸开一样，又像小时候第一次溺水，张大了嘴，却喘不过气来。

他恨不得自己能像孙猴子那样，一个跟头十万八千里，带着三个孩子，逃得越远越好。

"爹，我没杀人，刀不见了，刚才有个人擦着我的身子过去，不知怎的，就把刀夺走了……不是我杀人，是他杀人……他杀了人，杀完人就不见了，刀也不见了。"

陈虎子把两只手伸到陈宝祥面前，手上没有刀，手指上也没有一滴血。

"什么？什么？"陈宝祥愣住，抓着陈虎子的袖子，翻来覆去看，又低头闻了闻，的确没有血腥气。

"爹，人不是咱杀的，是别人，肯定是一个大侠，看不惯日本人丧尽天良，直接借刀杀人。真是太厉害了，我都没看清楚，他赶上那个龟次郎，胳膊一扬，小鬼子就倒下了，比宰只鸡还容易……"

陈虎子也安下心来，比比画画，向陈宝祥讲刚才的事。

爷俩不敢回纬二路，一路穿过巷子，回了大观园。

进了饭店，陈宝祥吆喝伙计，炒四个菜，烫两壶酒，端到办公室去。

爷俩坐下，对望一眼，都有点不好意思。

陈虎子虽然一腔血勇，拎着杀猪刀向前冲，但从没杀过人，只是凭着年轻人的一股子牛劲。龟次郎倒下，满脖子冒血的那一幕，把他也吓得浑身冒汗。到这时，棉袄里面的汗衫都湿透了，脖子上的泥灰，也被汗水冲得一道一道的，要多狼狈有多狼狈。

"爹，你……你哭了？"陈虎子问。

"胡说，是汗，追你小子追得急，汗珠子滚到眼里了。"陈宝祥拿起两块毛巾，在洗脸盆里浸湿了，又绞干，扔给陈虎子一块。

陈虎子擦了脸，又擦了脖子，走到陈宝祥跟前，垂下头，低声道歉："爹，我错了，对不住了。"

陈宝祥胸膛里一热，自打陈虎子满了十八岁，就从没在他和林月娥面前服过软，说过一个字的软话。

人心都是肉长的，陈虎子不是不懂事、不孝顺的孩子。刚才陈宝祥一溜烟拼命追他，拉着他躲灾，除了亲爹，谁会费力这么做？

"你小子，不愧是陈家的种！"陈宝祥伸手，在陈虎子乱糟糟的头发上捋了一把。

"爹，我弄了这么大动静，你没生我气？"陈虎子吃惊。

陈宝祥走到窗前，一边擦脸，一边看着窗外的大观园街景。

蔡春雷死了，下一个不知道要轮到谁？

他深吸了一口气，刚刚脱下的长袍上，还沾着蔡春雷的血。

"忍着吧，好好忍着，像田先生说的，等日本部队安定下来，街面上没有那么多刺头了，中日友好就能实现。"

第十九章

算无遗策大军师

发生在春雷武馆的踢馆案，几天就没消息了。

蔡春雷死了，龟次郎也死了，等于是有人吹出来了两个大小相同的肥皂泡，一个破了，另一个也破了，谁也不欠谁，打了个平手。

田先生来饭店的时候，没聊这事，只是告诉陈宝祥，大概再有半个月，经六纬六那院子就完活儿了。

"陈老板，现在我觉得真是累啊，没完没了地干活，再过一阵，平井四郎就从东京出发，先去北平，然后去东北，再到济南。我做生意这么多年，朋友多，事也多。如果没有你帮忙张罗欢迎宴会的事，真是愁死我了。小桥说，你是个好人，送到经六纬六去的饭，又干净又好吃，一丝假都不掺。他虽然年轻，却也跑江湖多年，对你啊，就是一个字——服！"

田先生向陈宝祥挑起大拇指，眉开眼笑，连连点头。

提到小桥，陈宝祥就想到倒毙在经二路当街的龟次郎。

"到底是谁杀了龟次郎？到底是哪路大侠从天而降，替济南人出了这口恶气？"

他不敢想，如果当时不是神人帮忙，陈虎子硬扑上去，恐怕一个照面就要倒在龟次郎的刀下。那时，他该怎么办？弄不好，真得跟日本人拼了这条老命——

每次想到这里，他都头皮发麻，后脊梁一阵阵冒凉气。

他想活着，就想好好活着，不惹事，不说话，跟磨道里的毛驴一样，好好干活，赚口饭吃，守着孩子们……世道再艰难，总得让老实人喘口气，给条活路吧？

"陈老板，戏班的事办得顺利吗？北平那边的角儿有档期吗？"田先生笑眯眯的，右手食指中指在桌面上轻轻叩了叩，发出嘟嘟两声。

陈宝祥回过神来，赶紧点头："没问题的，已经全都联系好了。等您得空，问问您朋友，京剧戏目很多，他喜欢听哪几出，咱这边仔细准备，一定得让人家满意才好啊！"

田先生笑着摇头："不必不必，一切都由陈老板和戏班来定。中国京剧博大精深，平井君仰慕的是中国的国粹，常常谦称是门外汉，听什么都好，都好。"

陈宝祥暗自感叹，一样米养百样人。如果龟次郎有田先生一半修养，就不会闹出春雷武馆杀人的事来了。多行不义必自毙，龟次郎刚刚赢了生死局，杀了蔡春雷，他自己也跟一条癞皮狗一样，转眼间横尸街头——该，真他娘的活该！

转过天，陈宝祥带人去经六纬六送饭。

小桥笑着告诉他："陈老板，明天就不用送饭了，小楼封顶，北平来的专家马上就到，一些内部的水电安装由专人负责。下午，给工人们结算了工钱，这项工程就告一段落了。"

工人们一边吃饭，一边向小桥伸出大拇指。

陈宝祥曾经跟工人们聊过，同样干活，小桥这边给双份工钱，还每天管饭，伙食又好，这种好活儿，以前从没碰上过。

小桥领着陈宝祥，楼上楼下四处参观，然后结算饭钱，总共六十个大洋。

"陈老板，上次的事，真是抱歉。除了龟次郎，军部那边还有十几个人，都是我的乡邻。我常年在中国干工程，懂中国话，被他们抓差临时当翻译，不得不去，但我胆小怕事，真是不想看到杀人流血……在我们日本，也有很多武术门派，登门挑战，杀人或者被杀，都是常事。幸好你我都不习武，跟这些绿林中人也没有太多往来。龟次郎的事，千万不要跟田先生提起，他尤其讨厌战争和杀戮，这个医院，就是他主导建立的，也投了一大笔积蓄在里面……"

小桥低声下气，连连打躬作揖。

陈宝祥原先积攒在肚子里的一股怨气消了，赶紧拱手："请放心，我嘴严实，绝对不跟田先生说。田先生的为人没得说，修桥补路，扶危济困，真是个仁德的君子。"

小桥点头："是，田先生一直是我的师长，也是我的贵人。能跟着他做点事，一边学习一边成长，是我的荣幸。"

陈宝祥也深有同感，他其实最希望每一个日本人都有田先生那样的涵养，既然占领了这座城，就得把城中百姓当人看待，让老百姓家家户户安居乐业，踏踏实实地干活交税，部队的军费粮食也就不愁了。

回到大观园，陈宝祥先到戏院那边，跟管事的黄经理大概敲定了日期和价钱。

陈宝祥从未想到，自己有朝一日能来大观园包场子搭班演戏，也想不到，从前高高在上的黄经理，现在跟在自己身边，低眉顺眼，亦步亦趋，逐一介绍戏院子里的种种门道。

"三道双开大幕，一道大背景墙，地上这地毯是年前刚换的，苏州货……对了，大幕也是苏州货，中间是加厚重磅真丝，里外是绣花衬布，花边全都是英伦进口货，机器加工，丝滑如水。陈老板，您往顶上看，所有轨道都是电动的，最好的英国钢丝，一开一合，一点杂音都没有。这边这边，戏台上的桌椅，全是花梨木，上面铺的桌围子也是地道的苏州货……我跟您保证，在这里唱戏，跟在北平、沪上那些顶级大剧场里，那感觉绝对是一模一样。不管您请多高级的班子过来，角儿们肯定满意……角儿们心气顺了，唱戏卖力气，看客们肯花钱打赏，到时候，您看见没，戏台往下，两边空地上咱摆满花篮，头等花篮，一百大洋，二等的五十大洋，三等的二十大洋……一晚上下来，钱就赚海了。陈老板您是日本人跟前的红人，我不敢多占您便宜，票钱七三开，您七我三，花篮打赏八二开，您八我二……"

陈宝祥不说话，脑子里已经锣鼓家伙，唱念做打，粉墨登场，演开了大戏。

这一场好戏，为了田先生的朋友平井四郎，也为了他心心念念的小桃红。

"只恨笼子太小，盛不下这只金丝雀啊——"出了戏园子，陈宝祥默默地慨叹。

他老实，但不蠢笨。

上次小桃红过来，他虽然竭尽全力，讨人家欢喜，但时时处处，他都能感到两人之间的距离。

过去，他目睹好多济南大户人家从戏班、书寓礼聘来的小妾，虽则漂亮，但却只是白白生了一副好皮囊，眼中透出来的，丝丝缕缕，只是骄奢淫逸而已。

把那样的女人养在家里，免不了勾三搭四，一味地招祸。

"陈老板慢走，慢走。"黄经理在台阶上弯着腰挥手，谦卑地目送。

人人都爱听顺耳的话，陈宝祥去戏园子这一遭，深深感到，乱世之中，必须得结交有分量的人物，才能立得住脚，换来济南人的尊重。

他只希望，田先生这样有本事的生意人，最好永远不倒，做他的靠山。

陈宝祥回到米饭铺，给林月娥放下了二十个大洋。

他惦记着龟次郎被杀那档子事，生怕陈虎子再惹麻烦。

林月娥欣慰地告诉陈宝祥："虎子这几天格外懂事，昨天晚上吃饭，他告诉我，以前误会你了，以后一定好好孝敬你，这辈子，只认亲爹亲娘。我还纳闷呢，这孩子怎么几天就长大了？想想过去，你们爷俩不对付，你整天骂着打着，他也愣头愣脑的，总是不开窍。这下好了，老天爷开眼，让咱陈家，又多了个好孩子……"

陈宝祥松了口气，只要陈虎子明白事理就行了，家里少了个惹祸精，一家人就能平平安安，一天天把日子往好里过。

陈果儿安雅聪秀，不让林月娥操一点心。杨先生给的集子，她已经抄录到第三遍，毛笔字写得有骨有节，填词作诗也学得有模有样。

"爹，杨先生最近脾气好了很多，我大前天送去的饭菜，他当着我的面吃了，顺便考查我的作业，还告诉我，好好读书写字，以后有大用。"陈果儿捏着辫子梢，眼中有神，脸上有光。

"闺女家呢，读书写字是个摆设，中看不中用。绣花女红，操持家务，那才重要。过一阵，等你两个哥哥都娶了嫂子，就轮到你了。"林月娥在一边插嘴。

陈果儿涨红了脸，猛地一甩辫子："娘，杨先生说，书中自有颜如玉，书中自有黄金屋，书中自有千钟粟。他还说，读懂了圣贤书，就知道人生应该走什么样的道路，去什么样的地方。"

陈宝祥心中一动，过去，他好像也听杨先生说过"道路和方向"的事儿，但没仔细听，也领会不了。

"果儿，看看咱济南城，有哪家的闺女靠读书过上好日子了？不管是老私塾还是洋学堂，有钱人家的闺女穿金戴银，骑马坐轿，不读书也能过上好日子，读书写字就是人家贵族小姐的消遣。你呀，等以后自己成家过日子，就知道读书写字不能当饭吃了。"

林月娥说的都是实情，世道凉薄，嫌贫爱富，戏文里这么说，老百姓的日子也是这么过。

陈果儿嘟起嘴："娘，你整天在米饭铺忙活，人来人往的，也听听人家说的，辛家，曲水亭街北头辛公馆的姐姐就是我的榜样——"

陈宝祥的脑袋嗡的一声，猛地起身，指着陈果儿。

他来不及开口训斥，先回身关门，免得隔墙有耳，听了风声去，一散开来，陈家就完了。

"好闺女，以后万万不能提辛家一个字，更不能提跟着辛家的闺女学。听见没？听见没？这种事会给全家惹麻烦，会掉脑袋，听见没？"陈宝祥没敢发火，怕吓坏了亲闺女。

辛公馆的女孩子投了革命军，据说在南边干得风生水起，还担任了一个小官员。

"闺女，辛家的事跟咱无关，以后咱不说了，听话，听话。"林月娥也吓了一跳，不知道陈果儿从哪里听来的这些乱七八糟消息。

陈果儿压低了声音："爹，娘，咱不说辛家的姐姐，还有杨先生家的晓雪姐姐呢，人家也是干大事的。二哥说，她会功夫，会打枪，可厉害了。杨先生现在住的地方，被人监视着，晓雪姐姐前后回了济南五趟，要把杨先生救出去，跟小日本过招，杀了三四个人，自己中了枪，不过已经好了。我已经长大了，要像晓雪姐姐那样——生当作人杰，死亦为鬼雄。至今思项羽，不肯过江东。"

林月娥皱紧眉头，还想开口。

陈宝祥摆手，让林月娥闭嘴。

闺女是两口子的小棉袄，再说，陈果儿大了，再张口闭口训斥，她脸上怎么过得去？左思右想，还得哄着骗着才行。

陈宝祥堆起个笑脸，从口袋里摸出五个大洋，拉过陈果儿的手，放在她掌心里。

"好闺女，听杨先生的话，安心读书写字。现在，我攒了些钱，等世道稍微消停一些，我送你去北平、沪上读书，以后找机会留洋，去见大世面。我闺女长大了，长得又俊，以后见多识广，好好做学问，咱陈家祖坟冒青烟，就应在你头上了……"

穷养儿，富养女。

陈宝祥过去小本经营，没钱没势，真没办法给陈果儿好生活。现在，他在大观园开着陈家大饭店，赚了钱，就得花在闺女身上。

外面，陈大平和陈虎子下工回来，倒水洗脸，稀里哗啦地，忙活起来。

陈宝祥悄声告诉陈果儿："赶紧把钱收起来，你俩哥哥没有，爹只给你。"

陈果儿的眼睛笑成了月牙儿："谢谢爹，我知道了。"

一家人坐下吃饭，破天荒地，陈虎子端起第一碗饭，双手捧着，送到陈宝祥手上，恭恭敬敬地说："爹，您请吃饭。"

陈宝祥胸口一热，接过那只碗的时候，双手不自禁地颤了一下。

第二碗饭，陈虎子端给林月娥，同样恭敬地说："娘，您请吃饭。"

这顿饭，一家人都不作声，只听见筷子碰碗沿儿的声音。

陈宝祥知道，陈虎子真的长大了。

在纬二路上，他拼了老命追上儿子，红着眼，拉着儿子躲进小巷子，像极了一只护犊子的老狗。爷俩就算有再多误会，这一刻，也冰消雪融了。

父慈子孝，家庭和睦，这才是济南人的本分日子。

吃完饭，林月娥和陈果儿洗碗，两兄弟陪着陈宝祥说话。

"爹，朱爷的伤全好了，又回货台上班了。"陈大平说。

"嗯，朱爷是江湖人，以后多敬着人家，但有一点，你好好记着，他差遣你办事，多留个心眼，该干的干，不该干的别干，尤其是违法的事，绝对不能干。货台上的东西都在箱子里封着，千万别动了不该动的，惹火烧身。"

陈宝祥想到朱有成在小巷里与人博命血战的那一晚，顿时不寒而栗。

陈大平点头："知道了，爹。虎子，昨天朱爷找你，说的什么事？记着刚刚爹说的话，千万别大意了。"

陈虎子规规矩矩地坐在一边，双手按着膝盖，望着陈宝祥："我也记住了，爹，不该干的，绝对不掺和。朱爷找我，就问了问我练武的事，还说年轻人就得有副好身板，强身健体，保家卫国。"

陈宝祥还是不放心，又叮嘱了几句，哥俩连连点头，虚心受教。

"虎子，你跟妹妹说晓雪的事了？"陈宝祥又问。

陈虎子回答："妹妹去西更道街给杨先生送饭，出来进去，两次遭人盘查。她也大了，知道事情不对劲，就问我和大哥。我怕她吃亏，就说了实情。杨晓雪现在一门心思要救她爹，但是约来的十几个江湖朋友都死光了。"

陈大平接荏说："前几天去南门给她送饭，她说，一位名动江湖的大人物很快就到，随身带着十八豪杰，救她爹易如反掌。想想晓雪妹妹也真不容易，一个女孩子家，每天想的都是拎着枪跟人家拼命，为了她爹，什么都不顾了。古代的女英雄花木兰，也不过如此吧？"

陈虎子一下子站起来，兴奋地连连跺脚："我就知道嘛，杨先生绝对不是窝窝囊囊的教书先生，不然，怎么能生出将门虎女？虎父无犬女，杨先生从前绝对也是江湖上有一号的非凡人物。上次在纬二路，那个大侠一下子夺了我的刀，轻描淡写就把那个小鬼子办了，真让我开了眼。蔡爷是济南城数一数二的练家子，三招两式就让龟次郎杀了，两下对比，那位大侠的功夫得多高啊？真是，真是……真恨不得拜人家为师，习练一身绝技，荡尽人间不平之事。"

陈宝祥叹了口气，摆摆手，让陈虎子坐下。

在他看来，打打杀杀不是办法，应该像田先生那样，以柔克刚，客客气气喝着茶，就把事办了。

不战而屈人之兵，这才是大人物所为。

他看着陈大平："大平啊，晓雪有没有说，大人物是哪儿来的？"

陈大平摇头："我没问，晓雪妹妹自有主心骨，问多了，怕她不乐意。"

"嗯，如果救走杨先生，他们爷俩去哪里？"

陈大平又摇头："爹，这都是杨家的秘密，该说的，晓雪妹妹肯定告诉咱，不该说的，问了也白搭。"

陈宝祥叹气，陈大平太老实，时时处处替别人着想。如果这些事不问清楚，继续给杨先生父女帮忙，已经大大不妥了。

他就怕惹上日本人，不管是米饭铺还是大饭店，一夜之间就有灭门之祸，再连累了田先生，就更不好了。

饭桌上的气氛突然冷淡下来，大观园人来人往，饭店里的食客喝多了高谈阔论，陈宝祥也多多少少听到一些消息。日本军队一直向南进发，连南洋那边都占领了。

杨先生父女逃出济南，只能向西南去，一路上未必都是坦途。

晚上躺下，陈宝祥翻来覆去，无法入睡。

从杨先生的遭遇，他似乎感受到一种漂泊无依的晦暗悲凉。

杨先生有学问，也有见识，还有铮铮爱国之气。可是，人在屋檐下，怎敢不低头？现在是日本人的天下，就像从前是张长官、韩长官的天下一样。

出头的椽子——先烂啊。

"他爹，我想问你个事儿。"林月娥也醒着。

"嗯。"陈宝祥翻了个身，脸向上，看着黑乎乎的房梁。

"初十那天，老家亲戚从章丘来逛芙蓉街，看见你了，说你带着个小闺女在玉谦旗袍量衣服。他们以为那是咱果儿呢，一个劲地夸闺女长得俊。"

林月娥的语气很平静，但每个字都像锤子，一下下敲在陈宝祥嘴上，让他开不了口。

"没有的事。"沉默了一阵，陈宝祥才回答。

林月娥叹了口气："我也这样跟他们说，咱小门小户的，吃了上顿没下顿，哪有那花花肠子？"

陈宝祥眼前浮现出小桃红的动人身段，摸摸心口，一颗心怦怦跳动，越来越有力气。

"他爹，孩子大了，都到了嫁娶的时候，抽空，我还得问问花婶子……唉，杨先生的闺女来了趟，俩小子的魂儿都——你没见大平和虎子提到杨晓雪的时候，眼里那股子光。咋办呢？咋办呢？"

小桃红的模样像一朵花，迎面贴过来，近在咫尺。

陈宝祥梦见她好几次，在梦里，小桃红的身子轻飘得像曲水亭街的嫩柳枝，又软得像漱玉泉的春水。

"世上竟然有这样千娇百媚的小人儿啊——"他忍不住，怅然一叹。

林月娥误会，以为陈宝祥也发愁："他爹，你是一家之主，孩子娶哪里的，嫁哪里的，都是媒妁之言，父母之命。你开口，仨孩子肯定听你的。"

陈宝祥又"嗯"了一声："睡吧，不急，不急，明天我找花婶子。"

林月娥答应一声，翻身冲墙，不大会儿，就响起了轻轻的鼾声。

"咚咚咚，咚咚咚……"

陈宝祥被敲门声惊醒，翻身向外望，已经是东窗大白。

他叫醒林月娥，两人穿衣起床。

"这么早，谁能来呢？"林月娥自言自语。

陈宝祥到了前屋，敲门声仍然响着，不紧不慢，坚决有力。

"谁呀？"陈宝祥按住了门闩。

"是我，老陈。"外面的人回应。

陈宝祥吓了一跳，竟然是杨先生的声音。

他赶紧下了顶门杠，撤了门闩，敞开正门。

站在外面的果然是杨先生，只见他倒背着双手，脸上带着淡定从容的微笑。与往日不同的是，他今天穿着一身簇新的长袍，头上戴着鸦青色礼帽，胡须也刚刚刮过，显得年轻了许多。

"杨先生，这一大早的，有什么事，你差人传个话就行了。"陈宝祥有些惶恐。

在杨先生面前，他自觉矮人三分。

杨先生进来，在厅堂中央的桌边坐下，然后压低了声音："老陈，上次帮我藏的东西，现在可以给我了。"

陈宝祥有些发蒙："东西？杨先生，你真的要走了？"

杨先生一笑："没错，天下没有不散的筵席，的确是该走了。东西呢，方便的话，现在就给我。"

陈宝祥连声答应着，走到院里，招呼陈大平和陈虎子过来帮忙。

爷仨挪开了米缸，掀开下面的青石板，把包在油纸里的箱子拿出来。

陈宝祥亲自动手，找了块毛巾，把箱子擦干净，抱在怀里，送进厅堂。

陈果儿也醒了，一家人都进了厅堂。

林月娥手忙脚乱地点火做饭，下烩锅面，招待杨先生。

杨先生望着陈果儿，笑眯眯地问："果儿啊，那本集子最后几篇都通读通解了吗？"

陈果儿点头："读完了，先生，最后一篇老泉先生的《心术》也背过了，能够默写出来。"

杨先生点头，脸上露出赞许之色："很好，很好，苏老泉说得好啊——为将之道，当先治心。泰山崩于前而色不变，麋鹿兴于左而目不瞬，然后可以制利害，可以待敌。你这孩子，天生就是读书人啊。国家动荡，急缺武将，将来天下太平了，文臣治国，到时候，你就能大展身手了。"

陈宝祥有些恍惚，几年前，杨先生刚刚动了念头，收陈果儿为关门女弟子，就是在这厅堂里。

那时，陈果儿背了通篇的《弟子规》，口齿伶俐，声音响亮，才打动了杨先生，动了收徒之念。

"如果日本人不来，世道安好，天下太平，该多好啊……"陈宝祥心里百感交集。

"果儿啊，好好收着那本集子，记住我说的，书中自有黄金屋。你是个好孩子，我的集子交给你，就放心了——"杨先生右手按着箱子，向陈果儿谆谆教导。

林月娥手脚麻利，葱花下了油锅，噼里啪啦响了一阵，爆出一股浓郁的葱香来。她舀了一大瓢凉水，倒进锅里，然后盖上锅盖。

"老陈，我该走了。"杨先生站起来。

陈宝祥赶紧拦着："不，不，杨先生，吃了面条再走，一会儿就做好了——果儿她娘，麻利点，杨先生等着办正事呢！"

林月娥抓着一把柴火跑过来，帮忙留客："杨先生，你教果儿这么多，不知道怎么报答你才好。就一碗面，走得再急，也不差这一会儿啊！"

陈果儿也央求："先生，吃了面再走，外面冷，吃完了面，身子暖和。"

陈大平和陈虎子也起身，请杨先生暂时留步。

杨先生看着一家人，轻轻跺脚："好，既然来了，盛情难却，就吃了面再走。"

好巧不巧，外面有人敲了两下门，不请自入，一下子就站在了厅堂里，正是花婶子。

"哎呀，一家人都在啊，我赶早去按察司街提个媒，闻见炝锅面香，一不小心，收不住脚，就进来了。陈老板，没打搅你吧？哎哟，这不是西更道街杨先生吗？大文人，大才子……可久不见了，比以前更俊朗了呢……"

花婶子的胳膊上挎着个花包袱，轻飘飘的，脸上笑得像朵喇叭花一样。

上次，花婶子到大观园去闹，如果不是田先生出手解围，陈宝祥险些收不了场。

他刚刚皱眉，林月娥就招呼着："花婶子，你来得正巧，我再加一瓢水，面条有的是，就是我手笨，怕是做出来不合你口味。"

花婶子笑嘻嘻地，从杨先生背后转过去，飘到了灶台前："哎哟，我隔着两条街，就闻见葱花炝锅的香味了。陈老板把米饭铺开成了大饭店，手艺没的说，你这个贤内助，手艺能差得了？"

杨先生淡然笑着，手指在箱子上轻轻叩了几下："既来之，则安之。老陈啊，你还真是有一手，一碗炝锅面，当得鸿门宴上一彘肩。"

陈宝祥没听懂，只能赔着笑脸，给杨先生倒水。

陈果儿低声背诵："樊哙覆其盾于地，加彘肩上，拔剑切而啖之。"

杨先生笑着赞叹："好，好孩子，那集子你果然用心背了，司马子长的《鸿门宴》一篇，写得惊心动魄，大小人物次第登场，无一人不动尽了心思，真像是今日的济南城啊……项庄舞剑，意在沛公，霸王一时之枭雄，麾下名家如云，却比不过张良善谋。张子房运筹帷幄，指点江山，算无遗策，决胜千里……果儿啊，做人不要学霸王项羽，学就学张良……"

陈宝祥起初插不上嘴，现在杨先生说到霸王项羽，他一下子找到了话题："杨先生，再过一个月，北平有个戏班子过来，在大观园唱戏，班主和大小角儿都是我朋友。我记得你喜欢《霸王别姬》的戏，到时候，我给你送票，最好的包厢，看个尽兴。"

杨先生笑了："多谢啊老陈，如果到时候方便，一定去给角儿们捧场。"

说话间，炝锅面下好了，林月娥噼噼啪啪，在锅里打了十几个鸡蛋。

面条出锅的时候，每一只大碗顶上，都盖着两个白胖胖的荷包蛋。

陈果儿亲自给杨先生端面，再拿起筷子，尖头对齐，恭恭敬敬地捧到杨先生面前："先生，您请吃面。"

杨先生接过筷子，看看陈果儿，再看看陈宝祥："老陈，你生了个好闺女啊，好好教导着，将来必成大器——"

正说着，杨先生喉咙里突然呛住，回过脸去咳嗽了两下，再转过脸来，眼圈都咳得红了。

一家人开始吃面，花婶子和林月娥坐在灶前，面碗搁在灶台上，有一搭没一搭地说着闲话。

陈宝祥想起杨晓雪，试探着问："杨先生，你家里那闺女现在……"

杨先生哈哈一笑："她呀，从小野惯了，我可管不了。天高任鸟飞，海阔凭鱼跃，飞得高低，将来成就，都看她的缘分了，我可从来不担心。好了，面也吃了，箱子也拿了，走了走了……"

一家人送杨先生出门，看着他拎着箱子，头也不回地向西。

花婶子也告辞，挎着花包袱，向西去了。

等到花婶子走出十几步了，林月娥纳闷："嗳，花婶子去按察司街，不应该是向东去吗？"

他们站在陈家米饭铺门口，一直向西看着。

远远地，花婶子越走越快，只差几步，就要赶上杨先生。

杨先生猛地转身，迎着花婶子走回来。

陈宝祥看得真切，杨先生的右手一直插在长袍的口袋里，此刻突然伸出来，竟然握着一把黑沉沉的短枪。

两人脚下都快，杨先生拔枪，花婶子也丢了包袱，手伸到花棉袄下面去，看样子也是拔枪。

"砰、砰、砰"，枪响了，花婶子踉跄后退，然后张开双臂，仰面倒下。

"娘——"陈果儿吓坏了，一头拱到了林月娥怀里。

大清早的，街上本来冷冷清清，枪声一响，四下的巷子里、树后面、门洞里拥出十几个人来，全都举着短枪，冲向杨先生。

杨先生再次开枪，又打倒了几个人。

最后，子弹打完了，那些人冲上去，摁住杨先生。

不知怎的，轰隆一声，一颗炸弹当街爆炸，那些人就一起飞起来。

陈宝祥从头到尾，目睹了这一切。

他什么都做不了，只能硬硬地张开双臂，把老婆孩子挡在身后。

风太大，刮到他脸上，吹得他睁不开眼，看不清这个世界的复杂变化。

杨先生死了，什么也没留下，连那个箱子，也炸碎了。

"爹，晓雪妹妹不是想办法救人吗？怎么突然就这样了？爹，爹，现在怎么办？咱得去救人啊，爹……"

陈宝祥一动不动，一手一个，死死抓住陈大平和陈虎子，然后带着一家人回去，反手关门，落了门闩，再顶上顶门杠。

"救什么救？咱……什么都不知道，什么都没看见……咱不知道杨先生什么来头，咱也不认识杨晓雪，你们听着，你们都听着，不管谁来问，咱们是一问三不知。如果有事，我就去找田先生找人开脱，你们把嘴闭严实了，什么也别乱说，虎子，虎子……你好好听着，以后不准从你嘴里再说杨晓雪，听懂了吗？听懂了吗？"

林月娥和三个孩子连连点头："知道了，知道了。"

陈宝祥扶着桌子坐下，觉得自己胸口这一颗心怦怦乱跳，只差一点，就要从喉咙里蹦出来。

他现在真知道了，杨先生是真正的大人物，就像三国时的卧龙和凤雏，不动则已，一动惊人。落魄潦倒的杨先生已经如此了得，杨晓雪说过的那位大人物，又该是何样的盖世英雄？

"济南的天啊，又要变了——"

第二十章

十三太保山海关

时间仿佛一只看不见的米筛子，筛来筛去，米变成米饭，米饭吃到肚子里，就消失了。济南发生的大大小小的乱事，也让时间筛掉了，起初爆炸时，陈宝祥觉得恐慌害怕，但转过天来，米饭铺和大观园那边，照常开门营业，一天天重复，很快，那些事就像是昨夜的梦，不管噩梦好梦，都得悄悄散了。

箱子里装的什么？杨先生为何好好地突然来拿箱子？花婶子跟杨先生之间到底有什么过节？爆炸是打哪儿来的……

坐在饭店柜台后面，陈宝祥偶尔也会在拨打算盘珠的时候，想想这些谜题。

人死如灯灭，杨先生走了，彻底走了，给济南城留下的，只有那一声巨响。

到了二月底，陈宝祥就彻底忘了这事，忙着月底盘点。陈家大饭店生意不错，二月比正月赚钱还多。他反复核对，确保每一笔用度清清楚楚。

饭店是他跟田先生合伙开的，不管到了什么时候，这账目得清清楚楚，容不得一点马虎。

账算清了，他心里总算透口气。晚上饭店打烊后，一个人在办公室里，就着五香花生米，喝口小酒。

酒只喝了一半，屋顶响起脚步声，随即有一个黑衣人越窗而入，短枪直接对准了他的胸膛。

陈宝祥有些慌神，但他上次经历过一回，还不至于吓得打哆嗦。

"老大是哪条道上的朋友？饭店是小买卖，赚不了几个钱。不过，江湖朋友来了，送个盘缠路费，我陈宝祥还是拿得起的。"他把场面话交代清楚，是福是祸，边走边看就是了。

"说，杨先生最后一次到你家，说了什么？"黑衣人问。

陈宝祥心中一动，马上明白，这不是一般的土匪，半夜打劫，别有用心。

"他说了一些学问上的事，吃了炝锅面，拎着箱子就走了。箱子是他以前存在我手里的，我什么都不知道。"陈宝祥一张口，就把自己撇干净，不跟杨先生沾上半毛钱关系。

"呵呵，老江湖啊，一开口先撇清？告诉你吧，今天说也得说，不说也得说，说了有赏钱，不说，赏你一颗子弹。"黑衣人不吃这一套，右手食指钩着扳机，眼睛里露出可怕的杀机。

陈宝祥回想，那天早晨，杨先生敲门进来，除了跟陈果儿交流诗词，其他真没说什么。而且，以前杨先生一张口，动不动就是爱国、救亡，这次却一句都没说。

"这位老大，杨先生吃了半碗面条就走了，确实没说什么。我猜，他好像是要离开济南，不然也不会来拿箱子。箱子里装的什么，我一点都不知道，从没打开过。"陈宝祥定了定神，咬定了一问三不知。

"不说实话？那就对不住了。明年今日，就是你的忌日。"黑衣人眼中射出瘆人的寒光，枪口又向前探了几分，只要扣动扳机，陈宝祥就完了。

隔着桌子，陈宝祥突然闻见了对方身上的香火味道。

他打了个激灵，一下子想到芙蓉街当街杀人的事。

当时，他也闻到了香火味。此前一直以为，杀人现场离关帝庙不远，自己闻到的是庙里的香火气，现在知道了，杀手就来自庙里，对方一靠近，还没杀人之前，身上的香火气就飘过来了。

"好汉饶命啊，芙蓉街上有缘见过，给我留条活路吧！你在我眼皮底下杀了人，咱可够爷们，没举报你。山不转水转，水不转人转，你怎么一点面子都不讲呢？"

陈宝祥不想死，每句话都点到为止。

"你认得我？认出我来了？"黑衣人愣住。

"嗯，我认出来了，你杀了田先生的日本朋友广濑先生，不过你放心，我绝对不会给日本人报信。今晚饶了我，日后必定重谢。"陈宝祥心里打鼓，但表面上硬撑，说的全都是江湖上的场面话。

黑衣人慢慢地拉下了脸上的黑巾，一副木讷而凶狠的面容，出现在陈宝祥面前。

"陈老板，挺厉害呀！不怕我的手枪，还想讨价还价？我杀的是日本人，也就是你那位日本朋友田先生的生意伙伴，现在举报我，能换几百个大洋，你要是有胆子，就尽管去举报——"黑衣人狞笑着，右手食指始终扣在扳机上。

陈宝祥叹了口气，无论如何，他都不会帮着日本人，对付中国人。

"这位老大，你赶紧走吧，我绝不报官。杨先生真的什么都没说，也什么都没留下。要是我不说实话，天打五雷轰。"

杨先生弄出来那档子事，到现在，都让陈宝祥觉得迷迷糊糊，不知道找谁问个明白。不过，郑板桥也说了，难得糊涂。就这么糊里糊涂过去也挺好，别惹出新的麻烦来。

黑衣人的枪口缓缓向上，移动到了陈宝祥的额头正中。

"你个狗汉奸，跟着日本人，没少捞好处，这次杨先生死了，是不是你举报的？"

陈宝祥一下子被气笑了，他替杨先生藏着箱子那么久，脑子里从来就没有"举报"两个字。而且，他一直敬重杨先生为人，怎么会举报自己闺女的老师呢？

"老大，我……我就是个开饭店的，哪有那本事？杨先生是我朋友，我就是再混账，也不能出卖朋友啊？你要杀就杀，要剐就剐，别在这儿埋汰人。"

陈宝祥横下一条心，是福不是祸，是祸躲不过，伸头是一刀，缩头也是一刀，干脆就死猪不怕开水烫，任由对方处置就是了。

"你个狗汉奸，嘴还挺硬？把鬼子赏你的金条全都拿出来，如果能哄得我高兴，兴许就饶了你——"

黑衣人向前凑了凑，鼻尖几乎抵在了陈宝祥脸上。

本来，陈宝祥也想拿钱买命，可对方一口一个"狗汉奸"，把他骂得心头火起。他老老实实做生意，从没帮着日本人欺负中国人，凭什么就被划到"汉奸"里面去了？

"我不是汉奸，日本人也没赏我金条。从小活到大，每一分钱，都是我辛辛苦苦赚的，没有一分是昧良心的钱。我陈宝祥站得正走得直，行不改名，坐不改姓，凭什么说我是汉奸？"

杨先生死了，箱子的事已经说不清楚，如果真有人诬蔑他出卖杨先生，那可就是天大的冤枉了，死也死得不清不白。所以，就算是为了活命，他也不能认下"狗汉奸"这三个字。

"你个狗汉奸，信不信我现在就——"

黑衣人的话说到一半，突然停下。

在他背后，出现了另一个人，手枪抵住了他的后脑。

陈宝祥松了口气，那个人虽然戴着鸭舌帽，穿着花格子西装，打扮得像个洋行的办事员，但他还是一眼认出，正是杨晓雪。

"山海关的朋友是吧？欺负一个老济南的老实人，算什么本事？"杨晓雪故意粗声说话，让对方分不清真假。

"你是谁？"黑衣人一动不动，浑身都僵住了。

"一个路见不平的江湖人——算盘死了，你们不去追查真正死因，一个劲儿地在老百姓头上打主意，不觉得可笑吗？你刚刚还想讹诈人家的金条，还要不要脸？如果皇子知道了，会怎么惩罚你？"

陈宝祥听清了杨晓雪说的每一句话，但却不明白其中的意思。

"你不是江湖人，你是……'太行三杰'的人，你是女的，你是……凤凰？"

黑衣人猛地回头，手枪指向杨晓雪面门。

两人右手握枪，左手擒拿格斗，瞬间交换了十几招。

陈宝祥看得眼花缭乱，忘记了叫喊，也忘记了逃出去躲藏。

交手的两人突然定住，枪口各自指向对方面门，但又瞬间下掉了对方的弹夹，手枪变成了烧火棍。

在这电光火石的刹那，杨晓雪反手一捞，掀掉了鸭舌帽，从帽檐里抽出一把剃须刀，刀刃寒光一闪，就落在了黑衣人的喉结上。

"好，好，杀了他，杀了他……"陈宝祥脱口而出，只恨不得代替杨晓雪，一刀就宰了这黑衣人，狠狠地出一口怨气。

"你是凤凰……'太行三杰'都来了吧？华青山和洪范池也来了吧？陕北三大谍报高手，一山一水一凤凰……你们可真是会捡便宜，不过，我还是劝你们一句，别做白日梦了，算盘死了，可皇子早就到了济南，山海关的人马正在向这边集结，东北军大库，谁都夺不走，永远属于少帅……"

黑衣人喉咙上渗出了血丝，杨晓雪只要指尖发力，他就完了。

"捡便宜？这个便宜，当真那么好捡吗？"杨晓雪忽然红了眼圈，后退一步，放开了黑衣人。

黑衣人愣了愣，看看陈宝祥，再看看杨晓雪。

"告诉你的兄弟们，不要在陈老板身上白费力气，他是个好人。算盘速求一死，是不愿各路人马为了救他，白白牺牲，你们山海关这些蠢材，根本猜不透他的心思。以后，遇事多请示皇子，他是个明白人，算盘也说过，唯有皇子，才是他的知音。"

杨晓雪捡起鸭舌帽，在鞋底上蹭掉了剃须刀上的血痕，再把刀折起来，插在帽檐的暗格里。

"凤凰，你……你到底什么意思？'太行三杰'插手东北军大库，我们就是势不两立的死敌，今天你放了我，将来交手，我也绝不留情。"黑衣人毫不领情，脸上表情更加狰狞。

"疯子痴，浪子狂，铁花千佛手，春雷一声响。勾魂妃，夺魄女，乱花毒霸江湖，艳歌一曲断肠。顺风耳，千里眼，算无遗策金算盘，皇子神龙绝世间——你们东北军响彻半边天的'十三太保山海关'威名，真的如星之坠，竟然堕落到要从一个开饭店的老实人头上拿线索。疯子，如果老帅、少帅在这里，东北军的脸往哪儿搁呢？"

杨晓雪这一席话说完，黑衣人已经怔住，脸上的狰狞表情慢慢消失。

"你，你这——"

他看看陈宝祥，蓦地向前跨了一大步，向着陈宝祥一躬到地："陈老板，我他妈的鬼迷心窍，今晚就不该来打扰。对不住了，对不住了。"

陈宝祥吓了一跳，心里连连发颤。

"疯子，告诉你的兄弟们，千万别觉得日本人好对付。你在芙蓉街杀人，早就被日本特务盯上了，人家不动你，就是因为还不到收网捕鱼的时候。在东北，你们占不了日本人的便宜，在济南，也是照样。要想拿回大库，就得多动动脑子，少干些没脑子的事。记住，中国人不打中国人，'太行三杰'根本不是你们的敌人。"

杨晓雪面色淡定，弹指间化解了黑衣人的戾气。

她的功夫和见识都在对方之上，不但以武服人，而且以德服人。

"凤凰，这次算你赢了，后会有期。不过，你也给华青山捎句话，东北军大库姓张，我十三太保山海关十三条命，就算全扔在济南，也得把大库交给少帅。"

黑衣人撂下这句话，转身就走。

杨晓雪叫了声："接着——"

黑衣人回头，杨晓雪就把手里的弹匣抛给对方。

"好哇凤凰，够胆色，好手段，'太行三杰'老妹子，北平第一巾帼英雄，佩服，佩服，我疯子今天见识了，也服了——"黑衣人接过自己的弹匣，挑了挑大拇指，然后把杨晓雪的弹匣放在桌上，转身越窗而出，消失不见。

起先，他不敢把杨晓雪的弹匣放下，就是怕对方背后开枪，而杨晓雪行事洒脱，先把弹匣还他，更显得他以小人之心度君子之腹，气度上就先输了。

"叔，受惊了。"杨晓雪收好了枪，给陈宝祥鞠躬见礼。

陈宝祥胸口憋住的那口气，现在终于能呼出来了。

"叔，您别在意，疯子是东北军的人，不是坏人。日本人占了东三省，东北军损失惨重，痛恨日本鬼子。您跟田先生走得近，他们看不顺眼，就找上门来了。"

杨晓雪关好了窗户，拖了把椅子，在窗户侧面坐下。

她的眼神坚毅而冷静，与陈宝祥熟悉的杨先生的眼神，一模一样。

"闺女啊，你刚刚说的那些话都是什么意思？东北军大库又是什么？你爹那天清早过来拿箱子，真的什么都没说啊，天地良心，我绝不撒谎……咳咳，咳咳咳咳，箱子里……装的啥，我压根儿不知道……"陈宝祥急着撇清自己，嗓子一紧，咳嗽了两声，声音也颤抖起来。

杨晓雪摇摇头："叔，我都知道了。我爹做事，从来不留后患。他的死，与您无关。爹以前说过多次，纵横江湖半生，您是他见过的最好的老实人，值得用性命托付。箱子交给您，比搁在哪里都放心。叔，现在济南风云乱幻，大观园是商埠区的核心，商埠区又是济南局势变化的漩涡焦点。我对您有一句忠告：合适的时候，就赶紧离开这里，别中了人家的奸计。"

陈宝祥叹了口气，他明知道杨晓雪说得有道理，但陈家大饭店刚刚建起来，他还没有日进斗金、光宗耀祖，就这么撒手，实在是不甘心。

"闺女，谢谢你，这句话我记下了。不过，你刚刚说的皇子啊、山海关啊……到底是怎么回事？我都听迷糊了。他们到底是不是好人啊？我听说，老帅死在皇姑屯，少帅继位，东北军不放一枪一炮就撤回了关内，把东三省拱手让给日本人，这简直是丢中国人的脸啊？他们说的什么东北军大库，还想交给少帅，良禽择木而栖，良臣择主而事……这些人，怎么就是看不清呢？"

东三省的事，陈宝祥早就听说了。

虽然只是升斗小民，但他也明白事理。东三省是中国的大粮仓，也是东北军的老窝，把老窝白白送给日本人，算哪门子道理啊？饭店的食客们谈起东三省的变故，个个拍着桌子骂。老帅少帅，那是东北的热血军人捧起来的名头，养兵千日，用兵一时，鬼子一来，东北军撒丫子就跑了，真是吃瞎了黑土地上的粮食啊。

"叔啊，这些江湖上的事早有公论，我和朋友来济南，就是阻止山海关的人，把东北军大库交给少帅。那笔惊天的富贵，不是张家的，属于东三省老百姓，应该拿出来买枪买炮买子弹，消灭侵略者，保卫全中国。谁抗日，谁保卫老百姓，才是那笔财富的主人。"

杨晓雪脸上的神色波澜不惊，仿佛手握虎符、升帐点兵的大元帅，麾下千万雄兵，都在她的掌控调拨之内。

陈宝祥点点头，又想到伴着轰然一响魂归天外的杨先生，胸口一痛，鼻子一酸，险些落泪。

"闺女，我早先托人去西更道街，把你爹穿过的衣物、用过的家什都拢了拢，在南门外的僻静地方，暂且立了个衣冠冢。等以后合适了，看看你家里还能不能找到祖坟……我冒昧问一声，你娘现在是？"

杨晓雪淡定地拱手："谢谢叔了，我娘早就不在世了。我爹是东北军张少帅麾下'十三太保山海关'里的'算盘'，我娘出身白山黑水匪帮，遇到我爹，接受招安，也加入了东北军。南岭一战，她带着一哨人马，接应十三太保兄弟们的父母妻儿，拼到不剩一兵一卒，拉响手雷，与敌同归于尽。江湖上，也有她的一个名号——'双枪红娘子'是也。"

陈宝祥骇然，脱口叫了一声："闺女，你竟然是东北军大军师'算盘'和'双枪红娘子'的孩子，这么久了，你爹竟然绝口不提？名门之后，失敬失敬……我陈宝祥能跟你爹这样的大英雄交往，实在是三生有幸。"

双枪红娘子的抗日事迹名扬天下，两把驳壳枪百步穿杨，一杆汉阳造指哪打哪，那些传说早就被天桥说书先生编成了段子，济南老百姓听了几百遍都听不够。

"叔，今晚的事到此为止，衣冠冢的事让您费心了，等以后打跑了日本鬼子，麻烦您在墓碑上刻两个名字，我爹的名讳是上登下州，字湛露，我娘姓柳，名讳是上溪下亭，字白石。他们二老在九泉之下，一定甚感欣慰，我们一家三口，永世不忘叔的大恩大德。"

杨晓雪再次拱手，悄然红了眼圈。

陈宝祥点头，朋友一场，为杨先生立碑，是他分内之事。能为抗日英雄做些力所能及的事，也是一个中国老百姓的责任。

他拉开抽屉，拿出钢笔和信纸，把杨家夫妇的姓名和字号记得清清楚楚。

"闺女，墓碑再刻上'东北军抗日英雄十三太保山海关'这行字，让后人都记住，你爹你娘都是东北军的大英雄。"

杨晓雪微笑着摇头："我爹他是——好了叔，这样写也很好了。如果我有命活到赶跑日本鬼子那一天，就亲手给我爹娘的墓碑上刻字。如果我回不来，一切就拜托叔了。"

陈宝祥胸口堵住，他不知道该说什么。

这年头，人人都像洪水里的舢板，说翻就翻了，谁也挡不住。

杨晓雪站起来，贴着窗户听了听外面的动静，然后笑着向陈宝祥拱手："叔，山海关的人不会再来打扰了，我相信，疯子给皇子他们带了话，知道您是好人，以后咱这饭店还有米饭铺，就太平了。侄女现在就走，您老好好睡吧——"

她推开窗户，轻轻一跃，灵猫一般闪出去。

陈宝祥听不到脚步声，探头出去看，杨晓雪已经不见了。

陈宝祥又有些糊涂了，杨晓雪是"算盘"的女儿，"算盘"跟黑衣人又是兄弟，那杨晓雪跟黑衣人应该是朋友才对。刚刚那一轮交手，杨晓雪和黑衣人性命相搏，对方落败，含恨而去。难不成，杨晓雪另有一重身份，身在济南，却左右为难？

他是老实人，本来就不善于梳理这些江湖关系，只想乱世之中苟安，养活一家老小，可偏偏老天爷就不让他安生，扯出这么多杂七杂八的事来。

三月初八这一天，陈宝祥站在办公室窗前，看到大观园里的几棵梧桐树上，新绿迭起，开枝散叶，郁闷多日的心情，终于变得轻松起来。

案头老皇历上写着——清明三候，一候桐始华，二候田鼠化为鹌，三候虹始见。

"春天到了，济南老百姓的日子，应该也会好过一些了吧。"

外面，大观园整饬一新，所有商家的牌匾，都重新刷了黑底金漆，乌油油，亮闪闪，透着十足的精气神。

几个戴着斗笠的乡下人，正拿着笤帚，把店铺外面的犄角旮旯清扫干净，连个纸片瓜子皮都不剩。

田先生说过，一切都是为了庆祝大东亚共荣，让济南各界能够在大观园这繁华之地，享受到世界一统带来的美好喜悦生活。

陈宝祥感叹，只有田先生这样的人，才真正把济南当成了家，建设这里，维护这里，让济南城的市容市貌，变得越来越干净整洁。

陈宝祥晚上进城回家，第二日起了个大早，跟林月娥一道，煮了满满三大锅红皮鸡蛋，足有两百多个。这些熟鸡蛋不是拿来卖的，而是摆在陈家米饭铺的门口，送给经过的邻居百姓。

起先，林月娥并不同意这么做，毕竟这么多鸡蛋，得花不少钱。

"兵荒马乱的，咱能好好活着，能吃饱饭，就得感谢老天爷。富人到了灾年，都开仓赈粮，摆桌施粥。咱没那么些钱，清明了施舍点鸡蛋，让饥民填饱肚子，也算是做件好事吧。"陈宝祥仔细解释。

自从杨先生出事，两口子遇到任何问题，都能耐着性子商量，跟从前也不一样了。

林月娥干活利索，把两张桌子拖到门口外面，摆上一大盆葱油凉拌咸菜疙瘩丝，又熬了一大锅玉米面稀粥。

过路的街坊邻居拿了鸡蛋，连声称赞致谢。

两口子站在门口，心里甜丝丝的。米饭铺的生意还过得去，多亏了回头客关照，差不多能赚够一家五口的饭钱。林月娥一个人里外操持，也算是女人里面能干的了。

有个尹家巷的老邻居吃完鸡蛋，一边喝粥，一边跟陈宝祥搭话："宝祥，前几天去大观园，看到戏园子里贴告示了，说北京的班子要来唱戏，是全本的《玉堂春》《四郎探母》《挑滑车》《打龙袍》《二进宫》《铡美案》《霸王别姬》。这可真厉害了，兵荒马乱的，多少年没看好戏了。咱济南人有了大观园，可真是福气，想想日本人没来的那几年，大观园多热闹啊，逢年过节，人山人海，为了看场戏，我大半夜就去排队买票，戏台上角儿一亮相，看戏的齐声叫好，西关城门楼子上都听得见……"

陈宝祥笑眯眯地听着，并不揭破，这台戏从头到尾是自己操办的。

另一个满头白发的后宰门街老街坊也插进话来："咱这大观园可是块宝地，十年以前，大观园还是一片坑洼荒地，住的全是拉车的力工、要饭的花子。北洋军阀靳云鹗派亲信杨既清从天津来济南，准备筹建大观园。杨既清到济南后，没能力没人脉，久久没能下手动工，被商人张仪亭捡了个宝，送钱送物，跟靳云鹗搭上关系，凭着三寸不烂之舌，空手套白狼，就把大观园建起来了。一九三一年八月十五，大观园正式开业。电影院、戏园子、茶社、摔跤场子、饭馆……各式买卖，雨后春笋一样，全都冒出来了，遍地都是金银，开门就能海赚，连北平沪上那些大商户，也忙着到大观园来开分号。不知不觉转眼间啊，至今已经十个年头。可惜啊，日本人来了，大观园再兴旺，都是给人家脸上贴花，不是老济南的味儿喽……"

这些话刺到了陈宝祥的痛处，嘴角咧了咧，脸上的笑也走了样。

正聊着，一辆黄包车从西面过来，车上坐的是田先生。

田先生下车，向陈宝祥两口子拱了拱手，打了个招呼，就走到桌边去，拿了两个鸡蛋，夹了一碟咸菜，又自己盛了碗稀粥，坐在桌角吃饭。

陈宝祥感叹，人家田先生是大买卖人，根本没有什么架子，入乡随俗，不拘小节。这一点，谁都比不上。

他让林月娥沏茶，自己亲手洗干净茶杯，送到田先生桌上。

田先生笑着，低声称赞："咸菜丝真是不错，还是六七年前的老味道。这粥也熬得好，你们两口子做饭，不花哨，就是好吃。"

陈宝祥赶紧倒茶，双手捧给田先生。

"田先生，这一大早过来，敢情是有急事吩咐？"他悄声问。

田先生摇摇头："没什么大事，这几天有人去经六纬六找小桥，说是原先干活的工人家属。这事有点奇怪，他们说，自从干完了活，人就不见了，没回家，工钱也没捎回去。小桥也不明白怎么回事，只能答应帮着找人问问。他们肯定会到大饭店去问，你也帮小桥想想，那些工人能去哪儿呢？"

陈宝祥愣了愣，那栋小楼早就完工，大门和院墙也都修整过了，没什么地方用工。而且，小桥给工人们足额结算了工钱，不该有什么纠纷了。

"知道了，田先生，我也托人打听打听，看看是出了什么事。"他赶紧答应着。

林月娥提着水壶，给茶壶续水，赔着笑脸问："田先生，刚刚你说，我做的咸菜丝是六七年前的老味道，敢情你以前也到过济南，在这里吃过饭？"

田先生哈哈一笑："刚才说错了，说错了，我是说，陈老板娶了个贤内助，凉拌咸菜丝的味道是一绝，六七年不走样，难得，难得。"

等林月娥回屋，田先生才说正事："陈老板，军部对平井君来济南的事非常重视，你从北平请的戏班子，从上到下，从角儿到跟班，都得写一个身份证明书，盖个北平警察局的章，保证都是清清白白的良民，跟流寇山贼、兵痞恶棍没有任何关系……呵呵呵呵，我知道你的朋友都是良善百姓，军部这样要求了，我也得给他们面子，麻烦你了。"

陈宝祥赶紧答应，这肯定不是问题。他只要给倪先生打个电话，就妥妥地办了。

田先生叹了口气，摘下眼镜，揉了揉眼睛。

近在咫尺之间，陈宝祥看见，田先生眼珠上全都是血丝，立刻关切地问："田先生，是不是最近事务操劳，身体有点吃不消？需要的话，我陪你去宏济堂把把脉吧。"

田先生笑着摇头："不用不用，我只是最近事多，没睡好。济南宏济堂是南北闻名的大药铺，我这点小毛病，不值当去劳烦人家。"

两人闲聊了几句，不经意间，又提到小桥。

田先生感叹："陈老板，你是个难得的大好人，小桥虽然没跟你深交，但在我面前，多次称赞你老实敦厚，做事稳当。他来中国好几年了，从来没有如此赞赏过某个人。你呀，真是——彻头彻尾的老好人。"

陈宝祥胸口一暖，他做人做事，从不欺瞒天地，事事做到明处，件件能摆到人面前来说。

"小桥也不错，做事利索，是个谨慎人。"陈宝祥说。

田先生笑笑，在陈宝祥肩膀上拍了拍，端起碗来，喝了个底朝天。

陈宝祥跟倪先生通电话，把田先生的要求说了一遍。

倪先生答应得很痛快："本来，从北平去济南，就得带良民证。陈老板放心，开个身份证明书小事一桩，马上就去办理。小桃红姑娘在这里喝茶呢，请她跟你说话。"

很快，电话里就响起小桃红的声音，不知怎的，嗓子有些喑哑，像是刚刚哭过一样。

"嗓子怎的了？"陈宝祥急忙问。

"刚刚吃瓜子，呛着了，又喝了浓浓的冰糖银耳莲子羹，有颗莲子没嚼碎就咽下去了，又卡了一下——哎，真是屋漏偏逢连夜雨，嗓子更哑得厉害了，师父知道，少不得又要挨打挨骂了。"

陈宝祥心里一疼，赔着笑脸安慰："只要说真话，角儿肯定不会怪罪。莲子得去了芯才好，不然，又苦又涩。你来济南，我送你两大包去芯的莲子，都是大明湖北极庙下荷花池里出产的头等货，颗颗饱满，又糯又香。"

猛地，电话里传来嘎巴一声，把陈宝祥吓了一跳。

"又怎么了？刚刚什么动静？"

小桃红哧哧地笑起来："没怎么没怎么，好好的一个大松子不开口，我用力咬了一下，就在牙齿上炸开了。你那么大个男人，这点动静就吓坏了？"

陈宝祥想到小桃红那一口整齐洁白犹如编贝一般的小细牙，忍不住疼惜得倒吸了一口凉气："你呀你，好好的，吃什么松子呢？把牙硌坏了，不就成大事了？"

小桃红笑得更大声，电话里又带进来竹青的声音："是呀是呀，牙硌坏了，说话漏风，唱戏漏字，好好的一个小花旦呀，就只能去演小花脸了，羞不羞，羞不羞？"

两个女孩子在电话里闹成一团，燕语莺声，不住地传进陈宝祥耳朵里来。

稍后，竹青又叫："叫你懒，桌上就有夹松子的钳子，你偏偏放着不用，非要用牙齿去咬，师父知道了，先打你三十戒尺再说。"

陈宝祥赶紧说："是啊是啊，用夹子夹，省事得很。"

小桃红娇笑起来："起先我也用钳子呢，夹了几个，嘎巴嘎巴的，手酸了，就懒得用了。"

陈宝祥叹气："你呀你呀，济南有剥好的松子仁，你要是喜欢吃，我就寄两大包过去，让你天天吃，吃个够。"

小桃红也叹气："哎呀，我也就是心烦了，吃几个松子解闷。你一说两大包松子，我忽然觉得胸口胀，腻得慌，一个都不想吃了。"

陈宝祥怔了怔，赶紧又说："那好，那好，不说松子了，不管你想吃什么，到了济南，我都陪你吃个遍。"

对他而言，小桃红的声音落到他耳朵里，就像红枣年糕上撒了一大把白糖，又像是萨其马丢在糖罐子里打了两个滚，甜上加甜，听了这十几句，都甜得醉了，从头发丝一直醉到了脚后跟。

"也别说，在北平这边闷得久了，还真想济南的风景呢。"小桃红又淡淡地说。

陈宝祥心里一喜，隐约觉得，小桃红这句话里，带着对济南的念想。

"那好呀，济南三月桃红柳绿的，来了就甭走了，住个三年五载的，在这里安个家。"陈宝祥大着胆子试探，半调笑，半真情。

"好极好极，小桃红，你在济南安个家，到时候我陪师父去济南探亲戚，连吃带住，妙极了，妙极了……"竹青也吵嚷起来。

两个女孩子又是一阵闹腾，最终还是倪先生收场，与陈宝祥约定了四月初三济南之行的日期，然后挂了电话。

田先生跟陈宝祥交代过，平井四郎先生四月初一从北平到济南，停留十天。在此期间，由田先生陪着，看看济南城内外的风土人情，考察工商各界的经济状况。盛宴和戏剧，都按平井四郎的喜好，插空安排。

大戏从四月初七开始，连演三天，到四月初九结束。

中国人讲究"待要走，三六九"，出门的日子都是挑选"三、六、九"这三个日子。故此，戏班是四月初三从北平动身到济南，四月初九大戏结束，当晚返回北平。

一切安排妥妥当当，陈宝祥的心也终于落了定。

第二十一章

八方风雨会济南

四大馆那边，经过了前阵子浮浮沉沉那些事，都消停下来。

现在，济南城由日本人占着，山东鲁菜再好，也被日本的清酒、鱼生和寿司抢去了半城江山。既然只剩下"半城"，济南人还内斗个什么劲呢？

所以，四大馆的人也托江湖关系，给陈宝祥明里暗里捎话，表达了和解的意思，大概就是说，都是老济南吃饭行当里混的，低头不见抬头见，和气生财。既然日本人要开盛宴，四大馆愿意不计前嫌，派最好的厨子过来帮忙，在日本贵客面前，扬鲁菜威名，为济南人露一把脸。

陈宝祥还没想好怎么应对，毕竟此前四大馆太瞧不起人，恨不得一脚把他踩到大明湖的淤泥底下去，连头都不让冒。

也就在他犹豫的当儿，屠宰行的徐二猛登门。

徐二猛不是一个人来的，身边伴着按察司街的江湖把式于三刀，而且不是普通的上门吃饭，手里拎着四色点心匣子，是正式的登门拜访。

于三刀算是陈虎子的启蒙老师，过去按照江湖规矩，里里外外，得称陈宝祥一句"师兄"。

徐二猛搁下点心，茶杯都没端，直接开门见山："陈老板，我是代表四大馆来的，那边的朋友托我说个情，以前争来斗去，大家生了很多闲气，但冤家宜解不宜结，都是在济南饭馆圈子里混的，马勺哪有不碰锅沿的？他们说了，只要陈老板点个头，日本人的宴席，他们全包了，从材料到厨子，从碗碟到桌布，自带着过来，给大观园陈家大饭店捧这个场。"

陈宝祥一怔，此前，四大馆传过来的消息是，只让顶级厨子过来，其他的，都用陈家大饭店的。现在，徐二猛开出的条件太厉害了，就等于是他陈宝祥什么都不用动，白白拿了田先生的酒席钱，全都装到腰包里，而宴席这边又什么都不耽搁。这笔账，就太划算了。

"我掂量掂量，徐爷，容我合计合计，您也知道，这饭店的后台老板是田先生，很多事，我得先向他请示。"陈宝祥并不急着答应，因为这已经变成了四大馆上赶着的买卖。

徐二猛哎哟一声叫起来："陈老板，咱都是济南人，就别端着架子装牛气啦。四大馆肯低头，一是看在我的面子，二是觉得日本人罩着你，三是不愿意日本人的饭菜坏了济南城的饮食风气。你知道不知道，这一年来，济南人请客吃饭，最贵最好的不是四大馆，而是满街的日本清酒小馆。特别是年轻人，一张口就是寿司、金枪鱼生鱼片、芥末膏什么的，那叫人吃的东西啊？"

于三刀赶紧赔着笑脸，示意徐二猛收声。

眼下虽然是在陈宝祥办公室里，难免隔墙有耳，传到日本人耳朵里，就不好了。

"徐爷，二位都是敞亮人，也是当下济南黑白两道上有一号的大人物。这次呢，咱只说宴席，不谈国事。路上说得好好的，天大的喜事，也得让我师兄合计合计，咱济南人不能干剃头挑子一头热的事，总得和和气气，两下相宜，是不是呢？"于三刀是江湖把式，做惯了和事佬，一张口，就把陈宝祥和徐二猛捧得高高的。

徐二猛哼了一声，端杯喝茶。

于三刀看着陈宝祥："师兄，得饶人处且饶人，四大馆给了面子，又托徐爷出头，咱就借坡下驴，把梁子解了，对济南、对鲁菜也是好事，你说呢？"

四大馆这么做，陈宝祥赚了大便宜，当然肯答应。他不急着应承，就是想好好掂对掂对，到底四大馆藏着什么坏心眼？

"徐爷，小于，我当然愿意跟四大馆捐弃前嫌，现在就跟田先生请示，二位暂坐。"

电话就在手边，陈宝祥马上拨打田先生的号码。

田先生很爽快："陈老板，宴席和唱戏的事，你全权负责，不必跟我商量，自己做决定就好了。四大馆是给你面子，又不是给我面子，呵呵呵呵……"

当着徐二猛和于三刀的面，陈宝祥又谦逊地客气了几句，然后挂了电话。

于三刀向陈宝祥挑了挑大拇指："师兄，真是够有面儿的，日本人对你这么客气，这么大的一场堂会，交给你全权负责，服了，服了。"

陈宝祥赶紧澄清："小于，不是堂会，这次来的平井四郎先生，是日本天皇的座上客。田先生说了，不遗余力，不惜一切，也要让平井先生感受到济南人的热情，让天皇贵客宾至如归……"

既然田先生已经答应，陈宝祥就不再另生枝节，答应了徐二猛的请求。

到时候，在陈家大饭店楼下，每一顿饭宴开四十席，楼上所有单间打扫干净，包括眼下他们谈事的办公室在内，一共清理出十二个单间包厢，供有头有脸的人物进餐。既然是天皇贵客，身边的日本随从肯定不少，到时候的宴席场面肯定是宏大无比，轰动济南，让陈家大饭店一宴成名，力压四大馆。

徐二猛起身告辞，去给四大馆回话。

于三刀暂留，跟陈宝祥喝着茶，嗑着瓜子扯闲篇。

"师兄，我打听个事儿，记得以前济南城有八卦门的余脉，似乎是从宫里传出来的，跟以前的皇帝驾前第一高手董公有关系，好像也姓董。我师爷爷说过，这位董老师是苏杭人，从宫里到了济南后，吃不惯咱当地的面条馒头，就想吃米饭。后来济南城有家馆子，后厨白案师父有做米饭的秘诀，专门为董老师创造了'老面疙瘩隔水八宝饭'的绝活……"

陈宝祥笑着，给于三刀倒茶。

于三刀有些尴尬，干咳了两声："咳咳……师兄，我就直说了吧，那位董老师最擅长的绝艺是'八卦刀'，身边有一口宝刀，名为'九曲黄河金鳞刀'，据说是从前雍正皇帝赐给年羹尧大将军的，上面錾刻着四皇子名讳，号令天下，莫敢不尊。年大将军失势之后，这把宝刀就流落江湖，落在董公手中，后来又给了董先生。我最近刚刚打听到，那位做米饭的厨子就是师兄你的祖上，这把刀——"

陈宝祥摇摇头："小于，这都是江湖上的传言，如果有那样的好东西，黑白两道还不抢疯了？"

于三刀嘿嘿一笑："师兄啊，我总觉得，你是真人不露相。过去，你开个街头小店，卖米饭把子肉，谁都没把你放在眼里。日本人一来，多少大买卖一夜之间就倒了，而你呢，一下子攀上了田先生，在济南第一宝地商埠区大观园，开了这陈家大饭店，连四大馆都得看你的脸色，这谁能比得了？再说了，有日本人罩着，你从官钱局捞了多少人，捞了多少好处？师兄，肥水不流外人田，我好歹也是虎子的师父，从小开蒙，为了培养虎子，没少费力气，这个……没有功劳也有苦劳吧？"

陈宝祥点点头，陈虎子跟着于三刀，虽然没有学到什么江湖绝艺，但至少练得虎背熊腰，出落了一个好身板。

"师兄，开个价，这把刀肯定在你手里，不管多少钱，只要你开价，我绝对不还价。你是个买卖人，这样的宝刀留在手里，一是浪费，二来，只怕会给你带来麻烦，你说呢？"

于三刀终于说出来意，眼神灼灼放光，如同守财奴看到金子一般。

陈宝祥笑了："小于，绕了这半天，原来你是这个意思。早说啊，早说咱就不多浪费工夫了。"

于三刀咧了咧嘴："师兄，我是个实在人，你开个实在价，咱今天就把这事办了？"

陈宝祥摇头："办什么办？你说的这事，又不是什么秘密。可是，谁见过那把刀？你见过吗？没有吧？张长官、韩长官在的时候，不知道派出了多少密探，城里城外找这把刀，就算真有这把宝刀，也跟着韩长官一起南下了。你说呢？"

这倒是实情，两位长官先后主政济南，无论民间有多少好宝贝，也都让他们挖地三尺，搜罗一空了。

于三刀挠头，眼珠子转了转："师兄，我可听说了，你那个米饭铺有宝贝，以前韩长官的副官们，没少到米饭铺去转悠。"

陈宝祥不愿意再聊这个话题，只是笑着倒茶。

"师兄，我不是强买强卖啊，你是个买卖人，根本不管江湖事，留着刀有什么用？我可观察过虎子，这孩子胸膛里可揣着一颗熊心豹子胆，一旦拿刀动枪，就得捅破天。如果你想把刀传给他，那陈家的灾殃就没完没了了。师兄，你好好考虑考虑，考虑清楚了，给我个话。"

于三刀也笑起来，但那笑容里，分明有些高深莫测的门道。

陈宝祥看着那张笑脸，一下子想到了花婶子。

上次，就在这间办公室里，花婶子撒泼打滚，似乎也是同样的嘴脸。

送走于三刀，陈宝祥站在饭店门口，心里有些堵得慌。

刚刚，他答应了宴席的事，让徐二猛对四大馆有个交代，但很明显，徐二猛憋了一肚子气。

他向南面望去，戏园子门口弄得金碧辉煌，熠熠生辉。

大门口两侧的对联刚刚换过，上联是"金石千声，浮云裂帛"，下联是"世间百态，忠臣孝子"，全都是堂堂正气、威风凛凛的颜体楷书。

陈宝祥长出了一口气，他爱看戏。

他又想到小桃红，想到那些情深义重的戏文，立在斜阳之下，禁不住痴了。

等他回到办公室，有伙计上来禀报："前几天，有个乡下女人拖着孩子到饭店来，她男人是瓦匠，在经六纬六干过活，吃过咱的饭。那边的活儿早完工了，但她男人没回家，就这么活不见人、死不见尸。她来问问，咱这边有没有消息？"

这个伙计跟着陈宝祥去过经六纬六，对那个瓦匠有印象，才会多嘴，管了这档子闲事。

陈宝祥皱眉，这事有点蹊跷，但他也没办法，只能吩咐伙计，如果那女人再来，就给点路费，劝对方去报馆，登报找人。

四月初二那天下午，陈宝祥跟小桃红通电话。

这次的济南之行，由倪先生一手包办，戏班这边倒也清净。

"上次去千佛山，印象最深的是唐槐亭。大年初一，我在北平雍和宫的老师父这里，求了两条祈愿红绳，等到了济南，你陪我去千佛山，系在老槐树上。这件事在肚子里盘算了许久，还是应该系在济南的青山上，才能了却心愿。"

本来，小桃红说说笑笑的，提到这件事，情绪忽然有点低沉。

"祈的什么愿？"陈宝祥问。

"不告诉你，说出来就不灵了。"小桃红回答。

"好，等你来了，我陪你上千佛山，两个愿望怎么够呢？我再帮你找山上的老师父祈愿，要多少有多少。"陈宝祥心疼，一声声好好哄着。

"做人哪能那么贪心？唐解元三笑点秋香，人家秋香那么大的美人儿，也只不过是许了三愿而已。我是个无名无姓、无主无靠的小戏子，祈两个愿望，已经是太奢侈的事。"小桃红咪咪地笑起来。

陈宝祥也跟着笑，笑声里，他隐隐约约听见，小桃红低声吟了两句诗，似乎是"埋骨无须桑梓地，太行深处有青山"。

明天就能见面，陈宝祥觉得，西天的晚霞也格外绚烂了。

通完电话，他又去了一趟戏院，跟黄经理一起，上上下下检查了一遍。

"正中包厢的桌椅门帘全都换了崭新的，应差的伙计也换了，专门伺候日本人的包厢，保证眉清目秀，手脚利索，不会误事。到时候贵宾过来，专门开正门通道，重新铺红毯……陈老板放心吧，不会耽误事。再说，田先生也来过，四下里都看过，保证安全，保证敞亮，保证把这事办得油光水滑的，放心，放心……"

黄经理赔着笑脸，一路帮陈宝祥开门。

陈宝祥上了舞台，向观众席上望着。他一眼就看到了最角落的位子，此前他在那里坐过两次，隔舞台太远，边台的电灯耀眼，大多时候，看不清台上那些角儿们的脸上妆容，只能听声。

他又看到了上次跟杨先生一起来的时候，坐过的中间位置。

时间过得太快，一晃眼的工夫，杨先生都不在了。

"陈老板，现在大观园这边，都知道陈家大饭店是由日本人罩着，这次的欢迎宴会，鲁菜四大馆老老实实出力，唯您马首是瞻，这是多大的面子啊，济南历史上从没出现过。韩长官在的时候，也没吃过四大馆厨子们合力举办的宴席啊？"

陈宝祥觉得嘴里有些苦涩，因为四大馆这次的做法，不是为了他陈宝祥的面子，而是为了田先生，为了日本人。

"水呢？"他问。

黄经理赶紧回答："肯定是用趵突泉的泉水，我雇了三辆水车，早中晚各拉一趟，全都是三股水泉心眼子里打上来的，不带一丝扬尘。陈老板放心吧，咱济南人最金贵的就是这泉水，最多的，也是泉水。普天之下，千万城池，哪里还有比得上济南这泉水的呀？康乾盛世，皇帝南巡都要在咱济南落落脚，不也是图趵突泉这股子好水啊？这水的事，陈老板大可放心，人家日本人千里迢迢来了，绝对不能让他们喝护城河边那些野泉子的水，都是纯正的趵突泉水，一滴都不掺假……"

陈宝祥感叹，济南人心眼实诚，即便有时候对日本人占了东三省、占了华北不满，但牵扯到做买卖，还是把"诚信"摆在头里。

他正跟黄经理聊着，戏院的小听差跑进来，说屠宰行的徐二猛在门口，等着跟他谈事。

陈宝祥出了戏院，徐二猛肩头搭着半扇子猪肉，站在台阶下。

"陈老板，上次你给面子，应了四大馆这件事。一点心意，请收下。"

两人一边聊一边走，进了陈家大饭店。

徐二猛把猪肉放在桌上，笑着说道："肉里的筋条和小骨头都剔干净了，怎么吃都不塞牙。"

两个厨子过来抬猪肉，赔着笑脸赞叹："徐爷手巧，济南屠宰行里都说，徐爷的刀法就是庖丁解牛，一只手顶人家千只手，厉害，厉害。"

徐二猛笑起来，拍了拍腰间的皮带，左边挂着三只牛眼扣，各插着长、中、短三把刀，右边是一个子母鸳鸯环扣，里面插着一把一尺长的银把儿小斧头。

"济南爷们抬爱，我徐二猛就是个杀猪宰牛的屠户，哈哈哈哈……"

等到厨子退下去，徐二猛压低了声音问："陈老板，四大馆那边这次大出血，帮你办这么大的宴席，四家馆子的掌柜心疼啊，牙花子都咂出血来了。如果不是看我的面子，这件事你们双方也落不了定啊！"

陈宝祥听得出，徐二猛是想要钱，不由得微微一笑。

"陈老板，我两头跑着当说客，搭上不少工夫，四大馆的掌柜还气不顺，把我也拖进来，让我在宴席当天，也跟着在后厨站场子，剁肉斩鸡什么的……唉，谁让我是个热心人呢？"

陈宝祥拉开抽屉，取出一封大洋，放在徐二猛面前。

"徐爷，谢了。"他不愿说太多，毕竟今时今日，大家的地位都不同了。

起初，田先生动念，要建陈家大饭店，把朱有成、蔡春雷、徐二猛、秦六子四个人约到一起见面，要他们四个人给陈宝祥撑场面。那时候，陈宝祥身份低微，见了哪一个，都一口一个"爷"叫着。如今，他是堂堂陈家大饭店的掌柜，力压四大馆，稳坐济南饭馆行业头把交椅，而徐二猛就是个杀猪的，两人孰高孰低，不用比也知道。

徐二猛摇头，陈宝祥又取出一封大洋，也放在对方面前。

"这……陈老板，我就是拿你当朋友诉诉苦，绝不是钱的事儿。"徐二猛假意推脱。

陈宝祥把大洋放进徐二猛腰带上缠着的钱褡子里，笑着按住："好了，徐爷，这件事咱翻篇儿了。你帮我，这份情全在心里了。"

徐二猛高兴了，哈哈大笑着告辞："陈老板，开宴那天，我一早就到，把刀子和斧头磨快了，就等着干活。"

转天下午，陈宝祥早早就到了火车站，叫好了黄包车，等着迎接小桃红。

　　按照倪先生那边给的单子，这次从北平来的共有二十六个人，上到角儿大青衣，下到跟班的杂役丫鬟，外带着锣鼓家伙师傅们，浩浩荡荡，气势肯定不小。

　　这么多人里面，陈宝祥只惦记着小桃红。

　　火车晚点一小时，陈宝祥站在风里等着，一点也不感到疲累。济南三月，风是春风，如同一把梳子，在他心里梳呀梳的，把他的满腔心事，全都梳得条理分明。

　　"这一次，要跟小桃红挑明了……大青衣是她师父，能当得了她的家。还有，竹青在电话里几次调笑，话里话外，似乎都知道我是什么心思……不用再等下去了，不用再抻着了，早挑明，大家都不尴尬。再说了，我现在家大业大，连四大馆都不是对手，纳个小，算什么？还不是炒菜放油盐——理所当然。"

　　他脑子里翻翻滚滚都是小桃红的影子，左右掂对，前后思量，就想趁着戏班子到济南这几天里，把这件大事落了定。

　　到那时，他在大观园附近买个院子，金屋藏娇，比翼齐飞，岂不是神仙生活！

　　火车终于到站，戏班子一行人出闸。隔着铁栅栏，乌泱泱的人流里面，陈宝祥一眼就看到了小桃红。

　　其他人穿的，都是黑的灰的衣服，死气沉沉的，犹如阴天里的一大团乌云。只有小桃红，穿着一身粉粉淡淡的衣服，如同三月里刚刚绽放的一枝粉嫩桃花，她是亮的、活的、跳跃的、精彩的，一入眼就点燃了陈宝祥的热情。

　　小桃红跑在前面，飞一般地到了陈宝祥面前，拱手抱拳，行礼问候。

　　她穿着崭新的淡粉底子绣桃枝绸缎长衫，脚上是时髦的镶嵌亮银扣子黑皮鞋，一头乌发由一根银色发带随意拢在脑后，长发齐腰，任性地披拂飞扬着。

　　此时此刻，她脸上的皮肤白皙如玉，丹唇极其圆润，嘴角边的小酒窝里，荡漾着醉死人的美酒……当她望着陈宝祥，一双会说话的大眼睛含笑带娇，秋波满溢，让陈宝祥的一颗心突然就年轻了二十岁。

　　"哎哟喂，坐了一天火车，真是无聊极了。从北平走的时候，我和竹青还想呢，要不要穿厚棉袍。过了黄河，我们就感觉出来了，济南一点都没有倒

311

春寒，赶紧换了薄衣，好不好看?"小桃红在陈宝祥面前转身，笑得像个孩子。

陈宝祥连连点头:"好看，好看，真好看。"

"陈老板，别来无恙?"竹青礼貌地寒暄。

虽然是女孩子，但竹青英气勃勃，双眉如剑，有巾帼英雄之气概。

陈宝祥赶紧还礼，站在一边，等待大青衣过来。

倪先生亲自陪同大青衣走过来，两人站在一起，男的俊逸，女的柔美，显得极为般配。

大家寒暄几句，分别上了黄包车，送往大观园东面，经四路和纬一路交叉口的平安里万平旅社。

陈宝祥已经把这里包下来，专门用于接待戏班。

到了旅社，安顿之后，倪先生通知陈宝祥:"角儿说，坐了一天火车，大家都累了，你安排的接风宴就算了。大家随意吃点，好好休息，别耽误了接下来的正事。另外，你和小桃红、竹青熟悉，角儿特意恩准，让她俩自由活动。如果你想请她们吃饭，随时可以约她们，但有一点，必须由我陪同看护，绝对不可夜不归宿。"

大家都是过来人，倪先生的意思，陈宝祥全懂。

他先打了电话，安排陈家大饭店那边，把准备好的饭菜搁在食盒里，送到旅社。然后，他向大青衣告假，接着小桃红、竹青、倪先生出门。

"吃饭的事不急，在火车上没活动开，身子紧巴巴的，就想走走。对了，陈老板，带我们去戏院看看台子吧，这次戏目多，请来的锣鼓师傅们档次高，师父特意叮嘱了，谁若是出了错，先打三十板子，再罚跪三天，然后撵出师门。哎呀，吓死个人了……"小桃红说着，吐了吐舌头，自己先笑起来。

竹青也笑了:"好啊，小桃红，你还好意思说? 从小到大，哪一次师父体罚的时候，你都装病，板子都是我挨的，罚跪也是我跪的，你哪里挨过一下? 师父说了，将来能继承她衣钵的，除了你，没别人。不过呀，看看台子是应该的，几位锣鼓师傅都是进过宫的行家，一板一眼，都是按宫里的规矩来，咱出了错，人家那弦子板儿的，可不给面子，不给咱兜底。"

倪先生也说:"好吧，就去看看戏院场子，然后吃饭。"

陈宝祥答应着，陪着三人，沿着经四路一路向西。

到了戏院，陈宝祥招呼黄经理开门开灯，请三人上台。

倪先生笑着摆手："你们两个跟陈老板上去吧，我在下面站站，不添乱了。"

当下，陈宝祥带着小桃红和竹青上台。两个人先按着"出将、入相"的左右门路走了几遍，小声唱了一段《秦香莲》，又翻了几个跟斗，唱了几句《宝莲灯》。

小桃红身子轻盈，腰如细柳，翻跟斗时，仿佛一只蜻蜓，轻飘飘的，毫不费力。

陈宝祥眼睁睁看着，心里一阵恍惚，就觉得小桃红身上已经生出了翅膀，稍稍一振，就要飞到天上去了。昔日赵飞燕能在掌托金盘里跳舞，看这样子，小桃红比起赵飞燕来，也分毫不差。

不知不觉地，陈宝祥向前伸出了双手，生怕小桃红折了腰。他就想好好托着那小人儿的细腰，细细地托着，一辈子托着，把自己这一肚子心事也一起托付给她，让这小人儿有个稳妥的着落，别再北平、济南来回折腾。

"陈老板，对一段吧！我知道你是票友，唱几句？"竹青远远地招手。

陈宝祥怔了怔，迟疑着，不敢点头，先看小桃红。

"好呀，对一段什么呢？陈老板，你挑戏吧——"小桃红双手�| 着细腰，小脸红扑扑的，像是涂了一层淡淡的胭脂。

陈宝祥谦让，台下的倪先生也叫起来："陈老板，别谦虚了，再说，咱就是简单对一段，让小桃红她俩熟悉熟悉场子。你是票友，开口票戏都是常事呢，更何况就私下里唱几句玩玩。"

"是啊是啊，陈老板，如果不是今天来熟悉场子，哪有机会跟小桃红对戏呢？你们唱，我给打着家伙鼓点——"竹青笑着，与小桃红并肩站在一起。

小桃红笑吟吟地跟竹青钩着手，远远地看着陈宝祥。

陈宝祥鼓了鼓勇气，向倪先生拱拱手："那我就献丑了，唱几句《坐宫》。"

竹青鼓掌："好啊好啊，杨延辉和铁镜公主的这出戏，师父最喜欢的。不过，既然陈老板开了金口，最后'叫小番'这个翻八度的高腔，我们得好好听一听了呀。小桃红，你前面起调的时候，就得——"

两个女孩子笑嘻嘻地，用力钩了钩小拇指。

黄经理在台下笑起来，用力拍了两下巴掌。

他在戏院里混了十年，知道"叫小番"这一句的难度，台上角儿唱《坐宫》，台下观众整场戏就等着听"站立宫门叫小番"，如果唱不上去，观众骂街退票的事，也是常有的。

陈宝祥默默地咧了咧嘴，他知道黄经理的心思，应该是想让他在这两个漂亮戏子面前丢个大脸。

陈家大饭店开在大观园，不知有多少人看不惯。他陈宝祥一个开小饭馆的下等人，攀着日本人田先生的高枝，在全济南最繁华的场子里出人头地，连四大馆都压下去了，这简直是济南城的百年奇闻。

正因如此，明里暗里，好些人等着看他的笑话。

黄经理从前点头哈腰，卑躬屈膝，伺候的都是达官贵人，哪里伺候过他陈宝祥这样的小人物？所以，黄经理表面谦恭，内心却不服。

陈宝祥当然可以挑其他唱段，比如那些低沉稳重的，毫不费力就能唱完，给小桃红当个绿叶陪衬。他一挑，就挑上了《坐宫》，也是要让所有人听听，他陈宝祥也不是等闲之辈。

小桃红睁大了眼，望着陈宝祥。

竹青在小桃红肩上轻轻一推，小桃红就跟跄着，小碎步向前。

"那……我起调低一点？"她低声问了一句，语调有些哀怨。

陈宝祥微笑："不用啊，反正我是票友，唱不上去，也是理所当然的事，别人也不会笑话。你就按照平时唱戏的调门，不用将就我。"

小桃红转头，向竹青轻轻点了点下巴，竹青就开始打鼓点。

陈宝祥后退一步，深吸了一口气，稳定自己的情绪。

今天这事，是个意外，根本没有预先策划。他知道自己的唱戏底子，肯定不会唱砸，但他希望，在小桃红面前表现得更好，让她当着竹青和倪先生这些内行人的面，每个场合上都有面子。

小桃红轻轻做了个起势，随即开唱："听他言吓得我浑身是汗，十五载到今日才吐真言。原来是杨家将把名姓改换，他思家乡想骨肉不得团圆。我这里走向前再把礼见，尊一声驸马爷细听咱言。早晚间休怪我言语怠慢，不知者不怪罪你的海量放宽——"

陈宝祥立刻接上，开嗓就唱："我和你好夫妻恩德不浅，贤公主又何必礼太谦。杨延辉有一日愁眉得展，誓不忘贤公主恩重如山。"

小桃红眼睛一亮，一定是想不到陈宝祥的票戏水平如此之高。

两人在台上稍稍错步，小桃红接下去唱："讲什么夫妻情恩德不浅，咱与你隔南北千里姻缘。因何故终日里愁眉不展，有什么心腹事你只管明言……"

头顶电灯雪亮，陈宝祥清清楚楚地看到小桃红的眉眼。

当她轻启朱唇之时，编贝样的细白牙齿闪着亮光，一个琼堆玉砌一样的小人儿就活生生站在陈宝祥面前。

他一边接下去唱戏，一边凝神望着小桃红。

两人四目相对时，小桃红眼中荡漾着甜甜的笑意。

"一见公主盗令箭，本宫才把心放宽。站立宫门——"陈宝祥唱到这一句，竹青的锣鼓家伙也停下来，所有人就等着最后这三个字。

陈宝祥猛然间双臂一振，脚尖踮起来，脚心涌泉穴发力向上，聚起丹田之气，直贯胸口膻中穴，又从嗓子眼里将这口气缓缓地逼出来。

"叫——小——番——备爷的千里战马扣连环，爷好过关。"

最后一句唱罢，满场寂静，都没了声响。

倪先生最先反应过来，用力鼓掌："好，好，气贯长虹，声震平野，好腔调，好腔调啊……"

黄经理也鼓掌，嬉皮笑脸没了，取而代之的，是一片钦佩敬仰之色。

竹青也在鼓掌，而小桃红直接一把抓住了陈宝祥的双手，兴奋得小脸通红："你怎么唱得这么好呢？真是太好了，太出人意料了，真好，真好……"

陈宝祥知道自己的水平，比票友们略高，却达不到上台唱戏的水平。如果他有钱，身份也够，最多就是在梨园行里，博一个"名票友"的身份而已。

刚才，唱出"站立宫门叫小番，备爷的千里战马扣连环，爷好过关"这一句，仿佛将他胸口一缕浊气、头顶一团乌云、满身一股郁闷全都一巴掌打散了。

别人瞧不起他，说他是开小饭馆的、跟腚狗、狗汉奸，不管他多么努力，在老济南人眼里，他陈宝祥就是个下等人，别看这陈家大饭店开在大观园，他永远都是"狗肉上不了大席"。

正因如此，他对小桃红越好，就越觉得配不上人家，委屈了这个小人儿。

"我陈宝祥也是个人物……我陈宝祥在济南，一定是个人物，人人都看到我，人人都敬我三分，人人都得叫一声陈老板……打现在起，我要站起来，堂堂正正，一言九鼎，吐个唾沫砸个坑，在大观园跺跺脚，整个济南城都要晃三晃。我跟着田先生混怎么了？只要做个好人，行得正走得直，不也就够了。打今天起，谁再看不起我陈宝祥，我就一脚把他踢翻在地，让他跪着喊爷……"

陈宝祥觉得浑身舒畅，意气风发，从记事起，就没这么痛快过。

倪先生和黄经理上台，连连称赞陈宝祥。

黄经理赔着笑脸说："陈老板，你刚刚唱完'叫小番'三个字，我觉得自己两个耳朵眼都被刺穿了，整个戏院里都响起了回声。过去那些北平来的大角儿一开嗓，绕梁三日，余音不绝，差不多也就是你这一嗓子的水平了。"

竹青向陈宝祥挑起了大拇指："陈老板，我回去就跟师父说，你这水平，上台唱肯定没问题。以后我们再来济南，就又多一个老生的同行了。怪不得小桃红跟你一见如故，原来是有戏缘，了不起，了不起。"

四个人出了戏院，进了陈家大饭店。

四大馆已经派厨子过来熟悉后厨，所以今晚，陈宝祥点的一桌子菜，集中的是四大馆的拿手菜。

倪先生是个行家，一动筷子，尝了第一口，马上就挑起大拇指："这道'爆三样'味道绝了，鲁菜最高水准。"

陈宝祥把欢迎宴会的情况介绍了一遍，拿过一份菜谱，给倪先生看。

倪先生感叹："陈老板，多少年没吃到这种上等味道的鲁菜了，真想不到，陈家大饭店开业才不长时间，竟然能让济南鲁菜四大馆低头，派自家厨子过来站台。厉害，太厉害了。"

几道热菜上席，每品一道，倪先生都赞叹一声。

最后，他提着酒壶和杯子，要去后厨敬一杯。竹青也跟着出去，包厢里只剩下陈宝祥和小桃红。

小桃红用牙签挑起一块雪梨，放在陈宝祥面前的小碟里。

"那样唱，费嗓子，今晚不要大声说话，吃块梨吧，润一润。"

陈宝祥看着小桃红，刚要张口，小桃红笑着伸手，在空中做了个捂住陈宝祥嘴的动作。

"别说话，你要说什么，我都知晓。"她红着脸，轻轻点头，又轻轻摇头。

陈宝祥胸口一热，他的这些心思，明眼人一看就知。刚刚唱到"我和你好夫妻恩德不浅"的时候，他的嗓子都在发颤，那声音是从心里一个字一个字捧出来的，字字如金，字字带血。

"明天陪我上千佛山吧，系了祈愿红绳，我的心就放下了。再有什么难事，也不怕了。"小桃红又轻轻说。

"好，明日一早，我就到旅社接你。"陈宝祥点头。

小桃红又娇笑起来："那可不成，我早上爱睡懒觉，在北平，午饭前才起呢。你就……上午十一点吧，我使使劲，那时候差不多能睡醒了。唉，人生苦短，譬如朝露，不知道还有多少时间睡懒觉呢。"

她双手捧起一杯茶，一直举到齐眉，收起笑意，诚诚恳恳地望着陈宝祥："陈老板，多谢你。"

陈宝祥的心思，都在刚刚那场戏上，只想好的美的，不想挫折意外。

"能为你做事，我一百个乐意。只希望，在济南大观园这边，能够尽快打拼下一方地盘，随时迎候你大驾光临。"陈宝祥也捧起茶杯，认认真真地回应。

竹青一步推门进来，笑嘻嘻地打趣："哎哟喂，我和倪先生刚刚离开一会儿，你们就要喝交杯酒了吗？这可不好——崔莺莺和张生花前月下私订终身，怎么少得了我这小红娘？"

小桃红顿时羞红了脸，把茶杯放下，双手捂脸，跑了出去。

陈宝祥也有些尴尬，站起身来，给竹青斟茶。

幸好，倪先生也回来了，包厢内的尴尬气氛，才缓和下来。

"巧妇难为无米之炊，我去后厨看过，食材新鲜，这菜做出来才味足汤美。那位屠宰行的徐爷跟我说，他把其他活儿都推了，全心全意陪着陈老板，把欢迎宴会办好。陈老板，你有这么多诚心诚意的好朋友，怪不得生意越来越好呢——"

倪先生刚刚说完，徐二猛就推门进来，手里捧着一只海碗，里面的白酒边走边洒。

"你，虽然是北平来的贵客，但我徐二猛也不是无名之辈，这碗酒……专程来敬好朋友，谁不喝谁是孙子，谁不喝就没种，来，来，换大碗，我跟你干大碗……"徐二猛叫着，不看陈宝祥，直接到了倪先生面前。

倪先生一把脱掉了西装，扔在身后的沙发上。

"好，徐爷，是条汉子，我们来喝，大碗喝酒，大口吃肉……重振水泊梁山一百零八好汉雄风，山东人好样的，济南人好样的……"

屋内找不到海碗，倪先生一把拎起了桌上的酒坛，跟徐二猛的海碗猛地碰了一下，然后仰起头来，大口大口往下灌。

陈宝祥愣了，他一直觉得，倪先生是文明人，西装革履，举止优雅，不可能跟徐二猛这种贩夫走卒同席喝酒。眼前这一幕，看得他目瞪口呆。

两人喝完了酒，徐二猛丢下海碗，倪先生扔下酒坛，两个人竟然大力拥抱在一起，随即哈哈大笑。

陈宝祥起身，吩咐伙计继续上酒。

"二位都是性情中人，真好，真好，徐爷，我让伙计添一副碗筷，坐下来慢慢喝，慢慢聊，怎么样？"

徐二猛不理他，拿起酒碗，笑着摔门而去，一路笑声不绝。

第二十二章

戏中有誓两心知

　　第二日上午，陈宝祥早早到了万平旅社，坐在旅社大堂的角落里，叫了一壶热茶，一个人慢慢喝。

　　他换了一身新衣，脚下是崭新的黑皮鞋，鞋面跟他的发型一样，油光可鉴。

　　昨晚那一场戏里，他已经借着戏文，把自己的全部心思告诉小桃红。小桃红也说了，她都知道。

　　"这件事，究竟如何捅破最后一层窗户纸？"他有些犯难。

　　想来想去，只有求助于倪先生。对方是大青衣的朋友，大青衣是小桃红的师父，这种婚姻大事，只能是尊长做主。过了倪先生和大青衣这两关，离着成功就不远了。

　　陈宝祥从口袋里掏出一个巴掌大的金丝绒盒子，轻轻掀开盒盖，发出嗒的一声。里面放的是一块小巧的女士金表，表盘镶钻，表链镀金，是从经二纬四大西洋钟表眼镜行买来的正宗洋货，花了四十大洋。

　　上次在芙蓉街玉谦旗袍店，师傅给小桃红量衣的时候，他记下了小桃红的手腕尺寸，这次已经让钟表师傅把表带调到最恰当的位置，只要小桃红试戴，就一定合适。

　　陈宝祥不知道小桃红喜欢什么，但他掂量着，钱、房舍、衣服、表、首饰、胭脂……总离不开这几样吧？

　　他老早就想过，只要小桃红喜欢，就算是要星星要月亮，他也要想办法弄来。

　　快到十二点了，小桃红才出来，换了墨绿色旗袍，外面罩着一条淡青色披风。与昨天的艳丽相比，今天的衣着，突然变得黯淡下来。

　　小桃红觉察到陈宝祥的诧异眼光，笑着解释："师父说，上山祈愿，不宜浓妆艳抹，更不宜穿红挂绿，佛祖神仙不喜。"

　　陈宝祥把盒子取出来，语气故意淡淡的："我朋友开表行，刚到的新货，我看你没戴表，顺手就买了，也不知道你喜不喜欢，表带尺寸合不合适。反正，你戴戴试试，合适就留下，反正也不是值钱的玩意儿……"

　　小桃红伸出细藕一样的右手腕子，细白的牙齿咬着红唇，眼中含着笑意，看着陈宝祥。

　　陈宝祥赶紧拿起手表，给小桃红戴上。他没想到会有这样一出，没做好思想准备，手指有些颤抖，不知不觉弄了一脑门子汗。

"真漂亮，这表带也合适，真好，真好!"小桃红转着手腕，左看右看，喜上眉梢。

"好啊，好啊，那你就戴着，我也就了却了一件心事。"陈宝祥松了口气，暗自欢喜，知道自己这份心思没有白费。

"打入门起，师父就说了，唱戏的女孩子不能戴表，不能戴戒指，这是规矩。我和竹青都没戴过表，你等着，我先去给她看看，然后咱再出门上山——"

小桃红转身就跑，脚下稍稍打了个滑，急得陈宝祥叫："你慢点，慢点，小心，小心啊……"

到了千佛山唐槐亭，小桃红先让陈宝祥避开十步，围着唐槐转了几圈，用力踮起脚尖，把两条祈愿红绳，系在唐槐西北方向的斜枝上。然后，她站在树下，双掌合十，垂下头来，默默祈愿。

站在这里，陈宝祥能看到大半个济南城。

日本人入城前，韩长官就带着全部人马南下。所以，日本部队兵不血刃，不费一枪一弹，就拿下了济南。城头易帜，改换门庭，青天白日旗就换成了膏药旗。

陈宝祥向城门看，几座城门口，都插着膏药旗。

"好好活着，比什么都强。不管什么人坐天下，没钱没粮，照样活不下去。初一十五，来千佛山烧香还愿的，求的不都是官和钱吗？不多想了，宴会过去，戏唱完，我就跟大青衣和倪先生挑明。是死是活，一锤子买卖。"

小桃红许完了愿，低着头走回来，两腮带着泪痕。

陈宝祥赶紧掏出手帕，递给小桃红。

小桃红扭了扭身子，不接手帕。

陈宝祥怕对方嫌脏，赶紧解释："这是崭新的，一次没用过，就单单为了你来，我才时刻备着的。你放心，干干净净，每天一换，绝没有一丝脏东西。"

小桃红抬起头来，正午阳光从头顶洒落，将她的泪痕，照得清清楚楚。

她就那样停住，一双黑白分明的大眼睛，静静地望着陈宝祥，仿佛浸在金线泉里的两颗黑葡萄。

陈宝祥倒吸了一口凉气，似乎知道小桃红的意思，但又不太确定。他抬起手，握着手帕，指尖颤抖着，去擦拭小桃红的右腮。

小桃红一动不动，就那样直直地、毫无避讳地看着陈宝祥。

等到陈宝祥给她擦干了泪痕，她才接过手帕，踮着脚尖，为陈宝祥擦拭额头。

"一大早的，出两次汗了，山上风大，当心着凉。"她说。

陈宝祥听得出，小桃红的嗓子有些哑了，刚刚祈愿，一定是默默流泪，过度感伤。

"许的什么愿呢？以前山上的师父总是说，心诚则灵。不要难过了，不管你许的什么愿，只要心心念念想着，就有可能实现。"陈宝祥低声安慰小桃红，但不知道她心里到底怎么想的，又怕说不到点子上。

小桃红红着眼圈笑起来："念念不忘，必有回响。我也希望，两个愿望，都能实现。"

"究竟是什么呢？说给我听听，也许我能帮上忙呢？"陈宝祥小心试探。

小桃红摇头，笑了笑，又低头叹气："很难的，很难的，我知道，就算是诚心祈愿，也未必能成。彩凤有翼，心无灵犀，世如冰火，身如转蓬……现在我只希望，渡尽劫波，各自安好。"

陈宝祥语塞，听得云里雾里，看不分明。

"你是个好人，竹青说过，北平城里那么多唱戏的，最大的愿望，就是找你这样一个好人嫁了。"小桃红又说。

陈宝祥不知道该喜还是该忧，一时之间，整颗心又悬起来。

"下山吧，千佛山祈愿的最大心愿，了了。"小桃红用力挺了挺胸，顽皮的笑意又回到脸上，蹦蹦跳跳，一路向前去。

下午，陈宝祥回到大观园，田先生正在办公室等他，满脸都是笑容。

"平井君已经到了济南，与军部同乡相谈甚欢，同时，也跟济南的政商两界友人见过面，对于咱们安排的欢迎宴和戏曲节目非常期待。陈老板，我跟他说过，济南之所以繁荣昌盛，就是因为日本军队进入济南后，不扰民，不强征，军民之间，团结融洽。对了，平井君对于经六纬六那边的医院很感兴趣，带了几个助手过去看了，并给予了非常有益的建议。我顺势邀请他，担任医院的名誉顾问，他答应了，哈哈哈哈，陈老板啊，正是因为有你这样的济南朋友，我们日本人才愿意向济南投资，为老百姓带来崭新的生活……"

田先生的话，如同一阵春风，吹暖了陈宝祥的心。

"田先生，请放心，我一定把欢迎宴和剧院那边的事安排好，让日本友人到了济南，就像回到了自己的家，宾至如归——"

田先生接上了一句："宾至如归，乐不思蜀，哈哈哈哈……"

两人又敲定了菜单和剧目，陈宝祥一一记下，答应妥善安排。

聊完了正题，田先生摸着下巴，若有所思地问："陈老板，我听说，这几天有人来大观园闹事？说是到经六纬六干活的人失踪了，你有没有听见传闻？"

陈宝祥实话实说，把那天有女人来寻夫的事说了。

田先生感叹："这可就冤枉我们了，好好地，闭门家中坐，祸从天上来。穷山恶水出刁民，我们诚心待人，好吃好喝伺候着，工钱一分不少，工人们又弄出这么多幺蛾子来。陈老板啊，你说说，我是何苦来哉？医院建起来，受益的是谁？难道不是济南老百姓吗？"

陈宝祥听见前半句，心里有些别扭。

济南不是穷山恶水，老百姓也不是刁民。家里人出门干活没了音信，总得容许人家来问问吧？

"田先生，可能是有些误会，我已经吩咐楼下的伙计，不管谁来问，一定好好跟人家解释。"

田先生笑了，拍拍陈宝祥的肩膀："好，陈老板是个仁义的人，这样做最好了。唉，上次杨先生出了那档子事，我实在是满头雾水闹不清楚，就没好意思多问。还是你陈老板明白事理，做人老实，事不关己，高高挂起，多一事不如少一事。"

陈宝祥觉得，田先生话里有话，但琢磨不透，不敢多说。再说，他心里惦记着小桃红，心情有些糟乱，就没有及时回应，只是默默坐着。

田先生又叹了口气："陈老板，那么，欢迎宴和看戏的事就拜托你了。"

陈宝祥送田先生下楼，心情有些阴郁。他隐约觉得，即将有事发生，心里七上八下，仿佛走在一道颤颤巍巍的吊桥上，又仿佛大风天里乘上了大明湖的小船，左摇右摆，风波不定。

到了大门外，田先生在台阶上站住。

外面，各家店铺已经掌灯，把大观园映照得华光宝气，热闹非凡。

"大观园太美了，陈先生，此刻我最大的心愿，就是把大观园建造成第二个大上海的十里洋场，让京沪之间，再来上一座希望之城。将来，我们大日本的天皇驾临济南，与民同乐，见证大东亚共荣圈的繁盛景象。我拍着胸脯担保，到那时，陈老板就不仅仅是陈家大饭店的老板，而是这大观园、大济南里的半边天。"

陈宝祥从来没有那样想过，可是，他相信田先生。田先生说到做到，从未骗过他。

"多谢田先生，一定尽力而为，不负知遇之恩。"

陈宝祥刚说完，戏院的黄经理从门口过，看见他和田先生并肩而立，立刻停住脚，恭恭敬敬地向他们抱拳拱手。

田先生点点头，一个人向北边去了。

黄经理凑过来，赔着笑脸，低声问："陈老板，我一直有个不情之请，托你的福，大观园越来越兴隆，戏院的生意也越来越好，如果可以的话，请陈老板过来入一股，有水大家喝，有钱大家赚，怎么样？以后，只要是陈老板介绍的班子来大观园演出，戏票总收入抽水两成，我亲手送过来……"

陈宝祥感叹，黄经理巴结的不是他，而是日本人田先生。

"很好很好，多谢黄经理。合作入股的事，以后再慢慢聊。现在，我只想把这出戏唱好。"

黄经理用力拍着胸脯："陈老板放心，开戏的时候，我亲自看着场子，绝对不会有任何差错。今天我亲自去鸿祥茶庄买的好茶，十包明前，十包毛尖，上等货色——"

说到这里，黄经理的声音再压低了一些，紧盯着陈宝祥的脸："陈老板，跟着大青衣的两个小戏子真不错，尤其是那个小桃红，五官标致，身段漂亮，这要是扮装上场，上来就是个碰头彩。好啊好啊，我瞅着，她对你……"

陈宝祥皱了皱眉，他不愿"小桃红"三个字从别人嘴里说出来，尤其是黄经理这种江湖人。

"好，我知道了。"陈宝祥沉下脸来。

　　黄经理碰了个钉子，尴尬地笑了笑，赶紧告辞。

　　转过天来，陈宝祥肚子里事多，又惦记着小桃红，着急上火，嘴上起了一溜小水泡。他怕自己的样子让小桃红不欢喜，就没再去旅社，盯着后厨，准备欢迎宴的菜品。

　　徐二猛很给面子，也待在后厨，帮忙切肉斩骨，乒乒乓乓，忙个不停。

　　欢迎宴最终定在四月初六中午，上午九点钟，后厨就已经开始忙活。徐二猛扎着一条黄油布围裙，早早过来，陪同红案的厨子一起顺菜。他的牛皮腰带上还是挂着三把屠刀、一把斧头，明晃晃的，叮当乱响。

　　上午十点钟，一个西装革履、面目和气的中年人先一步过来，自我介绍说是平井四郎先生的翻译官池先生。

　　他告诉陈宝祥，近期前方军情胶着，经常有敌人潜入后方，进行破坏。所以，平井先生过来之前，他得来看看场地，免得有不法分子混入。

　　陈宝祥陪着池先生楼上楼下走了一圈，又到办公室喝茶。

　　池先生说话非常随和，笑眯眯地感叹："真没想到，大观园的繁华程度，比起北平和上海来，毫不逊色。下火车的时候，看到候车厅那幢建筑物，连平井先生都赞叹不绝，那不仅仅是实用的建筑物，更是一件精美的艺术品。济南真美啊，可惜以前的张长官、韩长官天天忙着剿匪，无心建设，暴殄天物……"

　　陈宝祥赔着笑脸听着，不敢贸然回应。济南火车站当然漂亮，陈宝祥不止一次听南来北往的客人提到，就连见过世面的倪先生，也夸赞过很多次。

　　两人聊了一阵鲁菜，池先生压低声音吩咐："陈老板，刚刚在后厨，我看到一个厨子，就是膀大腰圆、腰带上挂着刀斧的那个。你把他叫来，我有几句话单独询问。"

　　陈宝祥暗暗吃了一惊，赶紧下楼，把徐二猛找来。

　　池先生先把陈宝祥支出去，然后关着门，跟徐二猛交谈。

　　陈宝祥在外面听着，屋里的两人有问有答十几句话，突然就动了手。

　　他听到徐二猛拔刀，连拔了四次，接着传来四次刀斧落地时的当啷声。

　　陈宝祥担心出事，眼巴巴瞅着办公室的门。他也纳闷，徐二猛就是个屠夫，怎么会招惹上池先生？

门开了，徐二猛垂头丧气地走出来，黄油布围裙的正中，两条刀缝十字交叉，各有两尺长。

陈宝祥不敢吱声，徐二猛下楼前，回过头来，向办公室内拱手："我徐二猛学艺不精，今天的事，认栽了。青山不改，绿水长流，咱总有再碰上的时候。到那时，再来讨教。"

池先生走出来，洒脱地摇摇头："中国人不打中国人，方才的事，只是寻常切磋。"

他手里托着徐二猛的三把刀和斧头，陈宝祥看事儿，赶紧把刀接过来，追过去，给徐二猛挂到腰间。

徐二猛走了，池先生也要告辞，说要到戏院看看。

陈宝祥赶紧带路，两人一起去戏院。

一路走，池先生聊起了过去大观园混乱不堪的情景。陈宝祥见识过大观园的那个年代，那时候，他根本想不到，将来有一天，自己也能在大观园立足，混入上等人的圈子。这一切，都要感激田先生。

"池先生，日本人来了，世道就变好了。"陈宝祥说。

池先生笑眯眯地点头："哈哈哈哈，怪不得田先生说你是个明白人。"

进了戏院，池先生里里外外看了一遍，又走到台上，面对观众席。

黄经理像个绿头苍蝇一样，跟在陈宝祥后面，一路嘴不闲着，对池先生恭维了好几十遍。

"开戏的时候，把偏门、后门都打开，避免观众拥堵，造成踩踏。另外，平井先生到场的时候，你们戏院的所有人，要聚集在平井先生坐的一号包厢四周，形成一道保护墙，任何闲人不得靠近。在北平和上海，都发生过要人遭到刺杀的血案，不得不防。好好干吧，这次的接待任务顺利完成，我们这边也会有单独的打赏，到时候亏待不了你。"

黄经理乐开了花："是，池先生放心，等到检票结束，我就把戏院所有人带过来，一个不留，全都舍命保护平井先生。日本人的命金贵，绝不敢马虎大意。"

陈宝祥在一边看着，忽然觉得有些委屈。像黄经理这样的人，才是跟腚狗，狗汉奸，而自己不过是佩服田先生，才跟田先生走得很近，并不是见到任何日本人，都扑上去摇尾巴。

等到出了戏院，池先生才说："那个徐二猛目露凶光，不像个好东西。哪像是黄经理，一看就知道，是个见风使舵会来事的人。"

陈宝祥答应着，跟池先生返回大饭店。

这一次的欢迎宴非常体面，四大馆的厨子使出了浑身解数，每道菜刚一出厨房，诱人菜香就传遍了大观园。陈宝祥一直站在大厅和后厨之间，打起百倍精神，紧紧盯着伙计们上菜。

陈家大饭店内，楼上楼下，欢声笑语，菜香酒香，香飘十里。

济南市所有政商界要人都到齐了，把欢迎宴变成了名人宴。这是自从韩长官离开后，最大规模、最大气派的一场盛宴。

那位平井先生文质彬彬，体态略瘦，鼻梁上架着一副金丝边眼镜，说话慢声细语的，一看就知道是位学识渊博、知书达理的人。

田先生特意把陈宝祥叫到包厢，跟平井先生握手见礼。

平井先生说得一口流利的东北话："陈老板，感谢盛情，感谢对大日本军队的支持，感谢你为中日友好做出的巨大贡献。我跟田先生是好朋友，相信我们以后也会成为好朋友。"

在座的济南名人看到日本人如此高看陈宝祥，也纷纷跟陈宝祥握手。

陈宝祥受宠若惊，赶紧谦虚了几句。

平井先生笑起来："陈老板，济南有这么多顶尖美食，有这么美的泉水风景，有你这样的热心人，我决定了，不仅仅做医院的名誉顾问，以后还会考虑留下来，为济南百姓做出更大贡献。你们中国古代的名士苏轼说过'日啖荔枝三百颗，不辞长作岭南人'，我吃了今天满桌的鲁菜，也想做个山东人，做个济南人……"

所有人起身，阿谀奉承之词不绝于耳。

陈宝祥悬着的心平安落地，只要平井先生对欢迎宴满意，他没给田先生丢面子，那就是他最大的荣幸。

田先生亲自端着酒杯，放在陈宝祥手中。

平井先生向陈宝祥举杯："为了济南繁荣，为了大东亚共荣圈，为了中日友好，干杯——"

所有人都站起来，他们的目光中满含着掩饰不住的嫉妒。

陈宝祥感到了莫大的鼓舞，过去，这些衣冠楚楚的大人物何曾把他一个做小买卖的人放在眼里？如今，借着田先生的光，他比这些人更有面儿，更受日本朋友器重。

"干杯，干杯，干杯……"所有人热情地举杯，碰杯声不绝于耳。

陈宝祥喝了一杯酒，就已经不胜酒力，飘飘然起来。

他出了包厢下楼，看到那位池先生从外面进来，手里拎着个三尺长、一尺宽、两尺高的鼓鼓囊囊的黑色皮包。

"陈老板，我捡了个皮包，暂存在你这里吧。"池先生笑着，把皮包放到柜台最里面。

"里面装的什么？值不值钱？要不要写个寻物启事？"陈宝祥并不贪财，尤其是别人的失物，他可不敢私自留下。

池先生压低了声音："是炸药……呵呵，没事，我已经拔了导火索。"

陈宝祥吓了一跳，池先生出手利索，一下子按住了他的肩膀。

"陈老板，无妨，无妨，只要欢迎宴上不出事，你好我好大家好，如此甚好，呵呵呵呵……"

直到欢迎宴结束，池先生也没再露面。

陈宝祥不敢打开黑皮包，只能强颜欢笑，迎来送往。上次，杨先生托他保管皮箱，惹出那么多事，如今池先生又来这么一手，简直是祸不单行。

他咬着牙安慰自己："这是池先生放下的东西，只要不违法犯罪，事情就扯不到我头上。"

到了晚间，陈家大饭店终于安静下来。

陈宝祥一个人上楼，进了办公室，觉得腰酸背痛。过去，他从没感觉自己老了，天天早起晚睡，件件身体力行，直到现在，彻彻底底地忙完了欢迎宴，确保每个人都乘兴而来，尽兴而归，他才放松下来。

欢迎平井先生的任务完成了一半，等到明天晚上开戏，请平井先生看完头场戏，任务就全部完成了。

"吾日三省吾身，为人谋而不忠乎？与朋友交而不信乎？传不习乎？"陈宝祥低声背诵《论语》上的句子。

跟田先生交往的过程中，他每天都在"三省吾身"，就怕事情做得不周正，让田先生挑出毛病来，笑话济南人没本事。

如今，他做到了，在日本贵宾和济南各界名流面前，没给田先生丢面子。

他泡了一壶茶，靠在窗前，嘴对嘴喝着。

窗外天高云淡，一轮小月斜挂在千佛山的山尖上。

山黑月白，对比鲜明，更让陈宝祥觉得，那一轮小月，像极了未来的希望。

田先生说过，这次是接待天皇贵宾平井先生，下一次就是接待天皇本人。这大济南城的大观园，将来有陈宝祥的半壁江山。平井先生也答应，以后长住济南，陈家大饭店就是他接待国际友人的首选。宾客中，两家银行的总经理表示，要向陈宝祥投资，建立衣食住行一条龙服务，在大观园已经如火如荼的商业势头上，打造属于陈宝祥的半壁江山。

"我陈宝祥终于站起来了！"他对着那轮小月，满意地喃喃自语，感觉心中充满了腾飞之力。

"叮铃铃"，电话响起来。

他放下茶壶，先去接电话。

电话接通，是小桃红略带慵懒的声音："忙什么呢？半个济南城都在传着陈家大饭店的欢迎宴，受邀参加的备感荣耀，没能参加的垂头丧气。你呀你呀，今天可算是出尽了风头，陈家大饭店啊，一宴成名。"

陈宝祥笑了，不再赔着小心，而是意气风发："可惜了，今天的宾客名单都是田先生亲自拟定的，没把令师考虑在内。下一次，如果名单由我来定，一定把最好的包厢留给令师和你。"

小桃红咻咻地笑起来："还是免了吧，师父最怕这种热闹场面，再说了，推杯换盏，大吃小喝，对嗓子不好，师父不许的。我打电话，是想告诉你，今晚的小月亮很好的呀，平白无故的，就想让人委屈流泪——"

陈宝祥拎着电话机，拖着电线，走到窗前。

小月升高了些，明晃晃的，悬在千佛山的头顶上。

"怎么呢？"陈宝祥低声问。

"师父说，皇姑屯火车被炸那一年，月亮也是这样亮，四周也是这样静，轰隆一声，火车就飞上了天。我们一家三口都在那列火车上，爹和娘都死了，如果不是师父相救，我也活不到今天了。除了师父和竹青，你是我第一个朋友，所以我要告诉你这些，请你记住我是哪里来的。"

陈宝祥叹气："别难过了，乱世江湖，好好活着，将来过上好日子，你爹娘在九泉之下，也会安心。"

小桃红带着泪音笑起来："是啊，是啊，我爹娘都喜欢听戏，要是他们知道，我唱得这么好，一定高兴。明天上场，我要唱一出《苏三起解》，竹青演崇公道。你还没听过我唱这一出呢，对不对？"

陈宝祥点点头，《苏三起解》是他最爱的《玉堂春》唱段之一，这出戏是旦角启蒙戏，不管是哪个角儿来唱，都百听不厌。

"是啊，不过明天就能看你扮装上台了。"陈宝祥笑着回答。

"我现在唱给你听，好不好？"小桃红又咻咻地笑起来。

陈宝祥忍不住叹息，小桃红真是孩子脾气，明明只隔着几百步，明明明天就能看戏，偏要在电话里绕来绕去。如果真能金屋藏娇，让小桃红在济南住一辈子，想唱什么就唱什么，想何时唱就何时唱，想唱多久就唱多久。他陈宝祥一定打造一个黄金的笼子，把这只金丝雀永远留在身边。

"好不好吗？"小桃红撒着娇问。

"当然好啊，我洗耳恭听。"陈宝祥笑着回应。

小桃红清了清嗓子，打了几声西皮流水板，然后开口清唱："苏三离了洪洞县，将身来在大街前。未曾开言我心好惨，过往的君子听我言。哪一位去往南京转，与我那三郎把信传。就说苏三把命断，来生变犬马我就当——报——还——"

听到小桃红在耳边婉转低唱，每个字都像一滴清亮亮的蜂蜜，一滴沁人心脾的香水，一滴醉死人的琼浆玉液，一滴定住了小甲虫的松树油子，陈宝祥的心都被唱得碎了。虽然隔着听筒和电话线，陈宝祥却似乎闻见了每个字上都带着小桃红的唇齿留香，每个字都带着她的呼吸，轻轻送入他的耳朵里，再送到他心眼里。

这不是唱戏，而是在勾魂。

陈宝祥紧紧握着听筒，眼中望着小月，一时间听得如醉如痴。等到小桃红的声音袅袅散了，他仍然沉浸在一串串珠圆玉润的戏文里，不舍得开口叫好，不舍得惊扰了这一场沉醉。

"好听吗？"

"好听，好听极了，我从来没想到，《苏三起解》这一段能把人唱醉了。明天晚上，你唱这一场戏，一定能让在座所有人永远记住你。"陈宝祥发自肺腑地回应。

"哼，我只这样清唱给你听，他们才不配。不过，师父说了，唱戏唱戏，台上台下两张皮。能在台下听戏的，都是至亲至交。我这辈子，只这样清唱给你听。有件事，对不起你，每次想起来，都觉得心下不忍，可我只是个小小戏子，实在没有什么宝贵物件可赠送给你的，只有这一出戏。陈老板，你会怪我吗？"

陈宝祥有些纳罕，他想不出小桃红有什么对不起自己的。

他轻声问："好好的，为什么突然如此生分了呢？"

电话那头，久久没有回应。

陈宝祥又问了一声，小桃红就低低地抽泣起来，然后哽咽着说："我想我爹娘了，今晚的小月亮，让我想爹娘了……"

陈宝祥抬头望去，小月已经升到中天，光华如水，从南向北，照着济南城。那座沉默的大城，仿佛一个巨大的粮囤子，包裹着千家万户。

大观园在商埠区，由这里看济南城，似乎也是在看戏。只不过，这出戏让陈宝祥觉得后背发凉。他下意识地想到"覆巢之下安有完卵"这句古话，济南城现在是日本人的，幸好他们没有像古代战争中的胜利者，占城即屠城。不然，他、林月娥、陈大平、陈虎子、陈果儿都——猛然间，陈宝祥打了个寒战，在自己大腿上狠狠掐了一把，立刻清醒过来。

"明天唱完了戏，我不稀罕别人记不记得我，只在乎你。你会记得我吗？"小桃红又问。

陈宝祥赶紧回答："那是当然，就算你唱完戏回了北平，我也会记得你，咱们可以常常通电话，我也可以去北平看你。明年吧，明年我到北平过年，你带我去雍和宫烧香祈福，带我去逛庙会，好不好？"

他只希望，小桃红今晚不要再哭。再哭，就会湿了他已经碎了的那颗不安的心。

小桃红带着泪音回答："不好，不好。"

陈宝祥怔了怔："怎么不好？"

"师父说，我们活着，不能贪图这一点点眼前的快活。"

陈宝祥听得云里雾里，不知道小桃红为何今晚说话透着古怪。

小桃红又低声说："越快活，就越不舍，就像对着今晚的小月亮，如果没有满腔的不舍，我就不会给你打电话——郁孤台下清江水，中间多少行人泪？西北望长安，可怜无数山。青山遮不住，毕竟东流去。江晚正愁余，山深闻鹧鸪。竹青无牵无挂，已经睡了，而我满心牵挂，也牵挂着远方的人。如果有一天，你看见那个人，能不能把今晚的话说给他听？唉，我也真是魔怔了，你怎么可能见到那个人？"

"什么？什么？"陈宝祥似乎听懂，又似乎更糊涂了。

"西北望长安，可怜无数山。青山遮不住，毕竟东流去。"小桃红重复了这几句，又沉默下来。然后，电话就挂断了。

陈宝祥握着听筒，怔怔地站了一会儿，满心的喜悦渐渐地平息。

那小月，已经过了中天，带着冷冷的余华，渐渐向着长清去了。

第二日一整天，陈宝祥跑前跑后，把戏班的人都接到戏院，然后安排后厨，依着大青衣的口味，做了红枣燕窝银耳羹送去。午饭和晚饭，都是淡雅、清喉、润肺、滋阴的菜色，生怕犯了大青衣的忌讳，又要给小桃红惹麻烦。

陈宝祥忙得脚不沾地，没顾得上细问小桃红昨晚的缘由。再说，有大青衣在场，他得小心避嫌。

大青衣对待陈宝祥的态度一直淡淡的，幸好有倪先生来回传话，陈宝祥才能把全部事务有条不紊地安排下去。

黄经理有心，在平井先生的包厢旁边，为陈宝祥安排了座位。同时，将戏院里最大的十二个花篮，全都贴上"陈家大饭店雅赠"的红纸条。

到了晚上七点钟，戏院、戏班的所有人，都站在门口，列队迎接日本贵宾。同时，戏院大门口上方，挂着"欢迎日本天皇贵宾平井四郎先生莅临济南大观园戏院看戏"的巨大红色横幅，每个大字上方，都挂着一盏电灯，以至于隔着百十米，就能看清这条横幅。

这种打破传统的超高规格接待仪式，是济南开埠、大观园开园以来从未有过的，就连陈宝祥都觉得，黄经理这种跟腔狗简直丢尽了济南人的脸。

日本人的黑色轿车一直开到戏院门口，田先生和平井先生一起下车，另外还有几个军部的官员陪着，说说笑笑，走上戏院门口的台阶。

台阶两侧鞭炮齐鸣，列队欢迎的人一起热烈鼓掌，报纸记者们也对着平井先生频频拍照，闪光灯啪啪啪啪响成一片。场面之盛大，是日本人进城以来前所未有的。

陈宝祥跟在后面，等田先生等人进包厢坐好，他也坐到了自己的座位上，长长地松了一口气，静等开戏。

第二十三章

一遇风云走龙蛇

看戏讲究规矩，舞台侧面的电铃响第一遍，所有观众就要入座坐好，禁止走动喧哗。

平井先生是个中国通，从他望着戏台的专注模样，陈宝祥就看得出，人家真是懂行。

电铃响第二遍，戏院里就安静下来，所有人瞪起眼睛，看着舞台中间的大幕中缝，只等幕启，名角儿登场。

今天的第一出戏是大青衣的成名作《秦香莲》，那可是上过北平、上海顶级剧院的好戏，就连陈宝祥都十分期待。

大幕开启，大青衣上场，悲悲戚戚的一场哭戏，硬是唱得全场掌声雷动，叫好声此起彼伏，险些鼓炸了戏院顶棚。

陈宝祥睁眼看戏，接着是闭目品戏。

大青衣的嗓音仿佛西更道街西侧起凤桥、腾蛟泉流过来的那一道水脉，潺潺淙淙，叮咚跳跃，如珍珠落玉盘，似繁星坠寒山，又甜又润，又清又亮。

"好啊，美啊，太美了太美了，真是此曲只应天上有，人间难得几回闻——"陈宝祥陶醉了。

一个伙计悄悄过来，哈下腰，在陈宝祥耳边低语："戏班的角儿小桃红请您去后台，有话交代。"

陈宝祥一怔，赶紧起身，弯着腰走到侧门，绕着戏院外侧通道，到了后台小门。

小桃红一个人站在小门边，头面已经上妆。夜晚风凉，她在五彩戏服外面，又披了一件银狐领的大氅。

"陈老板，这封信给你，等到散了场再读。"小桃红咬着唇，细白的贝齿，把鲜红的嘴唇咬出了一个透亮的牙印来。

"什么事这么打紧？还得写在信里，还得散场再读。"陈宝祥有些纳闷。

"哎呀，让你散场读，你就散场读，不要问东问西的啦——"小桃红嘟起了嘴。

"是，是，就散场读，听你的。大家都等着听你的《西厢记》呢，到你上场，一定是掌声如雷。我备了花篮，等你唱完了，先做个小返场，黄经理派人把花篮送上去。"

为了小桃红的面子，陈宝祥颇费心思。唱完这场戏，他想让全济南人都记住小桃红的样子和名字。唱戏听角儿，他陈宝祥愿意倾尽全力，把小桃红捧起来，成为中国戏曲界的崭新明星。

"我演的是小红娘，大角儿永远是崔莺莺。"小桃红说。

"济南人就爱看小红娘的戏，你好好唱，我们在观众席上卖力鼓掌，把手拍烂了都愿意。"

小桃红笑起来："你呀你呀——为什么对我这么好呢？我只是红尘乱世中的一个小戏子，商女不知亡国恨，隔江犹唱后庭花。"

陈宝祥叹息，很多话都涌到嗓子眼里，却没有勇气说出来。

"唱戏多好啊，从西太后到街头叫花子，中国人哪个不爱看戏？济南百姓一听到大青衣要来唱戏，什么不顺的气儿也顾不得了，就盼着这一天呢。"

猛地，小桃红低头，两颗又圆又大的泪珠砸在手背上，啪的一下溅开来。

陈宝祥吓了一跳，赶紧掏手帕："这是怎么说呢？说着说着，怎么哭起来了？好好，咱不说了不说了，大喜大悲，千万别伤了嗓子。"

小桃红抬起头，已然泪眼婆娑。

陈宝祥心疼地倒吸一口凉气，向前倾身，小心地捏着手帕一角，为小桃红擦拭眼泪。他生怕下手太重，把小桃红脸上的妆抹花了，还得重新勾脸，所以，屏住呼吸，大气都不敢喘。

"你为什么对我这么好呢？你越对我好，我心里的牵挂就越多，越放不下。过去，我心里只有师父和竹青，她们做事，爽爽利利的，毫不拖泥带水，但你不同……你真的不同……"

小桃红叹息着，握住了陈宝祥的手。

陈宝祥不知发生了什么，只能愣在那里。

"我想了好久好久，如果不是你，该多好啊！如果是你，又该多好啊！"小桃红睁大了眼睛，定定地望着陈宝祥。

她的双眸点漆一般，又黑又亮，映出了陈宝祥的一张脸。

"一会儿要上台了，别东想西想的。今晚有日本天皇的贵宾，他们仰慕咱中国的国粹，好好唱，别给中国人丢脸。"陈宝祥想用别的话题岔开，但小桃红望定了他的脸，那双眼仿佛能勾魂夺魄一样，让他动弹不得。

小桃红踮起脚尖，搂住了陈宝祥的脖子，带着甜香的嘴唇，贴在陈宝祥腮上。

"临别殷勤重寄词，词中有誓两心知。七月七日长生殿，夜半无人私语时。在天愿作比翼鸟，在地愿为连理枝。天长地久有时尽，此恨绵绵无绝期——你真的是个好人，是个……老实人，如果有来世，我要为你唱《长生殿》，再也不唱《玉堂春》。"

小桃红的每一句话都钻进陈宝祥的耳朵里，又钻进他的心里。

他反手搂住了小桃红的细腰，那小小的腰肢，如同大明湖铁公祠的垂柳枝，看似软绵绵的，毫不着力，但内里却透着让人不可亵玩的风骨。

"当当！"竹青从侧面探出头来，在门扇上轻轻敲了两下。

小桃红浑身一颤，从陈宝祥臂弯里挣脱出来。

"那信……散场看，你不要回去，就在这里站着看戏，就在这里不要动，好吗？好吗？"小桃红红了脸，又咬住了唇。

陈宝祥有些为难，站在侧门边看戏，只能看到角儿们的侧影和背影，声音也听不太清。再说，如果田先生和平井先生有事，找不到他，恐怕会不大妥当。

"我还是下去听，等你唱完，再回来——"

小桃红摇头，小小的手掌一下子按在陈宝祥的嘴上："不可以，你就站在这里，哪儿都不要去。求你，站在这里，求你……"

陈宝祥心软了，轻轻握住那只小手，在自己心口上摁了摁，笑着答应："好，你放心，我就站在这里，听你唱戏。你不回来，我就不走，一直站在这里。"

竹青笑起来："你们这是……崔莺莺和张生还没见面呢，你们就要唱《鹊桥会》和《尾生抱柱》了吗？"

陈宝祥也羞红了脸，幸好是站在电灯的暗影里，左近又没有人，才不至于落荒而逃。

"好了小桃红，我们进去吧，梳头更衣，等着上台。"竹青轻声催促。

"好了，进去吧，好好唱。"陈宝祥笑着，向后退了一步，站在门边角落，免得碍事。

"陈老板，您是个好人，小桃红有您这样的朋友，三生有幸。等我们唱完了这场戏，大家以后从长计议。"竹青抱了抱拳，转身进了里面。

小桃红低头跟进去，右手垂在腰间，握着陈宝祥给的手帕，头也不回，轻轻摆了摆，算是挥手道别。

陈宝祥把那封信放在贴身的口袋里，倒背着双手听戏。

这一次，他怎么也无法集中注意力，总是觉得，胸口一鼓一鼓的，胀痛得厉害。他擦了擦脸，小桃红的唇印和泪痕都在那里，湿湿润润，又带着香气。

"等到这场戏完了，我就跟倪先生说清楚，请他牵线说媒，把小桃红留下来。不管了，不管了，就算得罪大青衣，就算让一家人不乐意，就算被济南城的同行们取笑，也顾不得那许多了，只要小桃红，只要她，只要这个小人儿……"

他正胡思乱想着，锣鼓家伙一响，《西厢记》里"叫张生"一出戏开始了。

"叫张生隐藏在棋盘之下，我步步行来你步步爬，放大胆忍气吞声休害怕，跟随我小红娘你就能见到她，可算得是一段风流佳话，听号令切莫要惊动了她……"

小桃红这一段西皮快板的声音传来，字字轻脆，声声圆润，把一个娇俏刁蛮、善良大胆的红娘形象，刻画得淋漓尽致。

过去，陈宝祥最喜欢听《拷红》，今夜之后，他将只爱听小桃红唱的"叫张生"。

他从侧面望去，小桃红手中旋转着一个四四方方的帕子，帕子上绣着纵横的棋盘格线，四周坠着金色的穗子。帕子飞旋，穗子飘动，如同春天的小鸟绒羽，带着美好的希望。

陈宝祥觉得，办好了欢迎宴和看戏的事，他在田先生、平井先生眼中，又上升了一个档次，以后还会承接更重要的活动。

唱好了今夜这场戏，他、陈家大饭店、陈家、戏班、小桃红……围绕着他的一圈人，都会过上好日子。

蓦地，锣鼓家伙变得慷慨激昂起来。

"咦，不对呀？这是《将军令》啊，怎么可能出现在《西厢记》里？"

陈宝祥是真正懂行的人，锣鼓节奏一变，这就说明要换戏，可是大幕还四敞大开着，角儿们还在台上，怎么换戏？更关键的，这次戏班带来的戏目当中，就没有武戏，锣鼓师父们犯了哪门子邪，竟然敲出一段《将军令》来？

陈宝祥向前一步，撩起侧帘，向对面锣鼓师父们坐的角落望去。

就在那一刻，至少有五件事突然一起发生——

第一件，戏台上扮演张生的竹青突然站直了身子，大喝一声："有心杀贼，鼎力回天，东北军十三太保山海关英雄在此，日本倭寇受死吧——"

哗的一声，竹青抽掉了长衫上的腰带，下摆一甩，露出腰间藏着的一个黑乎乎的铁盒子。那盒子上有一个铁青色的手柄，她用右手握着手柄，一旋一摁……

第二件，坐在角落里的锣鼓师父们扔掉手里的乐器，从木凳下面抽出短枪，向着包厢里坐着的平井先生他们射击……

第三件，站在四面角落里的伙计、茶房、香烟小贩、卖花女一起扔掉了手里的东西，从衣服下面拔出手枪，冲向日本人的包厢……

第四件，大幕撕裂，后台的全部演员，上妆的没上妆的，全都长枪在手，向日本人射击……

第五件，封闭的戏院大门敞开，十几个车夫、报童打扮的人从外面杀进来，个个平端双枪，冲向包厢……

陈宝祥愣住，观众们起初目瞪口呆，但枪声一响，他们就像一群炸了窝的麻雀，抱头弯腰，向四面八方逃开。

竹青按下的，是炸弹引爆器。同一时刻，日本人的包厢里冒起了一阵青烟，炸弹出了问题，没有爆炸。

"杀敌，杀敌，杀——"竹青贴地一滚，从戏台红毡的接缝处抄起了一把雪亮的单刀，双臂一振，凌空扑下，仿佛一只瘦削矫健的鹭鸶，带着决绝的勇气，落在包厢里。

她的目标只有一个，就是那位天皇贵宾平井四郎。

陈宝祥的眼睛只望定了小桃红，此刻，小桃红丢掉了那块帕子，双臂交叉一抽，从戏服袖子里扯出两把明晃晃的分水峨眉刺。

"不要去，不要去，不要——"陈宝祥大叫起来。

刀枪无眼，包厢内外全都是平井先生的保镖。两个女孩子冒险进击，只是一个死。

陈宝祥叫出声来，双手一下子扣在腰带上，死死掐住，浑身发抖。

小桃红回了回头，弯了弯嘴角，露出一丝微笑，然后义无反顾地跟着竹青杀出去。

"有心杀贼，鼎力回天，东北军十三太保山海关英雄全都在此，日本倭寇，还我河山，受死吧——"小桃红大叫着。

此刻，她的声音比唱戏更好听，更激越，犹如纤手裂帛，字字骇人。

陈宝祥愣在那里，远远望着竹青和小桃红的背影。他不知道，好好的灯火辉煌的锦绣舞台，怎么转眼间就变成了修罗杀场？更想不到，小桃红和竹青竟然也跟十三太保山海关扯上了关系。

"那些人……朱有成、秦六子、蔡春雷……他们这些市井走卒、赳赳武夫才是十三太保啊？怎么小桃红这娇滴滴的小人儿，也跟他们一伙呢？"

电光石火的刹那，陈宝祥攥着舞台的侧帘，双腿哆嗦，无法向前。

枪声响成一片，竹青和小桃红各自刺杀了一人。

"不要——"陈宝祥看到竹青的单刀斩向了平井先生的脖子，小桃红的峨眉刺扎向了田先生的胸口，忍不住大叫。

刺杀了这两人，济南的天就要塌下来了，她们两个，焉有命在？

四周，围攻者迅速逼近日本人的包厢，根本就是拼死不要命的打法。

骤然间，守卫包厢的保镖们从怀中抽出冲锋枪，近距离疯狂扫射。

弹雨过处，攻击者如秋天里的高粱，一个个倒下。

"以卵击石，危矣……"陈宝祥没有勇气，在弹雨中穿过舞台，去解救小桃红，只能眼睁睁看着包厢里那一场生死搏击。

竹青用的是正手刀，刀刃霍霍闪光，绕着平井先生的脖子，打了几个旋儿，看似一刀就能砍下对方头颅，但偏偏无法得手。

小桃红的峨眉刺是"一寸短一寸险"的暗杀利器，但她的杀人手法来自南派，身法曼妙，姿态飘逸，与那身五彩斑斓的戏服合在一起，让陈宝祥忘记了这是一场刺杀，反而觉得，这不过是小桃红的一次舞榭歌台之上的翩翩舞蹈。

"这……这唱的是……《化蝶》吗？"陈宝祥慨叹。

有几次，小桃红的峨眉刺从田先生的太阳穴、喉结、眉心掠过，堪堪得手，但都没能一击奏功。

"坏了，她们两个根本不是人家的对手。平井先生和田先生竟然是搏击高手，当下，他们不过是在拖延时间，等待攻击者使出最后手段……"

陈宝祥居高临下，看得清清楚楚。

他咬了咬牙，猫着腰转过了侧帘，脚下加快，借着座椅的遮挡，冲到了距离包厢十步远的地方。

"停手，小桃红停手，田先生手下留情……别打了，别打了……"陈宝祥声嘶力竭地叫着，仿佛被噩梦魇住了，头晕眼花，死死盯着捉对厮杀的四个人。

他多希望这只是一场梦，希望小桃红只是顽皮游戏，希望田先生和平井先生大人不记小人过，饶了两个年幼无知的女孩子。

锣鼓师父们纷纷倒下，其中一个，头发、胡须全都白了，身子前倾，砸在陈宝祥面前的地上，胸口鲜血激射，如同被割断喉咙的鸡。

血腥气刺鼻，让陈宝祥胸口翻滚，几乎要呕吐出来。

他用力扣在腰间，双臂越抖越厉害。

"到底是怎么了？小桃红，这到底是怎么回事？我该怎么帮你，我该怎么帮你啊……天哪，我陈宝祥造了什么孽，好好的，好好的天下太平，崔莺莺和张生要成就好姻缘，突然间怎么就演开了八大锤大闹朱仙镇……"

突然间，陈宝祥视线模糊，眼泪滚滚而下。

他又急，又怕，心里又痛，可是，事到临头，他的双脚软瘫了，什么都做不了。他只不过是一个开米饭铺的小贩，上天猛地丢一个如此巨大的难题，砸在他头上，让他如之奈何？

这一劫，他明明知道躲不过，一个四十多岁的七尺汉子，竟然惊吓急怒地号哭起来。

砰砰，砰砰砰砰——枪声响了。

在那之前，陈宝祥耳朵里的枪声很远，仿佛大年三十晚上城北的炮仗声，沉闷而遥远。这一次，枪声如同炸裂在他耳边，震得他的心猛烈地颤抖了十几次。

竹青倒下，平井先生从袖子里拔出了短刀，短刀一抹，一串血痕就从竹青颈上飞扬起来。那一刻，陈宝祥想起了蔡春雷。同样的日本短刀，同样的中国人的咽喉，同样的令人窒息的死亡。

"竹——"

陈宝祥只叫了一个字，就看见小桃红的身子像是狂风吹起的蝴蝶，向后倒退飞跃。枪声每响一次，她的小小的身体就震颤一次。

田先生左手扣住了小桃红的右腕，右手握枪，连续扣下扳机。

当下，陈宝祥看到了另一个田先生——敏捷、狂傲、暴烈、寒酷，像陡然间脱掉了伪装的猛虎饿豹。

"田先生饶命，田先生饶命……"陈宝祥顾不得流弹横飞，直冲过去。

小桃红落地，胸口七八个弹孔，汩汩流血，但掌心里的峨眉刺仍然紧紧攥着。

"田先生饶命，饶命，她是我朋友，她是我朋友……"陈宝祥扑过去，半跪着，张开双臂，挡住滚烫的枪口，护住小桃红。

这是他第一次仰面直视田先生，也是第一次跪得那么低。现在，他跟田先生之间，不再是朋友，一个是天，一个是地。

"我自……横刀向天笑，去……留肝胆两……昆仑……我东北军十三太保山海关……为国赴难，青史存名，不要求他，不要……求日本倭寇，我中华儿女堂堂正正……陈……老板，男儿膝下有黄金……"

田先生死死盯着陈宝祥，然后后退一步，又拔出第二把枪，牢牢守护在平井先生前面。

陈宝祥回头，把小桃红揽在怀中。

"这是怎么了？这是怎么了？好好的，这是怎么了呀！"他的脑子里一片空白，完全忘记了身在何处。

"杀鬼子，我们一起杀鬼子……为中华同胞报仇，陈老板，你是个好人，对我的好……来生再报，来生再报……"小桃红的唇上失去了血色，变得灰白一片，然后缓缓闭上眼睛，软软的身子也渐渐地凉了。

陈宝祥猛地号叫起来，一声连着一声："啊……啊……啊——"

穿透小桃红胸口的子弹，似乎也击中了他，射穿了他的五脏六腑。他向上看，戏院的天棚黑乎乎的，向他的脸压下来，让他喘不动气。他举起一只手，笔直向上，想为小桃红撑住一片天。

"你不能死，你不能死啊，你死了，我可……怎么活——"

陈宝祥眼前发黑，头大如斗。他觉得自己的魂已经离开身体，跟小桃红的魂一起，手牵着手，向天上飞。

小桃红的魂很轻，轻得像一片小小的羽毛。

"为你唱《长生殿》，不唱《玉堂春》……天长地久有时尽，此恨绵绵无绝期……"小桃红的笑声和哭声混合着，时而高亢清亮，时而低回悲怆。

这一场，不是《红娘叫张生》，而是《李陵碑》《伍子胥》《白帝城》《祝英台哭坟》。

恍惚中，有人跑过来，架着他往外跑。

"掌柜的，咱回饭店，咱先回去再说……"那好像是陈家大饭店伙计的声音。

他们从小门出了戏院，刚刚到了台阶下面，更激烈的枪战爆发开来。

田先生护卫着平井先生出现在戏院台阶上，戏班的人在倪先生、大青衣的率领之下，舍生忘死，发起第二轮攻击。每个人身上都挂了彩，但他们都疯魔了一般，迎着日本人的子弹向前狂奔，手中的长枪短枪，不时喷出火舌，比戏院门口的电灯更亮。

"掌柜的，掌柜的，醒醒啊，你醒醒……你哪儿伤着了，身上这么多血，伤哪儿了？"伙计在陈宝祥耳朵边吼着，那张脸在陈宝祥眼前晃动。

陈宝祥捂住胸口，那里痛到了极点，而小桃红留下的那封信，也变成了一块烧得通红的烙铁，烙得他的心和血滋滋爆响。

"杀平井四郎，给东三省百姓报仇……杀鬼子，给中国人报仇，杀……十三太保在此……杀、杀、杀、杀、杀、杀、杀……"大青衣激愤地吼叫着，右手执着长枪，枪管架在自己的臂弯上，每次扣下扳机，已经披散开来的四尺长发就飞扬一次。

十几名日本保镖结成了人墙，挡在平井四郎前面。

陈宝祥看见，大青衣的后背上，已经冒出了十几条血印子，但她着实凶悍，与日本人疯狂对射着，一步步逼近，如同地狱杀神一般。

倪先生甩去大衣，右手枪，左手刀，从侧面迅速逼近。

另外还有十几人，跟随在他身后，同样是一手枪、一手刀，身手矫健，气势剽悍。这批人只要再向前十几步，就要把日本人全歼在戏院门口。

就在此刻，四辆军车从北面冲过来，一直到了戏院台阶下面，咣当一声，前轮卡在青石板台阶上。

"哒哒哒哒哒哒——"军车顶上，四挺歪把子机枪吼叫起来，弹雨呼啸，只一轮，就扫倒了倪先生身后的七八个人。

"十三太保山海关，效忠老帅少帅，为国杀敌，杀——"弹雨之中，大青衣踉跄向前，突然向前扑倒。

二十步之内，机枪对短枪，刺杀者根本没有机会。军车上跳下百十名全副武装的日本兵，迅速对刺杀者形成合围。

"好了掌柜的，终于没事了，嘿嘿……"伙计擦了把汗。

陈宝祥回头，看着这个把自己从鬼门关上拖回来的年轻人，突然一巴掌，扇在他脸上。

如果放在平时，陈宝祥最乐意听到的，就是"多一事不如少一事"，可今天，"没事"两个字代表的却是几十条人命，也代表着有人摘了他陈宝祥的心，挖了他陈宝祥的肝，将他陈宝祥的三魂六魄都拿了去，只剩下一副空空的、无用的皮囊。

"掌柜的，你……你疯了？"伙计被打愣了。

"死了，都死了，我也死了，我也死了……"陈宝祥反手又一巴掌，打在自己脸上。

"大青衣，你怎么样？你死了没有？"倪先生闪避在柱子后面，大声叫着。

大青衣双手撑着长枪，艰难地站起来，但已经无法前进。鲜血染红了她的长发，沉甸甸地斜披在身上。

"我带你走——"倪先生刚刚向外闪身，歪把子机枪再次疯狂吼叫起来，打得那根老榆木柱子碎屑乱飞。

"走……皇子，留一条命，君子报仇，十年不晚……"大青衣长啸一声，一口鲜血狂喷出来，染红了脚下的台阶，随即轰然倒下。

陈宝祥明白了，自己猜得没错，倪先生就是大人物"皇子"。那晚在大观园南边的小巷子里，一照面就杀了杜先生，救下朱有成的，正是此人。

"抓活的，抓活的。"平井先生大叫。

田先生也跟着下令："不要开枪，停火，抓活的，他是东北军的大人物，抓活的。"

倪先生几次向外冲锋，但机枪呼啸，弹飞如雨，已经把他的去路全都封死。

"立地投降者，赏大洋三千，临阵倒戈拿下皇子者赏大洋一万——"田先生大叫，气势逼人。

陈宝祥愣愣地站在那里，知道倪先生难逃罗网，这出大戏，以日本人全胜、中国人完败结束。

"不要开枪，我是戏院经理，听我说，和气生财，和为贵……"

枪声刚停，黄经理就迫不及待地跳出来，站在倪先生藏身的柱子和田先生之间。

陈宝祥叹气，这家伙听到田先生悬赏，冒死出头，简直是要钱不要命了。

"倪先生，赶紧投降吧，这么多日本人，你就算肋生双翅，也逃不了。给我个面子，今天向日本人低低头，先保住命再说——"黄经理一边吆喝着，一边到了柱子旁边。

"这家伙完了，财迷心窍，死定了。"此刻，连陈宝祥旁边的伙计都看出来了。

倪先生突然从柱子后面闪身出来，手中短刀横压在黄经理喉咙上，将他变成了人质。

两个人身子紧贴，斜行向下，一级一级台阶走下去。

"别别……我想做个中人，别开枪，我是戏院的经理，是良民，大家给我个面子，田先生别开枪，我劝劝倪先生，他是北平来的……肯定讲道理……"黄经理叫着，嗓子突然呛住，猛烈咳嗽起来。

倪先生浑身是血，脚下踉跄，已经多处挂彩。

陈宝祥头昏脑涨，靠在墙上，无力地看着外面的一切。他帮不了忙，也不想帮忙。小桃红死了，他也快死了。

"小桃红——"一念叨这三个字，喉咙里酸甜苦辣咸就一起涌上来，呛得陈宝祥涕泪横流。

"黄经理，抓住他，一万大洋就是你的。"田先生向前走，到了台阶边缘，高高在上，盯着黄经理。

"是，我是个良民，就出来劝架……倪先生，你是北平来唱戏的，放着好日子不过，这是干吗呢？放下枪，快放下枪吧，胳膊拗不过大腿，老老实实投降，田先生给我面子，绝对不会要你命……大家好好唱戏看戏不好吗？你看这事弄得，刀枪无眼，先放了我，倪先生，我是好心好意帮忙……"

两个人拉拉拽拽着下了台阶，但此刻日本兵虎视眈眈，就算给这两人插上翅膀，也飞不出去。

看起来，今日的大观园，就是倪先生的葬身之所。

"投降，东北军十三太保没学过这两个字——"倪先生抬起右手，枪口顶住了黄经理的太阳穴。

平井四郎也向前跨了几步，与田先生并肩而立。

他的声音文雅而平静，嘴角带着淡然的讥笑："开枪吧皇子，杀了他，中国人杀中国人，这是整个济南城最繁华的地方，明天这条消息就会登报——东北军十三太保仓皇逃命，拿同胞垫背，枪杀戏院无辜经理。哈哈哈哈，什么东北军十三太保，不过是一群杀人越货的无胆匪类，在我大日本皇军的追击下，狗急跳墙，当街毙命。不过，皇子，你放心，我不会让你死。你是十三太保的老大，东北军大库的秘密，都在你脑子里。呵呵，你是留过洋、见过世面的人，应该知道催眠术有多厉害，任你脑子里多少机密，打一支催眠针，就什么都说了，对不对？"

倪先生咬了咬牙，手腕一翻，枪口从黄经理的太阳穴移到了自己头上。

"想要东北军大库？做梦吧。"他淡定地笑起来。

平井四郎哈哈大笑："好呀，你们东北军一枪不发，拱手让出东三省。老帅死在皇姑屯，少帅躲到大后方醉生梦死，只剩下一群乌合之众，梦想着杀回关外，找回宝藏，哈哈哈哈，可笑，可笑，真是可笑……皇子，睁眼看看，我大日本皇军一路浩浩荡荡，已经打到南洋，将来的亚洲，全都在太阳旗的照耀之下。你们这些剪了辫子的亡国奴，此时还不乖乖跪下来，为我大日本天皇祈福，更待何时？偌大的亚洲，几百几千个大库，都属于天皇，几千万平方公里，都属于天皇，凡太阳旗照到的地方，都属于天皇……"

陈宝祥远远看着，倪先生挺直的腰板已经支撑不住，握枪的那只手也颤抖起来。

"倭寇休要嚣张，我来也，我徐二猛来也——"猛然间，陈家大饭店那边一声吼叫响起。

徐二猛赤裸上身，肩头扛着整扇猪肉，双手各端着一支冲锋枪，从日本兵背后杀将出来。

冲锋枪一响，日本兵立刻散开，躲到军车后面。

"皇子，走，走，这边走……"徐二猛叫着，大步向前，硬生生把日本兵的包围圈撕裂。

倪先生放弃了黄经理，翻身后撤，与徐二猛会合。

日本兵开枪，子弹射在整扇猪肉上，却伤不着徐二猛。

"真是太绝了，徐爷这猪肉盾牌厉害，真厉害……"陈宝祥身边的伙计拍手叫绝。

又有一人，从临街窗户里翻身跃下，手枪响了四下，就干掉了车顶的日本兵机枪手，正是那晚与杨晓雪动过手的东北军十三太保"疯子"。

平井先生和田先生带人下了台阶，刚刚还猥猥琐琐、要钱不要命的黄经理蓦然发动，从怀中拔出两把手枪，向日本人猛烈射击。

"东北军十三太保浪子在此，杀——"黄经理为倪先生断后，笑傲挺立，以血肉之躯挡住那些日本保镖的追击，杀了十几人后，胸口连中十几枪，向后倒下。

徐二猛也倒下，猪肉盾牌挡住他的胸口，但日本兵人多枪快，来势汹汹，他先是腿脚中弹，身子一倒，猪肉跌落在一边。

"狗日的……小鬼子，爷爷是十三太保千佛手，尝尝我的杀猪宰牛刀……"他吼叫着，抄起腰间的刀和斧头，贴地翻滚，杀入敌群。

"八嘎牙路，啊……啊……"几个日本兵被斩断了脚踝，惨叫着倒下。

其余日本兵乱枪齐发，徐二猛的胸口爆开了十几朵惨烈的血花，当场殒命。

车顶的机枪又响起来，但这一次，开枪的是疯子，他抱着日本机枪斜向扫射，在追兵和倪先生之间，划开了一条灿烂的火墙。

倪先生后撤，过了陈家大饭店门口，继续向北，眼看就要拐进小巷，逃脱追兵。

田先生突然弯腰，捡起地上的一支长枪，抬手一枪，倪先生就倒下去，一头栽进巷子里。

第二枪，车顶的疯子额头中弹，抱着机枪倒下。他的手指仍然死死扣在扳机上，机枪还在响着，子弹撒向天空，仿佛一排飞到半空的二踢脚，哒哒哒哒，连续爆开。

"真的完戏了，十三太保全完了。"陈宝祥无力地垂下了头。

日本人如同一座大山，自占领济南以来，压在济南百姓头上，坚不可摧，牢不可破。眼前的东北军十三太保，个个都是血性汉子，盖世英豪，却在一战之间，死伤殆尽。

"重权在手，浩荡天下，顺我者昌，逆我者亡。"

陈宝祥想起了戏文，反抗者以卵击石，实为不智。若能像他一样百忍成金，忍下一口气，大观园就不会尸横遍野了。

"哎，掌柜的，还有人，还有人，又有人冒出来了……"伙计大叫起来。

陈宝祥抬头看，那位几次到过饭店的日本翻译池先生突然出现在巷口，手里抱着一支带着瞄准镜的长枪，每扣一次扳机，都有一名追兵倒下。

那些日本兵呐喊鼓噪，蜂拥向前，刚刚到了陈家大饭店门口，陡然间轰隆一声，大饭店门外的垃圾篓子猛然爆炸，直接将十几个日本兵炸上了天，断手断脚飞得到处都是。

平井四郎暴怒，举起短刀，连连挥舞："杀光这些中国人，杀光他们，杀光他们……"

日本兵人多势众，踩着同伴的尸体，向前猛冲，一直到了巷口。

池先生的长枪无法近战，等到双方短兵相接，他挥手抛下长枪，从长衫下抽出一支镔铁短戟，长啸一声，冲入敌阵。

血战之中，大观园临街的窗子后面，几百人心惊胆战地观战。日本兵血洗戏院，双方尸体堆叠如山，吓得这些人大气都不敢出。

现在，池先生为了救援倪先生，牢牢把住巷口，一人挡住全部日本兵，几十扇窗子突然打开，许多声音齐刷刷地叫起好来："好——是条汉子，真他妈的是条血性好汉，弄死日本鬼子，为中国人报仇，干死日本鬼子……"

满街都是日本兵，但这些中国看客们被池先生的一腔豪勇感动，竟然忘记了生死，大声叫好，挥舞拳头助威。

双拳难敌四手，恶虎架不住群狼。

在平井四郎的吼叫声中，日本兵疯狂向前，将池先生困住，最终冲入巷口。

猛地，乱军丛中一声爆响，池先生引爆炸药，与身边的日本兵同归于尽。

陈宝祥眼前一黑，缓缓向后倒下。

他知道，十三太保的人再强，也无法撼动大势。日本人席卷半个中国，乌云盖顶一般，不是几十人、几百人能够抵挡的。

第二十四章

大难临头各自飞

陈宝祥悠悠醒转之时，已经在米饭铺后院，自家的土炕上。

林月娥坐在床尾打盹，陈果儿伏在床沿上，已经睡着了。

外面，天刚蒙蒙亮，街上无人无声，偶尔有邻家狗吠声传来。

他睁开眼，看着灰色的房梁。

“天就要亮了，果儿她娘，起来吧，先把大米泡上。别懒了，这兵荒马乱的，多卖几笼屉米饭，多攒几个钱，大平和虎子都大了，说媒娶媳妇，里里外外都要钱……”他抬起一只脚，在林月娥的膝盖上，连踢了两下。

林月娥一下子醒了，猛不丁站起来，双手一挓挲：“当家的，你醒啦——你可醒啦，把我和果儿都吓死了……”

陈宝祥皱眉，小声呵斥：“叫什么叫？闺女正睡着呢，吵醒了她，吓一大跳。好了好了，扶着闺女回屋去睡，这是怎么说的呢？”

林月娥愣了愣，弯腰搀扶陈果儿。

陈果儿睡得迷迷瞪瞪的，抬头看看陈宝祥：“爹，您可醒了，一天一夜了，我哥跟着货台上的卡车到长清送货，都没回来。货台上的日本把头说，今天傍晚就回。”

陈宝祥摆了摆手：“回屋去睡吧，这么大个孩子了，怎么趴床沿上就睡着了？”

林月娥搀着陈果儿回屋，陈宝祥翻了个身，脑袋里硬邦邦的，像是冻硬了的咸菜疙瘩，什么都想不起来。

林月娥回来，倒了碗凉茶，送到陈宝祥手上。

陈宝祥歪在床头上，喝了一小口，苦得直咂嘴。这才知道，那不是茶，而是药。

“宏济堂的孙大夫来看过，说是急怒攻心，在心窝上憋住了一口血，开了三服散结舒心的凉药。都喝了吧，一会儿我生了火，就该熬第二服药了。”

陈宝祥歪着头想了想，脑袋里解冻一样，慢慢化开。他想起来了，庆功宴上平井先生向他敬酒，戏院的后台小门边，小桃红给他一封信……戏台上，小桃红和竹青演了一出“叫张生”，然后竹青按下炸弹引爆器，大刺杀突然展开……小桃红倒在田先生枪下，死于他的怀中……

一想到小桃红的死，陈宝祥胸口翻滚，来不及把药碗从唇边拿开，就一口热血直喷出去。

"我痛啊——"随着那口血，热泪滚滚而下，他又怕惊动了闺女，赶紧拖过被子，死死咬住。

小桃红死了，那一刻，他觉得有个顶天立地的神将，用一把漆黑的大刀，一下就砍掉了他的脑袋。然后，他和小桃红的魂手钩着手，飘飘荡荡地出了戏院，一直向上，飞到了天上。没有黑白无常引路，他俩就那样自由地飞着，根本不想未来会怎样。

"你是个好人，来生再见，我要为你唱《长生殿》，不唱《玉堂春》……"小桃红在他耳边，一遍一遍说。

"只要是你唱的，我都爱听。"他抱着小人儿软软的细腰，浑然忘了当下是何时何地、何年何月。只要他们在一起了，死了活了的，又有什么打紧呢？

陈宝祥笑起来，抬头看着林月娥。

林月娥双手按着胸口，浑身打战："当……当家的，你别笑，你别笑……你有话说话，别笑，怪瘆人的。"

陈宝祥点点头："我没事，果儿她娘，我好了，我全好了。从今往后，我们一家人好好活，再也不会出乱子了。"

小桃红死了，他的心就落了定，再不想东想西。他止不住想笑，认识小桃红这一遭，真是好一出《游园》《惊梦》《化蝶》《哭坟》。梦嘛，醒了就没了。

梦是瓦上霜，太阳出来一扫光。

上午，陈宝祥没回饭店。

大观园里一场血战，清理尸体，洗刷街面，至少得三整天工夫。所以，日本人把大观园封了，全部商铺清空，不容许闲杂人等靠近半步。

陈宝祥坐在灶台前，亲手烧火蒸米。

到了中午，田先生来了，换了崭新的绸布衫，手里拎着的皮包也是新的。唯一不变的，是他笑眯眯的眼神。

店堂里原来有几桌客人，田先生进来，那些人就三口两口吃完，赶紧离开。

"陈老板，出了这么多事，实在是意外，意外。东北军十三太保山海关的人哪，就想着报仇，把所有仇恨都记在平井君头上。这真是……真是笑话，这是战争，平井君不过是一个具有高度科学进步精神的医生，他受日本天皇委托，在中国建立医院，从东三省到香港，总共要建三十所医院，为了中日亲善，为了中国百姓，殚精竭虑，不辞劳苦，连我看了，都深感佩服。对于这样一个好人，十三太保想干什么？他们要赶尽杀绝，一次次刺杀，一次次偷袭……唉，陈老板，你是个明白人，如果别人这样待你，你怎么办？"

田先生拖了一条长凳，靠着灶台坐下。

"忍一时风平浪静，退一步海阔天空。"陈宝祥老老实实地回答。

他不想驳田先生面子，但又忍不住看田先生那双手。

就是那双手，左手扣着小桃红的右腕，右手持枪，扣动扳机，断送了他的美梦。

"忍无可忍啊陈老板，他们不单单到大观园刺杀，不久前，还鼓动力工们的家属到经六纬六去，假托是寻人，实际是破坏医院建设。平井君在北平那边紧催慢催，医院设备两日内就运到济南，然后开始安装调试，保证在芒种之前，开门营业，第一件事就是治疗济南的三伏瘟疫，接着化验济南的泉水和河水，确保老百姓饮水安全。"

陈宝祥记得，在经六纬六时，小桥带着他参观那栋即将完工的小楼，对济南的未来充满了憧憬，也说过同样的话。

"时间紧、任务重啊，陈老板，平井君向天皇保证过，等到九月底天皇来华北巡视时，他将让济南变一个崭新模样，军民团结、安居乐业、百废俱兴、商铺林立……对了，尤其是咱大观园——天皇远在东京，都知道中国有个'泉城'济南，济南有个大观园，是全中国最著名的繁华商埠区之一。天皇到中国的第一站，就是青岛下船，乘火车到济南，然后下榻大观园。到时候，咱们的陈家大饭店，又将是蓬荜生辉、荣耀无比……"

陈宝祥听着，心不在焉，向灶膛里添柴的时候，火星子噼啪一声爆出来，烫着了他的手。

"啊呀——"陈宝祥低叫了一声，赶紧缩手。

田先生笑着，打开提包，取出一个半尺见方的花梨木盒子，送到陈宝祥面前。

"陈老板，大观园那边的事还得好几天才能了，这些钱，是平井君给的，补偿陈家大饭店的损失。他跟你一样，是个大好人，行事经商，绝不让朋友吃一点亏。"

陈宝祥双手打开盒子，盒子内面衬着黑丝绒，放着十根"小黄鱼"。

"这太贵重了，我不敢收。"陈宝祥吓了一跳，赶紧把盖子合上。

田先生笑眯眯地摆手："好了好了，平井君是真正的君子，送出来的东西怎么可能收回去？医院建在经六纬六，以后少不得让你送餐，到时候多照顾一点不就行了？"

陈宝祥再看田先生的手，做梦都不肯相信，就是这双修长白皙的手杀了小桃红。

"陈老板，月有阴晴圆缺，人有旦夕祸福。有些好事，人家对我有恩，就值得记一辈子，比如韩长官在的时候，有年冬天我犯了事被抓，钱包、手表、大衣都被扣下，我半夜逃出来，在王府池子边的芦苇丛里藏了半晚上，又冷又饿，险些一头栽到水里去。我好不容易一步步挨到你的米饭铺，一头栽倒，再也走不动了。是你们两口子救了我，让我烤火，给我端上来刚煮好的红皮鸡蛋和咸菜丝。我一口气吃了十个煮鸡蛋，再加上一大盘咸菜丝、一大碗玉米粥。这可是真正的救命之恩啊，滴水之恩，涌泉相报……"

陈宝祥仔细看看田先生的脸，似乎想起了当年那件事。可是，他施粥救人的事做得太多，实在记不清楚了。

"陈老板啊，还有些坏事，过去了就赶紧忘掉吧，大家都不提，兵荒马乱的，过一阵就忘掉了。就像大观园广场上的血，好好擦擦，再用水冲冲，不就干净了吗？走了——"

田先生出门，陈宝祥双手捏着那个盒子，不禁神思恍惚起来。

林月娥从后门进来，手里攥着抹布。

"田先生刚刚说的话，我听见了。怪不得清明那天，他说咱家的咸菜丝还是从前的老味道呢？竟然是故人。"

陈宝祥把匣子交给林月娥，盒盖打开，林月娥吓了一跳："这么多钱，这么多金条？田先生给的？"

陈宝祥点点头，心情复杂，没有开口说话。

"他是在报恩呢，怪不得，跟你没见几面就张罗着合开饭店，原来在这里等着咱们。"林月娥赶紧把盒子收到后院柜子里。

午饭后，陈大平和陈虎子还没回来，陈宝祥有些心神不定。过去，两兄弟从没押过车，只是在货台上忙活。既然外出，弄不好就遇到土匪之类，让他们两口子始终担着心。

厅堂里还剩着九个人，占据了四张桌子。

陈宝祥坐在灶台边，看着林月娥擦抹桌凳。

大观园剧场发生的事像一场梦，小桃红就是梦里的一朵桃花。春天过了，花瓣就落，这是谁都挡不住的事。就像如今，日本人的刀枪之下，所有中国人只能忍气吞声活着，不这样，还有什么办法呢？至少，他总算深深喜欢过一个人，在自己心里藏下一方净土，然后埋下小桃红。

"掌柜的，再给我包上三块把子肉，捎给俺娘吃。"其中一张桌子边的戴斗笠男人站起来，大步走到灶台前。

陈宝祥丢了魂梦游一样，先夹起了三块把子肉，用细麻绳捆上，再用油纸包好。

他抬起头，看到灰色斗笠下面那男人的脸，一下子愣住了。

那是倪先生，也就是十三太保里的"皇子"。

"掌柜的，后院借一步说话，跟您学学怎么做这把子肉？"倪先生一边接过油纸包，一边从袖子里亮出了手枪。

陈宝祥没办法，从后门出去，进了院子。

倪先生跟进来，随即关门，把前后院隔开。

"杀戏班那些人的是日本兵，跟我无关，到这里来找我，白搭。"陈宝祥为自己辩解。

看到倪先生，他就想到大青衣、竹青、小桃红，还有大观园一战中倒下的所有人，心里那份隐隐约约的痛翻滚着，越来越强烈。

"陈老板，东北军大库的地图给我，就饶你不死。"倪先生压低了声音。

陈宝祥摇头，直直地盯着倪先生的脸。

此刻，他心里想的是，如果没有这场刺杀，小桃红就不会死。一场血战下来，对方活着，但小桃红却死了。

一将无谋，害死千军。幕后主使是"皇子"，死的却都是无辜的马前小卒。

"地图在算盘手里，在济南，他只有你这一个值得托付的朋友，不是你，还有谁？"倪先生的脸阴沉得像黑锅底，手枪从袖口滑出来，顶住了陈宝祥的腮帮子。

陈宝祥再次摇头："你们……你们冤枉我，我什么都不知道，就是一个卖饭的，老老实实半辈子，从没伤天害理，从没坑蒙拐骗……我冤枉，我冤枉啊……"

倪先生推着陈宝祥进了北屋，北屋里乱糟糟的，门后边的大木盆里，泡着陈宝祥穿过的一身血衣，林月娥还没来得及洗。

"算盘给过你什么？"倪先生一边扫视四周，一边追问。

十三太保"算盘"就是杨先生，但杨先生给过陈宝祥什么？除了那只要命的箱子，其他什么都没有。可是，当日杨先生在街上射杀了花婶子，接着就引发了大爆炸，箱子自然也就没了。

"你杀了我吧，我不想活了。"陈宝祥看着倪先生。

"什么？"倪先生皱眉，微微错愕。

"小桃红死了，我也不想活了。"陈宝祥恍恍惚惚地说。其他人都死了，倪先生是唯一一个知道他和小桃红有私情的人。

陈宝祥跟倪先生说这句话，就是希望对方做个见证，见证他对小桃红的一片心。

"你以为，我不敢开枪？"倪先生轻轻勾了勾手指，扳机一扣，陈宝祥就完了。

"杀了我，让我跟小桃红一起走，黄泉路上，也好做伴。"陈宝祥咧了咧嘴，忽然笑起来。他觉得，自己大错特错了，戏院一战，他应该死，应该替小桃红而死，应该冲过去挡住田先生的枪口。

女为悦己者容，士为知己者死。

这一生，小桃红是他唯一心心念念的知己。子期死，伯牙摔琴。小桃红死了，他陈宝祥活着还有何用？

"开枪吧，我不想活了——"

"爹——爹，放开我爹，放开我爹！"陈果儿惊叫着，从西屋跑出来，一把抱住了陈宝祥的胳膊。

陈宝祥一下子惊醒了，刚刚那一阵，他的脑子里一片空白，仿佛除了小桃红，再也容不下他人。

陈果儿一声"爹",让他飞到半空中的魂魄,一下子掉下来,重新落在这副皮囊里。

"爹,到底是咋了?这人凭啥拿枪指着你?"陈果儿带着哭腔叫着,但却咬着牙,煞白着脸,没有掉泪。

"他爹,他爹……"林月娥从外面一头撞进来,右手提着菜刀,横在胸口。

陈宝祥咬了咬牙,忍住满脑子的天旋地转:"倪先生,杨先生什么也没留下,这里没有,大观园那边饭店里也没有。不做亏心事,不怕鬼敲门。你要是不信,尽管开枪。"

林月娥哆哆嗦嗦地跨过去,拉住陈果儿,先把闺女护在身后。

闺女是他们两口子的命根子、眼珠子,任何时候,就算他们豁出命去,也不能让人伤了闺女。

倪先生死死盯着陈宝祥,陈宝祥横下一条心,毫无畏惧。在闺女面前,他不能丢了当爹的脸。

就在这一刻,门口一暗,一个身姿英挺的中年人缓缓地跨进来,倒背双手,稳稳地站着,面带微笑,望着倪先生。

倪先生反应敏捷,突然回手,手枪指向那人。

北屋狭小,又站着这么多人,原本容不下两人拉开架子打斗,但是,中年人的功夫极高,只抬起右手,瞬息之间,金丝缠腕,夺下了倪先生的手枪。

倪先生露出剽悍本色,左臂一甩,反手拔刀,只有一尺长的雪亮短刀贴着中年人的喉结划过。

陈果儿"啊"的一声叫起来,但刀光亮起的时候,中年人微微仰身,避开刀刃,右手五指并拢,直插倪先生左肋,一戳一张,刺啦一声,毫不费力地将倪先生的长衫撕下来巴掌大一块。而且,不仅仅撕下长衫,连同里面的夹袄、衬衣、背心,全都撕透了。

中年人举起右手,五指张开,四片衣服缓缓落下。

"乾坤无敌龙爪手,'太行三杰'华青山?"倪先生后退三步,横刀当胸。

"没错,是我,华青山。皇子,别难为陈老板,他不过是个济南的普通百姓。算盘是什么人?他是东北军老帅、少帅手下的文胆,是汉高祖手下的张良张子房,能把大库那么重要的线索交给老百姓?大观园一战,死了那么多人，难道你还不知道反思，想想自己错在哪里？东北军一弹未发，撤过山海关，大好河山与武器辎重拱手让给日本人，酿成千古大错，中华大恨，凭你们十三太保这些人，就想反攻回去？大厦将倾，独木可支？你们的少帅一场豪赌，赌输了东北，难道要靠你们翻盘，还是别做梦了。现在的日本人是气吞半边中国的大蛇，不是被戚家军杀得屁滚尿流的倭寇，要想把他们赶出去，不能倚靠少帅，要靠国共合作和人民军队。"

倪先生冷笑着摇头："靠你们？前线作战，流血牺牲的全都是国军，你们共产党的部队躲在西北窑洞里享清福，手上一滴血都不沾，就等着鹬蚌相争，坐收渔人之利，当我不知道吗？我在黄埔军校受过高等教育，如果连这一点都看不穿，怎么对得起校长栽培？"

华青山目光冷峻，面沉似水："享清福？皇子，如果不是洪范池在大观园舍生忘死，一杆狙击步枪、一支霸王戟挡住日本兵，你能活到现在吗？如果不是凤凰豁出性命，暗杀了藏在平安里和福音堂的日本特务，又给你准备下天桥北的藏身地、衣服、良民证和手枪，你能活到现在吗？我'太行三杰'是共产党，你们十三太保是国民党，如果不是为了联合抗日，洪范池能为你死战，直至与敌同归于尽？"

倪先生倒吸了一口凉气，看着华青山，突然后退半步，深鞠一躬。

陈宝祥现在才明白，那位池先生明面上是日本人的翻译官，实际却跟凤凰是一伙的，都是"太行三杰"的人。"一山一水一凤凰"中的"一水"，指的就是"平阴好水洪范池"。

"请恕在下愚钝，谢'太行三杰'救命之恩。"倪先生收刀，恭恭敬敬地向华青山致谢。

"皇子，我们共产党人为国捐躯，求的是大义大勇，绝不拘泥于私人恩德。你是黄埔英才，洪范池也是黄埔周先生的得意门生，一命换一命，为的不是你十三太保皇子，而是为了重筑我巍巍不倒的中华万里抗日长城。刚刚，你只盯着陈老板，只想得到大库地图，却根本想不到，外面的八个人，全都是日本特务。我不来，你怎么走？如果不是神龙反复嘱咐，说你是三代抗日的将门之后，我又怎么能放下天大的重任，到这里来救你？走吧，跟我来——"

华青山挥手，把手枪扔给倪先生，然后转身，从侧面架子上，拿起一只残缺的粗瓷大碗，轻轻一捏，咔嚓一声，半寸长的一块碎瓷片就落入了他的掌中。

临出门，他停住脚步，转头看着陈宝祥："杨先生说，这闺女聪明，是块识文解字的好材料。今日一见，杨先生果然好眼力，不但颖慧，而且孤勇。济南不愧是二安故里，这闺女，兼具二安之能，你们两口子，了不起，了不起，哈哈哈哈……"

华青山一边笑着，一边带着倪先生出门。

陈宝祥愣了愣，赶紧跟上，一脚跨出门去。

"爹——"陈果儿叫了一声，潸然泪下。刚刚，为了保护陈宝祥，她不顾一切，迎着倪先生的枪口冲过来，此刻才知道后怕，浑身筛糠，动弹不得。

陈宝祥反手关门："你们不要出声，在这里好好躲着，好闺女，没事，没事。"

他几步到了外面米饭铺的厅堂，华青山已经傲然面对那八位赖着不走的食客。

"你们两个，包袱里有枪，袖子里藏刀，腰间缠着九节鞭，是日本黑龙会的汉奸吧？练了一身的中国功夫，去给日本人卖命，给老祖宗丢脸，好啊，好啊，如果河北沧州神鞭李家的列祖列宗知道，非得气得吐血不可，是不是？"华青山指着靠近门口左侧的那人。

两人穿着一身黑色粗布衣衫，各自双手扣紧了怀里的包袱，神色有些尴尬。

华青山转向门口右侧的桌子："你们四个，是沪上飞贼抢匪出身，专偷洋人的钱。如今替日本人卖命，中国人打中国人，值得吗？"

那四个人低着头喝粥，每个人左手端碗，右手放在桌子下面。听到华青山的话，他们手里的碗哆嗦起来，身子渐渐僵硬。

最后，华青山转向了屋角的桌子，那里坐着一男一女，都是城里人打扮，衣衫整齐，面目白净。男人脚边放着一只箱子，女人的腿上，则搁着一个蓝花包袱。

"你们想不想知道，苗七先生现在过得好不好？"华青山走过去，面带微笑，看着两人。

只一句话，那对男女脸色大变。

"你们跟他们不同，是纯粹的日本间谍。当年，你们以'念秧'做局，一口气骗了苗七先生四百万大洋，震惊京沪。花婶子扎根济南那么久，谁能想到走街串巷的一个媒婆，竟然也是日本间谍？高，实在是高。"

华青山挑起了大拇指，一男一女对视了一眼，嘴角突然有了残忍的笑意。

"韩长官的人抓了你们，但你们的后台是日本人，一夜之间，越狱而去，随即人间蒸发，不见踪影。苗老大重金悬赏，你们两个的人头每一颗价值五百万大洋，他想不到啊，你们一直都在济南，继续为日本人卖命，前途大好，青云直上——老饕、金牡丹，江湖人找你们找得好苦啊……"

华青山点出两人的名字，另外桌上的六个人突然拔枪，不看华青山和倪先生，直接对准了那对狗男女。

同样是卖命赚钱，同样是刀头舐血，拿了老饕和金牡丹的人头，向苗老大领赏，似乎更容易些。

那个男人咬着牙，向华青山拱手："好，好，好，太行三杰华青山，一山一水一凤凰，行家一出手，便知有没有，果然是好眼光，我老饕佩服。不过，这里是济南城，里里外外都是我们日本人，你进了城，还想活着出去吗？说实话吧，打从你在北平上火车，一路上就有人盯着，直到现在。你口口声声抗日救国，肚子里打的也是东北军大库的主意吧？别做梦了，这是我们日本人的天下，济南城头上立的是太阳旗——"

华青山笑了："太阳旗也是布做的，成不了你们的护身甲。我知道你们跟过来，想把我和皇子一网打尽。不过，你们实在是想多了，日本在山东驻军两万五，我华青山就从没把这两万五千日本鬼子放在眼里。"

老饕侧过头，盯着倪先生，不屑地啐了一口："呸，皇子算个屁啊，十三太保号称东北军'军中战神'，我们黑龙会是天皇麾下第一组织，本想挑战十三太保，这帮孬种，不放一枪一炮，就躲进了关内。十年前踏上中国领土，我就知道西太行山华青山大名。今天有幸，我要用日本天皇御赐的菊花之刀，挑战——"

他弯下腰，左手按住箱子，看那样子，似乎是要打开箱子取出武器，但那只是虚晃一招，他刚刚弯腰，坐在斜对面的女人就抛出包袱，砸向华青山，然后，两人同时掏枪，枪口向上抬起。

华青山右手一掠，大碗瓷片先是划过两人的右腕脉门，接着向前，又在两人的咽喉侧面，各留下一道刺目的血痕，姿势曲水流觞一般洒脱，根本不费吹灰之力。

嗒嗒两声，两人手枪落地，捂住咽喉，面如土色。

"不杀你们，是因为苗七先生说过，他要亲手结果你们这对狗男女。"华青山淡淡地说。

他本想放过老饕和金牡丹，但另外两桌的六人突然冲过来，拖着两人，夺门而出。

他们当然没有那么好心要救这两个人，而是要去向苗七先生领赏。

"禽兽之变诈几何哉？止增笑耳。"华青山长叹一声，一挥手，把瓷片扔进了灶膛。

"华青山，这一次，是我十三太保欠你'太行三杰'人情，欠洪范池洪二先生一个大大的人情。将来有机会，定当舍命相报。"倪先生拱了拱手，从桌上拿起自己的斗笠，大步走出去。

华青山笑了笑，也跟着出门。

米饭铺里，只剩下陈宝祥、林月娥和陈果儿。

两口子费了好大劲，才安抚下陈果儿，让她回屋写字。

"孩他爹，我问你一件事，你说实话。"林月娥咬着嘴唇，紧紧盯着陈宝祥。

陈宝祥望着门口，夕阳落下，暮色聚拢，心里思忖着，大平和虎子两兄弟应该快回来了。

"你昏睡了一天一夜，嘴里口口声声叫着小桃红。我仔细数着，你只叫她的名字，没叫我，也没叫仨孩子。你现在用手摸着胸口告诉我，她是你要纳的小儿吗？你病了死了，她能床前伺候、床后送终吗？"

陈宝祥摇头，过去，他也想过，总有一天，纸里包不住火，林月娥当面问起来，他得想一个万全的说法，保护小桃红，让这小人儿不受半点委屈。

现在，不用了。

"没有小桃红，什么都没有了。从今往后，我们一家五口好好过日子。"陈宝祥硬硬地说。

他感到，自己的心已经变成了鞋底子，死扑扑的，锥子扎上去，都不觉得疼。

"没有？孩他爹，你发誓，拿着公公婆婆的牌位发誓，没有一丁点外心，只照看这个家，照看着仨孩子？"林月娥的声音又提高了些。

两人床头床尾半辈子夫妻，她从未如此硬气过。

为了这个家，她像一只老母鸡一样，先是忍气吞声，把头埋到翅膀底下，只求安稳度日，哪怕这安稳是表面装出来的。到了最后，忍无可忍，再不站出来，这家就毁了，毁在那个叫"小桃红"的戏子手里。

"我发誓，没有小桃红这个人，我陈宝祥从今往后好好过日子，好好对你，守着大平、虎子和果儿，好好的，都好好的。"

陈宝祥想笑一笑，但嘴角一咧，扯动了心底那份剧痛，突然间落下泪来。

林月娥愣住，两口子坐在厅堂里，一时无言。

到了下半夜，大平和虎子还没回来。

陈宝祥熬不住，先睡下了。

正在蒙眬之间，有人猛砸后窗。

陈宝祥跳起来，不敢开窗，先隔着窗问："谁?"

外面的人跑得气喘吁吁，声嘶力竭地压着嗓子回答："叔，我是货台上的……是大平哥的跟班，刚刚听到日本把头打电话，大平哥、虎子跟大峰山的八路军独立大队勾结，把……把运往长清的三卡车枪弹劫了。双方交火，虎子跟着独立大队跑了，大平哥被抓，已经押到军部去了。我来报个信，家里赶紧想办法吧，我走了，我走了……"

陈宝祥突然愣住，刚刚这些话乱糟糟的，像一堆树桩子，横七竖八塞进来，把他弄昏了头。

"大平被抓？虎子抢枪？真是怕什么来什么，虎子这孩子，真是惹事精下凡，怎么跟八路军独立大队搭上了？我这……"陈宝祥只披着棉袄，急得在床上打转转。

林月娥没敢开灯，藏在墙角暗处。

刚刚那些话，她也听见了。女人家胆小，已经吓得手软脚软。

"鬼子抓了大平，不会善罢甘休，立刻就会来抄家。你们娘俩现在就走，现在就走……先到东城根街找个黑旮旯躲着，天亮开城门，马上走，马上就走，到城外雇个车，去章丘亲戚家里躲着。我不叫你们，千万别回来，记住没？"

陈宝祥握着林月娥冰凉的手，一句话一句话嘱咐。

林月娥叫醒陈果儿，把家里的金银细软收拾了个小包袱，娘俩慌慌张张出门。

"哎呀娘，我的书本，杨先生给我的书本落下了——"陈果儿跑回来，钻进屋里，拿上杨先生给的册子，再次跑出去。

陈宝祥没有开灯，站在米饭铺前，看着林月娥和陈果儿消失在东面街口。

"到底是怎的了？"他摸着后脑勺，自言自语地问。

小桃红死了，戏班子的人死了，那些要杀平井先生的人都死了。人死账烂，这件事翻过一页不好吗？怎么突然之间，陈大平和陈虎子又出了事，这老天爷啊，还让人活吗？

一直到天亮，陈宝祥都在厅堂里呆呆坐着，等着日本兵来抄家。可是，他都等得乏了，依然没人登门。

太阳升起来，透过门缝，陈宝祥看见外面街上阳光满地，绿意葱茏。

"兴许是场梦吧？"他站起来，摇摇晃晃回到北屋。

开门的时候，门扇碰到了木盆，里面的血水溅出来，洒了一地。

他看到一堆血衣，突然想起来一件事，马上蹲下，把长衫的口袋里掏了个遍，终于找到了小桃红给他的那封信。

"信，信，小桃红的信……"他的心怦怦跳，死死攥着已经浸湿了的信封，踉踉跄跄地在桌边坐下。

他拆开信封，这才发现，信瓤也都湿透了。

当他哆哆嗦嗦地展开了信瓤，小桃红那一笔娟秀的小楷就出现在眼前。

"陈老板，见字如握。我今日斗胆，剖白心迹，向你请罪。自去岁见面，家师就吩咐下来，要我想办法接近你，等待刺敌。我和竹青，同为东北军十三太保山海关后代，此生唯一志向，就是为国杀敌。敌獠平井四郎，在东北建立731防疫给水部队，以我同胞为实验对象，开展惨绝人寰的细菌战。此獠不除，中华难安。你是乱世之中少见的好人、老实人，从未对我有半分非礼之处，实在是万里无一的君子，连竹青都羡慕我，有良朋如你，此生足矣。只是，我心已有所属，前年冬月，我们在北平雍王府后门伏击敌獠平井四郎失利重伤，幸得一位华姓英雄出手搭救，将我藏在他的旅馆包房内三天三夜，得以脱困。冒死搭救及三昼夜守护之恩，结草衔环，没齿难忘。小桃红此生之月老红绳，已经心系华姓英雄。如我有幸，于大观园一役中痛击敌獠，又能苟活下来，愿你我结为异姓兄妹，终此一生，不敢在男女之事上越雷池半步。若有来生，姻缘早遇，以慰平生憾事。小桃红拜上，万安，万安。"

看完这封信，陈宝祥觉得，浑身的血都一寸寸凉了。

原来，上天跟他开了个大大的玩笑。他以为最美好的未来，只是一个五彩斑斓的肥皂泡。越吹越大，越来越美，在最绚烂的时候，啪的一声炸开，然后，什么都没有了。

到了下午，还是没有日本兵上门。

陈宝祥强打精神，给田先生打电话。

电话中，田先生的声音略显焦急："陈老板，大平闯了大祸。我正忙着托关系捞人，没告诉你，就是怕你着急。那三车军火等着运往南方战场，被大峰山劫走，破坏了华南战场的作战计划，谁都承担不起。这样，一会儿我带你去军部，劝劝孩子，把军火交出来，然后我想办法捞人……"

陈宝祥心里一热，关键时候，田先生还是肯给他面子，为他着想。

他答应一声，赶紧放下电话，准备出门。

到了街上，陈宝祥才发现，街坊邻居们围了一大堆，正在交头接耳。

"宝祥，宝祥，到这里来，借一步说话。"一个须发皆白的老邻居招手。

陈宝祥走过去，老邻居低声告诉他："消息都在济南城传遍了，朱有成、于三刀、陈大平、陈虎子密谋抢劫军火。现在，咱自家两个孩子一个被抓，一个跑了。朱有成逃到了长清车站外的柴火垛里，被日本兵围上，拿刺刀乱捅，身上至少穿了十几个血窟窿，还没死，被拉到军部里去了。于三刀被日本狼狗追上，半边身子都撕碎了，不过也没死，拉到军部里，不知现在怎样了。"

旁边的人七嘴八舌补充，一边说一边倒吸凉气。

"没事，没事。"陈宝祥硬撑着，装出笑脸。

"宝祥，幸亏有田先生罩着你，去捞人吧，等你好消息。"老邻居松了口气。

陈宝祥拱了拱手，赶紧向西去。

背后，街坊邻居们纷纷感叹："老陈家在日本人那里根子硬着呢，出了天大的事，一点都不怕。咱老百姓就不行了，还是老老实实弯腰缩脖过日子吧，要不天塌下来，不知砸到谁头上呢。"

陈宝祥急急地向前走，脚下不住拌蒜。

他的心现在不像鞋底子了，像大年初一护城河边的冰，看着又厚又结实，但里子都是虚的，一脚踩上去，咔嚓一声就碎到底，碎成了千百片。

第二十五章

九曲黄河金鳞刀

陈宝祥到了经二路上，远远就看见日本军部门口岗哨的刺刀，在阳光下闪着耀目的寒光。

这里原先是邮务管理局，整栋大楼又高又结实，日本大官一进济南，不去住城里韩长官的公署衙门，却选了这里。

等了一会儿，田先生从西边过来，拎着皮包，满头大汗。

"陈老板，我已经打了电话，咱马上进去。你放心，我托了朋友关照，大平好好的，连根汗毛都没少。"

田先生亮出证件，哨兵立正敬礼，请两人进去。

两人到了大楼后面，沿着一道向下的石阶，兜兜转转，进了地下室，在一间灰色水泥墙壁的牢房里，见到了陈大平。

正如田先生所说，陈大平脸上没有伤痕，衣服也完好无损。

陈宝祥放了心，一把攥住陈大平的手，就要拉着他向外走。这里是日本人的地盘，早一点出去，就早一点安全。

田先生赶紧拦下："陈老板，咱现在走不了，军部的人说了，不找回那三车军火，谁都走不了，相关人等，都得人头落地。我带你到这里，就是想弄清楚，长清那边到底发生了什么事，运输军火的事是怎么走漏了风声？军火到底运到哪里了？赶紧还回来，我才能托关系捞人啊？"

陈宝祥站稳了，在自己额头上猛拍了两巴掌，好不容易清醒了一点。

"大平，你们是押车的，好好的，怎么突然就变劫道的了？到底是谁跟大峰山的人勾搭上的？虎子去哪儿了？你老老实实说，爹给你做主。"陈宝祥按捺住性子，一字一句地问。

陈大平强装笑脸，慢慢地摇头："爹，这事是我干的，跟弟弟没关系。大峰山的人劫道，弟弟吓坏了，一个人跑得不见人影。您别担心，过几天他就回家了。"

陈宝祥急了："什么？你跟大峰山——胡说八道，胡说八道！"

田先生追问："军火呢？藏到哪里了？现在咱先把军火弄回来，让货台和军部，都能向上交差才行。大平贤侄，你只要说出军火下落，我负责保你出去。"

陈大平叹了口气："军火都进大峰山了，你想拿回来，就派兵进山吧。"

　　田先生脸上变色，深吸了一口气，缓缓地摇头："贤侄，我是来帮你的。如果没有我提前打电话托人，现在，你跟朱有成、于三刀没什么区别。牙尖嘴硬不是本事，再硬，能硬得过军部审讯处的老虎钳子吗？"

　　陈大平坦然看着田先生，慢慢点头："是啊，硬不过，但现在我已经说了实话，劫军火是我干的，军火进了大峰山，不管谁来问，我就这两句话，明明白白，清清楚楚，不行吗？"

　　田先生脸上的笑容僵住，摘下眼镜，在衣襟上用力擦了擦。

　　陈宝祥深知，陈大平是个做事稳妥的人，不像陈虎子，惹是生非，顾头不顾腚。

　　"大平，是大峰山的人威胁你做的吧？你只要说实话，田先生就能救你。军火是日本人的，不管谁抢走了，咱都得给货台一个交代，对不对？现在，你把详细情况说一说，别让田先生下不了台。"

　　不管陈宝祥和田先生怎么问，陈大平就那两句话，多一个字都没有。

　　田先生拉着陈宝祥出来，到了隔壁牢房。

　　陈宝祥看到了朱有成，浑身都是纵横的刀口，仰面躺在乱草堆里，只剩一口气。

　　再到一个牢房，陈宝祥看到于三刀，左腿、左腹、左肩、左臂遭到狼狗撕咬，纵横交错的伤口就不必说了，至少有七八块拳头大小的肉团，血淋淋地在身上耷拉着。他虽然还在喘气，但真的生不如死。

　　田先生叹气："陈老板，赶紧想办法，找到虎子贤侄。逃回来的卡车司机说，跟独立大队在一起的还有个女的，那大概是个关键人物。总之，我全力以赴托关系捞人，你呢，就动用一切关系打探大峰山的事，争取早点帮助军部把军火弄回来。刚刚军部的朋友透露消息，最多再给三天时间，见不到军火，三日之后，大观园那边当街设下刑场，开刀问斩。"

　　陈宝祥愣住，一阵天旋地转，赶紧抓住面前的铁门栅栏。

　　"田先生，三天时间，哪来得及？我拿钱赎人行不行？"

　　田先生摇摇头："这时间不是我定的，是军部定的。军火不是别的，这是特别军用物资，就算长着三头六臂，也不敢碰啊？陈老板，咱别废话了，你赶紧回去找人找枪，我今天就盯在军部，力保大平贤侄，不让审讯处动他。"

田先生把陈宝祥送出大门，然后转身回去。

陈宝祥一个人往回走，不知不觉，到了大观园门口。站岗的日本兵刺刀一横，把陈宝祥拦住。

他这才想起来，大观园正在清理，任何人不得入内。

"大观园开刀问斩……总不能让大平就这样死了，抢军火的肯定不是他，一定是两个孩子年轻，上了大峰山的当。不管了，不管了，我先雇人去长清，一定把消息捎给虎子。"

他向后退了几步，人丛里钻出两个人，正是陈家大饭店的两个伙计。

陈宝祥心里突然有了主意，拿出两张钞票，放在两人手中："你们马上去大峰山，务必见到独立大队的人。要是能见到我儿子虎子更好。你们告诉他，日本人丢了军火，把大平抓了。现在，让虎子回来，最好能临阵倒戈，把独立大队当官的抓来，把军火送回来，给他哥哥顶罪。"

两个伙计接了钞票，点头告辞，直奔长清。

陈宝祥往回走，到了米饭铺，又拿了十几张钞票，请十几个老邻居满城搜索，看能不能瞎猫碰上死耗子，遇到躲躲藏藏的陈虎子。

做完这一切，他赶紧躺下，用力摁着剧痛的心口。

当下，他虽然闭着眼，却感到眼前的一切飞速旋转，如同漩涡里的小舟。

"找到虎子怎么办？找不到虎子怎么办？大平三天后就开刀问斩，她们娘俩也不知道到了章丘没有？"

到了晚间，陈宝祥得到一个更可怕的消息，济南军部丢失军火，受到华北总部怒斥，长官暴跳如雷，下令明日午时，开刀问斩，陈大平、朱有成、于三刀就要人头落地。

陈宝祥已经麻木，他实在没办法解局，只能任由这件事向前滚动。

现在，就算劫车那件事是虎子干的，陈宝祥也不愿意二儿子回来了。老大老二都是儿子，手心手背都是肉。

田先生打电话来，再三催促，但陈宝祥无计可施："田先生，我待会儿起来，就准备刑场祭奠之物。大平认罪，这件事就这么算了，行不行？"

"就这么算了？那怎么行？军部要的是军火，枪毙这三个人有什么用？陈老板，陈大平是你儿子，父债子还，子债父偿。枪毙了他，你也逃不了干系。现在，你听我的，马上多派几个人，连夜进大峰山，把军火追回来……"

陈宝祥闭着眼睛听电话，田先生的声音嗡嗡嘤嘤的，像茅坑里一大团苍蝇。

电话断了，陈宝祥又躺了一阵，起身收拾锅灶。既然救不了儿子，他就好好做几个菜，明天送到法场上，让陈大平做个饱死鬼。

陈宝祥刚刚点火，外面有人砸门。

他开门一看，是两个乡下女人，各自牵着个半大孩子。

"是陈……老板吧？我们是来找人的，孩他爹到经六纬六干活儿，活儿干完了，人就找不着了。前几天，我们偷偷翻墙进去，看到墙角的垃圾堆里扔着铁锹、瓦刀、曲尺、线轱辘，都是孩他爹用的东西。"

陈宝祥听着，脑子里乱糟糟的，听不懂那女人在说什么。

"陈老板，他们在经六纬六干活，你天天往那边送饭，孩他爹是死是活，总得有个说法吧？"另一个女人问。

陈宝祥摇摇头："说法？你要什么说法？"

"有人说，日本人在经六纬六那栋小楼里拿活人做实验，人死了，直接扔到炉子里烧成灰，是真的吗？"

陈宝祥想了想，当时小桥果真说过，小楼下面会装一个锅炉，但到底拿来干什么用，他就不知道了。

"你们找人，就到经六纬六，我这里可没有。我就是个卖饭的，跟日本人没关系。"陈宝祥不想多说话，自己的亲生儿子明天就要人头落地，他现在什么都不想管，不想问。

"陈老板，你这样说话就不讲理了，现在济南城谁不知道，你是日本人面前的大红人，开着全济南首屈一指的大观园陈家大饭店……我们拉扯孩子不容易，你总得让孩他爹生要见人、死要见尸吧？"

陈宝祥后退一步，砰的一声关门。

外面，两个女人扯破喉咙大叫："陈宝祥，你个日本人的跟腚狗，帮着日本人坑蒙拐骗，为非作歹，我们一家子就算都死了，做鬼也不放过你……"

陈宝祥从棉被缝里揪了两团棉絮，把自己耳朵塞上，炸了一大盘素萝卜丸子，做了一盘虎皮蛋、一盘红烧肉烩豆腐、一盘香菇爆炒小油菜。忙完这些，他又剁了一碗肉馅，和面擀皮，包了一笼屉三鲜馅饺子。

他的心已经伤透了，手上忙着，脑子里风车一样转，把能走的路都想遍了，最后就剩下好好地送儿子上路。

"两个儿子，走了一个，还剩一个——还有闺女，好好地把他们养大，比什么都强。这就是我老陈家的命啊，命不好，怨谁呢？"

他没再请田先生捞人，军部丢了军火，总得有顶罪的。人家田先生也不容易，就想好好地做个生意人，这不也左右为难了吗？

陈宝祥想了一晚上，天没亮就起来，烧开水煮饺子，然后把菜和饺子一盘一盘放到食盒里。

他又从床底下扒拉出一坛好酒，之后才挎上食盒出门，一路向西去。

街上没人，四下冷清。

他忽然记起来，自己第一次去给田先生送米饭，似乎也是这样的情形。

前前后后，起起落落，真像是南柯一梦。现在，他不想小桃红了，只想送儿子上路，然后拼命力保剩下的一家四口平安。

到了大观园，门口的围栏已经去掉，广场中间，搭起了一个半人高的木台子。台子上竖着三根槐木柱子，四周空无一人。

陈宝祥放下食盒，垂着头坐在台子上。

地面已经洗刷干净，但空气中似乎还飘荡着淡淡的血腥气。

大观园本来是吃喝玩乐、看戏斗鸡的繁华之所，前几天发生血腥激战，今天又要行刑杀人，真让他觉得，这世道变了，群魔乱舞，择人而噬。

"有没有一个地方，能让老实人平平安安活着，没有日本人，没有战争，没有仇恨，没有杀戮……那样，小桃红就不会死，我也不会落到眼下的地步，不是吗？"陈宝祥喃喃自问。

四下无人，他放心地向后躺下，仰面向天。

东方天空已经露出鱼肚白，头顶白云舒展，云边染着霞光，仿佛镀上了一层金。

济南的初夏就快到了，陈宝祥没想到，大儿子会活不过这个春天。

他没有哭，只是觉得，上天对老实人不公。

昨夜睡得很差，早上又起得太早，不知不觉，他闭目睡了过去。

猛然间，一阵震耳欲聋的锣鼓声轰响起来，一下子将他惊醒。

陈宝祥跳起来，看到大观园北面的街上，开过来三辆军用卡车，每辆车上都站着一个五花大绑的囚犯，脖领子里插着白底红字的亡命招子。

他看清了，第一辆车上就是陈大平，后面两辆，分别是朱有成和于三刀。

"儿啊——"陈宝祥叫了一声，跳下台子，拎上食盒就向那边跑。

卡车上，前面是死囚，后面是锣鼓，咚咚咣咣响着，开进大观园。卡车走得很慢，四周看热闹的人越聚越多，起初有几十人，最后到了几百人，扒着卡车的挡板，凑近去看死囚的模样。

人太多，陈宝祥拎着食盒挤不进去，一只布鞋都挤掉了。

卡车到了台子边，慢慢停住，十几个日本兵打开车厢挡板，把死囚拖下来，拉上台去，绑在槐木柱子上。

陈宝祥来不及找鞋子，跟着人群往台子那边跑。

一个穿着黑色袍子的小个子拖住他的胳膊，大声叫着："叔，叔，我给你变个戏法，三仙归洞……你别走啊叔，我给你变戏法……"

陈宝祥连甩了两次，都没把小个子甩开。

"叔，三仙归洞，戏法神通，北平上海，广州济南，最会变戏法的就是我。一根筷子，两个碗，三个球，想怎么变就怎么变，想让它在哪儿就在哪儿，一二三，三二一……"小个子胸前拎着个箱子，上面放着两个碗，三个球，一边走一边嘟囔。

陈宝祥用力一推，小个子一个趔趄，险些跌倒。

"大平，我的儿啊……"陈宝祥叫了一声，三步两步冲上了台阶。

台上，每根柱子上绑着一个人，从东向西，分别是陈大平、朱有成、于三刀。

陈宝祥向前去，一直上了台子，到了陈大平面前。

陈大平的表情淡定从容，不喜不悲。

"老大，爹来送你了。"陈宝祥强忍着热泪。

他把食盒放下，端出盘子，依次送到陈大平嘴边。

373

陈大平笑着，不管陈宝祥送到嘴边的是什么，都吃得很香。

"爹，虎子做得是对的，如果有来世，我也绝不会整天忍气吞声，给日本人干活。那些军火抢得好，不然，送到南方去，不知要有多少同胞在枪下丧命。爹，日本人不是好人，他们占了咱中国，杀人放火，无恶不作，还要在济南建实验室，专门拿活人做实验。他们不是来搞中日亲善的，就是想让中国人灭族灭种。每一个有血性的中国人，都应该站起来，跟他们干到底！"

陈宝祥咬咬牙，苦笑起来，"干到底"这三个字说说容易，但真正做起来，难啊。

等到陈大平吃饱了，陈宝祥又托着盘子，到了朱有成面前。

朱有成的眼睛肿得像牛铃，其中一个伤口，从他的右眼眉骨一直到了头顶天灵盖，足有一尺长。

"陈老板……你两个儿子都是好样的，一心一意跟着我打鬼子，抢了三辆军车，送到大峰山……大峰山是共产党的地盘，抢了军火，送给共产党，打……打鬼子，呵呵，只要打鬼子，不管是共产党还是国民党，就是我朱有成的朋友，那个叫小桥的日本人突然……来了，身手了得，刀刀致命，我们三个……加上于三刀，杀了小桥，贻误战机……日本人追上来……我今天先走一步，为了中华民族抗日，我'千里眼'朱有成死而无憾……先走一步了……"

朱有成一口都吃不下，陈宝祥只好端着盘子，到了于三刀面前。

"师兄，师兄……师兄，那把刀呢，那把'九曲黄河金鳞刀'呢？宝刀有灵，拿来杀鬼子，一个顶俩……可惜我于三刀学艺不精，但我是中国人，师兄，不能再让日本人猖狂下去了，那把刀在你手里，一定在你手里，杀鬼子……答应我，杀鬼子……我于三刀今天死了，就是抗日英雄，于家列祖列宗脸上有光……我祖上是于谦于少保，没给他丢人，没给他丢人……"

陈宝祥一个字都说不出，只觉着满口苦涩，脊梁冒汗。

人生自古谁无死？留取丹心照汗青。

面前这三个人就要死了，但视死如归，大义凛然，都是为抗日而死，死而无憾。

只有他，不知道自己为何活着，也不知到底怎样做，才能跟这些人一样，气壮山河，浩气长存。

他回到陈大平面前，抓着儿子的衣襟，一动不动地等着诀别一刻来临。

上午十点钟，田先生陪着平井先生过来，随行的还有军部派来的监斩官。

平井先生上台，走到陈大平面前，托着他的下巴，看看牙齿，再看看眼睛。

田先生跟过来，平井先生面无表情地吩咐："等一会儿，这个人不能杀，送到实验室。他很健壮，可以用来做伤寒和疟疾实验，骨骼嘛，可以用来培养细菌。年轻人标本本来就少，怎么可以随随便便就枪毙？"

"是，平井君考虑周全，我马上派人办理。"田先生连连点头。

"另外两个嘛，简直是废物，根本就不该从长清拖回来。好了好了，赶紧处理，不必拖时间了。午饭之前，我至少能在年轻人身上做一轮血清实验。快点，快点吧……"

陈宝祥听着，越来越确信，那两个女人说的都是真的。

经六纬六不是监狱，而是日本人的实验室，拿来做活人实验的。

"田先生，不要那样，给我儿子留个全尸吧。他是陈家的长子，不管他犯了什么罪，枪毙砍头都行，不要拿他做实验，求求你，放过他吧！"

陈宝祥向前跟跄了一步，卑微地弯下了腰。

"陈老板，在中国，平井君的话就是命令，就是圣旨，不得违抗。再说，能为亚洲医学做贡献，你们全家应该感到高兴，不是吗？"田先生笑着，脸上的表情却越来越狰狞。

陈宝祥张开双臂，护着陈大平："田先生，平井先生，我是日本人的朋友，陈家大饭店是日本人的饭店，我们应该受到保护……平井先生，你放过我儿子，我帮你找人做实验，绝对不耽误你的研究，行不行？"

平井先生推了推鼻梁上的眼镜，上下打量陈宝祥。

陈宝祥卑躬屈膝、低声下气地赔着笑脸："平井先生，我是饭店的陈宝祥啊，您的欢迎宴就是我操办的。您喜欢吃鲁菜，我天天给您送，一个月不带重样的。我儿子年轻不懂事，他该死，我只想求您给他留个全尸——"

日本监斩官哇啦哇啦喊了几句，大叫一声："八嘎牙路——"，接着飞起一脚，大皮靴踹在陈宝祥腰眼上。

扑通一声，陈宝祥被踹倒在台子上。

他刚想爬起来，那名监斩官再起一脚，踩在他的脸上。

"中国人，偷了皇军的军火，死啦死啦地……你的儿子给天皇麾下最高明的平井先生做实验，是他的荣幸。你们济南人，都是贱种，好好地说话，你们不听，还想讨价还价。老东西，今天，你的儿子送到实验室去，你替他，在这里枪毙砍头，哈哈哈哈，哈哈哈哈……"

杀人不过头点地，陈宝祥过去从未被人踩在脚下，并且是在亲生儿子面前。

"爹——"陈大平撕心裂肺地叫了一声。

陈宝祥知道，今天只能忍着，为了陈大平落个全尸，为了留一条命给儿子收尸，他都必须忍着，打落牙齿和血吞，给足日本人面子，总能达成愿望。

"田先生，田先生，劝劝你的日本朋友，我是你朋友，是日本人的朋友……求求你，我把大饭店的股份都还给你，米饭铺的宅子也给你，行不行？我就一个要求，给我儿子留个全尸，让他能囫囵囵囵进祖坟。求你了，求你了，只要能放我一马，我陈宝祥为皇军做牛做马，也心甘情愿……"

陈宝祥只恨不得自己有两张嘴、三张嘴，同时开口求饶，请平井先生、田先生、监斩官放过他们爷俩。

"八嘎牙路，再敢说话，现在就割下你的脑袋，当球踢，哈哈哈哈……"监斩官狂暴地狞笑着，突然拔出指挥刀，嚓的一声，插在陈宝祥鼻尖前的台子上。

陈宝祥只能闭嘴，但监斩官并没有把大皮靴挪开，而是一直踩着陈宝祥的头，仿佛踩着一只半熟的西瓜。

老百姓聚拢到了台子周围，越来越多，指指点点，交头接耳。

陈宝祥知道，陈家的脸都被自己丢尽了。这么多年，济南还没有哪家人遭到过如此侮辱：儿子被绑在柱子上，老子被踩在脚底下。

"忍，忍，忍字头上一把刀，百忍成金，忍得一时，静待云开……"他紧咬着牙，脑子里只有一个念头，那就是熬过这一刻，等到监斩官踩够了，田先生再说句好话，他就能站起来，背着陈大平的尸首回家入殓。

济南现在是日本人的，在人屋檐下，只能低着头。

连韩长官都让日本人三分，他陈宝祥一个小小百姓，又能如何？

"爹，爹啊，爹啊……"猛地，一个更加凄厉的声音响起来。

陈宝祥浑身一激灵，这竟然是陈果儿的声音。

他挣扎了两下，艰难地瞪大了眼睛，向台下看着。四个日本兵押着两个人上台，竟然是林月娥和陈果儿。娘俩已然被五花大绑，头发蓬乱，衣服上也沾满了泥灰。

"爹啊，你起来，你起来，别踩我爹……"陈果儿叫着，但没有人听她的。

"田先生，田先生，咱们江湖人办事，罪不及妻儿。这是江湖规矩，你们日本人不能下死手啊！"陈宝祥大叫起来。

田先生蹲下身子，看着陈宝祥。

他脸上的笑容消失了，只剩下冷漠、残酷、傲慢、狰狞。

陈宝祥醒悟过来，这才是一张标准的日本人的脸。此前，田先生脸上的笑，不过是一层伪装。

"老陈，我已经很给你面子了，十个鸡蛋，一碟咸菜丝，一碗玉米粥，当年我被韩长官的大副官刺杀，同伴死在护城河里，幸好你们两口子救了我。我可不是个忘恩负义的人啊，滴水之恩，涌泉相报，我在济南城最繁华的大观园，送你一个陈家大饭店，而且一直提携你，想让你代管大观园，做皇军手下最有权力的济南人。你呢，给了我什么？前几天唱戏，把东北军十三太保的人全盘搬过来，弄了一出鸿门宴。你养的小戏子，成了杀手，差一点就把峨眉刺插在我心口上。你两个儿子，一个抢劫军火跑了，一个出来顶罪，你老婆和女儿，直接出城跑路……老陈啊，我全心全意待你好，你怎么能恩将仇报呢？现在来求我，有什么用？唯一的办法就是让我那虎子贤侄带着军火回来，大家就扯平了，简单不简单？公平不公平？"

当着老婆、儿子、闺女的面，陈宝祥被人家死死踩在脚下，这口气拱到嗓子眼来，实在咽不下去了。

"田先生，能不能跟你朋友说说，让我起来说话？"

"说话？呵呵，老陈，这是日本人的济南，哪轮到你说话？"田先生笑着站起来，向着看热闹的人挥了挥手。

所有人静下来，等田先生说话。

"各位，我们日本人来济南，是为了建设大东亚共荣圈，为了给泉城济南带来新气象，为了让济南百姓过上丰衣足食的好日子。我们千里迢迢，登舟跨海，穿过巨浪滔天，冒着生命危险，踏上中国的大地。我们是消灭战争、迎来和平的使者，是中日两国真挚友谊的桥梁，我们捧出了一颗热忱的善良之心，我们的平井君，放弃了北平医院优厚的报酬来到济南，建立医院，为的就是济南百姓的健康。可是，我们换来的是什么？是背叛，是欺骗，是小偷。大家看，大家往这里看，我曾经无比信任的朋友和商业伙伴陈宝祥，拿着我的钱，在这寸土寸金的大观园，建成了陈家大饭店，从一个卖米饭把子肉的小贩，变成了锦衣玉食的大老板。人心不足，品行易变，他唆使自己的两个儿子，勾结大峰山的贼寇，抢走了皇军的三车军火……"

台下的人聚精会神地听着，眼睛一眨不眨，盯着田先生。

陈宝祥想反驳，但被死死踩住，喘气都艰难，哪有还嘴的机会？

"今天，我跟陈宝祥割袍断义，画地绝交，再也没有任何来往。他的儿子，我曾经无比信赖的贤侄陈大平，如今是个贼，是个十恶不赦的贼。他就绑在这里，还有朱有成、于三刀，从此以后，反抗皇军的就是这种下场，跟日本人作对的，就是这种下场。正午十二点，当场斩首，人头落地，杀一儆百，谁敢再犯？"

田先生说这番话，就是杀鸡给猴看。

之所以敲锣打鼓，押解游街，又把刑场设在大观园，也是为了让更多济南城的百姓看到，震慑八方，恐吓威逼。

"别踩我爹，别踩我爹的头——"陈果儿叫着，猛冲过来，一头撞中了监斩官的肚子。

监斩官踉跄后退，一屁股坐在台子上。

陈果儿被反绑着，用力过猛，栽倒在陈宝祥身上。

陈宝祥爬起来，再把闺女扶起来："不是让你们去章丘投奔亲戚吗？怎么会在这里？"

陈果儿哭诉："爹啊……我们刚到东城根街，就被日本人抓了。他们说，是田先生安排的，早就料定我们要逃。他们还说，今天就是老陈家灭门之日……”

陈宝祥强颜欢笑，给闺女擦擦眼泪，却不敢解开绑绳。

“闺女，没事，别哭了，一会儿我们就回家。”

“八嘎——”监斩官跳起来，猛地抽刀，怪叫着冲过来，向着陈果儿的脖子一刀砍下去。

陈宝祥拖着陈果儿，身子一旋，躲开了那一刀，随即大声哀求：“田先生饶命啊，我们知罪了。我交上大儿子的命，给皇军赎罪赔不是，行不行？”

田先生冷酷地摇头：“晚了，晚了老陈，除非你现在就让我那虎子贤侄露面，再把三车军火送回来。不然，你们一家四口都得死，一个一个死。你看，十三太保的人都死光了，你又不知道东北军大库的秘密，我何必留着你这个早晚要爆发的祸害？”

陈宝祥连连摇头，嘴唇咬出血来。

他这样求田先生，田先生却置之不理。原来，从前那些和善的笑脸，全都是装出来的。

猛然间，陈宝祥一连打了十几个激灵，大彻大悟，如梦方醒。他一下子看清了田先生的真实嘴脸。

非我族类，其心必异。

日本人不是中国人，他们占领济南，不仅是占领这座城，还要把中国老百姓通通踩在脚底下，让中国人当牛、做马、为猪、为狗，任意宰割，毫不留情。他们不单单占了东三省，占了北平、济南、上海、广州，而是要占领全中国，让中国人当亡国奴。

过去，他喝了田先生的迷魂汤，整个人都被蒙蔽住，当下，他总算醒过来了，彻底看清了田先生到底是个什么鬼。

为了闺女，他还想忍，但监斩官的日本刀又一次举起来。

“刀下留人，俺陈虎子来也——”人群中，有人突然掀掉了头顶的斗笠，飞身一跃，上了台子，正是脸色黝黑的陈虎子。

“你……你这傻孩子，回来干啥？回来干啥呀？”陈宝祥大叫起来。

留得青山在，不愁没柴烧。

本来，陈虎子投了大峰山，算是稳稳妥妥地给老陈家延续一条血脉。如今，陈虎子回来，一家人落入罗网，还有什么希望呢？

陈宝祥又气又急，扬起手来，要给陈虎子一个大嘴巴子，但又忍住。

全家就要死了，一起赶赴鬼门关，也算是缘分。

轮回来世，投胎的时候，有缘还做一家人。

"虎子贤侄，那三车军火呢？你把它们藏在长清哪个山旮旯里了？我告诉你吧，赶紧把军火交出来，我就放了你们一家子，还有一笔大大的赏金。"

陈虎子面对着田先生的笑脸，双手叉腰，狠狠地啐了一口："小鬼子，我陈二爷知道你们的鬼把戏，把军火交回来，照样是一死。所以，我直接把军火送给了大峰山的八路军独立大队。很快，这些子弹就送回来，不过一颗一颗，都得钻进你们日本人的脑袋里，哈哈哈哈……"

监斩官怪叫一声，举刀冲过来。

就在此刻，戏院方向，有人伏在房顶上开枪，只一颗子弹，就给鬼子监斩官在额头正中开了二郎神的三只眼。

"有人刺杀，保护平井先生。"田先生大叫起来。

随着这一声喊，二十几个全副武装的保镖，扔掉了手里的锣鼓，跳下卡车，冲上台子，把平井先生团团围住。

人群一乱，华青山出现了，头上戴着月白色礼帽，身上穿着月白色长衫，脚下是擦得锃亮的黑皮鞋。

他缓缓登台，面对那些保镖。

猛地，平井先生推开保镖，迎上了华青山。

"我在东北时，就知道太行第一儒将华青山大名，十八般兵器，拿得起放得下，曾在平型关、黄土岭两战中，单枪匹马，杀我大日本天皇武士七十人。中日武术之争，由来已久，今天，我，大日本忍术至尊伊贺派服部半藏门下平井四郎，向华青山先生讨教，其余人不要过来，这是江湖武术之战，与战争无关。华先生，请——"

华青山朗声大笑："平井四郎，你根本不配提'武术之战'四个字。在东北，你们731部队残杀了那么多江湖人士，每一次都是采用卑劣手段。武术，只不过是你们日本人侵略杀人的借口。今天，我要替东北的江湖朋友讨还公道，请请请——"

倏地，平井四郎从袖中抽出了短刀，横在右腕下面。

华青山缓缓地从长衫口袋里取出一管钢笔，轻轻拧开，露出精光四射的笔尖。这就是他的武器，比短刀更短，却又隐藏无形，能够避开任何检查。

"砰砰砰"，人群中枪声大作，平井四郎的保镖、台下的日本兵纷纷倒地。

杨晓雪出现在右侧茶楼门口，手持双枪，带领十几名精壮的汉子，向日本人射击，同时高声大叫："大峰山八路军独立大队在此，小鬼子们受死吧——"

"老陈，你们一家子跟八路军勾结，真是辜负了我的一番期望，太让我失望了，今天，我就送你们上路……"田先生撩开长衫，拔出手枪，狰狞之态暴露无遗。

呼的一声，台子上又有人落下，手提长枪，挡住陈宝祥，正是倪先生。

"田中一郎，你为了东北军大库，诡诈筹谋近十年，到了最后，也没得逞。你们日本人轻松占了东北，别以为全中国江湖人都是孬种。今天，我就要替十三太保报仇，取你人头，祭奠死难的兄弟姐妹。"

陈宝祥明白了，"田中一郎"才是田先生的名字，他在中国做事，取一个中国人的名字，但无论多么地道的中国通，身体里装的仍然是日本人的五脏六腑，一肚子坏水。

大观园北边枪声再起，刚刚那个缠着陈宝祥变戏法的小个子，带着另一队人，一边射击，一边向这边猛冲，大声叫喊着："大峰山抗日游击队在此，小鬼子快来受死——"

日本人腹背受敌，且战且退，集合在法场台子周围。

田先生猛然向前冲近，一把抓住陈果儿，手枪顶住了她的太阳穴，然后迅速后退。此人果然狡诈无耻，一见形势不妙，不敢接受倪先生挑战，马上挟持人质，立于不败之地。

"放了我闺女，放了我闺女……"林月娥哭叫起来。

陈虎子解下了陈大平，但陈果儿突然受制，让刚刚松了口气的陈家人，又陷入恐慌之中。

"老陈，人我带走，先回军部。你把军火送回来，我就把宝贝闺女还你。

这样应该很公平，对不对？"

田先生狞笑着，慢慢后退，躲在保镖们后面。

到了这时，陈果儿反而不怕了，大声叫着："爹，别管我，我这条命不值钱，只要你们好好的，我是死是活，都没事——"

田先生反手一挥，枪托打在陈果儿额头上，顿时鲜血迸流。

陈宝祥咬着牙，远远地瞪着田先生。他想不到，自己一直以来，跟一头野狼、一条毒蛇在共事，一口一个"田先生"叫着，为田先生鞍前马后奔走，感恩戴德，诚恳相待，恨不得把自己的心都掏出来。

他曾经那么卖力地筹备欢迎宴，欢迎平井四郎，又被蒙在鼓里，不知道自己热忱迎接的竟然是一个在东北犯下滔天罪行的 731 部队刽子手。

他被田先生骗了，从头至尾，自己就是磨道里的驴，脸前头挂着两根胡萝卜，自己就拼命跑，拼命追，完全忘了，老百姓只有踏踏实实一步一步走，才能过上好日子，那些突然被拎上半天空，飞黄腾达，平步青云的，也会一下子摔下来，跌得粉碎。

当下，他陈宝祥就是土地庙里的纸糊小鬼，被大风卷上天，忽忽悠悠，飘飘荡荡，风一停就掉下来，一头扎在烂泥里。

他被监斩官踩在脚底下不丢人，但被田先生这个日本鬼子骗了，成了汉奸、跟腚狗，才是真正丢人，丢尽了陈家列祖列宗、济南父老乡亲的脸。

他的心底深处，有股汹涌的暗火，正拱开了闸门，准备狂暴地燃烧一场。

陈果儿是他的命，田先生拿枪柄这一砸，实实在在是想要他陈宝祥的命。

忍，可以忍，但人家要命，不留一丝丝活路，让他怎么再忍得下去？

忍无可忍，怎么办？

"孩他爹，快求求田先生，把果儿放了，把咱闺女放了呀……"

林月娥抓住陈宝祥的胳膊，用力摇晃着。

"求他？"陈宝祥一脸严峻。

他求过田先生很多次，到了现在，手枪顶在自己闺女的太阳穴上，再求，还管用吗？

"哈哈哈……啊——"平井四郎狂笑，激战之中，他的反手刀斩入了华青山的右肋下，鲜血飞溅，将华青山的月白色长衫染成了一块大红布。

只不过，他只笑了三声，华青山用右臂夹住短刀，手指一弹，钢笔落在左手，随即又稳又准地刺入了平井四郎的喉结。

狂笑变成了狂叫，平井四郎捂着喉结后退，如一头被割喉的猪，无力地倒下。

陈虎子大叫起来："好功夫，好功夫，原来你就是那天夺刀杀了日本龟的英雄，果然好功夫！"

田先生老奸巨猾，根本不管平井四郎的死活，拖着陈果儿后退。

所有人都毫无办法，他只要右手食指一扣扳机，陈果儿就完了。

"都放下枪，都闪开，你们中国人就知道硬拼，从东北到华南，一仗一仗打下来，除了愚蠢拼杀，都不知道动动脑子。你们是猪，你们都是猪……兵者，诡道也，你们中国人的老祖宗早就说过，兵行诡道，这些道理就印在书上，你们瞎了眼，不认字，不认人，活该上当受骗。我们日本人诞生在太阳初升之地，秉承着太阳光辉，照耀全世界，统治全世界……陈宝祥，把军火还回来，咱们的账一笔勾销，不然，我把你宝贝闺女剁碎了，一块一块喂狼狗，哈哈哈哈——"

田先生的笑声僵住了，因为就在他自以为胜券在握，可以全身而退时，陈宝祥突然扯下了腰带，双臂一振，紧紧裹藏在腰带里的一把赤金柔钢宝刀闪现。

"金鳞岂是池中物，一遇风云便化龙。九曲黄河金鳞刀在此，日本狗贼欺我太甚——"陈宝祥狂吼着，刀光一闪，金鳞当空，暴进三丈，冲入保镖丛中，将田先生自下而上当面剖开。

"我，我……"田先生错愕地低头，看着自己的胸口。

先是小腹，再是腰间，然后是胸口，接着是下巴、鼻子、额头、天灵盖……那狂暴无比的一刀，硬生生把日本鬼子田中一郎斩成了两扇，左右分开，扑倒在地，血流了一地，犹如被当场宰杀的一头肥猪。

"好啊，好啊，好——"大观园里里外外，上上下下，所有看热闹的百姓都叫起好来。

使出这风云变色的一刀，陈宝祥突然觉得，自己像一只脱壳的金蝉，扔掉窝窝囊囊的那层软甲，真正活成了济南汉子的模样。

此前，好多人死时，包括小桃红死于田先生枪下时，他都双手死死扣住了腰带，忍不住要拔刀杀人，但最终还是差了一口气，好好歹歹忍下来。

董师当日传他这口"九曲黄河金鳞刀"，的确是叮嘱他"身怀利器，忍字当头，切不可恃强凌弱，危害齐鲁"。只不过，董师也说过——"忍无可忍，便无须再忍"。

日本人占了济南，他想忍着躲着，过自己日子，但到了最后才发现，日本人不是人，是一群嗜血的狂兽。再忍下去，他全家就要灭门了。

"日本狗贼，欺我太甚，你要把我亲闺女剁碎了喂狗，我陈宝祥真的——不、能、再、忍、了！"

他醒了，他怒了——"犯我济南者，虽强必诛；犯我堂堂中华者，虽远必诛。"

侠之大者，无名为大

一九五〇年九月，花黄蟹肥，秋高气爽。

陈家大饭店重新开业，陈宝祥亲自动手，把黑底金漆的招牌挂起来。

这五个楷书大字，是陈果儿亲手写的。如今，她和陈大平、陈虎子都成了解放军部队的骨干，跟随大军南下，解放全中国。

大观园已经回到济南人手中，各家店铺装修一新，全都开业，济南百姓喜气洋洋，奔走相告，传播着"大观园重新开业"的消息，这号称"黄河岸边城隍庙"的济南风水宝地，又恢复了昔日喝茶、听书、听相声、看电影、品小吃、观杂耍的繁荣盛况，路不拾遗，夜不闭户，为济南百姓的新生活增添了最亮的光彩。

苗老大的面粉厂重新开业，就在大观园北边，设了两大分号，为各行各业提供最优质面粉。

杨晓雪带着一群年轻学生过来，向陈宝祥祝贺："叔，给您道贺了，陈家大饭店重开，四大馆助阵，咱山东鲁菜又要焕发光彩了。"

现在，她是大观园临时管理委员会的主任，按照上级指示，一定要恢复大观园的盛况，为新中国成立后的崭新济南，树立文明商业的榜样。

前些年，四大馆的厨子们饱受战乱之苦，纷纷去了大峰山，投奔陈宝祥。如今，又跟着他回来，聚合于陈家大饭店后厨，将各家风味集于一身，打造鲁菜的又一巅峰。

陈宝祥请杨晓雪进屋，在二楼办公室喝茶。

杨晓雪拆开手里的文件袋，拿出几份秘密档案："叔，上次咱聊的东北军十三太保抗日的那件事，上级已经给出回复，但是，因为'神龙'南下后潜伏在敌人内部，身份特殊，必须保密，所以只允许你我知道。'神龙'和我父亲'算盘'都是我共产党打入东北军内部的潜伏人员，主要任务是最大限度争取抗日力量，联合抗日，保卫中国。东三省沦陷后，日本鬼子设立了'731防疫给水部队'，抓了很多中国人，疯狂进行人体实验。'神龙'几次策划炸毁731部队实验室的行动，仅仅小胜，未获成功。日本军部不堪其扰，筹谋了更隐蔽的行动，把部分实验器材运往济南，在经六纬六建立另一所731实验室，以山东为基础，开始了更疯狂的细菌实验。我父亲和神龙亲自策划了'毒丸'计划，留在济南，等待向鬼子发动反攻，全面消灭731部队及敌酋平井四郎。这根本不是暗战，而是明战——他们用装着发报机的箱子，吸引日本间谍的注意, 让日本人以为, 发报机和箱子就是东北军大库的线索, 实际上, 父亲早就把大库线索藏在送给果儿的诗词册子里, 只要把册子的其中一页放在油灯上烘烤, 地图就会呈现。果儿跟着我大哥华青山去了延安, 地图上交给党中央, 大库已经回到了人民手中, 金银财宝化作巨额军费, 为解放全中国注入了巨大能量。"

陈宝祥松了口气, 他知道, 十三太保为了保护大库死伤殆尽, 这笔惊天财富, 绝对不能落到日本鬼子手中。当然, 十三太保热血忠勇, 却不该鼠目寸光, 只想效忠老帅和少帅, 却忘了日本人杀的不只是东北军, 而东三省也绝对不是所谓"东北军地盘"。

日本人要占全中国, 要灭中国人, 所以, 全体中国人团结抗日, 把日本人赶回海岛小国, 才是国内大势。十三太保看不懂这一点, 必败无疑。只有共产党领导下的人民军队, 才能解放全中国, 保卫中华大好河山。

"叔, 毒丸计划里的难点就在于, 无论谁留在济南, 都会陷入日本特务的重重包围之中, 成为必然牺牲的死间。田中一郎在'刺探中华秘密十大日谍'中排名第二, 仅次于大间谍土肥原贤二。田是彻头彻尾的中国通, 从中学毕业起, 就混迹中国, 研究东北和山东。鬼子追查东北军大库的行动, 全都在他的指挥下进行。跟他做对手, 等于是刀口舔血, 危险到极点。我父亲放弃了生的机会, 选择了求死决战, 不为别的, 就因为他和我娘祖籍山东济南历城, 日寇占我家乡, 辱我父老乡亲, 他咽不下这口气。济南人不救济南, 怎能指望外人? 在大观园戏院外面, 神龙把箱子交给我父亲, 我父亲又把箱子交给你, 这场'毒丸'计划就正式开始了。"

陈宝祥想起来了, 鬼子进城后, 杨先生邀约他到大观园戏院看完那场戏出来, 在馄饨摊上遇到的那个神秘人物, 竟然就是东北军十三太保的老大"神龙"。

"叔, 后面的事情你都知道了, 狗贼田中一郎一直都在利用你, 他在大观园建立陈家大饭店, 就是为了打造一个情报交换中心, 与各国情报贩子做交易。他利用中国人当幌子, 蒙蔽了无知百姓, 最终东窗事发, 就把所有脏水全都泼在你头上, 让你当替罪羊。父亲身负两重身份, 从容指挥, 与田中一郎斗智斗勇。东北军十三太保只求激进报仇, 才有了戏院刺杀一战。只不过, 那时候731部队的实验器材刚刚运到济南, 咱们共产党的爆破人员还没到位,无法展开全面反击。平井四郎和田中一郎表面温文尔雅，却都是老奸巨猾的超级间谍，他们早就探明了十三太保的刺杀计划，提前拔掉了包厢里的炸药雷管，导致十三太保的秘密刺杀变成了一场必败死战。为了营救皇子，保住十三太保最后的本钱，我二哥洪范池只能暴露，在大观园北一人一枪一截，力拼平井四郎从东北带来的黑龙会高手，最终战死沙场。直到我和大平哥、虎子哥里应外合，从鬼子货台劫夺了三车武器和大量炸药，才连夜布置，赴大观园法场救人的同时，炸毁了经六纬六的鬼子细菌实验室，彻底粉碎了日本军部细菌战的计划……"

陈宝祥终于知道了全部内情，不知不觉涨红了脸。

他本以为，济南沦陷，家国凄惶，全济南人都应该像他一样忍气吞声活着，为了自己的一口饭、一家人、一寸立锥之地，卑躬屈膝，苟安于乱世，却不知道，那么多共产党员为了解放全中国而舍生忘死，冒着弹雨前冲。大观园一战后，皇子、朱有成、于三刀全都投奔了共产党的队伍，抗日杀敌，屡建奇功，如今也跟着大部队去了南方。

觉醒之后的陈宝祥，留在大峰山独立大队，为守护济南、解放济南出力，最后成了华北鼎鼎大名的"抗日厨神"。

"果儿妹妹是好样的，她早就发现了册子里的异样，一直遵从我父亲的教诲，好好保留着，直到延安，交给党中央。父亲多次故布疑阵，就是为了迷惑日本人，在西更道街装疯唱戏，击鼓骂曹，包括给秦六子写的收据，都是他设置迷局，扰乱田中一郎的手段。真正的大库地图就在岳武穆《满江红》那一页上，父亲反复提到'凭栏处'三个字，就是大库所在之地。最后，他担心十三太保和太行三杰为了救他，白白牺牲性命不说，又破坏了毒丸计划，才会以箱子为饵，当街杀了日本间谍花婶子，然后与敌同归于尽……"

幕幕往事，历历在目。

陈宝祥想起了大观园戏台子上，竹青和小桃红一个拔刀、一个拔峨眉刺，向平井四郎猛冲之时的决绝之姿。

"有心杀贼，鼎力回天，东北军十三太保山海关英雄全都在此，日本倭寇，还我河山，受死吧——"他的耳边依稀响着小桃红的喝声。那时听来，只是内心惨痛，此刻想来，却仿佛是一声霹雳，震醒了济南人抗日的决心。

就在前日，他和大平、杨晓雪一起，在千佛山脚下，为杨先生夫妇立了衣冠冢，墓碑上写的是"中国共产党党员杨登州、柳溪亭贤伉俪之墓"。

侠之大者，无名为大。江湖已远，忠魂永存。

杨氏夫妇生死无悔，并非效忠张家老帅少帅，而是忠于国家，忠于共产党。他们在江湖上博得的那些小小虚名，都不如"中国共产党党员"这个名称更为光荣伟大。

所有为了新济南、新中国牺牲的无名英雄，都有一个响亮的共同名字——中国共产党党员。

窗外，锣鼓家伙响起来，庆祝大观园重新开业的舞龙舞狮队伍乘着崭新的卡车，驶进了大观园广场，围观群众数百人，将大观园挤得水泄不通。

陈宝祥和杨晓雪站在窗前，向外望着。

大观园历经磨难，却未衰亡，而是重装开业，欣欣向荣，就如同他们脚下的这座历史名城，虽饱经战火侵袭，但从未失去希望，直至今日，重回人民手中。

"叔，我们胜利了，我们胜利了……"杨晓雪一边鼓掌，一边喜悦地叫着。

陈宝祥点头："是啊，中国人胜利了，咱济南人的好日子就要开始了……"

红日当头，舞龙舞狮开始，鼓掌声、叫好声、锣鼓声响成一片，大观园内外，重现一片歌舞升平、和谐美好的大城济南崭新气象。